무녀도

모화의 두 눈은 보석같이 빛나며,

강렬한 발작과도 같이 전신을 떨고 두 손을 비벼댔다.

푸념이 끝나자 〈신주상〉 위의 냉수 그릇을 들어

물을 머금더니 욱이의 낯과 온몸에 확 뿜으며,

엇쇠. 귀신아 물러가라,

......

베스트셀러한국문학선 14

무녀도

김동리

소담출판사

발 간 사

　우리는 물질적 가치를 중시하는 산업시대의 큰 풍조 속에서 경제적 부(富)만을 추구하는 열병을 앓고 있는 것 같다. 물질적 가치와 똑같은 비중으로 또는 경우에 따라서는 그보다도 더 귀중한 정신적 가치에 관한 소중함을 몰각한 것이 오늘날의 풍조가 아닌가 한다.

　따라서 역사적으로 면면히 이어오고 있는 우리 문화의 한 중심인 문예의 가치를 인식하고, 널리 보급시키는 것은 매우 중요한 의미를 지닌다고 할 수 있다.

　우리가 어진 사람을 인격의 표본으로 삼을 때 근대 문학 작품에서는 이광수의 「흙」에 등장하는 허숭을 생각할 수 있고, 옛 문학에서는 흥부를 생각할 수 있다. 이러한 문예작품 속의 인물들은 우리 민족성원 한 사람한 사람의 마음속에 인격의 한 표본으로 존중되어 사람답게 사는 실천적 지혜로 이어진다.

　여기서 문예작품은 그 작품을 창작한 개인의 재능에 의한 것이지만, 그 내용에 담긴 인물의 심성과 인격의 아름다움은 바로 그 작품을 읽는 독자들의 자아를 성숙게 하는 길잡이가 된다. 즉 작품에 실현된 정신적 가치는 우리 민족의 창조적 지혜로서 이어지고 이해되어 민족의 정신적 지향의 전통이 됨을 깨닫게 된다.

　특히 젊은 세대에게 역사의식과 전통적 가치를 학습할 자료로서 우리 문학의 선집은 필수적인 의미를 지니고 있다.

　오늘날의 상업적 풍조에서 탈피하여 한국의 전통을 이해하고 새 시대의 창조적 전진을 위한 밑거름으로서 베스트셀러 한국문학선은 기여할 것이다.

　새 시대의 새 독자들에게 가장 뜻깊은 선물이 될 것을 자부하며, 작품의 선정에 있어서도 그 뛰어난 예술성은 물론 내용의 심화된 것을 중시하여 엄정히 선택한 것임을 밝혀두는 바이다.

신 동 욱

차례

[김동리]

〈일러두기〉

1. 선정된 작품은 1920 – 1970년대 한국 현대 소설사의 대표적 작품들로서 현행 고등
   학교 검인정 문학 8종 교과서에 실린 작품 외 개별 작가의 대표적 작품을 중심으로
   엮었다.
2. 표기는 원문의 효과를 고려하여 발표 당시의 표기를 중시했으나, 방언은 살리되 의미
   전달을 위해 되도록 현대표기법을 따랐다.
3. 띄어쓰기는 개정된 한글맞춤법에 따랐다.
4. 외래어는 외래어 표기법을 따랐다.
5. 대화나 인용은 " "로, 생각이나 독백 및 강조하는 말은 ' '로 표시하였다.
6. 본 도서는 대입수능시험은 물론 중 – 고교생의 문학적 소양 및 교양의 함양을 위해
   참고서식 발췌 수록이 아닌 모든 작품의 전문을 수록하였음을 밝혀둔다.

무녀도

1

뒤에 물러 누운 어둑어둑한 산, 앞으로 폭이 넓게 흐르는 검은 강물, 산마루로 들판으로 검은 강물 위로 모두 쏟아져 내릴 듯한 파아란 별들, 바야흐로 숨이 고비에 찬 이슥한 밤중이었다. 강가 모랫벌엔 큰 차일을 치고, 차일 속엔 마을 여인들이 자욱이 앉아 무당의 시나위 가락에 취해 있다. 그녀들의 얼굴들은 분명히 슬픈 흥분과 새벽이 가까워 온 듯한 피곤에 젖어 있다. 무당은 바야흐로 청승에 자지러져 뼈도 살도 없는 혼령으로 화한 듯 가벼이 쾌잣자락을 날리며 돌아간다…….

이 그림이 그려진 것은 아버지가 장가를 들던 해라 하니 나는 아직 세상에 태어나기도 이전의 일이다. 우리 집은 옛날의 소위 유서있는 가문으로, 재산과 문벌로도 떨쳤지만, 글하는 선비들도 우글거렸고, 특히 진기한 서화(書畵)와 골동품으로서는 나라 안에서 손꼽힐 만큼 높이 일컬어졌었다. 그리고 이 서화와 골동품을 즐기는 취미는 아버지에서 아들로, 아들에서 다시 손자로, 대대 가산과 함께 물려져 내려오는 가풍이기도 했다.

우리 집 살림이 탁방난 것은 아버지 때였으나, 그즈음만해도 아직 옛날
과 다름없이 할아버지께서는 사랑에서 나그네를 겪으셨고, 그러자니 시
인 묵객(詩人墨客)들이 끊일 새 없이 찾아들곤 하였다. 그 무렵이라 한
다. 온종일 흙바람이 불어, 뜰 앞엔 살구꽃이 터져 나오는 어느 봄날 어
스름 때였다. 색다른 나그네가 대문 앞에 닿았다. 동저고릿 바람에 패랭
이를 쓰고 그 위에 명주 수건을 잘라 맨, 나이 한 쉰 가까이 되어 뵈는 체
수도 조그만 사내가, 나귀 고삐를 잡고 서고, 나귀에는 열예닐곱쯤 나 뵈
는 낯빛이 몹시 파리한 소녀 하나가 안장 위에 앉아 있었다. 남자 하인과
그 상전의 따님같이도 보였다.

그러나 이튿날 그 사내는,

"이 여아는 소인의 여식이옵는데 그림 솜씨가 놀랍다 하기에 대감의
문전을 찾았삽내다."

했다.

소녀는 흰 옷을 입었고, 옷빛보다 더 새하얀 그녀의 얼굴엔 깊이 모를
슬픔이 서리어 있었다.

"아기의 이름은?"

"······."

"나이는?"

"······."

주인이 소녀에게 말을 건네 보았으나, 소녀는 굵은 두 눈으로 한 번 그
를 바라보았을 뿐 입을 떼려고 하지 않았다.

아비가 대신 입을 열어,

"여식의 이름은 낭이(琅伊), 나이는 열일곱 살이옵고······."

하더니 목소리를 더 낮추며,

"여식은 귀가 좀 멀었습니다."

했다.

주인도 이번에는 고개를 끄덕였다. 그리고는 사내를 보고, 며칠이든지 묵으며 소녀의 그림 솜씨를 보여 달라고 했다. 그들 아비 딸은 달포 동안이나 머물러 있으며, 그림도 그리고, 자기네의 지난 이야기도 자세히 하소연했다고 한다.

할아버지께서는 그네들이 떠나는 날에, 이 불행한 아비 딸을 위해 값진 비단과 충분한 노자를 아끼지 않았으나, 나귀 위에 앉은 가련한 소녀의 얼굴에는 올 때나 조금도 다름없는 처절한 슬픔이 서려 있었을 뿐이라고 한다.

……소녀가 남기고 간 그림——이것을 할아버지께서는 《무녀도》라 불렀지만——과 함께 내가 할아버지로부터 전해 들은 이야기는 다음과 같다.

2

경주읍에서 성 밖으로 오 리쯤 나가서 조그만 마을이 있었다. 여민촌 혹은 잡성촌이라 불리어지는 마을이었다.

이 마을 한구석에 모화(毛火)라는 무당이 살고 있었다. 모화서 들어온 사람이라 하여 모화라 부르는 것이었다. 그것은 한머리 찌그러져 가는 묵은 기와집으로 지붕 위에는 기와버섯이 퍼렇게 뻗어 올라 역한 흙냄새를 풍기고 집 주위는 앙상한 돌담이 군데군데 헐리인 채 옛성처럼 꼬불꼬불 에워싸고 있었다. 이 돌담이 에워싼 안의 공지같이 넓은 마당에는 수채가 막힌 채, 빗물이 괴는 대로 일 년내 시퍼런 물이끼가 뒤덮여, 늘쟁이, 명아주, 강아지풀 그리고 이름도 모를 여러 가지 잡풀들이 사람의 키도 묻힐 만큼 꺼멓게 엉키어 있었다. 그 아래로 뱀같이 길게 늘어진 지렁이와 두꺼비 같은 늙은 개구리들이 구물거리며 항시 밤이 들기만 기다릴 뿐으로, 이미 수십 년 혹은 수백 년전에 벌써 사람의 자취와는 인연이 끊어진 도깨비굴 같기만 했다.

이 도깨비굴같이 낡고 헐리인 집 속에 무녀 모화와 그 딸 낭이는 살고 있었다. 낭이의 아버지 되는 사람은 경주읍에서 70리 가량 떨어져 있는 동해변 어느 길목에서 해물 가게를 보고 있는데, 풍문에 의하면 그는 낭이를 세상에 없이 끔찍이 생각하는 터이므로 봄 가을철이면 분 잘 핀 다시마와, 조촐한 꼭지 미역 같은 것을 가지고 다녀가곤 한다는 것이었다.

나중 욱이(昱伊)가 돌연히 나타나지 않았다면, 이 도깨비굴 속에 그녀들을 찾는 사람이래야, 모화에게 굿을 청하러 오는 사람들과 봄 가을에 한 번씩 낭이를 찾아 주는 그녀의 아버지 정도로, 세상 사람들과는 별로 교섭도 없이 지내야 할 쓸쓸한 어미 딸이었던 것이다.

간혹 원근 동네에서 모화에게 굿을 청하러 오는 사람이 있어도 아주 방문 앞까지 들어서며,

"여보게, 모화네 있는가?"

"여보게, 모화네."

하고 두세 번 부르도록 대답이 없다가 아주 사람이 없는 모양이라고 툇마루에 손을 짚고 방문을 열려고 하면, 그때서야 안에서 방문을 먼저 열고 말없이 내다보는 계집애 하나——그녀의 이름이 낭이였다. 그럴 때마다 낭이는 대개 혼자서 그림을 그리고 있다가 놀라 붓을 던지며 얼굴이 파랗게 질린 채 와들와들 떨곤 하는 것이었다.

이와 같이 모화는 어느 하루를 집구석에서 살림이라고 살고 있는 날이 없었다. 날이 새기가 무섭게 성 안으로 들어가면 언제나 해가 서쪽 산마루에 걸릴 무렵에야 돌아오곤 했다.

술이 얼근해서 수건엔 복숭아를 싸들고 춤을 추며,

따님아, 따님아, 김씨 따님아,
수국 꽃님 낭이 따님아,
용궁이라 들어가니
열두 대문이 다 잠겼다.

문 열으소, 문 열으소,
열두 대문 열어 주소.

청승가락을 뽑으며 동구로 들어오는 것이었다.
"모화네, 오늘도 한잔 했구나."
마을 사람들이 인사를 하면, 모화는 수줍은 듯이 어깨를 비틀며,
"예에, 장에 갔다가요."
하고, 공손스레 절을 하곤 하였다.
모화는 굿을 할 때 이외에는 대개 주막에 가 있었다.
그만큼 모화는 술을 즐기었고 낭이는 또한 복숭아를 좋아하여, 어미가
술이 취해 돌아올 때마다 여름 한철은 언제나 그녀의 손에 복숭아가 들려
있었다.
"따님 따님 우리 따님."
모화는 집 안에 들어서면서도 이렇게 가락을 붙여 낭이를 불렀다.
낭이는 어릴 때 나들이에서 돌아오는 어미의 품에 뛰어들어 젖을 빨듯,
어미의 수건에 싸인 복숭아를 받아먹는 것이었다.
모화의 말을 들으면 낭이는 수국 꽃님의 화신(化身)으로 그녀(모화)
가 꿈에 용신(龍神)님을 만나 복숭아 하나를 얻어먹고 꿈 꾼 지 이레 만
에 낭이를 낳은 것이라 했다. 그녀의 말에 의하면 수국 용신님은 따님이
열두 형제였다. 첫째는 달님이요, 둘째는 물님이요, 셋째는 구름님이요
……. 이렇게 열두째는 꽃님이었는데, 산신님의 열두 아드님과 혼인을
시키게 되어 달님은 해님에게, 물님은 나무님에게, 구름님은 바람님에게
각각 차례대로 배혼을 정해 가려니까 막내따님인 꽃님은 본시 연애를 좋
아하시는 성미라, 자기 차례가 돌아오기를 미처 기다릴 수 없어 열한째
형인 열매님의 낭군님이 되실 새님을 가로채어 버렸더니, 배필을 잃은 열
매님과 나비님은 슬피 울며 제각기 용신님과 산신님께 호소한 결과, 용신
님이 먼저 크게 노하사 벌을 내려 꽃님의 귀를 먹게 하시고, 수국을 추방

하시니 꽃님에게서 그만 복사꽃이 되어, 봄마다 강가로 산기슭으로 붉게 피지만 새님이 가지에 와 아무리 재잘거려도 지금까지 귀가 먹은 채 말없는 벙어리가 되어 있는 것이라 한다.

모화는 주막에서 술을 먹다 말고, 화랑이들과 어울려서 춤을 추다 말고, 별안간 미친 것처럼 일어나 달아나곤 했다. 물으면 집에서 따님이 자기를 부르노라고 했다. 그녀는 수국 용신님께서 낭이 따님을 잠깐 자기에게 맡겼으므로 자기는 그 동안 맡아 있는 것뿐이라 했다.

그러므로 자기가 만약 이 따님을 정성껏 섬기지 않으면 큰어머님 되시는 용신님의 노여움을 살까 두렵노라 하였다.

낭이뿐 아니라 모화는 보는 사람마다, 너는 나무 귀신의 화신이다, 너는 돌 귀신의 화신이다 하여, 걸핏하면 칠성에 가 빌라는 둥 용왕에 가 빌라는 둥 했다.

모화는 사람을 볼 때마다 늘 수줍은 듯 어깨를 비틀며 절을 했다. 어린 애를 보고도 부들부들 떨며 두려워했다. 때로는 개나 돼지에도 아양을 부렸다.

그녀의 눈에는 때때로 모든 것이 귀신으로만 비친다는 것이었다. 그것은 사람뿐 아니라, 돼지, 고양이, 개구리, 지렁이, 고기, 나비, 감나무, 살구나무, 부지깽이, 항아리, 섬돌, 짚신, 대추 나뭇가지, 제비, 구름, 바람, 불, 밥, 연, 바가지, 다래끼, 솥, 숟가락, 호롱불……. 이러한 모든 것이 그녀와 서로 보고, 부르고, 말하고, 미워하고, 시기하고, 성내고 할 수 있는 이웃사람같이 보여지곤 했다. 그리하여 그 모든 것을 '님'이라 불렀다.

3

욱이가 돌아온 뒤부터 도깨비굴 속에는 조금씩 사람 냄새가 나기 시작했다. 부엌에 들어서기를 그렇게 싫어하던 낭이도 욱이를 위하여는 가끔 밥을 짓는 것이었다. 그리고 밤이면 오직 컴컴한 어둠과 별빛만이 차 있던 이 허물어져 가는 기와집 처마끝에도 희부연 종이 등불이 고요히 걸려지곤 했다.

욱이는 모화가 아직 모화 마을에 살 때, 귀신이 지피기 전, 어떤 남자와의 사이에 생긴 사생아였다. 그는 어릴 적부터 무척 총명하여 신동이란 소문까지 났으나 근본이 워낙 미천하여 마을에서 순조롭게 공부를 시킬 수가 없어서 그가 아홉 살 되었을 때 아는 사람의 주선으로 어느 절간에 보낸 뒤, 그 동안 한 십 년간 까맣게 소식조차 묘연하다가 얼마 전 표연히 이 집에 나타난 것이었다. 낭이와는 말하자면 어미를 같이하는 오뉘뻘이었다. 낭이가 대여섯 살 되었을 때, 그때만 해도 아직 병으로 귀가 멀어지기 전이라 욱이, 욱이 하고 몹시 그를 따르곤 했었다. 그러던 것이 욱이가 절간으로 떠난 지 얼마 되지 않아 낭이는 자리에 눕게 되어 꼭 3년 동안을 시름시름 앓고 나더니 그 길로 귀가 먹어 버렸던 것이다. 그러나 귀가 어느 정도로 먹은지는 아무도 아는 사람이 없었다. 한두 번 그의 어미를 향해 어눌하나마,

"우 욱이 어디 가아서?"

이렇게 물은 적이 있었다.

"절에 공부하러 갔다."

"어 어디 절에?"

"지림사, 큰 절에……."

그러나 이것은 거짓말이었다. 모화 자신도 사실은 욱이가 어느 절에 가 있는지 통 모르고 있었고, 다만 모른다고 하기가 싫어서 아무렇게나 머리에 떠오르는 대로 대답했을 뿐이었다.

모화는 장에서 돌아와 처음 욱이를 보았을 때, 그 푸른 얼굴에 난데없는 공포의 빛이 서리며 곧 어디로 달아날 것같이 한참 동안 어깨를 뒤틀고 허둥거리다 말고 별안간 그 후리후리한 키에 긴 두 팔을 벌려 흡사 무슨 큰 새가 저희 새끼를 품듯 달려들어 욱이를 안았다.

"이게 누고, 이게 누고? 아이고……. 내 아들아, 내 아들아!"

모화는 갑자기 목을 놓고 울었다.

"내 아들아, 내 아들아! 늬가 왔나, 늬가 왔나?"

모화는 앞뒤도 살피지 않고 온 얼굴을 눈물로 적셨다.

"오마니, 오마니."

욱이도 어미의 한쪽 어깨에 왼쪽 볼을 대고 오래도록 울었다. 어미를 닮아 허리가 날씬하고 목이 가는 이 열아홉 살 난 청년은 그 동안 절간으로 어디로 외롭게 유랑해 다니던 사람 같지도 않게 품위가 있고 아름다운 얼굴이었다.

낭이도 그때야 이 청년이 욱이인 것을 진정으로 깨닫는 모양이었다. 처음 혼자 방에 있는데 어떤 낯선 청년이 와서 방문을 열기에, 너무도 놀라고 간이 뛰어 말——표정으로라도——한 마디도 못하고 방구석에 박혀 앉아 오돌오돌 떨고만 있었던 것이다. 이제 낭이는 그 어머니가 욱이를 얼싸안고 '내 아들아, 내 아들아' 하며 우는 것을 보고 어쩌면 저도 눈물이 날 것 같았다(낭이는 그 어머니에게도 이렇게 인정이 있다는 것을 보자 형언할 수 없는 즐거움을 깨달았다).

그러나 욱이는 며칠을 가지 않아 모화와 낭이에게도 알 수 없는 이상한 수수께끼와 같은 존재가 되었다. 그는 음식을 받아 놓거나, 밤에 잠을 자려고 할 때나, 또 아침에 자리에서 일어나면 반드시 한참 동안씩 주문 같은 것을 외는 것이었다. 그러고는 틈틈이 품속에서 조그만 책 한 권을 꺼내어 읽곤 하는 것이었다. 낭이가 그것을 수상스레 보고 있으려니까 욱이는 그 아름다운 얼굴에 미소를 지으며,

"너도 이 책을 읽어라."

하고 그 조그만 책을 낭이 앞에 펴 보이곤 했다. 낭이는 지금까지 《심청전》이란 책을 여러 차례 두고 읽어서 국문쯤은 간신히 읽을 수 있었으므로 욱이가 내놓은 그 조그만 책을 들여다보니, 맨 처음 껍데기에 큰 글자로 《신약전서》란 넉 자가 똑똑히 쐬어져 있었다. 《신약전서》란 생전 처

음 보는 이름이다. 낭이가 알 수 없다는 듯이 욱이를 바라보자 욱이는 또
만면에 미소를 띠며,

"너 사람을 누가 만들어 냈지 아니?"

하였다. 그러나 낭이에게는 이 말이 잘 들리지도 않았을 뿐더러, 욱이의
손짓과 얼굴 표정을 통해 대강 짐작할 수 있었다 하더라도 이건 지금까지
생각도 해 보지 못한 어려운 말이었다.

"그럼 너 사람이 죽어서 어떻게 되는 줄 아니?"

"……."

"이 책에는 그런 것들이 모두 씌어져 있다."

그리고는 손으로 몇 번이나 하늘을 가리켰다. 그리하여 낭이가 알아들
은 말이라고는 겨우 한 마디 '하나님'이었다.

"우리 사람을 만든 것은 하나님이다. 하나님은 우리 사람뿐 아니라 천
지만물을 다 만들어 내셨다. 우리가 죽어서 돌아가는 곳도 하나님 전이
다."

이러한 욱이의 '하나님'은 며칠 지나지 않아 곧 모화의 의혹과 반발을
불러일으켰다. 욱이가 온 지 사흘째 되던 날 아침밥을 받아 놓고 그가 기
도를 드리려니까

모화는,

"너 불도에도 그런 법이 있나?"

이렇게 물었다. 모화는 욱이가 그 동안 절간에 가 있다 온 줄만 믿고
있으므로 그가 하는 짓은 모두 불도에 관한 일인 줄로만 생각하는 모양이
었다.

"아니오, 오마니, 난 불도가 아닙내다."

"불도가 아니고 그럼 무슨 도가 있어?"

"오마니, 난 절간에서 불도가 보기 싫어 달아났댔쉐다."

"불도가 보기 싫다니, 불도야 큰 도지……. 그럼 넌 뭐 신선도가?"

"아니오, 오마니, 난 예수도올시다."

"예수도?"

"북선 지방에서는 예수교라고 합데다. 새로 난 교지요."

"그럼 너 동학당이로구나!"

"아니오, 오마니, 나는 동학당이 아닙내다. 나는 예수교올시다."

"그래, 예수도온가 하는 데서는 밥 먹을 때마다 눈을 감고 주문을 외이나?"

"오마니, 그건 주문이 아니외다. 하나님 전에 기도드리는 것이외다."

"하나님 전에?"

모화는 눈을 둥그렇게 떴다.

"네, 하나님께서 우리 사람을 내셨으니깐요."

"야아, 너 잡귀가 들렸구나!"

모화의 얼굴빛은 순간 퍼렇게 질리었다. 그리고는 더 묻지 않았다.

다음날 모화가 그 마을에 객귀 들린 사람이 있어 '물밥'을 내주고 돌아오려니까 욱이가,

"오마니, 어디 갔다 오시나요?"

하고 물었다.

"저 박급창댁에 객귀를 물려 주고 온다."

욱이는 한참 동안 무엇을 생각하는 모양이더니,

"그럼 오마니가 물리면 귀신이 물러나갑데까."

한다.

"물러나갔기 사람이 살아났지."

모화는 별소리를 다 묻는다는 듯이 대답했다. 그는 지금까지 이 경주 고을 일원을 중심으로 수백 번의 푸닥거리와 굿을 하고, 수백 수천 명의 병을 고쳐 왔지만 아직 한 번도 자기의 하는 굿이나 푸닥거리에 '신령님'의 감응을 의심한다든가 걱정해 본 적은 없었다. 더구나 누구의 객구에 물밥을 내주는 것쯤은 목마른 사람에게 물 한 그릇을 떠 주는 것만큼이나 당연하고 손쉬운 일로만 여겨 왔다. 모화 자신만이 그렇게 생각할 뿐 아

니라 굿을 청하는 사람, 객귀가 들린 사람 쪽에서도 그와 같이 믿고 있는
편이기도 했다. 그들은 무슨 병이 나면 먼저 의원에게 보이려는 생각보다
으레 모화에게 찾아갈 것으로 생각하는 것이었다. 그들의 생각에는 모화
의 푸닥거리나 푸념이 의원의 침이나 약보다 훨씬 반응이 빠르고 효험이
확실하고, 부담이 적었던 것이다.

……한참 동안 고개를 수그리고 무엇을 생각하고 있던 욱이는 고개를
들어 그 어미의 얼굴을 똑바로 바라보며,

"오마니, 그런 것은 하나님께 죄가 됩내다. 오마니, 이것 보시오. 마태
복음 제 구 장 삼십오 절이올시다. 저희가 나갈 때에 사귀 들려 벙어리
된 자를 예수께 다려오매, 사귀가 쫓겨나니 벙어리가 말하거늘……."

그러나 이때 벌써 모화는 자리에서 일어나 방구석에 언제나 차려 놓은
'신주상' 앞에 가서,

신령님네, 신령님네, 동서남북 상하천지,
날 것은 날아가고 길 것은 기허가고,
머리 검은 초로인생 실낱 같안 이 목숨이,
신령님네 품이길래 품속에 품았길래,
대로같이 가옵내다, 대로같이 가옵내다.
부정한 손 물리치고, 조촐한 손 받으실 새,
터주님이 터 주시고 조왕님이 요 주시고,
성주님이 복 주시고 칠성님이 명 주시고,
미륵님이 돌보셔서 실낱 같안 이 목숨이,
대로같이 가옵내다,
탄탄대로같이 가옵내다.

모화의 두 눈은 보석같이 빛나며, 강렬한 발작과도 같이 전신을 떨고
두 손을 비벼 댔다. 푸념이 끝나자 '신주상' 위의 냉수 그릇을 들어 물을

머금더니 욱이의 낯과 온몸에 확 뿜으며,

  엇쇠, 귀신아 물러가라,
  여기는 영주 비루봉 상상봉헤,
  깎아질린 돌벼랑헤, 쉰 길 청수헤.
  너희 올 곳이 아이니라.
  바른손헤 칼을 들고 왼손헤 불을 들고,
  엇쇠, 잡귀신아, 썩 물러서라, 툇 툇!

이렇게 외쳤다.

욱이는 처음 어리둥절해서 모화의 푸념하는 양을 바라보고 있다가, 이
윽고 고개를 수그려 잠깐 기도를 올리고 나서 일어나 잠자코 밖으로 나가
버렸다.

모화는 욱이가 나간 뒤에도 한참 동안 푸념을 계속하며, 방구석마다 물
을 뿜고 주문을 외었다.

4

욱이는 그 길로 이 지방의 예수교인을 찾아보기로 했다. 그날 곧 돌아
올 줄 알았던 욱이는 해가 지고 밤이 깊어도 돌아오지 않았다. 모화와 낭
이, 어미 딸은 방구석에 음울하게 웅크리고 앉아 욱이가 돌아오기만 기다
리는 것이었다.

"예수 귀신 책 거 없나?"

모화는 얼마 뒤에 낭이더러 이렇게 물었다. 낭이는 고개를 저었다. 그
러자 갑자기 낭이도 욱이의 그 《신약전서》란 책을 제가 맡아 두지 않았
음을 후회했다. 모화는 욱이의 《신약전서》를 '예수 귀신 책'이라 불렀
다. 모화는 분명히 욱이가 무슨 몹쓸 잡귀에 들린 것으로만 간주하는 모

양이었다. 그것은 마치 욱이가 모화와 낭이를 으레 사귀 들린 여인들로
생각하는 것과도 같았다. 그는 모화뿐만 아니라 낭이까지도 어미의 사귀
가 들어가서 벙어리가 된 것이라고 믿는 모양이었다.

'예수 당시에도 사귀 들려 벙어리 된 자를 예수께서 몇 번이나 고쳐 주
시지 않았나……'

욱이는 이렇게 생각하는 것이었다. 그리고 그는 자기의 힘으로 자기가
하나님께 열심으로 기도를 드림으로써 그 어머니와 누이동생의 병을 고쳐
야 한다고 마음속으로 굳게 결심하는 것이었다.

——예수께서 무리들이 달려와서 모이는 것을 보시고 그 더러운 귀신
을 꾸짖어 가라사대, 벙어리와 귀머거리 귀신아 내가 네게 명하노니 그
아이에게서 나오고 다시는 들어가지 마라 하시니 사귀가 소리 지르며 아
이를 심히 오그라뜨리고 나가니 그 아이가 죽은 것같이 되매 여러 사람이
말하기를 죽었다 하거늘, 오직 예수 그 손을 잡아 일으키시니 드디어 일
어서더라. 집에 들어가시매 제자들이 조용히 묻자와 가로되 우리는 어찌
하여 능히 그 귀신을 쫓아 내지 못하였나이까, 예수 가라사대 기도 아니
하여서는 이런 따위를 나가게 할 수 없나니라(마가복음 제9장 제25절~
제29절).

그리하여 욱이는 자기도 하나님께 기도만 간절히 드리면 그 어미와 누
이동생에게 들어 있는 사귀도 내어쫓을 수 있으리라 믿었다. 일방 그는
그가 지금까지 배우고 있던 평양 현 목사와 이 장로에게도 편지를 띄웠
다.

'목사님 저는 하나님의 은혜로 무사히 오마니를 찾아왔삽내다. 그러하
오나 이 지방에는 아직 우리 주님의 복음이 전파되지 않아서 사귀 들린
자와 우상 섬기는 자가 매우 많은 것을 볼 때 하루바삐 주님의 복음을 이
지방에 전파하도록 교회를 지어야 하겠삽내다. 목사님께 말씀드리기는
매우 부끄러운 일이나 저의 오마니는 무당 사귀가 들려 있고 저의 누이동
생은 귀머거리와 벙어리 귀신이 들려 있삽내다. 저는 마가복음 제 구 장

제 이십구 절에 있는 우리 주님 예수 그리스도의 말씀대로 이 사귀들을 내어쫓기 위하여 열심으로 기도를 드립니다마는 교회가 없으므로 기도드릴 장소가 매우 힘드옵내다. 하루바삐 이 지방에 교회 되기를 하나님께 기도 올려 주소서.'

이 현 목사는 미국 선교사로서 욱이가 지금까지 먹고 입고 공부하게 된 것이 모두 전혀 그의 도움이었다. 욱이는 열다섯 살까지 절간에서 중의 상좌 노릇을 하고 있다가, 그해 여름에 혼자서 서울 구경을 간다고 나간 것이, 이리저리 유랑하여 열여섯 되던 해 가을엔 평양까지 가게 되었고 거기서 그해 겨울 이 장로의 소개로 현 목사의 도움을 받게 되었던 것이었다.

이번에 욱이가 평양서 어머니를 보러 간다고 하니까 현 목사는 욱이를 불러 놓고 이렇게 말했다.

"지금부터 삼 년 안에 이 사람 고국 갈 것이오. 그때 만일 욱이가 함께 가기 원하면 이 사람 같이 미국 가게 될 것이오."

"목사님 고맙습니다. 저는 목사님 따라 미국 가기가 소원입니다."

"그러면 속히 모친 만나보고 오시오."

그러나 욱이가 어머니 집이라고 찾아온 것은 지금까지 그가 살고 있던 현 목사나 이 장로의 집보다 너무나 딴세상이었다. 그 명랑한 찬송가 소리와 풍금 소리와 성경 읽는 소리와, 모여 앉아 기도를 올리고 빛난 음식을 향해 즐겁게 웃음 웃는 얼굴들 대신에 군데군데 헐려져 가는 쓸쓸한 돌담과 기와버섯이 퍼렇게 뻗어오른 묵은 기와집과 엉킨 잡초 속에 꾸물거리는 개구리 지렁이들과 그 속에서 무당 귀신과 귀머거리 귀신이 각각 들린 어미 딸 두 여인을 보았을 때 그는 흡사 자기 자신이 무서운 도깨비굴에 홀려 든 것이나 아닌가 하고 새삼 의심이 들 지경이었다.

욱이가 이 지방 예수교인들을 두루 만나보고 집으로 돌아온 뒤로부터 야릇하게 변해진 것은 낭이의 태도였다. 그 호리호리한 몸매와 종잇장같이 희고 매끄러운 얼굴에 빛나는 굵은 두 눈으로 온종일 말 한 마디 웃음

한 번 웃는 일 없이 방구석에 틀어박혀 앉은 채 욱이의 하는 양만 바라보고 있다가 밤이 되어 처마끝에 희부연 종이 등불이 걸리고 하면, 피에 주린 모기들이 미친 듯이 떼를 지어 울고 날아드는 마당 구석에서 낭이는 그 얼음같이 싸늘한 손과 입술로 욱이의 목덜미나 가슴팍으로 뛰어들곤 했다. 욱이는 문득문득 목덜미로 가슴팍으로 낭이의 차디찬 손과 입술을 느낄 적마다 깜짝깜짝 놀라곤 하였으나, 그녀가 까무러칠 듯이 사지를 떨며 다시 뛰어들 제면 그도 당황히 낭이의 손을 쥐어 주며, 그 희부연 종이 등불이 걸려 있는 처마밑으로 이끌곤 했다.

낭이의 태도가 미묘해진 뒤부터 욱이의 얼굴빛도 날로 창백해 갔다. 그렇게 한 보름 지난 뒤 그는 또 한 번 표연히 집을 나가고 말았다.

모화는 욱이가 집을 나간 지 이틀째 되던 날 밤 문득 자리에서 일어나 앉으며 긴 한숨을 내쉬었다. 그리고 곁에 누워 있는 낭이를 흔들어 깨우더니 듣기에도 음울한 목소리로,

"욱이가 언제 온다더누?"

물었다. 낭이가 잠자코 있으려니까,

"왜 욱이 저녁밥상은 보아 두라고 했는데 없노?"

하고 낭이더러 화를 내었다. 모화는 날이 갈수록 점점 더 초조한 빛으로 밤중마다 부엌에다 들기름 불을 켜고 부뚜막 위에 욱이의 밥상을 차려 놓고는 치성을 드리는 것이었다.

성주는 우리 성주, 칠성은 우리 칠성, 조왕은 우리 조왕,
비나이다 비나이다 신주님께 비나이다.
하늘에는 별, 바다에는 진주,
금은 같안 이내 장손, 관옥 같안 이내 방성,
삼신혜 수를 빌하, 칠성혜 명을 빌하,
성주혜 복을 빌하, 용신혜 덕을 빌하,
조왕님전 요오를 타고 터주님전 재주 타니

하늘에는 별, 바다에는 진주,
삼신조왕 마다하고 아니 오지 못하리라
예수 귀신하, 서역 십만 리 굶주리던 불 귀신아,
탄다, 훨훨 불이 탄다. 불 귀신이 훨훨 탄다.
타고 나니 우리 방성, 관옥같이 앉았다가,
삼신 찾아오는구나, 조왕 찾아오는구나.

모화는 혼자서 손을 비비고 절을 하고 일어나 춤을 추고 갖은 교태를 다 부리며 완연히 미친 것같이 날뛰었다.

낭이는 방에서 부엌으로 난 봉창 구멍에 눈을 대고 숨소리도 죽인 채 오랫동안 어미의 날뛰는 양을 지켜 보고 있다가 별안간 몸에 오한이 들며 아래턱이 달달달 떨리기 시작하였다. 그녀는 미친 것처럼 뛰어 일어나며 저고리를 벗었다. 치마를 벗었다. 그리하여 어미는 부엌에서 딸은 방 안에서 한 장단, 한 가락에 놀듯 어우러져 춤을 추곤 했다. 그러한 어느 새벽, 낭이는(정신을 차리고 보니) 발가벗은 알몸뚱이로 방바닥에 쓰러져 있는 그녀 자신을 발견한 일도 있었다.

두 번째 집을 나갔던 욱이는 다시 얼굴에 미소를 지으며 그녀들 어미 딸 앞에 나타났다.

모화는 그때 마침 굿 나갈 때 신을 새 신발을 신어 보고 있었는데 욱이가 오는 것을 보자, 처음 그가 집에 돌아왔을 때 그랬던 것처럼 그 후리후리한 허리에 긴 팔을 벌려, 흡사 큰 새가 알을 품듯 그의 상반신을 얼싸안고 울기 시작했다. 이번엔 아무런 푸념도 없이 오랫동안 욱이의 목을 안은 채 잠자코 울기만 하는 것이었다. 언제나 퍼런 그 얼굴에도 이때만은 붉은 기운이 돌며 그 의젓한 몸짓은 조금도 귀신들린 사람 같지 않았다.

"오마니, 나 방에 들어가 쉬겠쇠다."

욱이는 어미의 포옹을 끄르고 일어나 방에 들어가 누웠다.

　모화는 웬일인지 욱이가 방에 들어간 뒤에도 오랫동안 툇마루에 걸터앉은 채 고개를 떨어뜨리고 무엇을 골똘히 생각하고 있는 꼴이었다. 긴 한숨과 함께 얼굴을 든 그녀는 무슨 생각으론지 도로 방으로 들어가더니 낭이의 그림을 이것저것 뒤져 보는 것이었다.

　그날 밤이었다.

　밤중이나 되어 욱이가 잠결에 문득 그의 품속에 언제나 품고 있는 성경책을 더듬어 보았을 때, 품속이 허전함을 느꼈다. 그와 동시에 웅얼웅얼하며 물 속에서 주문을 외는 소리도 들려 왔다. 자리에서 일어나 보았으나 품속에서 성경을 찾을 수는 없었다. 그리고 낭이와 욱이 사이에 누워 있을 그의 어머니는 보이지 않았다. 그는 어떤 불길하고 무서운 예감에 몸이 부르르 떨리고 있었다. 바로 그때였다. 그의 귀에는, 땅 속에서 귀신이 우는 듯한 웅얼웅얼하는, 주문을 외는 듯한 소리가 좀더 또렷이 들려 왔다. 순간 그는 거의 무의식적으로, 방에서 부엌으로 난 봉창 구멍에 눈을 갖다 대었다.

　서역 십만 리 굶주리던 불 귀신하,
　한쪽 손에 불을 들고, 한쪽 손에 칼을 들고,
　이리 가니 산신님이 예 기신다.
　저리 가니 용신님이 제 기신다.
　칠성이라 돌아가니 칠성님이 예 기신다,
　구름 속에 쌔여 간다, 바람결에 묻혀 간다.
　구름님이 예 기신다, 바람님이 제 기신다.
　용궁이라 당도하니 열두 대문 잠겨 있다.
　첫째대문 두드리니 사천왕 뛰어나와,
　종발눈 부릅뜨고, 주석 철퇴 높이 든다.
　둘째대문 두드리니 불개 두 쌍 뛰어나와
　꽃불은 수놈이 낼롱, 불씨는 암놈이 낼롱,

셋째대문 두드리니 물개 두 쌍 뛰어나와
수놈이 멍멍 꽃불이 죽고,
암놈이 멩멩 불씨가 죽고…….

모화는 소복단장에 쾌자까지 두르고, 온갖 몸짓 갖은 교태를 다 부려 가며 손을 비비다, 절을 하다, 덩싯거리며 춤을 추다 하고 있다. 부뚜막 위에는 깨끗한 접시불(들기름불)이 켜져 있고, 그 아래 차려진 소반 위에는 냉수 한 그릇과 흰 소금 한 접시가 놓여 있을 따름이다. 그리고 그 곁에는 지금 막 그 마지막 불꽃이 나불거리고 난 새빨간 불에서 파란 연기 한 오리가 오르는 《신약전서》의 두꺼운 표지는 한머리 이미 파리한 재가 되어 가고 있었다.

모화는 무엇에 도전이나 하는 것처럼 입가에 야릇한 냉소까지 띠며, 소반에 얹힌 접시의 소금을 집어, 인제 연기마저 사라진 새까만 재 위에 뿌렸다.

서역 십만 리 예수 귀신이 돌아간다.
당산에 가 노자 얻고, 관묘에 가 신발 신고,
두 귀에 방울 달고 방울소리 발 맞추어
재 넘고 개 건너 잘도 간다.
인제 가면 언제 볼꼬, 발이 아파 못 오겠다.
춘삼월에 다시 오랴, 배가 고파 못 오겠다…….

모화의 음성은 마주(魔酒) 같은 향기를 풍기며 온 피부에 스며들었다. 그 보석 같은 두 눈의 교태와 쾌잣자락과 함께 나부끼는 손짓은 이제 차마 더 엿볼 수 없게 욱이의 심장을 쥐어짜는 것이었다. 욱이는 가위 눌린 사람처럼 간신히 긴 숨을 내쉬며 뛰어 일어났다. 다음 순간, 자기 자신도 모르게 방문을 뛰어나온 그는, 부엌문을 박차고 들어가 소반 위에 차려 놓은 냉수 그릇을 집어들려 하였다. 그러나 그가 냉수 그릇을 집어들기 전에 모화의 손에는 식칼이 번득이고 있었고 모화는 욱이와 물그릇 사이에 식칼을 두르며 조용히 춤을 추는 것이었다.

엇쇠, 귀신아 물러서라,
너 이제 보아 하니 서역 십만 리 굶주리던 잡귀신아,
여기는 영주 비루봉 상상봉혜
깎아질린 돌벼랑혜, 쉰 길 청수혜, 엄나무 발혜
너희 올 곳이 아니다.
바른손에 칼을 들고 왼손에 불을 들고,
엇쇠 서역 잡귀신아 썩 물러가라.

이때 모화는 분명히 식칼로 욱이의 면상을 겨누어 치려 하였다. 순간, 욱이는 모화의 칼날을 왼쪽 귓전에 느끼며 그의 겨드랑이 밑을 돌아 소반 위에 차려 놓은 냉수 그릇을 들어 모화의 낯에다 그릇째 끼얹었다. 이 서슬에 접시의 불이 기울어져 봉창에 붙었다. 욱이는 봉창에서 방 안으로 붙어 들어가는 불길을 잡으려고 부뚜막 위로 뛰어올랐다.

그러자 물 그릇을 뒤집어쓰고 분노에 타는 모화는 욱이의 뒤를 쫓아 칼을 두르며 부뚜막 위로 뛰어올랐다. 봉창에서 방 안으로 붙어 들어가는 불길을 덮쳐 끄는 순간, 뒷등어리가 찌르르 하여 획 몸을 돌이키려 할 때 이미 피투성이가 된 그의 몸은 허옇게 이를 악물고 웃음 웃는 모화의 품 속에 안겨져 있었다.

5

욱이의 몸은 머리와 목덜미와 등에 세 군데 상처를 입고 있었다. 그러나 욱이의 병은 이 세 군데 칼로 맞은 상처만이 아니었다.

 그는 날이 갈수록 갈비뼈가 앙상하게 드러나고 두 눈자위가 패어들기 시작했다.
 모화는 욱이의 병 간호에 남은 힘을 다하여 그가 원하는 것이 있으면 낮과 밤을 헤아리지 않고 뛰어갔다. 가끔 욱이를 일으켜 앉히어서 자기의 품에 안아도 주었다. 물론 약도 쓰고 굿도 하고 주문도 외었다. 그러나 병은 낫지 않았다.
 모화도 욱이의 병 간호에 열중한 뒤부터 굿에는 그만큼 신명이 풀린 듯하였다. 누가 굿을 청하러 와도 아들의 병을 핑계로 대개 거절을 했다. 그러자 모화의 굿이나 푸닥거리의 영검이 이전과 같이 신령치 않다고들 하는 사람이 하나둘씩 생기기도 했다.
 이러할 즈음 이 고을에도 조그만 교회당이 서고 전도사가 들어왔다. 그리하여 그것은 바람에 불처럼 온 고을에 뻗쳤다. 읍내의 교회에서는 마을마다 전도대를 내보냈다. 그리하여 이 모화의 마을에까지 '복음'이 전파되었다.
 "여러 부모 형제 자매 우리 서로 보게 된 것 하나님 앞에 감사드릴 것이오. 하나님 우리 만들었소. 매우 사랑했소. 우리 모두 죄인올시다. 우리 마음속 매우 흉악한 것뿐이오. 그러나 예수 우리 위해 십자가 못 박혔소. 그러므로 예수 그리스도 믿음으로 우리 구원받을 것이오. 우리 매우 반가운 맘으로 찬송할 것이오. 하나님 앞에 기도드릴 것이오."
 두 눈이 파랗고 콧대가 칼날 같은 미국 선교사를 보는 것은 '원숭이 구경'보다 더 재미나다고들 하였다.
 "돈은 한 푼도 안 받는다. 가자."
 마을 사람들은 떼를 지어 모여들었다.
 이 마을 방 영감네 이종사촌 손자 사위요, 이번에 선교사와 함께 온 양조사(楊助事)와 그 부인은 집집마다 심방하여 가로되,
 "무당과 판수를 믿는 것은 거룩거룩하시고 절대적 하나밖에 없는 우리

하나님 아버지께 죄가 됩니다. 무당이 무슨 능력이 있습니까? 보십시오, 무당은 썩어빠진 고목나무나 듣도보도 못하는 돌미륵한테도 빌고 절을 하지 않습니까? 판수가 무슨 능력이 있습니까? 보십시오, 제 앞도 못 보아 지팡이로 더듬거리는 그가 어떻게 눈 밝은 사람을 구원할 수 있겠습니까? 우리 인생을 만든 것은 절대적 하나밖에 없는 하나님 아버지올시다. 그러므로 아버지께서 말씀하셨습니다. 내 앞에 다른 신을 두지 말라 ……."

　이리하여 하나님의 아버지의 외아들 예수 그리스도가 온갖 사귀 들린 사람, 문둥병 든 사람, 앉은뱅이, 벙어리, 귀머거리를 고친 이야기와 십자가에 못 박혀 죽은 지 사흘 만에 다시 살아나 승천했다는 이야기가 한정없이 쏟아진다.

　모화는 픽 웃곤 했다.
　"그까짓 잡귀신들."
했다. 그러나 그들의 비방과 저주는 뼛골에 사무치는 듯 그녀는 징을 울리고 꽹과리를 치며 외쳤다.

　엇쇠 귀신아 물러서라.
　당대 고축년에 얻어먹던 잡귀신아,
　늬 어이 모화를 모르느냐,
　아니 가고 봐 하면 쉰 길 청수에,
　엄나무 발에, 무쇠가마에, 백말 가죽에,
　늬 자자손손을 가두어 못 얻어먹게 하고
　다시는 햇빛도 못 보게 할란다.
　엇쇠 귀신아 썩 물러가거라.
　서역 십만 리로 꽁무니에 불을 달고,
　두 귀에 방울 달고 왈강달강 왈강달강,
　벼락같이 떠나거라.

그러나 '예수 귀신'들은 결코 물러가지 않았을 뿐 아니라 점점 늘어만 갔다. 게다가 옛날 모화에게 굿과 푸닥거리를 빌러 다니던 사람들까지 예수 귀신이 들기 시작하였다.

이러는 중에 서울서 또 부흥 목사가 내려왔다. 그는 기도를 드려서 병을 고치는 능력이 있다 하여 온 고을 사람들이 모여들기 시작하였다. 그가 병자의 머리 위에 손을 얹고,

"이 죄인은 저의 죄로 말미암아 심히 괴로워하고 있사옵니다."

하고 기도를 올리면, 여자들의 월숫병, 대하증쯤은 대개 '죄 씻음'을 받을 수 있었고, 그밖에도 소경이 눈을 뜨고 앉은뱅이가 걷고, 귀머거리가 듣고 벙어리가 말하고, 반신불수와 지랄병까지 저희 믿음 여하에 따라 모두 '죄 씻음'을 받을 수 있다는 것이었다. 여자들의 은가락지, 금반지가 나날이 수를 다투어 강단 위에 내걸리게 된다. 기부금이 쏟아진다.

이리 되면 모화의 굿 구경에 견줄 나위가 아니라고 하였다.

"양국놈들이 요술단을 꾸며 왔어."

모화는 픽 웃고 이렇게 말했다. 굿과 푸념으로 사람 속에 든 사귀 잡귀신을 쫓는 것은 지금까지 신령님께서 자기에게만 허락하신 자기의 특수한 권능이었다. 그리고 그의 신령님은 오늘날 예수꾼들이 그렇게도 미워하고 시기하는 고목이기도 했고, 미륵돌이기도 했고, 산이기도 했고, 물이기도 했다.

"무당과 판수를 믿는 것은 절대적 한 분밖에 안 계시는 거룩거룩하신 하나님 아버지께 죄가 됩니다."

'예수 귀신'들이 나팔을 불고 북을 치고 비방을 하면 모화는 혼자서 징을 올리고 꽹과리를 치며,

꽁무니에 불을 달고 두 귀에 방울 달고,
왈강달강 왈강달강,
서역 십만 리로 물러서라 잡귀신아.

이렇게 응수하곤 했다.

6

욱이의 병은 그해 가을을 지나 겨울철에 접어들면서부터 드러나게 악화되어 갔다. 모화가 가끔 간장이 녹듯 떨리는 음성으로,

"이것아 이것아, 늬가 이게 웬일이고? 머나먼 길에 에미라고 찾아와서 늬가 이게 무슨 꼴고?"

손을 잡고 눈물을 흘리면,

"오마니, 너무 걱정하지 마시오. 나는 죽어서 우리 아버지께로 갈 것이오."

욱이는 조용히 이렇게 말했다. 그리고 무어 생각나는 게 없느냐고 물으면 그는 조용히 고개를 돌렸다. 그러나 그의 어미가 밖에 나가고 낭이가 혼자 있을 때엔 이따금 낭이의 손을 잡고,

"나 성경 한 권 가졌으면……."
하는 것이다.

이듬해 봄 그가 세상을 떠나기 사흘 전에 그가 그렇게도 그리워하고 기다리던 현 목사가 평양에서 찾아왔다. 현 목사는 방 영감네 이종사촌 손자 사위인 양 조사의 인도로 뜰안에 들어서자 그 황폐한 광경과 역한 흙 냄새에 미간을 찌푸리며,

"이런 가운데서 욱이가 살고 있소?"

양 조사에게 이렇게 물었다.

욱이는 현 목사가 들어오는 것을 보자 두 눈에 광채를 띠며,

"목사님, 목사님."

이렇게 두 번 불렀다. 현 목사는 잠자코 욱이의 여윈 손을 쥐었다. 별안간 그의 온 얼굴은 물든 것처럼 붉어지며 무수한 주름살이 미간과 눈꼬리에 잡혔다. 그는 솟아오르는 감정을 누르려는 듯이 한참 동안 눈을 감

고 있었다.

양 조사는 긴장된 침묵을 깨뜨리려는 듯이 입을 열었다.

"경주에 교회가 이렇게 속히 서게 된 것은 이분의 공로올시다."

그리하여 그의 말을 들으면 욱이는 평양 현 목사에게 진정을 했고, 현 목사께서는 욱이의 편지에 의하여 대구 노회에 간청을 했고, 일방, 경주 교인들은 욱이의 힘으로 서로 합심하여 대구 노회와 연락한 결과 의외로 속히 교회 공사가 진척되었던 것이라 하였다.

현 목사가 의사와 함께 다시 오기를 약속하고 일어나려 할 때 욱이는,

"목사님 나 성경 한 권만 사 주시오."

했다.

"그럼 그 동안 우선 이것을 가지시오."

현 목사는 손가방 속에서 자기의 성경책을 내주었다. 성경책을 받아 쥔 욱이는 그것을 가슴에 안고 눈을 감았다. 그의 감은 눈에서는 이슬방울이 맺히었다.

7

모화 집 마당에는 예년과 다름없이 잡풀이 엉키고 늙은 개구리와 지렁이 들이 그 속에 웅크리고 있었다. 그녀는 그 동안 거의 굿을 나가지 않고, 매일 그 찌그러져 가는 묵은 기와집, 잡초 속에서 혼자서 징, 꽹과리만 울리고 있었다. 사람들은 모화가 인제 아주 미친 것이라 하였다.

모화는 부엌에다 오색 헝겊을 걸고, 낭이의 그림으로 기를 만들어 달고는, 사뭇 먹기조차 잊어버린 채 입술은 먹같이 검어지고 두 눈엔 날로 이상한 광채가 짙어 갔다.

서역 십만 리 예수 귀신 돌아간다.

꽁무니에 불을 달고, 두 귀에 방울 달고 왈강달강 왈강달강,

엇쇠 귀신아 썩 물러가거라.

자 늬 아니 가고 봐 하면, 쉰 길 청수에, 엄나무 바알에, 무쇠가마에, 흰 말 가죽에, 너 이 자자손손을 다 가두어 죽일란다.

엇쇠! 귀신아!

그녀는 날마다 같은 푸념으로 징, 꽹과리를 울렸다. 혹 술잔이나 가지고 이웃 사람이 찾아가,

"모화네 아들 죽고 섭섭해서 어쩌나?"

하면, 그녀는 다만,

"우리 아들은 예수 귀신이 잡아갔소."

하고 한숨을 내쉬곤 했다.

"아까운 모화 굿을 언제 또 볼꼬?"

사람들은 모화를 아주 실신한 사람으로 치고 이렇게 아까워하곤 했다. 이러할 즈음에 모화의 마지막 굿이 열린다는 소문이 났다. 읍내 어느 부잣집 며느리가 '예기소'에 몸을 던진 것이었다. 그래 모화는 비단 옷 두 벌을 받고 특별히 굿을 응낙했다는 말도 났다. 그리고 이와 동시에 모화가 이번 굿에서 딸(낭이)의 입을 열게 할 계획이라는 소문도 났다.

"흥, 예수 귀신이 진짠가 신령님이 진짠가 두고 보지."

이렇게 장담했다는 것이다.

사람들은 기대와 호기심에 들끓었다. 그들은 놀랍고 아쉬운 마음으로 산을 넘고 물을 건너 모여들었다.

굿이 열린 백사장 서북쪽으로는 검푸른 소 물이 깊은 비밀과 원한을 품은 채 조용히 굽이 돌아 흘러내리고 있었다(명주구리 하나 들어간다는 이 깊은 소에는 해마다 사람이 하나씩 빠져 죽기가 마련이라는 전설이 있다).

백사장 위에는 수많은 엿장수, 떡장수, 술 가게, 밥 가게 들이 포장을 치고 혹은 거적을 두르고 득실거렸고, 그 한복판 큰 차일 속에서 굿은 벌어져 있었다. 청사, 홍사(紅紗), 녹사, 백사, 황사의 오색 사초롱이 꽃송

이같이 여기저기 차일 아래 달리고 그 초롱불 밑에서 떡시루, 탁주동이, 돼지 통새미 들이 온 시루, 온 동이, 온 과리째 놓인 대감상, 무더기 쌀과 타래 실과 곶감꼬치, 두부를 놓은 제석상과, 삼색 실과에 백설기와 소채 소탕에 자반, 유과들을 차려 놓은 미륵상과, 열두 가지 산채로 된 산신상과, 열두 가지 해물을 차린 용신상과 음식이란 음식마다 한 접시씩 놓은 골목상과, 냉수 한 그릇만 놓인 모화상과 이밖에도 여러 가지 크고 작은 전물상들이 쭉 늘어놓아져 있었다.

이날 밤 모화의 얼굴에는 평소에 볼 수 없던 정숙하고 침착한 빛이 서려 있었다. 어제같이 아들을 잃고 또 새로 들어온 예수교도들로부터 가지각색 비방과 구박을 받아 오던 그녀로서는 의아스러우리만큼 새침하게 갈앉아 있어, 전날 달밤으로 산에 기도를 다닐 적의 얼굴을 연상케 했다. 그녀는 전날과 같이 여러 사람 앞에서 아양을 부리거나 수선을 떨지도 않았다. 그러나 그녀는 그 호화스러운 전물상들을 둘러보고도 만족한 빛 한 번 띠지 않고, 도리어 비웃듯이 입을 비쭉거렸다.

"더러운 년들, 전물상만 차리면 그만인가."

입밖에 내어놓고 빈정거리기까지 하였다. 그러자 자리에서는 모화가 오늘 밤 새로운 귀신이 지핀다고들 수군거리기 시작했다. 그 가운데 한 여자가 돌연히,

"아, 죽은 김씨 혼신이 덮였군."

하자 다른 여자들도,

"바로 그 김씨가 들렸다. 저 청승맞도록 정숙하고 새침한 얼굴 좀 봐라. 그리고 모화네가 본디 어디 저렇게 이뻤나, 아주 김씨를 덮어 썼구면."

이렇게들 수군댔다. 이와 동시, 한쪽에서는 오늘 밤 굿으로 어쩌면 정말 낭이가 말을 하게 될 게라는 얘기도 퍼졌고, 또 한쪽에서는 낭이가, 누구 아이인지는 모르지만 배가 불러 있다는 풍설도 돌았다. ……하여간 이 여러 가지 소문들이 오늘 밤 굿으로 해결이 날 것이라고 막연히 그녀

들은 믿고 있었다.

모화는 김씨 부인이 처음 태어났을 때부터 물에 빠져 죽을 때까지의 사연을 한참씩 넋두리하다가는 화랑이들의 장고, 피리, 해금에 맞추어 춤을 덩실거렸다. 그녀의 음성은 언제보다도 더 구슬펐고, 몸뚱이는 뼈도 살도 없는 율동으로 화한 듯 너울거렸고……. 취한 양, 얼이 빠진 양 구경하는 여인들의 숨결은 모화의 쾌잣자락만 따라 오르내렸다. 모화의 쾌잣자락은 모화의 숨결을 따라 나부끼는 듯했고, 모화의 숨결은 한많은 김씨 부인의 혼령을 받아 청승에 자지러진 채, 비밀을 품고 조용히 굽이 돌아 흐르는 강물(예기소의)과 함께 자리를 옮겨 가는 하늘의 별들을 삼킨 듯했다.

밤중이나 되어서였다.

혼백이 건져지지 않는다는 것이었다. 화랑이(박수)들과 작은무당들이 몇 번이나 초망자(招亡者) 줄에 밥그릇을 달아 물 속에 던져도, 밥그릇 속에 죽은 사람의 머리카락이 들어오지 않는 것으로 보아 김씨가 초혼에 응하질 않는 모양이라 하였다.

작은무당 하나가 초조한 낯빛으로 모화의 귀에 입을 바짝 대며,

"여태 혼백을 못 건져서 어떡해?"

하였다.

모화는 조금도 서둘지 않고 오히려 당연하다는 듯이 넋대를 잡고 물가로 들어섰다.

초망자 줄을 잡은 화랑이는 넋대가 가리키는 방향으로 이리저리 초혼 그릇을 물 속에 굴렸다.

일어나소 일어나소.

서른세 살 월성 김씨 대주 부인,

방성으로 태어날 때 칠성에 복을 빌어.

모화는 넋대로 물을 휘저으며 진정 목이 멘 소리로 혼백을 불렀다.

꽃같이 피난 몸이 옥같이 자란 몸이,
양친 부모도 생존이요, 어린 자식 뉘어 두고,
검은 물에 뛰어들 제 용신님도 외면이라,
치마폭이 봉긋 떠서 연화대를 타단 말가,
삼단머리 흐트러져 물귀신이 되단 말가.

모화는 넋대를 따라 점점 깊은 물 속으로 들어갔다. 옷이 물에 젖어 한 자락 몸에 휘감기고 한 자락 물에 떠서 나부꼈다. 검은 물은 그녀의 허리를 잠그고, 가슴을 잠그고 점점 부풀어오른다…….
그녀는 차츰 목소리가 멀어지며 넋두리도 허황해지기 시작했다.

가자시라 가자시라 이수중분 백로주로,
불러 주소 불러 주소 우리 성님 불러 주소,
봄철이라 이 강변에 복숭꽃이 피그덜랑,
소복 단장 낭이 따님 이내 소식 물어 주소,
첫가지에 안부 묻고 둘째 가…….

할 즈음, 모화의 몸은 그 넋두리와 함께 물 속에 아주 잠겨져 버렸다.
처음엔 쾌잣자락이 보이더니 그것마저 잠겨 버리고, 넋대만 물 위에 빙빙 돌다가 흘러 내렸다.
열흘쯤 지난 뒤다.
동해변 어느 길목에서 해물 가게를 보고 있다던 체수 조그만 사내가 나귀 한 마리를 몰고 왔을 때, 그때까지 아직 몸이 완쾌하지 못한 낭이가 퀭한 눈으로 자리에 누워 있었다.
사내는 낭이에게 흰죽을 먹이기 시작했다.

"아버으이."

낭이는 그 아버지를 보자 이렇게 소리를 내어 불렀다. 모화의 마지막 굿이 (떠돌던 예언대로) 영검을 나타냈는지 그녀의 말소리는 전에 없이 알아들을 만도 했다.

"여기 타라."

사내는 손으로 나귀를 가리켰다.

"……."

낭이는 잠자코 그 아버지가 시키는 대로 나귀 위에 올라앉았다.

그네들이 떠난 뒤엔 아무도 그 집을 찾아오는 사람이 없었고, 밤이면 그 무성한 잡풀 속에서 모기들만이 떼를 지어 미쳐 돌았다.

황토기

솔개재(鳶介嶺)에서 금오산(金午山) 쪽으로 뻗쳐 내리는 두 산맥이다. 등성이를 벌거벗은 채 십 리, 시오 리씩을 하나는 서북, 또 하나는 동북으로 뛰어 내려와서는, 거기 황토골이란 조그만 골짝 하나를 낳은 것뿐으로, 그 앞을 흘러 가는 냇물을 바라보며, 동네 늙은이들의 입으로 전하는 상룡(傷龍), 또는 쌍룡(雙龍)의 전설을 이룬 그 지리적 결구(地理的 結構)는 여기서 끝을 맺는 것이다.

상룡설, 옛날 등천(騰天)하려던 황룡 한 쌍이 때마침 금오산에서 굴러 떨어지는 바위에 맞아 허리가 상하니라. 그 상한 용의 허리에서 한없이 피가 흘러 내려 부근 일대를 붉게 물들이니 이에서 황토골이 생기니라.
쌍룡설. 역시 등천하려던 황룡 한 쌍이 바로 그 전야(前夜)에 있어 잠자리를 삼가지 않은지라, 상제(上帝)께서 노하시고 벌을 내리사 그들의 여의주(如意珠)를 묻으시매 여의주를 잃은 한 쌍의 용이 슬픔에 못 이겨 서로 저희들의 머리를 물어뜯어 피를 흘리니, 이 피에서 황토골이 생기니라.

이상의 상룡설 또는 쌍룡설 밖에 절맥설(絕脈說)도 있으니 그것은 다음과 같다.

절맥설. 옛날 당(唐)나라에서 나온 어느 장수가 여기 이르러 가로되, 앞으로 이 산에서 동국의 장사가 난다면 감히 중원을 범할 것이라 하여 이에 혈을 지르니, 이 산골에 석달 열흘 동안 붉은 피가 흘러 내리고 이로 말미암아 이 일대가 황토 지대로 변하니라.

1

용내(龍川)를 건너 황토골 앞들에는 두레논을 매는 한 이십여 명 되는 사람이 한일자(一字)로 하얗게 구부려 있고, 논둑에는 동기(洞旗)를 든 사람과 풍물치는 사람이 네댓 나서 있다. 해는 바야흐로 하늘 한가운데서 이글거리고, 온 들과 산은 눈 가는 끝까지 푸르기만 하다.

께겡 께겡 떵땅 꽤앵……

풍물이래야 꽹과리 하나, 장고 하나, 그리고 징 한 채다. 그런대로 그들은 논 매는 일꾼들과 더불어 끈기 있게 논둑에서 논둑으로 타고 다니며 들판의 정적을 깨뜨려 가고 있다.

그런데 그들 두레꾼들과는 동떨어져, 이쪽 산기슭 쪽에 혼자 논을 매노라고 논 가운데 허리를 구부리고 있는 사람이 하나 있다. 곁에서 이를 본다면, 그의 팔다리나 허리가 보통 사람보다 훨씬 크고 길 뿐 아니라, 어깨나 몸집이 다 그렇게 두드러지게 장대하게 생겼고, 또한 머리털이 이미 희끗희끗 세어 있음 알리라. 그의 이름은 억쇠다.

그는 몸이 그렇게 보통 사람보다 두드러지게 큰 것처럼 일도 동떨어진 곳에서 혼자 하고 있는지 모른다.

억쇠는 논 매던 손을 쉬고 논둑으로 나온다. 그는 두어 번이나 고개를 돌려 산밑 쪽을 바라본다. 아직도 분이(粉伊)는 보이지 않는다. 그는 담배를 한 대 피워 문다.

논둑에 서 있는 소동나무에서는 매미 소리가 시끄럽게 들려 온다.

억쇠가 담배를 두 대나 태우고 나서 화가 치밀어 숫제 주막으로나 찾아 갈 양으로 막 허리를 일으키려는데, 그때서야 저쪽 소나무 사이로 조그만 술동이를 머리에 이고 오는 분이가 보였다.

"멀 하고 인제사 와."

가까이 온 분이를 보자 억쇠는 약간 노기(怒氣) 띤 목소리로 물었다.

"멀 하긴 멀 해."

분이는 머리에서 술동이를 내리며 마주 배앝는다. 입에서는 술냄새가 확 끼치고 양쪽 눈 언저리와 귓바퀴가 물을 들인 듯이 발긋발긋하다.

'또 술을 처먹은 게로군.'

억쇠는 혼자 속으로 중얼거리는 것이다.

"자아, 옛수."

억쇠에게 술사발을 건네는 분이의 입 가장에는 어느덧 그 야릇한 웃음 이 떠돌기 시작한다.

억쇠는 분이의 손에서 사발과 술동이를 나꾸듯이 빼앗는다. 동이 속에 서 술이 출렁 하며 밖으로 튀어나온다.

사발과 동이를 빼앗기듯이 된 분이는 화통이 치미는지,

"흥, 이년을 어디 두고 보자."

하며 이를 오도독 갈아 붙인다. 설희(薛姬)를 두고 하는 욕질이지만 당 치 않은 수작이다.

억쇠는 아랑곳없다는 듯이 술을 따라 마시고 있다. 그 동안 잔뜩 독이 오른 눈으로 억쇠를 노려보고 있던 분이는,

"연놈을 한칼에 푸욱……."

하고 또 한 번 이를 오도독 간다.

"이년아, 말버릇 그게 뭐여."

억쇠가 꾸짖자, 분이는,

"어디 임자보고 말했나. 득보 말이지."

한다.

더욱 모를 소리다.

"득보면 너의 아저씬가 무엇이 된대면서 그건 무슨 소리여."

이에 대하여 분이는,

"흥, 아저씨? 아저씸 어쨌단 말요?"

하고 콧방귀를 뀌더니 풀 위에 발랑 드러누워 버린다. 걷어올려진 베치맛
자락 밑으로 새하얀 다리를 드러내 보이며 그녀는 어느덧 코를 골기 시작
하였다.

소동나무에서는 또 한바탕 매미가 운다.

억쇠는 세 번째 술을 따라 든 채, 멍하게 소동나무를 바라보고 있다.
아까 분이가 '연놈을 한칼에 푸욱…….' 하던 것이 아무래도 머릿속에서
사라지지 않는다. 누구를 두고 하는 강짜란 말이냐. 억쇠는 어이가 없었
다.

억쇠가 술동이를 밀쳐 놓고 담배에 불을 붙여 물었을 때다. 득보가 나
타났다. 한쪽 손에 멧돼지 한 마리를 거꾸로 대룽거리며 그쪽 산비탈에서
내려오고 있었던 것이다.

"그새 산에 갔던갑네."

억쇠가 인사삼아 묻는 말에 득보는,

"빈손으로 갔더니……."

하며, 멧돼지를 억쇠 곁에다 던지고, 누워 자고 있는 분이 앞에 와서 털
썩 앉아 버린다.

그도 보통 사람과는 딴판으로 몸집이 크게 생긴 사나이다. 키는 억쇠보
다 좀 낮은 편이나 어깨는 더 넓게 쩍 벌어졌다. 게다가 얼굴은 구릿
(銅)빛같이 검푸르다. 그 검푸른 구릿빛이 어딘지 그대로 무서운 비력
(臂力)을 말하고 있는 것 같다. 그리고 머리털도 칠흑같이 새까맣다. 나
이도 억쇠보다는 예닐곱 살 젊어 보인다.

"한 사발 하겠나?"

억쇠가 턱으로 술동이를 가리키며 묻는다.

득보는 잠자코 술동이를 잡아당긴다. 그리하여 손수 한 사발을 따라 마시고 나더니,

"좋구나."

한다.

그는 연거푸 또 한 사발을 따라 마시고 나더니,

"얼마나 있누."

하고 억쇠를 노려본다.

"아직 많이 있다."

"그럼 낼 모두 걸러라."

득보는 이렇게 말하며 의미있는 듯한 눈으로 억쇠를 노려본다. 순간 두 사나이 눈에서는 다같이 불길이 번쩍한다. 그것은 땅 속의 유황이라도 녹일 듯한 무서운 불길이었다.

2

이튿날은 여름하고도 유달리 더운 날씨였다.

하늘에는 가지각색 붉은 구름들이 연기를 머금은 불꽃으로 피어나고 있었다.

안냇벌은 황토골에서 잔등 하나 넘어 있는 아늑한 산골짜기요, 또 개울가이었으므로 거기엔 흰 모래밭과 푸른 잔디와 게다가 그늘진 노송(老松)까지 늘어서 있어 억쇠와 득보들같이 온종일 먹고 놀고 싸우고 할 자리로서는 더할 나위 없이 알맞은 곳이었다.

두 사람은 짤막한 잠방이 하나만 걸치고는 몸을 벌거벗은 채 소나무 그늘 밑에서 술을 마시고 있다. 처음엔 돼지 족(足)도 한 가리씩 의논성스럽게 째어 들었고, 술잔도 서로 권해 가며 주거니받거니 의좋게 건네 다

넜다.

한 철에 한두 번씩 이 안냇벌에서 대개 이렇게 술을 마시게 되었지만, 이 두 사람에게 있어서는 이럴 때처럼 가슴이 환히 트이도록 즐겁고 만족할 때가 없다. 그것은 아무것과도 바꿀 수 없는 기쁨이요, 보람이요, 그리고 거룩한 향연(饗宴)이기도 했다. 이에 견준다면 분이나 설희의 자색도 한갓 이 놀이를 돋우고 마련키 위한 덤에 지나지 않을 듯했다.

두 사람은 술이 얼근해짐에 따라 말씨도 점점 거칠어져 갔다.

"얼른 들어 마셔라, 이 백정놈아."

"도둑놈같이, 어느 새 고기만 처먹누."

이렇게 그들은 서로 욕질을 시작하였다. 그러면서도 연방 술을 서로 따라 주고 고기 뭉치도 던져 주곤 하였다.

"옛다, 이거 마저 뜯고 제발 인제 뒈지거라. 늙은 놈이 계집을 둘씩이나 끼고 거드렁거리는 꼴 정 못 보겠다."

하며 득보가 족발 하나를 억쇠에게 던져 준다.

"네 이놈, 말버르장머리 그러다간 목숨 못 붙어 있을 게다."

억쇠는 득보 잔에 술을 따라 주며 이렇게 으르댄다.

싸움은 대개 득보가 먼저 돋우는 편이었다. 그것도 으레 분이나 설희를 걸어서 들었다(득보는 그것이 가장 효과적이라고 믿었던 것이다).

"계집 핥듯이 어지간히 칙칙하게도 핥고 있다. 더럽게, 늙은 놈이."

하고 득보가 먼저 술자리를 걷어차고 일어나자, 억쇠는 뜯고 있던 족발을 득보의 얼굴에다 내던지며,

"옛다, 그럼 이놈아, 네가 마저 뜯어라."

하고 자리에서 일어난다.

이때부터 싸움은 시작되는 것이다. 그와 동시에 두 사람의 얼굴에는 무어라고 형언할 수 없는 어떤 긴장이 서린다.

득보는 주먹을 쳐들어 억쇠의 얼굴을 겨누며,

"얼시구 절시구 가엾어라, 이 늙은 놈아, 내 한 주먹 번쩍하면……."

아주 노래 조(調)로 목청을 뽑으며, 껑충껑충 억쇠에게로 뛰어 들어왔
다 물러갔다 하는 것이다.

"네 이놈, 새뼈 같은 주먹으로 멋대로 한번 때려 봐라."

억쇠는 그를 아주 멸시하듯이 태연자약하게 버티고 서 있다.

"내 한 주먹 번쩍하면……. 네놈 대가리가 박살이라……."

순간, 득보는 주먹으로 억쇠의 왼쪽 눈과 콧잔등을 홅쳤다. 그것을 억
쇠는 대강밖에 막지 않았으므로 금시 퍼렁덩이가 들며 눈알에는 핏물이
돌기 시작하였다.

"네 이놈, 새뼈 같은 주먹으로 많이 쳐라……. 실컷……. 자아."

할 때 득보의 두 번째 주먹이 또 억쇠의 오른쪽 광대뼈를 쥐어질렀다.

세 번째 주먹이 또 먼저 때린 눈을 홅쳤다.

억쇠는 저만치 물러가 있는 득보를 바라보고 갑자기 미친 사람처럼 허
연 이를 드러내며 큰 소리로 껄껄껄 웃어 대었다.

득보는 저만치 물러선 채 아까와 마찬가지 노래조로 목청을 뽑으며 덩
실덩실 춤을 추고 있다. 네 번째 주먹이 오른쪽 눈 위를, 그리고 다섯 번
째 주먹이 또다시 콧잔등을 때렸을 때, 그러나 억쇠는 역시 먼저와 같이
큰 소리로 껄껄껄 웃어만 주었다.

"너 이놈, 그 새뼈 같은 주먹으로 저 산을 한번 물러 세워 봐라."

여섯 번, 일곱 번, 득보는 몇 번이든지 늘 마찬가지 내 한 주먹 번쩍하
면을 되풀이하며 뛰어들어서 억쇠의 면상과 목과 가슴과 허리를 힘껏 지
르는 것이었으나, 그때마다 억쇠는 간단한 몸짓으로 그것을 받아 내었을
뿐, 적극적으로 득보에게 주먹질을 시작하지는 않았다. 그는 이렇게 득보
에게 같이 주먹질을 하지 않고 그냥 얻어맞기만 하는 것이 그지없이 즐겁
고 만족한 모양으로 상반신이 거진 피투성이가 되도록 끝내 큰 소리로 껄
껄껄 홍소만 터뜨리고 서 있는 것이었다.

득보는 더욱 힘이 솟아오르는 듯 주먹질과 함께 곁들이는 발길이 번번
이 억쇠의 아랫배와 넓적다리 근처에 와 닿는 것으로 보아 그 겨냥이 무

엇이라는 것은 억쇠도 곧 짐작하였다. 그래서 그의 발길만은 그래도 조심하지 않을 수 없었다.

"옛날도 그 옛날에 붕새란 새가 있었나니, 수격 삼천 리 니일니일 얼시구야 지화자자 저절시구."

득보는 입에 하나 가득 찬 피거품을 문 채 이렇게 목청을 뽑으며 덩실거리고 춤을 추는 것이었다.

억쇠는 피로 물든 장승처럼 뻣뻣이 서서, 뛰어 들어오는 득보의 주먹질과 발길을 받아 낼 뿐이었다.

득보의 네 번째 발길이 억쇠의 국부를 건드렸을 때, 그는 한순간 그 자리에 퍽 꿇어질 뻔하다가 겨우 한쪽 팔로 득보의 목을 후려 안으며 어깨를 솟굴 수 있었다.

"이놈아!"

산골이 쩌르렁 울리는 억쇠의 목소리였다.

이리하여 한덩어리로 어우러진 그들의 입에서는 어느덧 노래도 웃음소리도 동시에 뚝 끊어지고 다만 씨근거리는 숨소리가 뿌득뿌득 밀려 나갔다 들어왔다 하며 근육(筋肉)과 근육 부딪는 소리만이 났다. 두 사람의 코에서는 거의 동시에 피가 주르르 쏟아져 내렸다. 눈에도 핏물이 돌고 목으로도 피가 터져 나왔다. 게다가 땀으로 번질번질하던 두 사람의 낯과 어깨와 가슴은 어느덧 아주 피투성이로 변해져 버렸다. 득보가 억쇠의 아래턱을 치질으며 막 몸을 옆으로 빼뜨리려는 순간이었다. 억쇠의 힘을 다한 바른편 주먹이 득보의 왼쪽 갈비뼈 밑에 벼락을 쳤다. 갈비뼈 밑에 억쇠의 모진 주먹을 맞은 득보는 갑자기 얼굴이 아주 잿빛이 되어 뒤로 비실비실 몇 걸음 물러나가다 그대로 모래 위에 고꾸라져 버린다.

억쇠의 목과 입과 코에서도 다시 피가 쏟아졌다. 그는 정신 나간 사람처럼 두 손으로 아래턱을 받쳐 피를 받으며 우두커니 앉아 있다 말고 돌연히 미친 것처럼 뛰어 일어나는 길로 또 한 번 와락 득보에게로 달려들어 쓰러져 있는 그의 바른편 어깨를 물어 떼었다. 어깨의 살이 떨어지며 시뻘건 피가 팔꿈치까지 주르르 흘러 내리자 득보는 몸을 좀 꿈적였으나 역시 일어나지 못하는 채 그대로 뻗어져 누워 있는 것이었다.

억쇠는 입에 든 득보의 어깻살을 질겅질겅 씹다 벌건 핏덩어리를 입에서 뱉어 내고, 그러고는 다시 술항아리를 기울여 술을 몇 사발 마시고는 쓰러져 버렸다.

누구의 입에서 항복이 나온 것도 아니요, 어느 쪽에서 쉬기를 청한 것도 아니었다.

두 사람이 다같이 죽은 듯이 늘어지고 잠든 듯이 자빠졌으나, 아주 숨통이 멎은 것도 아니요, 정말 평온한 잠이 든 것도 아니다.

흐르는 냇물에서 저녁 바람이 일고 높은 소나무 가지에서 매미 소리가 서슬질 무렵이 되면, 그들은 마치 오랜 마주(魔酒)에서 깨어나는 것처럼 떨고 일어나 아침에 먹다 남겨 둔 술항아리를 기울이기 시작하는 것이다.

저녁때의 싸움은 대개 억쇠가 먼저 거는 편이었다. 이번에는 처음부터 억쇠가 먼저 주먹질로 시작하였다.

두 사람의 몸뚱이는, 그러나 몇 번 모질게 부딪고 할 새도 없이 이내 다시 피투성이가 되어 버리게 마련이었다. 득보는 되도록이면 억쇠의 주먹을 피하려는 듯이 저만치 선 채 춤만 덩실덩실 추고 있는 것이었다.

    새야 새야 붕조새야
    북명 바다 뺑조새야
    치징 치징 치징 치징
    지하자자 저절시구.

"얘 이놈 득보야!"
억쇠는 또 한 번 산골이 찌르릉 하도록 소리를 질렀다.

    간다 훨훨 날아간다.

수격 삼천 리…….
내 한 주먹 번쩍하면 네 몸 대가리가 박살이라,
치징 치징 치징 치징
지하자자 저절시구.

득보는 이렇게 목청을 뽑으며 점점 억쇠에게로 가까이 다가 들어왔다.
웬일인지 싸울 태세를 갖추지 않고 그냥 춤만 덩실덩실 추며 억쇠의 턱
앞까지 다가 들어왔다. 억쇠는 뛰어들어 그의 목을 안았다. 득보도 억쇠
와 같이 하였다. 두 사람은 큰 나무가 넘어가듯 쿵하고 한꺼번에 자빠져
버렸다.
  득보의 목을 안고 한참 동안 엎치락뒤치락하던 억쇠는 갑자기 큰 소리
로 껄껄껄 웃어 대었다.
  그의 왼쪽 귀가 붙어 있을 자리엔 찢기인 살과 피가 있을 따름, 귀는
절반이나 득보의 입에 가 들어 있고, 득보는 아끼는 듯 그것을 얼른 뱉어
내려고도 하지 않았다.
  이리하여 해가 지고 어두운 산그늘이 내려오도록 이 커다란 피투성이들
은 일어날 생각도 없이 연방 서로 피를 뿜으며 엎치락뒤치락하고 있는 것
이다.

  3

  억쇠와 득보는 지난해 봄에 첨으로 만났다. 그리하여 그날로 함께 살게
된 것이다. 말하자면 그날부터 그들의 생활이 시작되었던 겐지도 모른다.
  물론 그 이전부터 그들은 살아 있었다. 그러나——
  먼저, 주인격인 억쇠로 말하자면, 그는 이 황토골 태생으로, 나이는 쉰
두 살, 수염과 머리털이 희끗희끗 반이나 넘어 세인 오늘날까지 항상 가
슴속에 홀로 타는 불길을 감춰 온 사람이다.

그것은 언젠가 한 번 저 무지개와도 같이 하늘 끝까지 시원스레 뿜어졌어야 했을 불길이었는지도 모른다. 그가, 그 동네 장정(壯丁)들도 겨우 다룬다는 들돌을 성큼 들어서 허리를 편 것으로 온 마을을 뒤집어 놓은 것은 그의 나이 열세 살 나던 해다.

"장사 났군."

"황토골 장사 났다!"

사람들은 숙덕거리기 시작하여, 이튿날은 노인들이 의관을 하고 동회(洞會)에 모여들었다.

――예로부터 황토골에 장사가 나면 부모한테 불효하거나 나라의 역적이 된댔겄다.

――허긴, 인제는 대국 명장이 혈을 지른 뒤이니까 별수는 없으리다.

――당찮으이, 온 바로 내 종조뻘 되는 이가 그때 장사 소릴 듣고 사또 앞에 잡혀 가 오른쪽 팔 하나를 분질려 나왔거든.

이 따위 소리들을 서로 주고받고하다가 결국 억쇠의 오른쪽 어깨의 힘줄에 침을 맞히라는 결론이 났다. 그중에서도 유독 심히 구는 사람이 억쇠의 백부뻘 되는 영감이었다.

"황토골 장사라면 나라에서 아는 거다. 자, 자식 하나 버릴 셈 치면 그만일걸……. 자, 괜히 온 집안 멸문당할라."

하고 동생을 옥박질렀으나, 그러나 동생은 끝까지 묵묵히 앉아 대답을 하지 않았다. 그에게는 억쇠 하나밖에 더 자식이 없었던 것이다.

그날 밤 그의 어머니는 억쇠의 소매를 잡고,

"이것아, 어쩌다 그런 철없는 짓을 했노. 너이 아바이 속을 너는 모를라."

하며 울었다.

이튿날 아침 그 아버지는 억쇠를 불러,

"늬 나이 열세 살이다. 몸 하나라도 성히 지닐라거든 철없이 아무 데나 나서지 마라, 늬 일신 조지고 온 집안 문 닫게 할라, 모도가 늬 맘 먹을 탓이다."
하였다.

억쇠는 아버지의 이 말을 가슴에 새겨들었다. 그리하여 씨름판이고, 줄
목이고, 들돌을 다루는 데고, 짐내기를 하는 마당에고, 일절 사람이 많이
모인 곳이나 무슨 힘겨룸 따위를 하는 데는 비치지 않았다.

그의 나이 스무 살 남짓했을 때는 과연 솟는 힘을 제 스스로 감당할 수
없었다. 어떤 날 밤에는 혼자서 바위를 안고 산꼭대기로 올라갔다 골짜기
로 내려왔다 하는 동안 어느덧 밤이 새어 버리는 수도 있었다. 상투가 풀
려 머리칼이 헝클어지고 두 눈엔 벌겋게 핏대가 서고 하여 흡사 미친 사
람 같았다. 밤 사이는 또 이렇게 바위와 씨름이라도 할 수 있지만, 낮이
되면 무엇이든지 눈에 뵈는 대로 때려 부수고 싶고 메어치고 싶고, 온갖
몸부림과 발광이 치밀어올라 잠시도 견딜 수가 없었다. 힘자랑이 하고 싶
어서가 아니라, 힘을 써 보고 싶다는 욕망이었다.

억쇠의 이런 소문이 또 한 번 황토골에 퍼지자, 그의 백부는 그의 아버
지를 보고,

"인제는 그놈이 무슨 일을 낼 끼다. 자아, 그때 내 말대로 단속을 했더
면 이런 후환은 없었을걸. 자아, 인제 그놈을 누가 감당할꼬. 자아, 그러
면 늬 자식 늬가 혼자 맡아라. 나는 이 황토골에 못 살겠다."

이러고는 재를 넘어 이사를 가 버렸다.

억쇠는 이 말을 듣고 깊은 산 속으로 들어가 목을 놓고 울었다. 집에
돌아와, 낫을 갈아서 아버지 모르게 오른쪽 어깨를 끊고 피를 흘렸다.

이것을 안 그의 어머니는,

"어리석게 인제 와서 그게 무슨 짓이람. 힘 세다고 다 부량할까, 제 맘
먹기에 달렸는걸……. 괜히 너의 어른 알면 시끄러울라."
하고, 되레 못마땅히 말했다.

그의 할아버지가 세상을 떠날 때, 그에게 남긴 유언도 다만 힘을 삼가
라는 것뿐이었고, 그의 아버지가 임종에 이르러 그에게 신신당부를 한 것

도 역시 이것이었다.

"늬가 어릴 때 누구에게 사주를 봤더니 너의 팔자에는 살이 세다고, 젊어서 혈기를 삼가지 않으면 큰 화를 당할 게라더라……. 그렇지만 사람에게는 힘이 보배니 너만 알아 조처할 양이면 뒤에 한 번 크게 쓰일 날이 있을 게다. 조용히 그때가 오기만 기다려라."

아버지가 숨을 거둘 때 남긴 이 말이 억쇠에게 있어서는 그 무슨 하늘의 계시(啓示)와도 같이 들렸던 것이었다.

'한 번 크게 쓰일 날이 있을 게다.'

'때가 오기만 기다려라.'

그는 잠시도 이 말이 그의 머릿속에서 사라질 때가 없었다.

그 미칠 듯이 솟아오르는 힘의 충동을 누르고 누르며 그 한 번 크게 쓰일 날을 기다려, 오늘인가 내일인가 하는 사이, 그러나 그 기다리는 날이 오기도 전에 어느덧 그의 머리털과 수염만이 희끗희끗 반 넘어 세어지고 말았던 것이다.

그가 주막으로 나가 색시와 더불어 술잔을 기울이고 하기 시작한 것도 이 무렵부터의 일이었다.

하루는 삼거리 주막에서 분이라 하는, 예쁘장스러워 뵈는, 젊은 색주가와 더불어 술을 먹고 있는데, 계집이 잠깐 밖에서 손님이 저를 찾는다면서 곧 다녀 들어온다 하고 나간 것이, 종시 들어오질 않은 채, 때마침 밖에서는 무슨 싸움 소리 같은 것이 왁자지껄하기에 문을 열어 보았더니 어떤 낯선 나그네 한 사람이 주인의 멱살을 잡아 이리 나꾸고 저리 채고 하는 중이 아닌가.

그새 뒤안에서 노름을 하고 있던 패들이 우우 몰려나와 이 말 저 말 주고받고하던 끝에 시비를 가로맡았나 본데, 그것은, 주인의 말이,

"아, 생전 낯선 나그네가 와서 남의 주모더러 이 여자는 내 딸이다, 이리 내어 달라 하니, 온 세상에 이런 경위가 어디 있나."

하매, 필시 이 나그네가 분이의 상판대기에 갑자기 탐을 낸 모양이라고,

허나 분이는 자기들도 누구나 다 끔찍이 좋아하는 터이요, 더구나 생전 낯선 작자가 돈 한 푼 어땠다는 말 없이 가로 집어 채려 하니, 이 부량하고 경위없는 작자를 그냥 둘 수가 없다 하여 노름패 중에서 한 사람이 먼저 따귀 한 찰을 올려붙였는데, 낯선 사내는 펄쩍 뛰듯이 일어나 그 노름꾼의 멱살을 덥썩 잡아 땅에 메꽂아 놓았다. 이것을 본 온 마당 사람들은 다 겁을 집어먹었으나, 원체가 이쪽엔 수효도 많고, 또 노름꾼 중에는 힘센 놈도 있고 독한 자도 있자니까, 그렇다고 그대로 물러설 수도 없었다. 이놈이 대들고 저놈이 거들고 하나, 낯선 사내는 좀처럼 꿀려 들어갈 듯도 하지 않은 채 하나 둘 자빠져 눕는 것은 모두 이쪽 편이다. 머리가 터진 놈, 아랫배를 채인 놈, 허구리를 쥐어박힌 놈, 따귀를 맞은 놈, 부상자들이 마당에 허옇게 나가 누웠다.

억쇠도 술이 얼근했던 터이라, 이 꼴을 그냥 볼 수 없다 하여, 방에서 일어나 밖으로 나오며,

"아니 웬 놈이 저렇게 부량한 놈이 있누?"

한 번, 집이 쩌르렁 울리도록 큰 소리로 호령을 쳤다.

낯선 사내는 이쪽으로 고개를 돌려 억쇠를 한 번 흘겨보더니,

"흥, 너도 이놈……."

하는 말도 채 맺지 않고, 별안간 뛰어들며 머리로 미간을 받으매, 억쇠도 한순간 정신이 다 아찔하였으나 그 다음 순간에는 그도 바른손으로 놈의 멱살을 잡아 쥘 수 있었다. 보매 기골도 범상히는 생긴 놈이 아니로되, 그래도 처음 억쇠는 그놈이 그저 힘깨나 쓰는 데다 싸움에 익은 놈이려니쯤으로밖에 더 생각하지 않았었는데, 한번 힘을 겨뤄 보자 그냥 이만저만 센 놈이나 부량한 놈만은 아니라는 것을 깨닫게 되었다. 순간, 억쇠는 문득 자기의 몸이 공중으로 스르르 떠오르는 듯한 즐거움이 가슴에 솟아오름을 깨달으며 저도 모르게 멱살 잡았던 손을 슬그머니 놓아 버렸다.

4

이 낯선 사내──그의 이름이 득보였다──가 억쇠를 따라서 황토골
로 들어와, 억쇠와 징검다리 하나를 사이하고 살게 된 것은 바로 그날부
터의 일이었다. 냇물가에 길을 향해 앉아 있던 오두막 한 채를 억쇠가 그
를 위하여 마련해 주었던 것이다.

한 사날 뒤에 득보는,

"털이 그렇게 반이나 세인 놈이 여태 자식 새끼 하나도 없다니 가련하
다. 헌데 나는 네놈한테 아무것도 줄 게 없구나. 그래서 분이를 데리고
왔다. 네 새끼삼아 네가 데리고 살아라."

하였다.

억쇠가 거북하게 웃으며,

"너는 이놈아……?"

하고 물으니까,

"늙은 놈이 남의 걱정까지 하게 됐느냐. 고맙다 하고 술이나 한턱 걸
쭉하게 낼 일이지. 하기야 그렇지 않기로서니 아물함 이 득보가 조카딸년
데리고 살겠나마는……."

하며 입맛을 다시었다.

득보의 조카딸이란 말에, 억쇠는 그렇다면 생판 남은 아닌 모양이라고
좀더 마음을 놓으며,

"너도 이놈아, 같이 늙어 가는 놈이 웬걸 주둥아리만 그렇게 사나우
냐. 더구나 내가 늙었음 네놈 같은 거 하나쯤 처분하지 못할 성부르냐."

"늙은 것이 잔소린 중얼중얼 잘 줏어섬긴다."

두 사내가 이런 말을 건네고 있는 동안 분이는 억쇠네 술항아리에서 술
을 퍼내다 거르고 있었다. 이것이 분이와 억쇠의 혼사요, 또 그녀에게 있
어서는 시집살이의 시작이기도 하였다. 술이 얼근했을 때, 억쇠가 또 득

보를 보며,

"너는 이놈아 혼자 살래."

하고 물어 보았더니 득보는 곧,

"세상에 계집이 없어?"

하고 자신있게 말했다.

"네놈 그 험상궂은 상판대기 하며 웬걸 계집들이 그렇게 줄줄 따르겠나."

"흥, 이놈아 너무 따라서 걱정이다. 그러기 땜에 분이도 네놈의 차지가 되는 거다. 저년은 강짜를 너무 놓기 땜에 나한테는 어울리지 않거든, 너 같은 농사꾼한테나 제격이지."

이러한 득보의 대답을 억쇠는 어떻게 들어야 할지 몰랐다. 아까는 자기가 그에게 집을 마련해 준 사례로, 그리고 또 이왕 제 조카딸을 데리고 살 수는 없으니까 데리고 왔노라고 해 놓고, 지금 와서는 강짜가 심해서 어차피 저에게는 어울리지 않기 때문이라는 것이다.

처음 주막에서 득보는 분이를 자기의 딸이라 했고, 그 다음엔 조카딸이라 하더니, 지금 와서는 제가 데리고 살자니까 너무 강짜가 심해서 억쇠에게 양보를 한다는 것이다. 아무렇거나 억쇠는 어차피 후처를 얻어야 할 형편이요, 또 분이와는 본래 그녀가 주모로 있을 적부터 이미 색념이 있던 터이라 구태여 마다할 까닭도 없었다.

그러나 득보가 분이를 두고 딸이니 조카니 하는 것처럼, 득보에 대한 분이의 태도도 또한 야릇한 것이 있어, 어떤 때는 아저씨랬다, 어떤 때는 그이랬다, 심하면 아주 득보라고도 불렀다. 그러다가 어느 날 밤엔,

"아무것도 아니오. 외가는 외가뻘이라 하지만 그이와는 직접 걸리지 않고, 내 외삼촌의 배다른 형제라요."

했다. 어느 날은 술이 또 취해서,

"왜 내가 아일 못 낳아? 저 건너 득보한테 가 물어 보지. 분이가 열여섯에 낳은 옥동자를 어쨌는가고. 씨 글러 못 낳지 내 배 탓인 줄 알어?"

라고도 하였다.

이와 같이 걸핏하면 곧잘 득보의 이름을 걸치고 드는 분이가 억쇠에게는 여간 못마땅하지 않았지만, 처음부터 숫색시인 줄 알고 장가든 것이 아닌 바에야 못 들은 체해 둘밖에 없다고 생각하였다. 거기서 그 두 사람이 이리저리 걸치는 말들을 종합해서 그들의 과거란 것을 대강 추려 보면 득보는 본래 이 황토골에서 한 팔십 리 가량 떨어져 있는 어느 동해변(東海邊)에서 그의 이복(異腹) 형제들과 더불어 대장간 일을 하고 있었는데, 한번은 그 형제들과 싸움을 하다 괭이로 머리를 때려서 그 형제 하나를 죽이고 그 길로 서울까지 달아나 거기서 누구 집 하인 노릇을 하던 중, 이번에는 또 그곳 어느 대가의 부인과 관계를 맺었던 모양이다. 그랬다가 그것이 세상에 드러나게 되자 거기서 도망질을 쳐서 도로 고향 근처로 내려와 다시 옛날과 같은 대장간 일이나 보고 있으려니까 이번에는 다시 그가 옛날 형제를 죽인 사람이란 소문이 퍼져, 더 머물러 살 수 없게 되니 하는 수 없이 또 나그네 길을 떠날 수밖에 없었던 듯하다.

분이는 득보가, 두 번째 그의 고향 근처로 내려와 살려다 못 살고 다시 나그네길을 떠나게 된 데 대하여, 그것은 그녀 자신이 그의 '옥동자'를 낳게 되었기 때문인 듯이 말하지만, 그것이 어느 정도 확실한 이야기인지는 모를 일이다.

분이의 그 야릇한 말투와 행동으로 보아서, 그 관계란 것을 가령, 분이가 아직 열여섯 살밖에 되지 않은 어린 계집애의 몸으로서 자기의 외삼촌의 배다른 형제뻘이 되는 득보의 아이를 낳게 된 것이라 하더라도, 득보와 같은 그러한 위인이 그만한 윤리적 탈선이나 과실로 인하여, 일껏 벌였던 일터를 동댕이치고 다시 나그네길을 떠나게 되었으리라고는 믿어지지 않는다. 그러고 보면 거기엔 위의 두 가지 이유가 다 걸려 있었는지도 모를 일이다.

분이가 걸핏하면 득보의 이야기를 끌어 내는 것은 그녀의 마음이 거기 있는 까닭이요, 마음이 있는 곳에 몸도 대개 가 있어, 한 달 잡고 스무 날 밤은 억쇠가 홀아비로 자야 하였다. 낮에 가서 술잔이나 팔아 주고 돼지 다리나 삶아 주고 하는 것쯤은 분이의 과거가 그러한만큼 혹 예사라 치더라도 잠자리까지 그러한 데는, 제 말대로 비록 제 외삼촌의 이복 형제뻘쯤 된다 할지라도 바로 징검다리 이쪽에 제 서방의 집을 두고 있는 처지에서는 해괴하기 짝이 없는 노릇이었다.

억쇠가 득보더러,

"너 이놈, 분이는 왜 밤낮 네 집에 붙여 주는 거여?"

하고 꾸짖으면,

"늙은 놈이 계집 투정은 어지간히 한다."

하며 득보는 가래침을 탁 뱉곤 했다.

"어디 보자, 네놈 주둥아리가 곧장 성한가."

"별르지만 말고 낼이라도 당장 끝장을 내렴. 끝장을 못 내면 그 대신 계집은 내게 넘기든지……."

"흥……."

하고 억쇠는 코웃음을 쳤다. 네놈 하나쯤은 가소롭다는 뜻이다. 이럴 때 만약 어느 쪽에서든지 술과 안주만 준비되어 있다면 이튿날로 곧 싸움이 벌어진다. 그들과 같이 가끔 싸움을 가져야 하는 사이에 있어 분이의 그러한 생활태도는 그것을 돕우는 데 큰 도움이 되었다. 하기는 득보가 처음부터 조카딸이라는 구실로 그녀를 억쇠에게 갖다 맡긴 것도 미리 다 이러한 효과를 노렸던 것인지 몰랐다.

분이는 분이대로 두 사나이가 자기를 두고 무슨 수작을 하든지 그런 것은 아랑곳도 없다는 듯이 밤에나 낮에나 부지런히 징검다리를 건너다녔다.

억쇠가 볼 때 더욱 해괴한 노릇은 분이가 득보를 두고 강짜를 노는 일이었다. 득보는 언젠가도 천하에 흔한 게 계집이라는 큰소리를 쳤지만 과연 제 말대로 분이가 아니더라도 계집에 그다지 주릴 사이는 없었다. 어디로 한 번 나가 며칠을 묵고 들어올 적에는 으레 낯선 계집 하나씩을 달고 들어오곤 하였다. 그것들이 그러나 사흘도 못 가 대개 달아나 버리기는 하였지만.

그런데 또 한 가지 망측한 일은 이렇게 득보가 가끔 달고 들어오는 계집들에게 분이가 번번이 강짜를 부린다는 사실이었다. 강짜를 놀되 이건 어처구니도 없이, 이년아, 왜 남의 은가락지를 훔쳤느냐, 내 다리를 찾아내라, 수젓가락이 없어졌다, 모시치마는 어디 갔느냐……. 이런 따위로 낯선 계집들의 노리개나 옷벌을 뺏기가 일쑤요, 그러고서도 계집이 얼른 물러가지 않으면 이번에는 육박전으로 달려들어 머리를 뜯고 옷을 찢곤 하는 것이다.

"너 때문에 득보는 평생 어디 장가 들겠나."

하고 억쇠가 나무라면, 분이는,

"벨 소릴 다 듣겠네. 그럼 도둑년을 붙여 둘까."

하고 톡 쏘는 것이다.

한 번은 역시 그러한 여자 하나가 득보에게 몹시 반했던지 얼른 달아나지 않고 한 달포 동안이나 붙어 살게 되었다. 분이가 그런 따위 수작을 붙이면 서슴지 않고 제 보따리를 털어서 척척 내어주어 버린다. 몸집도 큼직하려니와 여자치고는 힘도 세어서 분이가 본래 남의 머리를 뜯고 옷벌이나 찢는 데는 여간한 솜씨가 아니라고 하지만, 이 여자에게만은 그리 잘 되지 않는 모양이었다. 몇 번 머리를 뜯으려고 달려들었다가는 번번이 실패를 보고 말았다. 그러자 분이는 일도 하지 않고 잠도 자지 않은 채 며칠이든지 득보네 방구석에 그냥 박혀 있었다. 밤 사이에는 셋이서 무엇을 하는지, 밖에서 들으면 흡사 씨름을 하는 것처럼 툭턱거리고 꽝꽝거리는 소리만 들렸다. 어떤 때는 그것이 거의 밤새도록 계속되기도 하였다.

이러고 난 이튿날 아침에 보면 세 사람이 다 으레 머리를 풀어 흐트린 채 눈들이 벌개져 있었다. 그것을 보는 억쇠는 입맛이 쓴지,

"더러운 연놈들!"

하면서 침을 뱉곤 하였다.

　그렇게 얼마를 지난 어느 날 새벽녘이었다.

　"연놈이 사람 죽이네!"

하는 날카로운 비명 소리가 들렸다. 분이의 목소리였다. 그리고는 또다시 툭탁거리는 소리가 들리기 시작하였다.

　이와 같이 득보의 생활에 사생결단의 관심을 걸고 있는 분이가, 그러면 제 서방 격인 억쇠를 보지 않느냐 하면 그런 것도 아니다. 정부는 정부요, 본부는 본부란 속인지, 득보의 집에서 국그릇도 들고 오고 밥사발도 안고 오곤 하여 시어머니와 억쇠의 밥상을 보는 체도 하고 가다가 빨래가 밀리면 빨래 방망이를 들고 나서기도 하였다. 그밖에 무슨 잠자리 같은 데서 몸을 사리거나 하느냐 하면 그런 일은 한 번도 없고, 그보다도 분이의 말을 빌리면, 억쇠에 대한 그녀의 가장 중요한 불만이, 잠자리에 있어 그가 너무 심심한 점이라 한다.

　　5

　분이가 밤낮으로 징검다리를 건너고 있을 무렵, 억쇠는 맘속으로 그녀를 단념하고, 그 대신, 그전부터 은근히 눈독을 들여 오던 설희를 손아귀에 넣고 말았다.

　억쇠는 혈통이 농부요, 과거가 또한 그러니만큼 잠자리에서뿐만 아니라, 분이의 모든 점이 그에게는 맞을 수 없었다. 더구나 늙은 어머니까지 모시는 몸으로 여태 혈육 한 점 없다는 것도 여간 송구스러운 일이 아니었다. 뿐만 아니라, 자기 자신의 심정으로서도 자식 하나쯤은 기어이 남겨야 할 것같이 생각되었다.

　그러나 마음씨나 몸가짐이 그러한 분이에게 이 일을 기대할 수는 없었고, 또 그러니만큼 그것을 통정하고 싶지도 않아서 그녀와는 상의없이 저 설희를 보게 되었던 것이다. 그러나 분이는 또 분이대로 잔뜩 배알이 틀리는지,

"흥, 씨 글러 못 낳지, 배 글러 못 낳는 줄 아나. 어느 년의 그건 어디 별난가 두고 보자!"

하며 이를 갈아붙였다.

설희는 용모가 미인이었고, 게다가 행실까지 얌전하다 하여 부근 일대엔 모르는 사람이 없으리만큼 소문이 높이 나 있던 여자였다. 스물셋에 홀로 되어 그 동안 여러 군데서 무수히 권하는 개가도 듣지 않고 식구래야 하나밖에 없는 늙은 시아버지를 지성껏 섬겨 가며 군색한 빛 남에게 보이지 않고 살아 왔던 것이다. 얼마 전 그 시아버지마저 세상을 떠나 버리고 의지가지 없게 되자, 그 동안 이미 오래 전부터 마음을 두고 몇 차례 집적거려 보기까지 하여 오던 억쇠가 드디어 그녀를 손에 넣고 말았던 것이었다.

한편 설희에 대하여 침을 흘려 온 자로 말하면 물론 억쇠 한 사람뿐만이 아니었다. 가운데도 득보는 잔뜩 제 것이 될 줄로만 믿어 왔던 모양으로 설희가 억쇠와 함께 지내게 되었다는 소문을 듣자 으흥 하고 신음 소리를 내었다.

"늙은 놈이 계집을 둘씩이나 두고 거드렁거리다 쉬 자빠질라. 괜히 헛욕심 부리지 말고 진작 하날랑 냉큼 내놓는 게 어때."

안냇벌에서 돌아오며 억쇠에게 하는 말이었다.

억쇠는 그냥,

"그놈 주둥아릴……."

하고 말았지만 속으로는,

'이놈이 끝내 그냥 있진 않겠구나.'

했던 것이다.

어느 날 밤에는 비가 부슬부슬 내리는데 한 이경이나 되어 억쇠가 설희에게로 가니 방문의 불빛은 여느때와 마찬가지로 불그레하게 비쳐 있는데 그 안에서 사내의 코 고는 소리가 드르렁거렸다. 아차 싶어 신돌 위를 보니 아니나다를까, 그 침침한 불빛에서도 완연히 크고 낯익은 미투리 한 켤레가 놓여 있지 않는가. 순간 억쇠는 자기 자신도 모르게 주먹이 불끈 쥐어지며 온몸의 피가 가슴으로 좌악 모여드는 듯하였다. 떨리는 손으로 막 문고리를 잡으려 할 때 저쪽 뜰 구석에서 사람의 기척 소리가 나는 듯하여 얼른 머리를 돌려서 보니 그쪽 어두컴컴한 거름 무더기 곁에 하얗게 서 있는 것이 분명히 사람의 모양이요, 한두 걸음 가까이 들어서는데 보니 바로 설희였다.

설희는 억쇠의 턱밑으로 다가 들어서며,

"득보요, 벌써 초저녁에 와서 어른을 찾데요. 안 계시다고 해도 그냥 들어와서 어떻게 추군추군히 구는지, 할 수 없이 측간엘 간다고 나와서 뒤꼍에 숨어 안 있는교."

이렇게 소곤거렸다.

"으——"

하고 혼자 속으로,

'죽일 놈이다.'

했다.

부들부들 떨리는 손으로 방문고리를 잡을 때는 이놈을 아주 잠이 든 채 대가리 부숴 놔라, 했던 것이다.

득보는 억쇠가 문을 열고 들어와도 모르고 방에 하나 가득 찰 듯한 큰 덩지를 뻗드리고 자빠져 누워 드르렁거리며 코를 골고 있었다. 유달리 검붉고 뚝뚝 불거진 얼굴에 희미한 불그림자가 가로 비껴 있고, 여줏덩이만이나 한 콧마루 위에는 마침 파리까지 한 마리가 붙어 있다. 파리는 콧잔등을 타고 기어 올라가다가 산근 즈음에서 한 번 날아서, 다시 그의 왼쪽 눈썹 끝의 도토리만한 혹 위에 가 앉았다. 파리와 함께 그의 시선도 그 혹 위에 가 멎어서 더 움직이질 않았다. 그것은 금년 삼월 삼짇날 싸움 때 억쇠의 주먹에 맞아서 생긴 게라는 혹이었다. 그러자 억쇠는 문득 어떤 비창한 생각이 들었다. 그는 후들거리는 발길로 득보의 엉덩이를 걷어차며,

"이놈 득보야!"
하고 불렀다.

몸을 좀 꿈틀거리다 그대로 다시 코를 골기 시작하는 득보를 이번에는 좀더 거세게 걷어차며,

"이놈 득보야!"
하니, 그제야 핏대가 벌겋게 선 눈을 떠 방 안을 한 번 살펴보고 나서 기지개를 켜며 부시시 일어나 앉았다.

억쇠가 목소리에 노기를 띠고,

"네 이놈 여기가 어디여."
한즉, 그는 입맛만 쩍 다시고는 대답이 없었다.

"네 이놈 여기가 어디여."

또 한 번 호통을 치니, 그제야 그 벌건 눈으로 억쇠를 한 번 흘끗 쳐다보며,

"어딘 어디라."
한다.

"흥, 이놈!"

억쇠는 한참 득보의 낯을 노려보고 있다 이렇게 선웃음을 한 번 치고 나서, 얼굴을 고쳐,

"따로 매는 맞을 날이 있을 터이니 오늘 밤엔 우선 술이나 처먹어라."
하고, 설희를 불러 술을 청했다.

이날 밤 이래로, 득보의 설희에 대한 태도가 조금 은근해진 듯하기는 했으나 그 대신 전날보다도 더 걸음이 쉽고 잦게 되었다.

"아지매 있어?"

득보는 언제나 밖에서 이렇게 불렀다. 설희는 설희대로 득보가 비록 자기를 찾더라도,

"안 계시는데요."
하고, 으레 바깥주인이 안 계신다는 뜻으로만 대답을 하곤 했으나, 득보

는 억쇠가 있든지 없든지 그냥 방으로 들어오므로 나중에는 잠자코 방문을 열기만 하였다.

이렇게 방 안에 들어온 득보는 처음엔 으레 농지거리 비슷한 인사말을 붙여 보곤 하였으나 수작이 지나치면 그때마다 설희의 두 눈에 싸늘한 칼날이 돋침을 발견하고 슬그머니 뒤로 물러앉는가 하면 의외로 빨리 자빠져 누워 코를 골기 시작하는 것이었다.

"이놈아 맞아 죽을라, 조심해라."

억쇠가 은근히 얼러 보면,

"더럽게 늙은 놈아! 친구가 네 계집 궁둥이에 좀 붙어 자기로서니 늙은 놈 처신으로 그것까지 샘질이냐?"

득보는 아니꼬운 듯이 가래를 돋우곤 하는 것이다.

그러나 억쇠는 득보가 언젠가 분이를 두고도 이렇게 가래만 뱉던 것을 기억하고,

"흥, 이놈이 어디 두고 보자."

무서운 눈으로 노려보면,

"이놈아, 그렇다면 낼이라도 끝장을 내자. 어느 놈의 계집이 되는가 말이다."

하고, 득보는 또 언젠가 분이를 두고 하던 것과 같은 말투였다.

"어디 이놈!"

하고 이번에는 억쇠도 이전과 다른 눈살을 쏘았다.

이 모양으로, 두 사람 사이에 설희가 새로 등장한 이후로는, 언제나 그녀로써 싸움의 동기를 삼았다. 그것도 물론 분이의 경우와 같이 한갓 싸움을 돋우기 위한 방편에 지나지 않았는지 모르지만, 분이의 경우보다는 양쪽이 다 좀 심각한 체하는 것도 사실이었다.

억쇠도 설희에 대해서만은 진지한 태도로, 어쩌다 술이라도 얼근해지면,

"난 자네가 암만해도 염려스러이."

하고 슬쩍 그녀의 마음을 떠보기도 하였다. 그럴라치면 그때마다 설희는 소곳이 고개를 수그릴 뿐 대답이 없었다.

한 번은 분이의 이야기를 하던 끝에 설희는,

"아주 떼내어 버려요."

하기에, 그때 역시 술기가 얼근하던 억쇠는, 농담삼아 또,

"그랬다가 자네마저 득보 놈이랑 어울려 버리면 어쩌라구."

했더니, 설희는 갑자기 낯빛이 파랗게 질리어 한참 앉아 있다가,

"나같이 팔자 험한 년이 앞으론들 좋기로사 바라겠소……. 그저 이 위에 더 팔자는 고치지 않을 작정……."

하며, 조용히 수건으로 눈물을 받으매, 억쇠는 취한 중에서도, 설희의 팔자란 말에 문득 자기의 반 넘어 세인 수염을 쓸어 쥐며,

"미안하이, 미안해……."

진정으로 언짢아하였다.

득보가 밤낮없이 설희의 방에 걸음이 잦을 무렵이었다.

밤마다, 달이 있을 때에는 그 집 뒤꼍의 늙은 홰나무 그늘에 숨고, 달이 없을 때엔 캄캄한 어둠에 싸인 채 그 불빛이 희미하게 비치고 있는 설희의 방문을 분이는 노리고 있었다.

그녀의 낯에는 그믐달빛 같은 독기(毒氣)가 서리고 그 두 눈에는 야릇한 광채(光彩)가 감돌며, 그리고, 그 품속에서는 헝겊에 싸인 날이 새파란 비수(匕首) 하나가 들어 있었다.

6

억쇠와 득보 두 사람이 서로 겨루듯이 열을 내어 설희에게 다니기 시작한 뒤부터 분이의 낯빛과 거동엔 변화가 생겼다. 그녀는 전과 같이 수다스레 지껄이지도 노골적으로 입을 비쭉거리지도 않았다. 밤으로는 어디가 무엇을 하고 오는지 집 안에 붙어 있지도 않다가, 낮이 되면 온종일

이불을 쓰고 잠을 자는 것이었다. 언제 어떻게 끼니를 치르는지 그녀는 거의 식음을 전폐하듯 하였다. 그녀의 낯빛은 이제 종잇장같이 되고, 입가에 언제나 뱅글거리던 웃음도 아주 흔적을 감추어 버렸다.

분이의 이러한 심상찮은 거동을 억쇠 역시 깨닫지 못한 바는 아니었으나 그는 그의 어머니의 병환으로 경황이 없을 즈음이라 설마 어쩌랴 하고 내버려 두었던 것이다.

어느 날 밤에는 억쇠가 그의 어머니의 병시중을 들고 있노라니까 밤이 이슥해서, 건너편 득보네 집에서 갑자기 싸우는 소리가 났다. 이윽고 분이의 비명 소리가 나고 그러고는 싸움 소리도 갑자기 그쳐 버렸다. 분이의 비명 소리가 났을 때, 억쇠의 늙은 어머니는 갑자기 자리에서 몸을 일으키며,

"야야, 저게 무슨 소리고? 저게, 저게!"

하고 억쇠의 소매를 잡아당겼다.

이때부터 병세는 갑자기 위중해져서 그런 지 사흘째 되던 날 그맘때엔 그녀의 몸에서 이미 숨이 없어진 뒤였다.

황토골 뒷산 붉은 등성이에 억쇠네 무덤 한 쌍이 더 늘던 그날 밤이었다.

억쇠가 그의 친척 몇 사람과 더불어 아직도 뜰 가운데 타고 있는 화톳불을 바라보고 있었을 바로 그때, 그의 가엾은 설희는 그 뱃속에 또 하나 다른 생명을 넣고, 목에 푸른 비수가 꽂힌 채 그녀의 다난한 일생을 끝내고 말았다.

설희의 몸이 채 식기도 전에, 손과 소매와 치맛자락을 온통 피로 물들인 채, 분이는 다시 그 캄캄 어두운 홰나무 밑을 돌아 득보를 찾아가고 있었다. 아직도 핏방울이 듣는 그녀의 오른쪽 손에는 다시 설희네 집에서 들고 나온 식칼이 번득이고 있었다.

낮에 상여를 메고 갔다 산에서 흙일을 하고 돌아온 득보는 술이 잔뜩 취하여, 마침 분이가 치마 속에 그것을 숨기고 설희 집 뒤의 홰나무 그늘

을 돌아 나올 때쯤 하여서는 불도 켜지 않은 캄캄한 방 안에 막 잠이 들어 있었던 것이다.

방문 앞까지 와서, 방 안의 득보의 코 고는 소리를 들은 분이는 흡사 조금 전에 설희의 방문고리를 잡으려던 그 순간과 같이, 별안간 가슴에서 걷잡을 길 없는 쌍방망이질이 일어나며 그와 동시에 코에서는 어릴 적에 남몰래 쥐어 먹던 마른 흙냄새가 훅 끼쳐 오르며 정신이 몽롱하여졌다. 바로 그 다음 순간, 분이는 반무의식 상태에서 바른손에 든 식칼로 어둠 속에 코를 골고 자는 득보의 목을 내리 찔렀다. 그러나 칼날은 그의 목을 치지 못하고 목에서 한 뼘이나 더 아래로 빗나가 그의 왼편 가슴을 찔렀다.

가슴이 뜨끔하는 순간, 득보는,

"어엇."

하고, 놀라 일어나려는데, 무엇이 왈칵 가슴으로 뛰어들어와 안기려 하였다. 분이라는 생각이 섬광처럼 머릿속에서 번쩍하던 다음 순간, 득보는 무슨 악몽에서 깨는 듯, 가슴의 것을 힘껏 후려 던져 버렸다. 분이는 문턱에 가 떨어졌다.

그제야 정말 정신이 홱 돌아 들어오며 거의 본능적으로 그 손이 그쪽 가슴께로 갔다.

가슴에서 뜨뜻한 액체 같은 것이 손에 묻어지자, 그 순간, 또 한번 꿈속에 벼락을 맞듯 등골이 찌르르하여짐을 깨달으며 그대로 자리에 쓰러져 버렸다.

이튿날 새벽 억쇠가 숨을 헐떡이며 뛰어왔을 때엔 온 방 안이 벌건 피요, 피비린 냄새가 코를 찔렀다.

"득보!"

하고, 억쇠는 큰 소리로 불렀다.

"……."

득보는 잠자코 눈을 떠서 억쇠를 쳐다보았다. 그의 눈에는 벌건 핏대가서 있었다.

"득보!"

"……."

"죽든 않겠나, 죽든."

"……."

대답 대신 득보는 왼편 가슴을 더듬었다. 거기엔 시뻘건 핏덩이가 풀처럼 엉켜 붙어 있고 다시 그의 엉덩이 즈음에서는 피칠갑이 된 식칼 하나가 나왔다.

식칼을 집어 들어서 보고 있는 억쇠의 신발에서는 피가 스며 올라와 버선을 적시었다.

그 동안 부엌의 억새풀 위에 쓰러져 누워 있던 분이는 새벽녘이 되어, 억쇠의 목소리가 나자, 놀라 일어나 거기서 그림자를 감추어 버렸다. 그리고는 두 번 다시 그녀는 나타나지 않았다.

7

득보의 가슴의 상처는 달포 만에 거죽만은 대강 아물어 붙었으나 그 속이 웬일인지 자꾸 더 상해만 들어가는 모양이었다.

양쪽 광대뼈가 불거져 나오고, 광대뼈 밑에는 우물이 푹 패이고, 게다가 낯빛은 마른 호박같이 되어, 옛날의 모습은 볼 길이 없는데, 이마에는 칼로나 그어 낸 것처럼 깊고 험상궂은 주름살만 늘게 되었다. 그는 달포 동안에 완전히 늙은 사람이 되었다.

"분이는?"

억쇠를 볼 때마다 늘 이렇게 물었다.

처음 억쇠는, 득보가 분이를 찾는 것은 분이에 대한 원수를 갚으려는 줄 알았으나, 두 번, 세 번 그의 표정을 보아 오는 동안, 그렇기만도 한 것이 아니고, 어쩌면 분이를 도리어 아쉬워하고 있는 듯한 눈치이기도 하였다.

"내가 찾아오지."

억쇠는 늘 이렇게 대답하였다.

그러나 좀처럼 분이의 행방은 알 길이 없었다. 혹은 그녀의 고향인 동해변 어디에 가 산다는 말도 있고, 혹은 남쪽의 어느 객주집에 가 역시 주모 노릇을 한다는 말도 있고, 또 일설에는 영천(永川)지방 어디서 우물에 빠져 죽어 버렸다는 소문도 있었다.

"뭐 하노."

득보는 억쇠에게 곧잘 역정을 내었다.

"그 동안 찾아 내지."

그러나 억쇠는 분이를 찾아 길을 떠나지는 않았다.

이듬해 봄이 되었다.

세안에 가끔 장 출입을 하던 득보, 땅에서 풀이 돋고 건너 산에 진달래가 필 무렵이 되자, 표연히 어디로 길을 떠나고 말았다.

억쇠는 억쇠대로 그날부터 득보를 기다리기 시작하였다.

그는 매일같이 주막에 나가 득보의 소식만 들으려 하였다. 이른 여름이 되었다.

나뭇가지마다 녹음이 우거져 가는 단오 무렵 어느 날 득보는 의외로 어린 계집애 하나를 데리고 황토골로 돌아왔다.

유록 저고리에 분홍 치마를 입은 열두어 살 가량 되어 뵈는 이 어린 계집애는 분이가 열여섯 살 때 낳은 그녀의 딸이라는 것이었다(그녀 자신은 일찍이 옥동자라고 했지만……).

"분이는 어쩌고?"

억쇠가 물은즉 득보는 힘없이, 다만,

"아마 뒈진 모양이여."

하였다.

그뒤에도 득보는 가끔 집을 나가면 한 예니레씩 묵어 들어오곤 하였다.

"어디 갔더누?"

억쇠가 물으면 득보는 힘없이 그저,

"저어기……."

하고 마는 것이 분명히 분이를 찾아다니다 오는 눈치였다.

분이를 찾아 나가지 않고 집에 있을 때는 무시로 계집애를 보내어 억쇠의 거동을 엿보게 하였다.

"멀 하더누?"

"누어 있데요."

이것이 그들 애비 딸의 대화였다. 만약 억쇠가 집에 없더라고 하면 몇 번이든지 계집애를 되돌려 보내었다. 그리하여 결국 그가 집에 돌아와 있더라는 보고를 듣고 나서야 마음을 놓은 모양이었다.

한 번은 주막에서 술이 취해서 돌아오는 길로 억쇠에게 들른 득보는 그 커다란 주먹을 억쇠의 턱밑에 디밀어 보이며,

"너 같은 놈은 아직 어림 없다."

고 하였다.

억쇠도 자칫 흥분을 하여,

"허허허……."

소리를 내어 웃어 버렸더니, 득보는 그 주먹으로 억쇠의 볼을 쥐어 박으며,

"이 늙은 놈아, 더러운 놈아."

분이 찬 목소리로 이렇게 욕을 하였다.

억쇠도 그제야 자기의 경망한 웃음을 뉘우치며,

"술만 깨면 네놈 죽여 놓을 게다."

하고 호통을 쳤더니, 그제야 득보는 눈에 광채를 띠며,

"응, 이놈아 정말이냐."

하고, 자기의 귀를 의심하는 듯이 이렇게 한 번 다지는 것이었다.

그러나 이튿날도 사흘째도 억쇠는 득보를 찾아 주지 않았다.

그런 지도 보름이 지난 뒤였다.

낮이 다 되어 득보는 억쇠를 찾아와, 그 동안 노름을 해서 돈이 생겼으니 술을 먹으러 가자고 하였다.

마침 목이 컬컬하던 차이라 억쇠도 즐겁게 술잔을 나누게 되었는데, 그러나 득보의 행동이 웬일인지 이날 따라 몹시 굼뜨게 보였다. 억쇠는 마음속으로 득보가 분이를 못 잊어 그러려니 하고,

"너 이놈, 죽은 분이는 왜 못 잊고 그 지랄이냐."

했더니,

"늙은 놈이 더럽게 기집 생각은 지독하게 헌다."

하며 도로 억쇠를 나무라 주었다.

"이 불쌍한 놈아, 분이는 영천서 우물에 빠져 죽은 지도 벌써 옛날이다."

하고, 억쇠가 한 마디 던져 본즉,

"그놈이 영천만 알고 언양은 모르는구나."

하였다. 그러면 영천이 아니라 바로 언양(彦陽)서 죽은 게로구나, 억쇠는 속으로 짐작을 하며, 그래서 저놈이 이 한 달포 동안은 그렇게 아가리에 술만 들어 부은 게로구나, 하는 생각도 들었다.

"그럼 너는 이놈아, 상제 노릇을 해야지."

하는 억쇠의 말에 득보는 무엇을 생각하는지 한참 동안 잠자코 있더니, 흥 하고 그저 코웃음을 한 번 칠 뿐이었다.

술이 거진 다 마셔 갈 무렵이었다.

득보는 돌연히 술상 위에다 날이 퍼렇게 선 단도 하나를 내놓으며,

"너 이놈 네 죄 알지."

하였다.

그러나 억쇠는 마치 자기 자신도 모르게 그러한 것을 예기하고나 있었던 것처럼 조금도 당황하거나 겁을 집어먹는 빛이 없이, 자칫하면 또 언제와 같이 웃음이 터져 나올 듯한 것을 억지로 누르며,

"흥, 내가 이놈⋯⋯."
하고 엄숙한 음성으로 입을 떼었다.
"네놈의 목숨 하나 오늘까지 남겨 온 것은 다 요량이 있었던 거다."
억쇠의 두 눈에도 불이 켜졌다.
억쇠의 장엄한 목소리와 불을 켠 두 눈에서 형언할 수 없는 만족감을 깨달으며, 그러나 득보는 비웃는 듯이,
"너도 사내새끼로 생겨나, 방 안에서 자빠지기가 억울커든 나서거라."
하며, 단도를 도로 집어 고의춤에 감추었다.
억쇠는 득보를 먼저 안냇벌로 들여 보낸 뒤, 자기는 주막에 남아서 술 준비를 시키고 있었다.
"소주는 역시 깔깔한 놈이 좋군."
억쇠는 안주인이 맛뵈기로 부어 준 사발의 소주를 기울이며 바깥주인을 보고 이런 말을 건네곤 했다.
"안주가 마른 것뿐인데⋯⋯."
하고, 안주인이 문어 가리를 들고 나왔다.
"문어 가리면 됐지, 머⋯⋯."
억쇠는 문어 가리를 꾸려서 조끼주머니에 넣은 뒤, 소줏 두르미(큰 병)를 메고 득보의 뒤를 쫓았다.
막걸리 먹은 다음에 소주를 걸친 때문인지, 옛날 첨으로 장가란 것을 가던 때처럼 가슴이 다 설레며 걸음이 흥청거려졌다.
"네놈이 내 초상 안 치르고 자빠질 줄 아나."
억쇠는 문득, 언젠가 득보가 가래와 함께 배앝아 놓던 이 말이 머리에 떠오르며 동시에, 아까 술상 위에 내어놓던 득보의 그 날이 시퍼렇던 단도가 생각났다.
그 한 뼘도 넘어 될 득보의 단도 날이 자기의 가슴 한복판을 푹 찔러, 이 미칠 듯이 저리고 근지러운 간과 허파를 송두리째 긁어 내어 준다면, 하는 생각과 함께 자기 자신도 모르게 몸서리를 치고, 문득 걸음을 멈추

며 고개를 들었을 때, 해는 이미 황토재 위에 설핏한데, 한 마장 가량 앞
에는 득보가 터덕터덕 혼자서 먼저 용냇가로 내려가고 있었다.

역 마

　'화개장터'의 냇물은 길과 함께 흘러서 세 갈래로 나 있었다. 한 줄기
는 전라도 땅 구례(求禮) 쪽에서 오고 한 줄기는 경상도 쪽 화개협(花開
峽)에서 흘러 내려 여기서 합쳐서 푸른 산과 검은 고목 그림자를 거꾸로
비친 채, 호수같이 조용히 돌아, 경상 전라 양도의 경계를 그어 주며 다
시 남으로 흘러 내리는 것이 섬진강(蟾津江) 본류(本流)였다.

　하동(河東), 구례, 쌍계사(雙磎寺)의 세 갈래 길목이라고 오고 가는
나그네로 하여, '화개장터'엔 장날이 아니라도 언제나 흥성거리는 날이
많았다. 지리산(智異山) 들어가는 길이 고래로 허다하지만, 쌍계사 세이
암(洗耳岩)의 화개협 시오 리를 끼고 앉은 '화개장처'의 이름이 높았다.
경상 전라 양도 접경이 한두 군데일 리 없지만 또한 이 '화개장터'를 두
고 일렀다. 장날이면 지리산 화전민(火田民)들의 더덕, 도라지, 두릅, 고
사리 들이 화갯골에서 내려오고 전라도 황아 장수들의 실, 바늘, 면경,
가위, 허리끈, 주머니끈, 족집게, 골백분 들이 또한 구례길에서 넘어오
고, 하동길에서는 섬진강 하류의 해물 장수들의 김, 미역, 청각, 명태,
자반 조기, 자반 고등어 들이 올라오곤 하여, 산협(山峽)치고는 꽤 은성

한 장이 서는 것이기도 했으나, 그러나 '화개장터'의 이름은 장으로 하여
서만 있는 것이 아니었다.

장이 서지 않는 날일지라도 인근(隣近) 고을 사람들에게 그곳이 그렇
게 언제나 그리운 것은, 장터 위에서 화갯골로 뻗쳐 앉은 주막마다 유달
리 맑고 시원한 막걸리와 펄펄 살아 뛰는 물고기의 회를 먹을 수 있기 때
문인지도 몰랐다. 주막 앞에 늘어선 능수버들가지 사이사이로 사철 흘러
나오는 그 한(恨) 많고 멋들어진 춘향가 판소리, 육자배기 들이 있기 때
문인지도 몰랐다. 게다가 가끔 전라도 지방에서 꾸며 나오는 남사당 여사
당 협률(協律) 창극 광대 들이 마지막 연습 겸 첫 공연으로 여기서 으레
재주와 신명을 떨치고서야 경상도로 넘어간다는 한갓 관습과 전례가 '화
개장터'의 이름을 더욱 높이고 그립게 하는 것인지도 몰랐다.

그 가운데도 옥화(玉花)네 주막은 술맛이 유달리 좋고 값이 싸고 안주
인——옥화——의 인심이 후하다 하여 화개장터에서는 가장 이름이 들
난 주막이었다. 얼마 전에 그 어머니가 죽고 총각 아들 하나와 단 두 식
구만으로 안주인 옥화가 돌아올 길 망연한 남편을 기다리며 살아간다는
것이라 하여 그들은 더욱 호의와 동정을 기울이는 것인지도 몰랐다. 혹
노자가 달린다거나 행장이 불비할 때 그들은 으레 옥화네 주막을 찾았다.

"나 이번에 경상도서 돌아올 때 함께 회계하라지요."

그들은 예사로 이렇게들 말하곤 하였다.

늘어선 버들가지가 강물에 씻기우고 저녁놀에 은어가 번득이고 하는 여
름철 석양 무렵이었다.

나이 예순도 훨씬 더 넘어 뵈는 늙은 체장수 하나가 쳇바퀴와 바닥감
들을 어깨에 걸머진 채 손에는 지팡이와 부채를 들고 옥화네 주막을 찾아
왔다. 바로 그뒤에는 나이 열대여섯 살쯤 나 뵈는, 몸매가 호리호리한 소
녀 하나가 조그만 보따리를 옆에 끼고 서 있었다. 그들은 무척 피곤해 보
였다.

"저 큰애기까지 두 분입니까?"

옥화는 노인보다 '큰애기'의 얼굴을 바라보며 이렇게 물었다. 노인은 조용히 고개를 끄덕였다.

그날 밤 저녁상을 물린 뒤 노인은 옥화에게 인사를 청했다. 살기는 구례에 사는데 이번엔 경상도 쪽으로 벌이를 떠나 온 길이라 하였다. 본시 여수(麗水)가 고향인데 젊어서 친구를 따라 한때 구례에 와서도 살다가, 그뒤 목포로 광주로 전전하였고, 나주 진도(珍島)로 건너가 거기서 열일 여덟 해 사는 동안 그만 머리털까지 세어져서는, 그래 몇 해 전부터 도로 구례에 돌아와 사는 것이라 하였다. 그렇지만 저런 큰애기를 데리고 어떻게 다니느냐고 옥화가 묻는 말에, 그러잖아도 이번에는 죽을 때까지 아무 데도 떠나지 않으려고 했던 것인데 떠나지 않고는 두 식구가 가만히 굶을 판이라 할 수 없었던 것이라 했다.

"그럼 저 큰애기는 하라부지 딸입니까?"

옥화는 남폿불 그림자가 반쯤 비낀 바람벽 구석에 붙어 앉아 가끔 그 환한 두 눈으로 이쪽을 바라보곤 하는 소녀의 동그스름한 어깨를 바라보며 이렇게 물었다.

노인은 또 고개를 끄덕였다. 그리 평생 객지로만 돌아다니고 나니 이제 고향삼아 돌아온 곳(求禮)이래야 또한 객지라 그네 아비 딸이 어디다 힘을 입고 살아가야 할는지 아무 데도 의탁할 곳이 없다고 그네의 외로운 신세를 호소도 했다.

"나도 젊었을 때는 노는 것을 좋아했지라오. 동무들과 광대도 꾸며 갖고 댕겨 봤는디 젊어서 한번 바람들어 놓게 평생 못 잡게 마련이랑게 ……. 그것이 스물네 살 때 정초닝게 꼭 서른여섯 해 전일 것이여, 바로 이 장터에서도 하룻밤 논 일이 있었지라오."

노인은 조용히 추억의 실마리를 더듬는 듯 방 안을 두리번거리며 살펴보곤 하는 것이었다.

"어이유, 참 오래 전일세!"

옥화는 자못 놀라운 시늉이었다.
이튿날은 비가 왔다.

화개장날만 책전을 펴는 성기(成麒)는 내일 장 볼 준비도 할 겸 하루를 앞두고 절에서 마을로 내려오고 있었다.
쌍계사에서 화개장터까지는 시오 리가 좋은 길이라 해도, 굽이굽이 벌어진 물과 돌과 산협의 장려한 풍경이 언제 보나 그에게 길멀미를 내지 않게 하였다.
처음엔 글을 배우러 간다고 할머니에게 손목을 끌리다시피 하여 간 곳이 절이었고, 그 다음엔 손윗동무들의 사랑에 끌려다니다시피쯤 하여 왔지만 이즘 와서는 매일같이 듣는 북소리, 목탁소리, 그리고 그 경을 치게 희맑은 은행나무, 염주나무(菩提樹), 이런 것까지 모두 싫증이 났다.
당초부터 어디로 훨훨 가 보고나 싶던 것이 소망이었지만, 그러나 어디로 간다는 건 말만 들어도 당장에 두 눈이 시뻘개져서 역정을 내는 어머니였다.
"서방이 있나, 일가친척이 있나, 너 하나만 믿고 사는 이내의 팔자에 너조차 밤낮 어디로 간다고만 하니 난 누굴 믿고 사냐?"
어머니의 넋두리는 이제 귀에 못이 박힐 정도였다.
이러한 어머니보다도 차라리 열 살 때부터 절에 보내어 중질을 시켰으니, 이제 역마살(驛馬煞)도 거진 다 풀려 갈 것이라고 은근히 마음을 느꾸시는 편이던 할머니는, 그러나 갑자기 세상을 떠나 버렸다. 당사주라면 다시는 더 사족을 못 쓰던 할머니는, 성기가 세 살 났을 때 보인 그의 사주에 시천역(時天驛)이 들었다 하여 한때는 얼마나 낙담했던 것인지 모른다. 하동 산다는, 그 키가 나지막한 명주 치마 저고리를 입은 할머니가 혹시 갑자을축을 잘못 짚지나 않았나 하여, 큰 절(쌍계사를 가리킴)에 있는 어느 노장에게도 가 물어 보고 지리산 속에서 도를 닦아 나온다던 어떤 키 큰 노인에게도 다시 뵈어 봤지만 시천역엔 조금도 요동이 없었다.

"천성 제 애비 팔자를 따라가려는 게지."

할머니가 어머니를 좀 비꼬아 하는 말이었으나 거기 깊은 원망이 든 것도 아니었다. 그러나 이런 말엔 각별나게 신경을 쓰는 옥화는,

"부모 안 닮는 자식 없단다. 근본은 다 엄마 탓이지."

도리어 어머니에게 오금을 박고 들었다.

"이년아, 에미한테 너무 오금 박지 마라. 남사당을 붙었음, 너를 버리고 내가 그놈을 찾아갔냐, 너더러 찾아 달라 성화를 댔냐?"

그러나 서른여섯 해 전에 꼭 하룻밤 놀다 갔다는 젊은 남사당의 육자배기 가락에 반하여 옥화를 배게 된 할머니나, 구름같이 떠돌아다니는 중과 인연을 맺어 성기를 가지게 된 옥화나, 다같이 '화개장터' 주막에 태어났던 그녀들로서는 별로 누구를 원망할 턱도 없는 어미 딸이었다. 성기에게 역마살이 든 것은 어머니가 중 서방을 정한 탓이요, 어머니가 중 서방을 정한 것은 할머니가 남사당에게 반했던 때문이라면 성기의 역마 운도 결국은 할머니가 장본이라, 이에 할머니는 성기에게 중질을 시켜서 살을 때우려고도 서둘러 보았던 것이고, 중질에서 못다 푼 살을 이번에는, 옥화가 그에게 책장사라도 시켜서 풀어 보려는 속셈인 것이었다. 성기로서도 불경(佛經)보다는 암만해도 이야기책에 끌리는 눈치요, 중질보다는 차라리 장사라도 해 보고 싶다는 실토이기도 하여, 그러나 옥화는 꼭 화개장터만 뵈기로 다짐까지 받은 뒤, 그에게 책전을 내어주기로 했던 것이었다.

성기가 마루 앞 축대 위에 올라서는 것을 보자 옥화는 놀란 듯이 자리에서 일어나 앉으며,

"더운데 왜 인저사 내려오냐?"

곁에 있던 수건과 부채를 집어 그에게 주었다.

지금까지 옥화에게 이야기책을 읽어 들려 주고 있은 듯한 낯선 계집애는 책 읽던 것을 멈추고 얼굴을 들어 성기를 바라보았다. 갸름한 얼굴에 흰자위 검은자위가 꽃같이 선연한 두 눈이었다. 순간 성기는 가슴이 찌르

르하며, 갑자기 생기 띠어진 눈으로 집 앞에 늘어선 버들가지를 바라보았다.

계집애는 이내 안으로 들어가고, 옥화는 성기의 점심상을 차려 들고 나와서,

"체장수 딸이다."

하였다. 어머니도 즐거운 얼굴이었다.

"체장수라니?"

성기는 밥상을 받은 채, 그러나 얼른 숟가락을 들지도 않고 그의 어머니의 얼굴을 쳐다보았다.

"구례 산다더라. 이번에 어쩌면 하동으로 해서 진주 쪽으로 나가 볼 참이라는데 어제저녁에 화갯골로 들어갔다."

그리고 저 딸아이는 그 체장수의 무남독녀인데 영감이 화갯골 쪽으로 들어갔다 나와서 하동 쪽으로 나갈 때 데리고 가겠다고 하도 간청을 하기에 그 동안 좀 맡아 있어 주기로 했다면서, 옥화는 성기의 눈치를 살피듯 그의 얼굴을 물끄러미 바라보았다.

"화갯골에서는 며칠이나 있겠다던고?"

"들어가 보고 재미나면 지리산 쪽으로 깊이 들어가 볼 눈치더라."

그러고 나서 옥화는 또,

"그래도 그런 사람의 딸같이는 안 뵈지?"

하였다. 계연(契妍)이란 이름이었다.

성기는 잠자코 밥숟가락을 들었다. 그러나 밥은 반도 먹지 않고 상을 물려 버렸다.

이튿날 성기가 책전에 있으려니까, 그 체장수 딸이 그의 점심을 이고 왔다. 집에서 장터까지래야 소리 지르면 들릴 만한 거리였지만, 그래도 전날 늘 이고 다니던 '상돌 엄마'가 있을 터인데 벌써 처녀 티가 나는 남의 큰애기더러 이런 사환을 시켜 미안하단 생각이 들었다. 그러나 정작 그녀 쪽에서는 그러한 빛도 없이, 그 꽃송이같이 화안한 두 눈에 웃음까

지 담은 채 그의 앞에 밥함지를 공손스레 놓고는, 떡과 엿과 참외 들을 팔고 있는 음식점 쪽으로 곧장 눈을 팔고 있었다.

"상돌 엄만 어디 갔는듸?"

성기는 계연의 그 아리따운 두 눈에서 흥건한 즐거움을 가슴으로 깨달으며, 그러나 고개는 엉뚱한 방향으로 돌린 채, 차라리 거친 음성으로 이렇게 물었다.

"손님이 마루에 가득 찼는디 상돌 엄마가 혼자서 바뻐 서두닝게 어머니가 지더라 갖고 가라 힜어라오."

그 동안 거의 입을 열어 말하는 일이 없었던 계연은 성기가 묻는 말에 의외로 생경한 전라도 쪽 토음(土音)으로 이렇게 말했다. 그 가냘프고 갸름한 어깨와 목이며, 어디서 그렇게 힘차고 탄력적인 음성이 울려나오는 것인지 알 수가 없었다. 한 줌이나 될 듯한 가느다란 허리와 호리호리한 몸매에 비하여 발달된 팔다리와 토실토실한 두 손등과 조그맣게 도톰한 입술을 가진 탓인지도 몰랐다.

"계연아, 오빠 세수물 놔 드려라."

이튿날 아침에도 옥화는 상돌 엄마를 부엌에 둔 채 역시 계연에게 성기의 시중을 들게 하였다. 세수물을 놓는 일뿐 아니라 숭늉 그릇을 들고 다니는 것이나, 밥상을 차려 오는 것이나, 수건을 찾아 주는 것이나, 성기에 따른 시중은 모조리 그녀로 하여금 들게 하였다. 그리고,

"아이가 맘이 컴컴치 않고, 인정이 있고, 얄미운 데가 없어."

옥화는 자랑삼아 이런 말도 하였다.

"저의 아버지는 웬일인지 반 억지 비슷하게 그저 곧장 나만 믿겠다고, 아주 양딸처럼 나한테 맡기구 싶은 눈치더라만……."

옥화는 잠깐 말을 끊어서 성기의 낯빛을 살피고 나서,

"그래, 너한테도 말을 들어 봐야겠고 해서 그저 대강 들을 만하고 있었잖냐……. 언제 한 번 데리고 가서 칠불(七佛) 구경이나 시켜 줘라." 하는 것이, 흡사 성기의 동의를 구하는 모양 같기도 하였다.

그러고 나서 옥화는 계연의 말을 옮겨, 구례있는 저의 집이래야 구례읍에서 외따로 떨어진 무슨 산기슭 밑에 있는 오막살인가 보더라고도 하였다.

"그럼 살림은 어쩌고 나왔을까?"

"살림이래야 그까짓 거 머 방문에 자물쇠 채워 두었으면 그만 아냐, 허지만 그보다도 나그넷길에 데리고 나선 계연이가 걱정이지."

이러한 옥화의 말투로 보아서는 체장수 영감이 화갯골에서 나오는 대로 계연을 아주 양딸로 정해 둘 생각인 듯이도 보였다. 다만 성기가 꺼릴까 보아 이것만을 저어하는 눈치 같았다. 지금까지 몇 번이나 옥화는 성기더러 장가를 들라고 권했으나 그는 응치 않았고, 집에 술 파는 색시를 몇 차례나 두어도 보았지만 색시 쪽에서 간혹 성기에게 말썽을 내인 적은 있어도 성기가 색시에게 그러한 마음을 두는 일은 한 번도 있은 적이 없어 이러한 일들로 해서 이번에도 옥화는 그녀로 하여금 성기의 미움이나 받지 않게 할 양으로, 그녀의 좋은 점만 이야기하는 듯한 눈치 같기도 하였다.

아랫집 실과가게에서 성기가 짚신 한 켤레를 사 들고 오려니까 옥화는 비죽이 웃는 얼굴로 막걸리 한 사발을 그에게 떠 주며,

"오늘 날씨가 너무 덥잖냐?"

고 하였다. 술 거를 때 누구에게나 맛뵈기 떠 주기를 잘 하는 옥화였다. 계연이는 방에서 옷을 갈아입고 있었다.

"계연아, 너도 빨리 나와, 목마를 텐데 미리 좀 마시고 가거라."

옥화는 방을 향해서도 이렇게 소리를 질렀다.

항라 적삼에 가는 삼베 치마를 갈아입고 나오는 계연은 그 선연한 두 눈이 흰자위 검은자위로 인하여 물에 어린 한 송이 연꽃이 떠오르는 듯하였다.

"꼭 스무 해 전에 내가 입었던 거다."

옥화는 유감(有感)한 듯이 계연의 옷맵시를 살펴 주며 말했다.

"어제 꺼내서 품을 좀 줄여 놨더니만 청승스리 맞는고나. 보기보단 품을 여간 많이 입잖는다, 이앤……. 자, 얼른 마셔라. 오빠 있음 무슨 내외할 사이냐?"

그러자 계연은 웃는 얼굴로 술잔을 받아들고 방으로 들어가 마시고 나오는 모양이었다.

성기는 먼저 수양버드나무 밑에 와서 새 신발에 물을 축이었다. 계연이도 곧 뒤를 따라나섰다. 어저께 성기가 칠불암(七佛庵)까지 책값 수금 관계로 좀 다녀올 일이 있다고 했더니, 옥화가 그러면 계연이도 며칠 전부터 산나물을 캐러 간다고 벼르는 중이고 또 칠불암 구경은 어차피 한번 시켜 주어야 할 게고 하니, 이왕이면 좀 데리고 가잖겠느냐고 하였다.

성기는 가슴도 좀 뛰고, 그래서 나물을 내가 어떻게 아느냐고 싫다고 했더니, 너더러 누가 나물까지 캐라느냐고, 앞에서 길만 끌어 주면 되잖느냐고 우기어, 기승한 어머니에게 성기는 더 항변을 못하고 말았던 것이다.

성기는 처음부터 큰길을 버리고 사람이 잘 다니지 않는 수풀 속 산길을 돌아가기로 하였다. 원체가 지리산 밑이요, 또 나뭇길도 본디부터 똑똑히 나 있지 않은 곳이라, 어려서 자라난 고장이라곤 하지만 울울한 수풀 속에서 성기는 몇 번이나 길을 잃은 채 헤매곤 하였다.

쳐다보면 위로는 하늘을 찌를 듯한 높은 산봉우리요, 내려다보면 발 아래는 바다같이 뿌우연 수풀뿐, 그 위에 흰 햇살만 물줄기처럼 내리 퍼붓고 있었다. 머루, 다래, 으름은 이제 겨우 파랗게 맹아리져 있고, 가지마다 새빨간 복분자(나무딸기), 오디(산뽕나무의 열매)는 오히려 철이 겨운 듯 한머리 까맣게 먹물이 돌았다.

성기는 제 손으로 다듬은 퍼런 아가위나무 가지로 앞에서 칡덩굴을 헤쳐 가며 가고 있는데, 계연은 두릅을 꺾는다, 딸기를 딴다, 하며 자꾸 뒤로 혼자 처지곤 하였다.

"빨리 오잖고 뭘 하나?"

성기가 걸음을 멈추고 서서 나무라면, 계연은 딸기를 따다 말고 두릅을 꺾다 말고 조그맣고 도톰한 입술을 꼭 다물고 뛰어오는 것인데, 한참만 가다 보면 또 뒤에 떨어지곤 하였다.

"아이고머니 어쩔거나!"

갑자기 뒤에서 계연이가 소리를 질렀다. 돌아다보니 떡갈나무 위에서, 가지에 치맛자락이 걸려 있다. 하필 떡갈나무에는 뭣하러 올라갔을까고 곁에 가 쳐다보니, 계연의 손이 닿을 만한 위치에 그 아랫쪽 딸기나무 가지가 넘어와 있다. 딸기나무에는 가시가 있고 또 비탈에 서 있어 올라갈 수가 없으니까, 그 딸기나무와 가지가 서로 얽힌 떡갈나무 쪽으로 올라간 모양이었다. 몸을 구부려 손으로 치맛자락을 벗기려면 간신히 잡고 서 있는 윗가지에서 손을 놓아야 하겠고, 손을 놓았다가는 당장 나무에서 떨어질 형편이다. 나무 아래서 쳐다보니 활짝 걷어 올려진 베치마 속에, 정강마루까지를 채 가리지 못한 짤막한 베고의가 흰한 햇살을 받아 그 안의 뽀오얀 것을 그대로 보여 주고 있었다.

성기는 짚고 있던 생나무 지팡이로 치맛자락을 벗겨 주려 하였으나, 지팡이가 짧아서 그렇겠지만 제 자신도 모르게 지팡이 끝은 계연의 그 발가스레하고 매초롬한 종아리만을 자꾸 건드리고 있었다.

"아이 싫어! 남에서 떨어진당게!"

계연은 소리를 질렀다. 게다가 마침 다람쥐란 놈까지 한 마리 다래 넌출 위로 타고 와서, 지금 막 계연이가 잡고 서 있는 떡갈나무 가지 위로 건너뛰려 하고 있다.

"아 곧 떨어진당게! 그 막대로 저 다램이나 때려 줬음 쓰것는듸."

계연은 배 아래를 거의 햇살에 흰히 드러낸 채 있으면서도 다래 넌출 위에서 이쪽을 건너다보고 그 욕망스런 턱주가리를 쫑긋거리고 있는 다람쥐가 더 안타까운 모양으로 또 이렇게 소리를 질렀다.

"요놈의 다램이가……."

성기는 같은 나무 밑둥이에까지 올라가서야 겨우 계연의 치맛자락을 벗겨 주고, 그러고는 막대로 다시 조금 전에 다람쥐가 앉아 있던 넌출도 한 번 툭 쳤다. 이 소리에 놀랐는지 산비둘기 몇 마리가 푸드득 하고 아래쪽 머루 넌출 위로 날아갔다.

"샘물이 있어야 쓰겄는듸."

계연은 치맛자락을 걷어 올려 이마의 땀을 씻으며 이렇게 말했다.

모롱이를 돌아 새로운 산줄기를 탈 때마다 연방 더 우악스런 맷부리요, 어두운 수풀을 지나 환하게 열린 하늘을 내다볼 때마다 바다같이 질펀한 골짜기에 차 있으니 머루, 다래 넌출이요, 딸기, 칡의 햇덩굴이다. 산 속으로 산 속으로 들어갈수록 여기저기서 난장판으로 뻐꾸기들은 울고 이따금씩 낄낄거리고 골짜기를 건너 날아가는 꿩 울음소리마저 야지의 가을 벌레 소리를 듣는 듯 신산을 더했다.

해는 거진 하늘 한가운데를 돌아 바야흐로 머리에 불을 끼었고, 어두운 숲 그늘 속에는 해삼 같은 시꺼먼 달팽이들이 허연 진물을 토한 채 땅에 붙어 늘어졌다.

햇살이 따갑고, 땀이 흐르고, 목이 마를수록 성기들은 자꾸 넌출 속으로만 들짐승들처럼 파묻히었다. 나무딸기, 덤불딸기, 산복숭아, 아가위, 오디, 손에 닿는 대로 따서 연방 입에 가져가지만 입에 넣으면 눈 녹듯 녹아질 뿐, 떨적지근한 침을 삼키면 그만이었다. 간혹 이에 걸린다는 것이 아직 익지 않은 산복숭아, 아가위 따위인데, 딸기 녹은 침물로는 그 쓰고 떫은 것마저 사양없이 넘겨졌다. 처음엔 입술이 먼저 거멓게 열매물이 들었고, 나중엔 온 볼에까지 묻어졌다. 먹을수록 목이 마른 딸기를 계연은 그 새파란 산복숭아서껀, 둥그런 칡잎으로 하나 가득 따서 성기에게 주곤 했다. 성기는 두 손바닥 위에다 그것을 받아서는 고개를 수그려 물을 먹듯 입을 대어 먹었다. 먹고 난 칡잎은 아무렇게나 넌출 위로 던져 버린 채 칡넌출이 담뿍 감겨 있는 다래 덩굴 위에 비스듬히 등을 대고 누웠다.

계연은 두 번째 또 칡잎의 것을 성기에게 주었다. 성기는 성가신 듯이

그냥 비스듬히 누운 채 그것을 그대로 입에 들이부어 한입 가득 물고는
나머지를 그냥 넌출 위로 던졌다. 그리고 그는 곧 코를 골기 시작하였다.

 세 번째 칡잎에다 딸기알, 머루알을 골라 놓은 계연은 그러나 성기가
어느덧 잠이 들어 있음을 보자 아까 성기가 하듯 하여 이번엔 제가 먹어
치웠다.

 "참 잘도 잔당게."

 계연은 혼잣말로 중얼거리며 자기도 다래 덩굴에 등을 대고 비스듬히
드러누워 보았으나 곧 재채기가 났다. 목이 몹시 말랐다. 배도 고팠다.

 갑자기 뻐꾸기 소리가 무서워졌다.

 "덩굴 속에는 샘물이 없는가?"

 계연은 덩굴을 헤치고 한참 들어가다 문득 모과나무 가지에 이리저리
얽히고 주렁주렁 열린 으름 덩굴을 발견하였다.

 "이것이 익어 있음 쓰것는듸."

 계연은 이렇게 중얼거리며 아직도 파아란 오이를 만지듯 딴딴하고 우둘
우둘한 으름을 제일 큰 놈으로만 세 개를 골라 따 쥐었다. 그리하여 한나
절 동안 무슨 열매든지 손에 닿는 대로 마구 따 입에 넣곤 하던 버릇으로
부지중 입에 가져가 한 번 덥석 물어 떼었더니 이내 비릿하고 떫적스레한
풀 같은 것이 입에 하나 가득 끼었다.

 "아, 풋내 나!"

 계연은 입안의 것을 뱉고 나서 성기 곁으로 갔다. 해는 벌써 점심때도
겨운 듯 갈증과 함께 시장기도 들었다.

 "일어나 샘물 찾아가장게."

 계연은 성기의 어깨를 흔들었다.

 성기는 눈을 떴다.

 계연은 당황하여 쥐고 있던 새파란 으름 두 개를 성기의 코끝에 내어밀
었다. 성기는 몸을 일으켜 그녀의 그 둥그스름한 어깨와 목덜미를 껴안았
다. 그리고는 입술이 포개졌다.

그녀의 조그맣고 도톰한 입술에서는 한나절 먹은 딸기, 오디, 산복숭아, 으름 들의 달짝지근한 풋내와 함께 황토 흙을 찌는 듯한 향긋하고 고수한 고기(肉) 냄새가 느껴졌다.

까악까악하고 난데없는 까마귀 한 마리가 그들의 머리 위로 울며 날아갔다.

"칠불은 아직 멀지라?"

계연은 다래 덩굴에 걸어 두었던 점심을 벗겨 들었다.

화갯골로 들어간 체장수 영감은 보름이 넘도록 돌아오지 않았다. 떠날 때 한 말도 있고 하니 지리산 속으로 아주 들어간 모양이라고, 옥화와 계연은 생각하고 있었다.

"산중에서 아주 여름을 내시는갑네."

옥화는 가끔 이런 말도 하였다. 그리고 그들은 끈기있게 이야기책을 들고 앉곤 하였다. 계연의 약간 구성진 전라도 지방 토음은 날이 갈수록 점점 더 맑고 처량한 노랫조를 띠어 왔다.

그 동안 옥화와 계연의 사이에 생긴 새로운 사실이 있다면 옥화가 계연의 왼쪽 귓바퀴 위에 있는 조그만 사마귀 한 개를 발견한 것쯤이었다.

어느 날 아침, 그녀의 머리를 빗어 주고 있던 옥화는 갑자기 정신을 잃은 사람처럼 참빗 쥔 손을 부들부들 떨고 있었다.

"어머니 왜 그리여?"

계연이 놀라 물었으나 옥화는 그녀의 두 눈만 멀거니 바라보고 있을 따름 말이 없었다.

"어머니 왜 그러시여?"

계연이 또 한 번 물었을 때, 옥화는 경우 정신이 돌아오는 듯 긴 한숨을 내쉬며,

"아무것도 아니다."

하고, 다시 빗질을 시작하는 것이었다.

계연은 속으로 이상한 생각이 들었으나 아무것도 아니라는 옥화에게 다시 더 캐어 물을 도리도 없었다.

이튿날 옥화는 악양(岳陽)에 볼일이 좀 있어 다녀오겠노라면서 아침 일찍이 머리를 빗고 떠났다. 성기는 큰 방에서 낮잠을 자고 있었다. 소나기가 왔다. 계연이가 밖에서 빨래를 걷어 안고 들어오면서,

"어쩔거나, 어머니 비 만나시것는듸!"

하였다. 그녀의 치맛자락은 바깥의 신선한 비바람을 묻혀다 성기의 자는 낯을 스쳐 주었다. 성기는 눈을 뜨는 결로 손을 뻗쳐 그녀의 치맛자락을 거머잡았다. 그녀는 빨래를 안은 채 고개를 홱 돌이켜 성기의 얼굴을 가만히 바라보았다. 그녀의 두 볼에 바야흐로 조그만 보조개가 패이려 할 때, 밖에서 인기척이 났다.

"어머니 옷 다 젖것는듸!"

또 한 번 이렇게 말하며, 계연은 마루로 나갔다. 성기는 어느덧 또 코를 골기 시작하였다.

성기가 다시 잠이 깨었을 때는 손님들이 마루에서 막걸리를 마시고 있었다. 계연은 그들의 치다꺼리를 해 주고 있는 모양으로 부엌에서,

"명태랑 풋고추밖엔 안주가 없는듸!"

하는 소리가 났다.

나중 손님들이 돌아간 뒤 성기는 그녀더러,

"어머니 없을 땐 손님 받지 말라고."

약간 볼멘 소리로 이런 말을 하였다.

"허지만 오늘 해 넘김, 이 술은 시어질 것인듸, 그냥 두면 어머니 오셔서 화내시지 않을 것이오?"

계연은 성기에게 타이르듯이 이렇게 말했다. 조금 뒤 그녀는 다시 웃는 낯으로 성기 곁에 다가서며,

"오빠, 날 면경 하나만 사 주시오. 똥그란 놈이 꼭 한 개만 있었음 쓰것는듸."

하였다. 이튿날이 마침 장날이라 성기는 점심을 가지고 온 그녀에게 미리
사 두었던 조그만 면경 하나와 찰떡을 꺼내 주었다.

"아이고머니!"

면경과 찰떡을 보자, 계연은 놀란 듯이 소리를 질렀다. 그녀는 그 꽃
같은 두 눈에 웃음을 담뿍 담은 채 몇 번이나 면경을 들여다보곤 하더니,
그것을 품속에 넣고는 성기가 점심을 먹고 있는 곁에 돌아앉아 어느덧 짝
짝 소리까지 내며 찰떡을 먹고 있었다.

성기는 남이 보지 않게 전 앞에 사람 그림자가 얼씬할 때마다 자기의
몸을 이리저리 움직여서 그것을 가리워 주었다. 딴은 떡뿐 아니라, 참외
고 복숭아고 엿이고 유과고 일체 군것질을 유달리 좋아하는 그녀의 성미
인 듯하였다. 집 앞으로 혹 참외장수나 엿장수가 지나가는 것을 보면 계
연은 골무를 깁거나 바늘겨레를 붙이다 말고, 뛰어일어나 그것들이 시야
에서 사라질 때까지 멀거니 바라보며 섰곤 하였다.

한번은 성기가 절에서 내려오려니까, 어머니는 어디 갔는지 눈에 띄지
않고 그녀만이 마루끝에 걸터앉은 채 이웃 주막의 놈팡이 하나와 더불어
함께 참외를 먹고 있었다. 성기를 보자 좀 무안스러운 듯이 얼굴을 약간
붉히며 곧 일어나 반가운 표정을 지어 보였다.

"아, 오빠!"

"……."

그러나 성기는 그러한 그녀를 거들떠도 보지 않고 그대로 자기의 방으
로만 들어가 버렸다. 계연은 먹던 참외도 마루끝에 놓은 채 두 눈이 휘둥
그래서 성기의 뒤를 따라왔다.

"오빠 왜?"

"……."

"웅 왜 그리여?"

"……."

그러나 성기는 아무런 대꾸도 없었다. 그녀가 두 팔을 성기의 어깨 위

에 얹어 그의 목을 껴안으려 했을 때, 성기는 맹렬히 몸을 뒤틀어 그녀의
팔을 뿌리치고 돌연히 미친 것처럼 뛰어들어 따귀를 때리기 시작하였다.

처음 그녀는,

"오빠, 오빠!"

하고 찡그린 얼굴로 성기를 쳐다보며 두 손을 내어밀어 그의 매질을 막으
려 하였으나, 두 차례 세 차례 철썩철썩 하고, 그의 손이 그녀의 얼굴에
와 닿자 방구석에 가 얼굴을 쿡 처박은 채 얼마든지 그의 매질에 몸을 맡
기듯이 하고 있었다.

이튿날 장에 점심을 가지고 온 계연은 그 작고 도톰한 입술을 꼭 다문
채 말이 없었으나, 그의 꽃같이 선연한 두 눈엔 어제의 일엔 조그만 원한
도 품고 있지 않는 듯하였다.

그날 밤 그녀가 혼자 강가에 나와 있는 것을 보고, 성기는 그녀의 뒤를
쫓아나갔다. 하늘엔 별이 파랗게 빛나고 있었으나, 나무 그늘은 강가를
칠야같이 뒤덮고 있었다.

"오빠."

계연은 성기가 바로 그녀의 곁에까지 왔을 때 일어나 성기의 턱 앞으로
바싹 다가 들어서며 낮은 목소리로 이렇게 불렀다.

"오빠, 요즈음 어쩌자고 만날 절에만 노 있는 것이여?"

그 몹시도 굴곡이 강렬한 전라도 지방 토음으로 이렇게 속삭이었다.

그즈음 성기는 장을 보러 오는 날 이외에는 절에서 일절 내려오지를 않
았다. 옥화가 악양 명도에게 갔다 소나기에 젖어 돌아온 뒤부터는, 어쩐
지 그와 그녀 사이를 전과 달리 경계하는 듯한 눈치라, 본래 심장이 약하
고 남의 미움받기를 유달리 두려워하는 그는, 그러한 어머니에 대한 노여
움도 있고 하여 기어코 절에서 배겨 내려 했던 것이었다. 이날 밤만 해도
계연의 물음에, 성기가 무어라고 대답도 채 하기 전에, "계연아! 계연
아!" 하는, 옥화의 목소리가 또 어느덧 들려 오고 있었다. 성기는 콧잔
등을 찌푸리며 말을 하려다 말고 입을 다물어 버렸다.

'아, 어머니도 어쩌면 저다지 야속할까?'

성기는 갑자기 목이 뿌듯해졌다.

반딧불이 지나갔다. 계연은 돌 위에 걸터앉아 손으로 여뀌풀을 움켜잡으며, 혼잣말같이 또 무어라 속삭이는 것이었으나, 냇물 소리에 가리어 잘 들리지 않았다.

이튿날 아침 일찍이 성기가 방 안으로 부엌으로 누구를 찾으려는 듯 기웃기웃하다가 좀 실망한 듯한 낯으로 그냥 절로 올라가고 말았을 때, 그녀는 역시 이 여뀌풀 있는 냇물가에서 걸레를 빨고 있었던 것이다.

사흘 뒤에 성기가 다시 절에서 내려오니까, 체장수 영감은 마루 위에서 막걸리를 마시고 있고, 계연은 고개를 떨어뜨린 채 마루끝에 걸터앉아 있었다. 머리를 감아 빗고 새옷――새옷이래야 전날의 그 항라적삼을 다시 빨아 다린 것――을 갈아입고, 조그만 보따리 하나를 곁에 두고 슬픔에 잠겨 있던 계연은, 성기를 보자 그 꽃같이 선연한 두 눈에 갑자기 기쁨을 띠며 허리를 일으켰다. 그러나 바로 그 다음 순간, 그 노기를 띤 듯한 도톰한 입술은 분명히 그들 사이에 일어난 어떤 절박하고 불행한 사실을 전하고 있었다.

막걸리 사발을 들어 영감에게 권하고 있던 옥화는 성기를 보자,

"계연이가 시방 떠난단다."

대번에 이렇게 말했다.

옥화의 말을 들으면 영감은 그날 성기가 절로 올라가던 날 저녁때에 돌아왔었더라는 것이었다. 그 이튿날이니까 즉 어제, 영감은 그녀를 데리고 떠나려고 하는 것을 하루 더 쉬어 가라고 만류를 해서, 그래 오늘 아침엔 일찍이 떠난다고 이렇게 막 행장을 차려서 나서는 길이라 하였다.

그러나 이것은 실상 모두 나중 다시 들어서 알게 된 것이었고, 처음은 그저 쇠뭉치로 돌연히 머리를 얻어맞은 것같이 골치가 띵하며, 전신의 피가 어느 한곳으로 쫙 모이는 듯한, 양쪽 귀가 머리 위로 쫑긋이 당기어 올라가는 듯한, 눈언저리에 퍼어런 불이 번쩍번쩍 일어나는 듯한, 어지러

움과 노여움과 조마로움이 한데 뭉치어 발끝에서 머리끝까지의 그의 전신
을 어디로 휩쓸어 가는 듯만 하였다. 그는 지금껏 이렇게까지 그녀에게
마음이 가 있어 떨어질 수 없게 되었으리라고는 너무도 뜻밖이었다. 그것
이 이제 영원히 헤어지려는 이 순간에 와서야 갑자기 심지에 불을 켜듯
확 타오를 마련이던가 하는 것이 자꾸만 꿈과 같았다. 자칫하면 체면도
염치도 다 놓고 엉엉 울음이 터질 것만 같이 목이 징징 우는 것을, 그러
는 중에서도 이 얼굴을 어머니에게 보여서는 아니 된다는 의지에서 떨리
는 입술을 깨물며, 마루끝에 궁둥이를 쫓듯 털썩 앉아 버렸다.

"아들이 참 잘생겼소."

영감은 분명히 성기를 두고 하는 말인 모양이었다. 그러나 성기는 그쪽
으로 고개도 돌려 보지 않은 채 그들에게 무슨 적의나 품은 듯이 앉아 있
었다.

옥화는 그 동안 또 성기에게 역시 또 체장수 영감의 이야기를 전해 들
려 주고 있는 모양이었다. 지리산 속에서 우연히 옛날 고향 친구의 아들
이 된다는 낯선 젊은이 하나를 만났다. 그는 영감의 고향인 여수에서 큰
공장을 경영하는 실업가로, 지리산 유람을 들어왔다가 이야기 끝에 우연
히 서로 알게 되었다. 그는 영감에게 함께 고향으로 돌아가 살자고 했다.
영감은 문득 고향 생각도 날 겸 그 청년의 도움으로 어떻게 형편이 좀 펼
것같이도 생각되어 그를 따라 여수로 돌아가기로 결정을 하고 나오는 길
이라———, 옥화가 무어라고 한참 하는 이야기는 대개 이러한 의미인 듯
하였으나, 조마롭고 어지럽고 노여움으로 이미 두 귀가 멍멍하여진 그에
게는 다만 벌떼처럼 무엇이 왕왕거릴 뿐 아무것도 분명히 들리지 않았다.

"막걸리 맛이 어찌나 좋은지 배가 부르당게."

그 동안 마지막 술잔을 들이켜고 난 영감은 부채와 지팡이를 집어들며
이렇게 말했다.

"여수 쪽으로 가게 되면 영영 못 보게 되겠구만요."

옥화도 영감을 따라 일어서며 이렇게 말했다.

"사람 일을 누가 알간듸, 인연있음 또 볼 터이지."

영감은 커다란 미투리에 발을 끼며 말했다.

"아가, 잘 가거라."

옥화는 계연의 조그만 보따리에다 돈이 든 꽃주머니 하나를 정표로 넣어 주며 하직을 하였다.

계연은 애걸하듯 호소하듯 한 붉은 두 눈으로 한참 동안 옥화의 얼굴을 쳐다보고만 있었다.

"또 오너라."

옥화는 계연의 머리를 쓸어 주며 다만 이렇게 말하였고, 그러자 계연은 옥화의 가슴에다 얼굴을 묻으며 엉엉 소리를 내어 울기 시작하였다.

옥화가 그녀의 그 물결같이 흔들리는 둥그스름한 어깨를 쓸어 주며,

"그만 울어. 아버지가 저기 기다리고 계신다."

하는 음성도 이젠 아주 풀이 죽어 있었다.

"그럼 편히 계시요."

영감은 옥화에게 하직을 하였다.

"하라부지 거기 가 보시고 살기 여의찮거든 여기 와서 우리하고 같이 삽시다."

옥화는 또 한 번 이렇게 당부하는 것이었다.

"오빠, 편히 사시요."

계연은 이미 시뻘겋게 된 두 눈으로 성기의 마지막 시선을 찾으며 하직 인사를 했다.

성기는 계연의 이 말에 꿈을 깬 듯 마루에서 벌떡 일어나 계연의 앞으로 당황히 몇 걸음 어뚤어뚤 걸어오다간 돌연히 다시 정신이 나는 듯 그 자리에 화석처럼 발이 굳어 버린 채, 한참 동안 장승같이 계연의 얼굴만 멍하니 바라보고 있었다.

"오빠, 편히 사시요."

이렇게 두 번째 하직을 하는 순간까지도 계연의 그 시뻘건 두 눈은 역

시 성기의 얼굴에서 그 어떤 기적과도 같은 구원만을 바라는 듯하였고 그
러나 성기는, 그냥 그 자리에 주저앉아 버릴 뻔하던 것을 겨우 버드나무
가지를 움켜잡을 수 있었을 뿐이었다.

계연의 시뻘겋게 상기된 얼굴은 옥화와 그녀의 아버지가 그녀들을 지켜
보고 있다는 것도 잊은 듯이 성기의 얼굴만 뚫어지게 바라보고 있었으나,
버드나무에 몸을 기댄 성기의 두 눈엔 다만 불꽃이 활활 타오를 뿐, 아무
런 새로운 명령도 기적도 나타나지 않았다.

"오빠, 편히 사시요."

하고, 거의 울음이 다 된, 마지막 목소리를 남기고 돌아선 계연의 저만큼
가고 있는 항라 적삼을, 고운 햇빛과 늘어진 버들가지와 산울림처럼 울려
오는 뻐꾸기 울음 속에, 성기는 우두커니 지켜 보고 있을 뿐이었다.

성기가 다시 자리에서 일어나게 된 것은 이듬해 우수(雨水), 경칩(驚
蟄)도 다 지나 청명(淸明) 무렵의 비가 질금거릴 때였다. 주막 앞에 늘
어진 버들가지는 다시 실같이 푸르러지고 살구, 복숭아, 진달래 들이 골
목 사이로 산기슭으로 울긋불긋 피고 지고 하는 날이었다. 아들의 미음상
을 차려 들고 들어온 옥화는 성기가 미음 그릇을 비우는 것을 보자, 이렇
게 물었다.

"아직도 너, 강원도 쪽으로 가 보고 싶냐?"

"……."

성기는 조용히 고개를 돌렸다.

"여기서 장가 들어 나랑 같이 살겠냐?"

"……."

성기는 역시 고개를 돌렸다.

──그해 아직 봄이 오기 전, 보는 사람마다 성기의 회복을 거의 다
단념하곤 하였을 때, 옥화는 이왕 죽고 말 것이라면, 어미의 맘 속이나
알고 가라고 그래, 그 체장수 영감은 서른여섯 해 전 남사당을 꾸며 와

이 '화개장터'에 하룻밤을 놀고 갔다는 자기의 아버지임에 틀림이 없었다
는 것과, 계연은 그 왼쪽 귓바퀴 위의 사마귀로 보아 자기의 동생임이 분
명하더라는 것을 통정하노라면서, 자기의 왼쪽 귓바퀴 위의 검정 사마귀
까지를 그에게 보여 주었다.

"나도 처음부터 영감이 '서른여섯 해 전'이라고 했을 때 가슴이 섬찟
하긴 했다. 그렇지만 설마 했지. 그렇게 남의 간을 뒤집어 놀 줄이야 알
았나. 하도 아슬해서 이튿날 악양으로 가 명도까지 불러 봤더니, 요것도
남의 속을 빤히 듸려다나 보는 드키 조잘대는구나. 차라리 망신을 했지."

옥화는 잠깐 말을 그쳤다. 성기는 두 눈에 불을 켜듯 한 형형한 광채를
띠고, 그 어머니의 얼굴을 쳐다보고 있었다.

"차라리 몰랐으면 또 모르지만 한번 알고 나서야 인륜이 있는듸 어찌
겠냐."

그리고 부디 에미 야속타고나 생각지 말라고 옥화는 아들의 뼈만 남은
손을 눈물로 씻었다. 옥화의 이 마지막 하직같이 하는 통정 이야기에 의
외로도 성기는 도로 힘을 얻은 모양이었다. 그 불타는 듯한 형형한 두 눈
으로 천장을 한참 바라보고 있던 성기는 무슨 새로운 결심이나 하듯 입술
을 지그시 깨물고 있었다.

아버지를 찾아 강원도 쪽으로 가 볼 생각도 없다, 집에서 장가 들어 살
림을 할 생각도 없다, 하는 아들에게, 그러나 옥화는 이제 전과 같이 고
지식한 미련을 두는 것도 아니었다.

"그럼 어쩔라냐? 너 줄 대로 해라."

"……."

성기는 아무런 말도 없이 도로 자리에 드러누워 버렸다.

그리고 나서 한 달포나 넘어 지난 뒤였다.

성기가 좋아하는 여러 가지 산나물이 화갯골에서 연달아 자꾸 내려오는
이른 여름의 어느 장날 아침이었다. 두릅회에 막걸리 한 사발을 쭉 들이

켜고 난 성기는 옥화더러,

"어머니, 나 엿판 하나만 맞춰 주."

하였다.

"……."

옥화는 갑자기 무엇으로 머리를 얻어맞은 듯이 성기의 얼굴을 멍하니 바라보고 있었다.

그런 지도 다시 한 보름이 지나, 뻐꾸기는 또다시 산울림처럼 건드러지게 울고 늘어진 버들가지엔 햇빛이 젖어 흐르는 아침이었다. 새벽녘에 잠깐 가는비가 지나가고 날은 다시 유달리 맑게 갠 '화개장터' 삼거리 길 위에서 성기는 그 어머니와 하직을 하고 있었다. 갈아입은 옥양목 고의적삼에 명주 수건까지 머리에 질끈 동여 매고 난 성기는 새로 맞춘 새하얀 나무 엿판을 걸빵해서 느직하게 엉덩이 즈음에다 걸었다. 윗목판에는 새하얀 엿가락이 반나마 들어 있었고, 아랫목판에는 팔다 남은 이야기책 몇 권과 간단한 방물이 좀 들어 있었다.

그의 발 앞에는 물과 함께 갈리어 길도 세 갈래로 나 있었으나 화갯골 쪽엔 처음부터 등을 지고 있었고 동남으로 난 길은 하동, 서남으로 난 길이 구례, 작년 이맘때도 지나 그녀가 울음섞인 하직을 남기고 체장수 영감과 함께 넘어간 산모롱이 고갯길은 퍼붓는 햇빛 속에 지금도 환히 장터 위를 굽이돌아 구례 쪽을 향했으나 성기는 한참 뒤 몸을 돌렸다. 그리하여 그의 발은 구례 쪽을 등지고 하동 쪽을 향해 천천히 옮겨졌다.

한 걸음 한 걸음 발을 옮겨 놓을수록 그의 마음은 한결 가벼워져 멀리 버드나무 사이에서 그의 뒷모양을 바라보고 서 있을 어머니의 주막이 그의 시야에서 완전히 사라져 갈 무렵 하여서는 그도 제법 육자배기 가락으로 콧노래까지 흥얼거리며 가고 있는 것이었다.

등신불

등신불(等身佛)은 양쯔강(揚子江) 북쪽에 있는 정원사(淨願寺)의 금불각(金佛閣) 속에 안치되어 있는 불상(佛像)의 이름이다. 등신금불(等身金佛) 또는 그냥 금불이라고도 불렀다. 그러니까 나는 이 등신불, 등신금불로 불리어지는 불상에 대해 보고 듣고 한 그대로를 여기다 적으려 하거니와, 그보다 먼저 내가 어떻게 해서 그 정원사라는 먼 이역의 고찰(古刹)을 찾게 되었었는지 그것부터 이야기해야겠다.

내가 일본의 대정대학 재학중에, 학병(태평양전쟁)으로 끌려나간 것은 일구사삼(一九四三)년 이른 여름, 내 나이 스물세 살 나던 때였다.

내가 소속된 부대는 북경(北京)서 서주(徐州)를 거쳐 남경(南京)에 도착되었다. 그리하여 우리는 다른 부대가 당도할 때까지 거기서 머무르게 되었다. 처음엔 주둔(駐屯)이라기보다 대기(待機)에 속하는 편이었으나 다음 부대의 도착이 예상보다 늦어지자 나중에는 교체부대(交替部隊)가 당도할 때까지 주둔군(駐屯軍)의 임무를 맡게 되었다.

그때 우리는 확실한 정보는 아니지만 대체로 인도지나나 인도네시아 방면으로 가게 된다는 것으로 어렴풋이 짐작하고 있었기 때문에, 하루라도 오래 남경에 머물면 머물수록 그만큼 목숨이 더 연장되는 거와 같이 생각하고 있었다. 따라서 교체부대가 하루라도 더 늦게 와 주었으면 하고 마음속으로 은근히 빌고 있는 편이기도 했다.

실상은 그냥 빌고 있는 심정만도 아니었다. 더 나아가서 이 기회에 기어이 나는 나의 목숨을 건져 내어야 한다고 결심했다. 나는 이런 기회를 위하여 미리 약간의 준비(조사)까지 해 두었던 것이다. 그것은 중국의 불교학자(佛敎學者)로서 일본에 와 유학을 하고 돌아간──특히 대정대학 출신으로──사람들의 명단을 조사해 둔 일이 있었다. 나는 비장(秘藏)한 작은 쪽지에서 '남경 진기수(陳奇修)'란 이름을 발견했을 때, 야릇한 흥분으로 가슴이 두근거리며 머릿속까지 횡해지는 듯했다.

그러나 낯선 이역의 도시에서 더구나 나 같은 일본군에 소속된 한국 출신 학병의 몸으로서 그를 찾고 못 찾고 하는 일이 곧 내가 죽고 사는 판가름이라고 생각하지 않았던들, 또 내가 평소에 나의 책상머리에 언제나 걸어 두고 바라보던 관세음보살님이 미소로써 나를 굽어보고 있는 것이라고 믿어지지 않았던들, 그때의 그러한 용기와 지혜를 내 속에서 나는 자아내지 못했을는지 모른다.

나는 우리 부대가 앞으로 사흘 이내에 남경을 떠난다고 하는──그것도 확실한 정보가 아니고 누구의 입에선가 새어 나온 말이지만──조마조마한 고비에 정심원(靜心院＝남경에 있는 중국인 불교 포교당)에 있는 포교사(布敎師)를 통하여 진기수 씨가 남경 교외의 서공암(棲空庵)이라는 작은 암자에 독거(獨居)하고 있다는 것을 알게 되었다.

그날 내가 서공암에서 진기수 씨를 찾게 된 것은 땅거미가 질 무렵이었다. 나는 그를 보자 합장을 올리며 무수히 머리를 수그림으로써 나의 절박한 사정과 그에 대한 경의를 먼저 표한 뒤 솔직하게 나의 처지와 용건을 털어놓았다.

그러나 평생 처음 보는 타국 청년──그것도 적국의 군복을 입은──

에게 그러한 협조를 쉽사리 약속해 줄 사람은 없었다. 그의 두 눈이 약간 찡그려지며 입에서는 곧 거절의 선고가 내리려는 순간 나는 미리 준비하고 갔던 흰 종이를 끄집어 내어 내 앞에 폈다. 그리고는 바른편 손 식지 끝을 스스로 물어서 살을 떼어 낸 다음 그 피로써 다음과 같이 썼다.

'願免殺生 歸依佛恩(원컨대 살생을 면하게 하옵시며 부처님의 은혜 속에 귀의코자 하나이다.)'

나는 이 여덟 글자의 혈서를 두 손으로 받들어 그의 앞에 올린 뒤 다시 합장을 했다.

이것을 본 진기수 씨는 분명히 얼굴빛이 달라졌다. 그것은 반드시 기쁜 빛이라 할 수는 없었으나, 조금 전의 그 거절의 의향만은 가셔진 듯한 얼굴이었다.

잠깐 동안 침묵이 흐른 뒤, 진기수 씨는 나직한 목소리로 입을 열었다.

"나를 따라오게."

나는 곧 자리에서 일어나 그의 뒤를 따라갔다.

깊숙한 골방이었다.

진기수 씨는 나를 컴컴한 골방 속에 들여 보낸 뒤 자기는 문을 닫고 도로 나가 버렸다. 조금 뒤 그는 법의(法衣＝中國僧侶服) 한 벌을 가져와 방안으로 디밀며,

"이걸로 갈아입게."

하고는 또다시 문을 닫고 나갔다.

나는 한숨이 터져 나왔다. 이제야 사는가 보다 하는 생각이 나의 가슴속을 후끈하게 적셔 주는 듯했다. 내가 옷을 갈아입고 났을 때, 이번에는 또 간소한 저녁상이 디밀어졌다. 나는 말없이 받아서 지체없이 다 먹어치웠다.

내가 빈 그릇을 문 밖으로 내어놓자 밖에서 기다리고나 있었던 듯 이내 진기수 씨가 어떤 늙은 중 하나를 데리고 들어왔다.

"이분을 따라가게. 소개장은 이분에게 맡겼어. 큰절(本刹)의 내 법사

스님한테 가는…….”

“…….”

나는 무조건 네, 네 하며 곧장 머리를 끄덕일 뿐이었다. 나를 살려 주
려는 사람에게 무조건 나를 맡길 수밖에 없었던 것이다.

“길은 일본 병정들이 알지도 못하는 산 속 지름길이야. 한 백 리 남짓
되지만 오늘이 스무하루니까 밤중이 되면 달빛도 좀 있을 게구……. 그
럼 불연(佛緣) 깊기를……. 나무 관세음보살.”

그는 나를 향해 합장을 하며 머리를 수그렸다.

“…….”

나는 목이 콱 메어 옴을 깨달았다. 눈물이 핑 돈 채 나도 그를 향해 잠
자코 합장을 올렸다.

어둡고 험한 산길을 경암(鏡岩)──나를 데리고 가는 늙은 중──은
거침없이 걸었다. 아무리 발에 익은 길이라 하지만 군데군데 나뭇가지가
걸리고 바닥이 패고 돌이 솟고 게다가 굽이굽이 간수(澗水)가 가로지른
초망(草莽) 속의 지름길을 칠흑 같은 어둠 속에서 어쩌면 그렇게도 잘
뚫고 나가는지 그저 신기하기만 했다. 내가 믿는 것은 젊음 하나뿐이련만
그는 20리나 30리를 걸어도 힘에 부치어 쉬자고 할 기색은 보이지 않았
다.

나는 쉴 새 없이 손으로 이마의 땀을 씻어 가며 그의 뒤를 따랐으나,
한참씩 가다 보면 어느덧 그를 어둠 속에 잃어버리곤 했다. 나는 몇 번이
나 나뭇가지에 얼굴이 긁히고, 돌에 채어 무릎을 깨우고 하며 “대사
……대사…….” 하고 그를 불러야만 했다. 그럴 때마다 경암은 혼잣말
로 낮게 중얼거리며 나를 기다려 주는 것이나, 내가 가까이 가면 또 아무
말도 없이 그냥 휙 돌아서서 걸음을 옮겨 놓기 시작하는 것이다.

밤중도 훨씬 넘어 조각달이 수풀 사이로 비쳐들면서 나는 비로소 생기
를 얻기 시작했다. 이제부터는 경암이 제아무리 앞에서 달린다 하더라도

두 번 다시 그를 놓치지는 않으리라 맘속으로 다짐했다.

이렇게 정세가 바뀌어졌음을 그도 느끼는지 내가 그의 곁으로 다가서자 그는 나를 흘깃 돌아다보더니 한쪽 팔을 들어 먼 데를 가리키며 반원을 그어 보이고는 2백 리라고 했다. 이렇게 지름길을 가지 않고 좋은 길로 돌아가면 2백 리 길이라는 뜻인 듯했다.

나는 한 마디 얻어들은 중국말로 "셰 셰." 하고 장단을 맞추며 고개를 끄덕여 보이곤 했다.

우리가 정원사 산문 앞에 닿았을 때는 이튿날 늦은 아침녘이었다. 경암은 푸른 수풀 속에 거뭇거뭇 보이는 높은 기와집들을 손가락질로 가리키며 자랑스런 얼굴로 무어라고 중얼거렸다. 나는 또 고개를 끄덕이며 "하오! 하오!"를 되풀이했다.

산문을 지나 정문을 들어서니 산무더기 같은 큰 다락이 정면에 버티고 섰다. 현관을 쳐다보니 태허루(太虛樓)라 씌어 있었다.

태허루 곁을 돌아 안마당 어귀에 들어서니 정면 한가운데 높직이 앉아 있는 가장 웅장한 건물이 법당이라고는 짐작이 가거니와 그 양옆으로 첩첩이 가로 세로, 혹은 길쭉하게 눕고, 혹은 높다랗게 서고, 혹은 둥실하게 앉은 무수한 집들이 모두 무슨 이름에 어떠한 구실을 하는 것들인지 첫눈에 그저 황홀하고 얼떨떨할 뿐이었다.

경암은 나를 데리고, 그 첩첩이 둘러앉은 집들 사이를 한참 돌더니 청정실(淸淨室)이란 조그만 현관이 붙은 조용한 집 앞에 와서 기척을 했다. 방문이 열리더니 한 스무 살이나 될락말락한 젊은 중이 얼굴을 내밀며 알은 체를 했다. 둘이서(젊은이는 방문 앞에 서고 경암은 뜰 아래 선 채) 한참 동안 말을 주고받고한 끝에 경암이 나를 데리고 집 안으로 들어갔다.

방 안에는 머리가 하얗게 세고 키가 성큼하게 커 뵈는 노승이 미소 띤 얼굴로 경암과 나를 맞아 주었다.

나는 말이 통하지 않으므로 노승 앞에 발을 모으고 서서 정중히 합장을 올렸다. 어저께 진기수 씨 앞에서 연거푸 머리를 수그리던 것과는 달리 이번에는 한 번만 정중하게 머리를 수그려 절을 했던 것이다.

노승은 미소 띤 얼굴로 고개를 끄덕이며 나에게 자리를 가리킨 뒤 경암이 내어드린 진기수 씨의 편지를 펴 보았다.

"불은(佛恩)이로다."

편지를 읽고 난 노승은 이렇게 말했다. 그것도 그때는 알아듣지 못했지만 나중 가서 알고 보니 그랬다. 그리고 그것도 나중에야 알게 된 일이지만 이 노승이 두어 해 전까지 이 절의 주지를 지낸 원혜대사(圓慧大師)로 진기수 씨가 말한 자기의 법사(法師) 스님이란 곧 이분이었던 것이다.

그날 저녁 나는 원혜대사의 주선으로 그가 거처하고 있는 청정실 바로 곁의 조그만 방 한 칸을 혼자서 쓸 수 있게 되었다. 나를 그 방으로 인도해 준 젊은이——원혜대사의 시봉(侍奉)——는,

"저와 이웃이죠."

희고 넓적한 이를 드러내 보이며 빙긋이 웃었다. 그리고 자기 이름을 청운(淸雲)이라 부른다고 했다.

나는 방 한 칸을 따로 쓰고 있었지만 결코 방 안에 들어 앉아 게으름을 피우지는 않았다. 나를 죽을 고비에서 건져 준 진기수 씨——그의 법명(法名)은 혜운(慧雲)이었다——나 원혜대사의 은덕을 생각해서라도 나는 결코 남의 입질에 오르내릴 짓을 해서는 안 되리라고 결심했던 것이다.

나는 아침 일찍이 일어나 세수를 하고, 예불을 끝내면 청운과 함께 청정실 안팎과 앞뒤의 복도와 뜰을 먼지 티끌 하나없이 쓸고 닦았다.

뿐만 아니라 다른 스님들을 따라 산에 가 약초도 캐고 식량 준비도 거들었다(이 절에서도 전쟁 관계로 식량이 달렸으므로 산중의 스님들은 여름부터 식용이 될 만한 풀잎과 나무뿌리 같은 것들을 캐러 산으로 가곤 했었다).

　일을 마치고 돌아오면 손발을 깨끗이 씻고 내 방에 꿇어 앉아 불경을 읽거나 그렇지 않으면 청운에게 중국어를 배웠다(이것은 나의 열성에다 청운의 호의가 곁들어서 그런지 의외로 빨리 진척이 되어 사흘 만에 이미 간단할 말로——물론 몇 마디씩이지만——대화하는 흉내까지 낼 수 있게 되었다).

　아무리 방에 혼자 있을 때라도 취침 시간 이외엔 방 안에 번듯이 드러눕지 않도록 내 자신과 씨름을 했다. 그렇게 버릇을 들이지 않으려고 나는 몇 번이나 내 자신에게 다짐을 놓았는지 모른다. 졸음이 와서 정 견디기가 어려울 때는 밖으로 나와 어정대며 바람을 쐬곤 했다.

　처음엔 이렇게 막연히 어정대며 바람을 쐬던 것이 얼마 가지 않아 나는 어정대지 않게 되었다. 으레 가는 곳이 정해지게 되었다. 그것이 저 금불각(金佛閣)이었던 것이다.

　여기서도 물론 나는 법당 구경을 먼저 했다. 본존(本尊)을 모셔 둔 곳이니만큼 그 절의 풍도나 품격을 가장 대표적으로 보여 주는 곳이라는 까닭으로서보다도 절 구경은 으레 법당이 중심이 된다는 종래의 습관 때문이라고 하는 편이 옳았는지 모른다. 그러나 내가 법당에서 얻은 감명은 우리 나라의 큰 절이나 일본의 그것에 견주어 그렇게 자별하다고 할 것이 없었다. 기둥이 더 굵대야 그저 그렇고, 불상이 더 크대야 놀랄 정도는 아니요, 그밖에 채색이나 조각에 있어서도 한국이나 일본의 그것에 비하여 더 정교(精巧)한 편은 아닌 듯했다. 다만 정면 한가운데 높직이 모셔져 있는 세 위(位)의 불상(훌륭히 도금을 입힌)을 그대로 살아 있는 사람으로 간주하고 힘겨룸을 시켜 본다면 한국이나 일본의 그것보다 더 놀라운 힘을 쓸 수 있지 않을까 하는 생각이었다. 그러니까 나로서는 어디까지나 '살아 있는 사람으로 간주하고 힘겨룸을 시켜 본다면' 하는 가정에서 말한 것이지만, 그네의 눈으로써 보면 자기네의 부처님(불상)이 그만큼 더 거룩하게만 보일는지 모를 일이었다. 더 쉽게 말하자면 내가 위에서 말한 더 놀라운 힘이란 물론 체력(體力)을 뜻하는 것이지만 그들의 눈에는 그것이 어떤 거룩한 법력(法力)이나 도력(道力)으로 비칠지도 모른다는 것이다.

그리고 내가 특히 이런 생각을 더 하게 된 것은 금불각을 구경한 뒤였다. 금불각 속에 모셔져 있는 등신불(등신금불)을 보고 받은 깊은 감명이 그 절의 모든 것을, 특히 법당에 모셔져 있는 세 위의 큰 불상을, 좀더 거룩하게 느끼게 하는 어떤 압력 같은 것이 되어 나타났다고나 할까.

물론 나는 청운이나 원혜대사로부터 금불각에 대하여 미리 들은 바도 없으면서 금불각이 앉은 자리라든가 그 집 구조로 보아서 약간 특이한 느낌이 그 안의 불상(등신불)을 구경하기 전에 이미 들지 않았던 것은 아니다. 그것은 무엇보다도 법당 뒤꼍에서 한 길 반 가량 높이의 돌계단을 올라가서, 거기서부터 약 오륙십 미터 거리의 석대(石臺)가 구축되고 그 석대가 곧 금불각에 이르는 길이 되어 있기 때문인지도 몰랐다. 더구나 그 석대가 똑같은 크기의 넓적넓적한 네모잡이 돌로 쌓아져 있는데, 돌 위엔 보기 좋게 거뭇거뭇한 돌옷이 입혀져 있었던 것이다. 말하자면 법당 뒤꼍의 경사진 동북쪽 언덕을 보기 좋은 돌로 쌓아서 석대를 만들고 그 위에 금불각을 세워 놓은 것이다. 게다가 추녀와 현판을 모두 돌아가며 도금을 입히고 네 벽에 새긴 조상(彫像)과 그림에 도금을 많이 써서 그야말로 밖에서 보는 건물 그 자체부터 금빛이 현란했다.

나는 본디 비단이나, 종이나, 나무나, 쇠붙이 따위에 올린 금물이나 금박 같은 것을 왠지 거북해하는 성미라 금불각에 입혀져 있는 금빛에도 그러한 경계심(警戒心)과 반감 같은 것을 품고 대했지만, 하여간 이렇게 석대를 쌓고 금칠을 하고 할 때는 그네들로서 무엇인가 아끼고 위하는 마음의 표시를 하노라고 한 짓임에 틀림없을 것이라고 보지 않을 수 없었다.

그러면서도 나도 그 아끼고 위하는 것이 보나마나 대단한 것은 아니리라고 혼자 속으로 미리 단정을 내리고 있었다. 나의 과거 경험으로 본다면 이런 것은 대개 어느 대왕(大王)이나 황제(皇帝)의 갸륵한 뜻으로 순금을 많이 넣어서 주조(鑄造)한 불상이라든가, 또는 어느 천자가 어느

황후의 명복을 빌기 위해서 친히 불사를 일으킨 연유의 불상이라든가 하는 따위——대왕이나 황제의 권위를 보여 주기 위한 금빛이 십상이었기 때문이다.

나의 이러한 생각은 그들이 이 금불각의 권위를 높이기 위하여 좀처럼 문을 열어 주지 않는 것을 보고 더욱 굳어졌다. 적어도 은화(銀貨) 다섯 냥 이상의 새전(賽錢)이 아니면 문을 여는 법이 없다는 것이다. 그렇지 않으면 어느 선남선녀의 큰 불공이 있을 때라야만 한다는 것이다(그리고 이때——큰 불공이 있을——에도 본사 승려 이외에 금불각을 참례하는 자는 또 따로 새전을 내야 한다는 것이다).

그렇다면 더구나 신도들의 새전을 긁어모으기 위한 술책으로 좁쌀만한 언턱거리를 가지고 연극을 꾸미고 있는 것임에 틀림이 없으리라고 나는 아주 단정을 하고 도로 내 방으로 돌아왔다가 그때 마침 청운이 중국어를 가르쳐 주려고 왔기에,

"저 금불각이란 게 뭐지?"

아무것도 아닌 것처럼 물어 보았다.

"왜요?"

청운이 빙긋이 웃으며 도로 물었다.

"구경갔더니 문을 안 열어 주던데……."

"지금 같이 가 볼까요?"

"무어, 담에 보지."

"담에라도 그럴 거예요. 이왕 맘 난 김에 가 보시구려."

청운이 은근히 권하는 빛이기도 해서 나는 그렇다면 하고 그를 따라 나갔다.

이번에는 청운이 숫제 금불각을 담당한 노승에게서 쇳대를 빌려 와서 손수 문을 열어 주었다. 그리고 문 앞에 선 채 그도 합장을 올렸다.

나는 그가 문을 여는 순간부터 미묘한 충격에 사로잡힌 채 그가 합장을 올릴 때도 그냥 멍하니 불상만 바라보고 서 있었다.

우선 내가 상상한 대로 좀 두텁게 도금을 입힌 불상임에는 틀림이 없었다. 그러나 그것은 전혀 내가 미리 예상했던 그러한 어떤 불상이 아니었다. 머리 위에 향로를 이고 두 손을 합장한, 고개와 등이 앞으로 좀 수그러진, 입도 조금 헤벌어진, 그것은 불상이라고 할 수도 없는 형편없이 초라한, 그러면서도 무언지 보는 사람의 가슴을 쥐어짜는 듯한 사무치게 애절한 느낌을 주는 등신대(等身大)의 결가부좌상(結跏夫坐像)이었다.

그렇게 정연하고 단아하게 석대를 쌓고 추녀와 현판에 금물을 입힌 금불각 속에 안치되어 있음직한 아름답고 거룩하고 존엄성있는 그러한 불상과는 하늘과 땅 사이라고나 할까, 너무도 거리가 먼, 어이가 없는, 허리도 제대로 펴고 앉지 못한, 머리 위에 조그만 향로를 얹은 채 우는 듯한, 찡그린 듯한, 오뇌와 비원(悲願)이 서린 듯한, 그러면서도 무어라고 형언할 수 없는 슬픔이랄까, 아픔 같은 것이 보는 사람의 가슴을 콱 움켜잡는 듯한, 일찍이 본 적도 상상한 적도 없는, 그러한 어떤 가부좌상이었다.

내가 그것을 바라보는 순간부터 나는 미묘한 충격에 사로잡히게 되었다고 말했지만, 그러나 그 미묘한 충격을 나는 어떠한 말로써도 표현할 길이 없다. 다만 나는 그것을 바라보고 있는 동안 처음 보았을 때 받은 그 경악과 충격이 점점 더 전율(戰慄)과 공포로 화하여 나를 후려갈기는 듯한 어지러움에 휩싸일 뿐이었다고나 할까. 곁에 있던 청운이 나의 얼굴을 돌아다보았을 때도 나는 손끝 하나 까딱하지 못하며 정강마루와 아래턱을 그냥 덜덜덜 떨고 있을 뿐이었다.

'저건 부처님이 아니다! 불상도 아니야!'

나는 나 자신도 모르는 사이에 이렇게 목이 터지도록 소리를 지르고 싶었으나 나의 목구멍은 얼어붙은 듯 아무런 말도 새어 나지 않았다.

이튿날 새벽 예불을 마치고 내가 청운과 더불어 원혜대사에게 아침 인사를 드리러 갔을 때 스님은,

"어저께 금불각 구경을 갔었니?"

물었다.

내가 겁에 질린 얼굴로 참배했었다고 대답하자 스님은 꽤 만족한 얼굴로,

"불은이로다."

했다.

나는 맘속으로 그건 부처님이 아니었어요, 부처님의 상호가 아니었어요, 하고 소리를 지르고 싶은 충동을 깨달았으나 굳이 입을 닫치고 참을 수밖에 없었다.

이때 스님(원혜대사)은 내 맘속을 헤아리는 듯,

"그래 어느 부처님이 맘에 들더냐?"

물었다.

나는 실상 그 등신불에 질려 그 곁에 모신 다른 불상들은 거의 살펴보지도 못했던 것이다.

"다른 부처님은 미처 보지도 못했어요. 가운데 모신 부, 부처님이 어떻게나 무, 무서운지……."

나는 또 아래턱이 덜덜덜 떨리어 말을 이을 수 없었다.

원혜대사는 말없이 나의 얼굴(아래턱이 덜덜덜 떨리는)을 가만히 건너다보고만 있었다. 그러자 나는 지금 금방 내 입으로 부처님이라고 말한 것이 생각났다. 왜 그런지 그렇게 말해서는 안 될 것을 말한 듯한 야릇한 반발이 내 속에서 폭발되었다.

"그렇지만……아니었어요……. 부처님의 상호 같지 않았어요."

나는 전신의 힘을 다하여 겨우 이렇게 말해 버렸다.

"왜, 머리에 얹은 것이 화관이 아니고 향로라서 그러니?…… 그렇지, 그건 향로야."

원혜대사는 조금도 나를 꾸짖는 빛이 아니었다. 오히려 나의 그러한 불만에 구미가 당기는 듯한 얼굴이었다.

"……."

나는 잠자코 원혜대사의 얼굴을 쳐다보고 있었다.

곁에 있던 청운이 두어 번이나 나에게 눈짓을 했을 만큼 나의 두 눈은 스님을 쏘아보는 듯이 빛나고 있었다.

"자네 말대로 하면 부처님이 아니고 나한(羅漢)님이란 말인가. 그렇지만 나한님도 머리 위에 향로를 쓴 분은 없잖아. 오백 나한(五百羅漢) 중에도……."

나는 역시 입을 닫친 채 호기심에 가득 찬 눈으로 스님의 얼굴을 쳐다볼 뿐이었다. 그러나 원혜대사는 더 자세한 이야기를 들려 주지 않았다.

"그렇지, 본래는 부처님이 아니야. 모두가 부처님이라고 부르게 됐어. 본래는 이 절 스님인데 성불(成佛)했으니까 부처님이라고 부른 게지. 자네도 마찬가지야."

스님은 말을 마치고 가만히 두 손을 모아 합장을 한다.

나도 머리를 숙이며 합장을 올리고 자리에서 일어났다.

그날 아침 공양을 마치고 청정실로 건너올 때 청운은 나에게 턱으로 금불각 쪽을 가리키며,

"나도 첨엔 이상했어. 그렇지만 이 절에선 영검이 제일 많은 부처님이라오."

"영검이라고?"

나는 이렇게 물었지만 실상은 청운이 서슴지 않고 부처님이라고 부르는 말에 더욱 놀랐던 것이다. 조금 전에도 원혜대사로부터 '모두가 부처님이라고 부르게 됐다'는 말을 듣긴 했지만, 그때까지의 나의 머릿속에 박혀 있는 습관화된 개념으로써는 도저히 부처님과 스님을 혼동할 수 없었던 것이다.

"그럼, 그래서 그렇게 새전이 많다오."

청운의 대답이었다. 그는 계속해서 들려 주었다.

……스님의 이름은 잘 모른다. 당(唐)나라 때다. 일천수백 년 전이라고 한다. 소신 공양(燒身供養)으로 성불을 했다. 공양을 드리고 있을 때 여러 가지 신이(神異)가 일어났다. 이것을 보고 들은 수많은 사람들이 구름같이 모여들어서 아낌없이 새전과 불공을 드렸는데 그들 가운데 영검을 보지 못한 사람은 하나도 없다. 그뒤에도 계속해서 영검이 있었다. 지금까지 여기 금불각(등신금불)에 빌어서 아이를 낳고 병을 고치고 한 사람의 수효는 수천수만을 헤아린다. 그밖에도 소원을 성취한 사람은 이루 다 헤일 수가 없다…….

나는 청운에게서 소신 공양이란 말을 들었을 때 몸이 부르르 떨렸다.

"그러면 그럴 테지."

나는 무슨 뜻인지 이렇게 중얼거렸다. 그리고 잇달아 눈을 감고 합장을 올렸다. 나무아미타불, 나무아미타불! 나의 입에서는 나도 모르게 염불이 흘러 나왔다.

아아, 그 고뇌! 그 비원(悲願)! 나의 감은 두 눈에서는 눈물이 번져 나왔다. 나무아미타불, 나무아미타불!

나는 발작과도 같이 곧장 염불을 외었다.

"나도 처음 뵈었을 때는 가슴이 뭉클했다오. 그뒤에 여러 번 보고 나니까 차차 심상해지더군."

청운은 빙긋이 웃으며 나를 위로하듯이 말했다.

그것은 그렇다 하더라도 나에게는 아무래도 석연치 못한 것이 있다.

소신 공양으로 성불을 했다면 부처님이 되었어야 하지 않는가. 부처님이 되었다면 지금까지 모든 불상에서 보아 온 바와 같은 거룩하고 원만하고 평화스러운 상호는 아니라 할지라도 그에 가까운 부처님다움은 있어야 하지 않을까. 거룩하고 부드럽고 평화스러움은 지녔어야 하지 않겠는가. 그러나 금불각의 가부좌상은 어디까지나 인간을 벗어나지 못한 고뇌와 비원이 서린 듯한 얼굴이 아니던가. 그럼에도 불구하고 과거의 어떠한 대각(大覺)보다도 그렇게 영검이 많다는 것은 무슨 까닭인가.

　나의 머릿속에서는 잠시도 이러한 의문들이 가셔지지 않았다. 더구나 청운에게서 소신 공양으로 성불했다는 이야기를 들은 뒤부터는 금불이 아닌 새까만 숯덩이가 곧잘 눈에 삼삼거려 배길 수 없었다.

　사흘 뒤에 나는 다시 금불을 찾았다. 사흘 전에 받은 충격이 어쩌면 나의 병적인 환상의 소치가 아닐까 하는 마음과, 또 청운의 말대로 '여러 번' 봐서 '심상해'진다면 나의 가슴에 사무친 '오뇌와 비원'의 촉수(觸手)도 다소 무디어지리라는 생각에서이다.

　문이 열리자, 나는 그날 청운이 하던 대로 이내 머리를 수그리며 합장을 올렸다. 입으로는 쉴 새 없이 나무아미타불을 부르며……. 눈꺼풀과 속눈썹이 바르르 떨리며 나의 눈이 열렸을 때 금불은 사흘 전의 그 모양 그대로 향로를 이고 앉아 있었다. 거룩하고 원만한 것의 상징인 듯한 부처님의 상호와는 거리가 먼, 우는 듯한, 웃는 듯한, 찡그린 듯한 오뇌와 비원이 서린 듯한 가부좌상임에는 변함이 없었으나, 그 무어라고 형언할 수 없는 슬픔이랄까 아픔 같은 것이 전날처럼 송두리째 나의 가슴을 움켜잡는 듯한 전율에 휩쓸리지는 않는다.

　나의 가슴은 이미 그러한 '슬픔이랄까 아픔 같은 것'으로 메워져 있었고, 또 거기서 '거룩하고 원만한 것의 상징인 부처님의 상호'를 기대하는 마음은 가셔져 있었기 때문인지도 몰랐다.

　나는 다시 눈을 감고 합장을 올리며 바르르 떨리는 듯한 입술로 오랫동안 아미타불을 부르고 나서 금불각을 나왔다.

　그날 저녁 예불을 마치고 청운과 더불어 원혜대사에게 저녁 인사(자리에 들기 전의)를 갔을 때 스님은 나를 보고,

　"너 금불을 보고 나서 괴로워하는구나?"

했다.

　"……."

　나는 고개를 수그린 채 입을 열지 못하고 있었다.

"그럼, 너 그 금불각에 있는 그 불상의 기록을 봤느냐?"

스님이 또 물으시기에 내가 못 봤다고 했더니, 그러면 기록을 한 번 보라고 했다.

이튿날 내가 청운과 더불어 아침 인사를 드릴 때 원혜대사는 자기가 금불각에 일러 두었으니 가서 기록을 청해서 보고 오라고 했다.

나는 스님께 합장하고 물러나와 곧 금불각으로 올라갔다.

금불각의 노승이 돌함(石函)에서 내어준 폭이 한 뼘 남짓, 길이가 두 뼘 가량 되는 책자를 받아 들었을 때 향기가 코를 찌르는 듯했다(벌레를 막기 위한 향료인 듯). 두터운 표지 위에는 금글씨로 '만적선사 소신성불기(萬寂禪師燒身成佛記)'라 씌어 있고 책 모서리에도 금불이 먹여져 있었다.

표지를 젖히자 지면은 모두 잿빛 바탕(물감을 먹인 듯)이요, 그 위에 사연은 금글씨로 다음과 같이 씌어져 있었다.

萬寂法名俗名曰耆姓曹氏也金陵出生父未詳
母張氏改嫁謝公仇之家仇有一子名曰信年似
與耆各十有餘歲一日母給食于二兒秘置以毒
信之食耆偶窺之而按是母貪謝家之財爲我故
謀害前室之子以如此耆不堪悲懷乃自欲將取
信之食母見之驚而失色奪之曰是非汝之食也
何取信之食耶信與耆默而不答數日後信去自
家行蹟渺然耆曰信己去家我必携信然後歸家
即以隱身而爲僧改稱萬寂以此爲法名住於金
陵法林院後移淨願寺無風庵修法于海覺禪師
寂二十四歲之春曰我生非大覺之材不如供養
吾身以報佛恩乃燒身而供養佛前時忽降雨而
然不犯寂之燒身寂光漸明忍縣圓光以如月輪

會衆見之而攖感佛恩癒身病衆曰是焚之法力
所致競鄭私財賽錢多積以賽鍍金寂之燒身拜
之爲佛然後奉置于金佛閣時唐中宗十六年聖
曆二年三月朔日

(만적은 법명이요, 속명은 기, 성은 조씨다. 금릉서 났지만 아버지가 어떤
이인지는 잘 모른다. 어머니 장씨는 사구라는 사람에게 개가를 했는데, 사구에
게 한 아들이 있어 그 이름을 신이라 했다. 나이는 기와 같은 또래로 모두가 여
남은 살씩 되었었다. 하루는 어미――장씨――가 두 아이에게 밥을 주는데 가
만히 독약을 신의 밥에 감추었다. 기가 우연히 이것을 엿보게 되었는데, 혼자
생각하기를 이는 어머니가 나를 위하여 사씨 집의 재산을 탐냄으로써 전실 자식
인 신을 없애려고 하는 짓이라 하였다. 기가 슬픈 맘을 참지 못하여 스스로 신
의 밥을 제가 먹으려 할 때 어머니가 보고 크게 놀라 질색을 하며 그것을 뺏고
말하기를, 이것은 너의 밥이 아니다, 어째서 신의 밥을 먹느냐 했다. 신과 기는
아무도 대답하지 않았다. 며칠 뒤 신이 자기 집을 떠나서 자취를 감춰 버렸다.
기가 말하기를 신이 이미 집을 나갔으니 내가 반드시 찾아 데리고 돌아오리라
하고 곧 몸을 감추어 중이 되고 이름을 만적이라 고쳤다. 처음은 금릉에 있는
법림원에 있다가 나중은 정원사 무풍암으로 옮겨서, 거기서 해각선사에게 법을
배웠다. 만적이 스물네 살 되던 해 봄에, 나는 본래 도를 크게 깨칠 인재가 못
되니 내 몸을 이대로 공양하여 부처님의 은혜에 보답함과 같지 못하다 하고 몸
을 태워 부처님 앞에 바치는데, 그때 마침 비가 쏟아졌으나 만적의 타는 몸을
적시지 못할 뿐 아니라, 점점 더 불빛이 환하더니 홀연히 보름달 같은 원광이
비치었다. 모인 사람들이 이것을 보고 크게 불은을 느끼고 모두가 제 몸의 병을
고치니 무리들이 말하기를, 이는 만적의 법력 소치라 하고 다투어 사재를 던져
새전에 쌓아졌다. 새전으로써 만적의 탄 몸에 금을 입히고 절하여 부처님이라
하였다. 그뒤 금불각에 모시니 때는 당나라 중종 16년 성력――연호――2년
삼월 초하루다.)

내가 이 기록을 다 읽고 나서 청정실로 돌아가니 원혜대사가 나를 불렀다.

"기록을 보고 나니 괴롬이 덜하냐?"

스님이 물었다.

"처음같이 무섭지는 않았습니다마는 그 괴롭고 슬픈 빛은 가셔지지 않았습니다."

내가 대답하자, 스님은 고개를 끄덕이며,

"당연한 일이야, 기록이 너무 간략하고 섬소(纖疏)해서……."

했다. 그것이 자기는 그보다 훨씬 많은 것을 알고 있는 듯한 말씨였다.

"그렇지만 천이백 년도 넘는 옛날 일인데 기록 이외에 다른 일을 어떻게 알겠습니까?"

또 내가 물었다.

이에 대하여 원혜대사는 전해 내려오는 이야기가 있는데 산(절)에서는 그것을 함부로 이야기하지 않는 것으로 알고 있으며, 그러니까 그만큼 금불각의 등신불에 대해서는 모두들 그 영검을 두려워하고 있는 셈이라고 정색을 하고 말했다.

원혜대사가 나에게 들려 준 이야기는 다음과 같다. 이것은 물론 천이백 년간 등신금불에 대하여 절에서 내려오는 이야기를 원혜대사가 정리해서 간단히 한 이야기다.

……만적이 중이 되기까지의 이야기는 대개 기록과 같다. 그러나 그가 자기 몸을 불살라서 부처님께 공양을 올린 동기에 대해서는 전해 오는 다른 이야기가 몇 있다. 그것을 차례를 좇아 이야기하면 다음과 같다.

만적이 처음 금릉 법림원에서 중이 되었는데 그때 그를 거두어 준 스님에 취뢰(吹籟)라는 중이 있었다. 그 절의 공양을 맡아 있는 공양주(供養主) 스님이었다. 만적은 취뢰 스님의 상좌로 있으면서 불법을 배우기 시작했다. 그러니까 취뢰 스님이 그에 대한 일체를 돌보아 준 것이다.

만적이 열여덟 살 때——그러니까 그가 법림원에 들어온 지 5년 뒤
——취뢰 스님이 열반(涅槃)하시게 되자 만적은 스님(취뢰)의 은공을
갚기 위하여 자기 몸을 불전에 헌신할 결의를 했다.

만적이 그 뜻을 법사(법림원의) 운봉선사(雲峰禪師)에게 아뢰자 운봉
선사는 만적의 그릇(器)됨을 보고 더 수도를 계속하도록 타이르며 사신
(捨身)을 허락하지 않았다.

만적이 정원사의 무풍암에 해각선사를 찾았다는 것도 운봉선사의 알선
에 의한 것이다. 그가 해각선사 밑에서 지낸 5년간의 수도생활이란 뼈를
깎고 살을 가는 정진이었으나 법력의 경지는 짐작할 길이 없다.

만적이 스물세 살 나던 해 겨울에 금릉 방면으로 나갔다가 전날의 사신
(謝信)을 만났다. 열세 살 때 자기 어머니의 모해를 피하여 집을 나간 사
신이었다. 그리고 자기는 이 사신을 찾아 역시 집을 나왔다가 그를 찾지
못하고 중이 된 채 어느덧 꼭 10년 만에 그를 다시 만난 것이다. 그러나
그때 다시 만난 사신을 보고는 비록 속세의 인연을 끊어 버린 만적으로서
도 눈물을 금할 수 없었던 것이다. 착하고 어질던 사신이 어쩌면 하늘의
형벌을 받았단 말인고. 사신은 문둥병이 들어 있었던 것이다.

만적은 자기의 목에 걸었던 염주를 벗겨서 사신의 목에 걸어 주고 그
길로 곧장 정원사에 돌아왔다.

그때부터 만적은 화식(火食)을 끊고 말을 잃었다. 이듬해 봄까지 그가
먹은 것은 하루에 깨 한 접시씩뿐이었다(그때까지의 목욕 재계는 말할 것도
없다).

이듬해 이월 초하룻날 그는 법사 스님(운봉선사)과 공양주 스님 두 분
만을 모시고 취단식(就壇式)을 봉행했다. 먼저 법의를 벗고 알몸이 된
뒤에 가늘고 깨끗한 명주를 발끝에서 어깨까지 목 위만 남겨 놓고 전신에
감았다. 그리고는 단 위에 올라가 가부좌(跏趺坐)를 개고 앉자 두 손을
모아 합장을 올렸다. 그리하여 그가 염불을 외기 시작하는 것과 동시에
곁에서 들기름 항아리를 받들고 서 있던 공양주 스님이 그의 어깨에서부

터 기름을 들어부었다.

기름을 다 붓고, 취단식이 끝나자 법사 스님과 공양주 스님은 합장을 올리고 그 곁을 떠났다. 기름에 결은 만적은 그때부터 한 달 동안(삼월 초하루까지) 단 위에서 움직이지 않았다. 가부좌를 갠 채, 합장을 한 채, 숨 쉬는 화석이 되어 가고 있었다.

이레에 한 번씩 공양주 스님이 들기름 항아리를 안고 장막(帳幕=흰 천으로 장막을 치고 있었다) 안으로 들어오면 어깨에서부터 다시 기름을 부어 주고 돌아가는 일밖에 그 누구도 이 장막 안을 엿보지 못했다.

이렇게 한 달이 찬 뒤, 이날의 성스러운 불공에 참여하기 위하여 산중의 스님들은 물론이요, 원근 각처의 선남선녀들이 모여들어 정원사 법당 앞 넓은 뜰을 메꾸었다.

대공양(大供養=燒身供養을 가리킴)은 오시 초에 장막이 걷히면서부터 시작되었다. 5백을 헤아리는 승려가 단을 향해 합장을 하고 선 가운데 공양주 스님이 불 담긴 향로를 받들고 단 앞으로 나아가 만적의 머리 위에 얹었다. 그와 동시 그 앞에 합장하고 선 승려들의 입에서 일제히 아미타불이 불리어지기 시작했다.

만적의 머리 위에 화관같이 씌워진 향로에서는 점점 더 많은 연기가 오르기 시작했다. 이미 오랜 동안의 정진으로 말미암아 거의 화석이 되어 가고 있던 만적의 육신이지만 불기운이 그의 숨골(정수리)을 뚫었을 때는 저절로 몸이 움칠해졌다. 그리하여 그때부터 눈에 보이지 않게 그의 고개와 등 가슴이 조금씩 앞으로 숙여져 갔다.

들기름에 결은 만적의 육신이 연기로 화하여 나가는 시간은 길었다. 그러나 그 앞에 선 오백의 대중(승려)은 아무도 쉬지 않고 아미타불을 불렀다.

신시(申時) 말(末)에 갑자기 비가 쏟아졌다. 그러나 웬일인지 단 위에는 비가 내리지 않았다. 만적의 머리 위로는 더 많은 연기가 오르기 시작했다.

염불을 올리던 중들과 그뒤에서 구경하던 신도들이 신기한 일이라고 눈이 휘둥그래져서 만적을 바라보았을 때 그의 머리 뒤에는 보름달 같은 원광이 씌워져 있었다.

이것을 본 대중들은 대개 병을 고치고 이때부터 새전이 쏟아지기 시작하여 그뒤 3년간이나 그칠 날이 없었다.

이 새전으로 만적의 타다가 굳어진 몸에 금을 씌우고 금불각을 짓고 석대를 쌓았다……

원혜대사의 이야기를 듣고 있는 동안 나는 맘속으로 이렇게 해서 된 불상이라면 과연 지금의 저 금불각의 등신금불같이 될 수밖에 없으리란 생각이 들었다. 그리고 많은 부처님(불상) 가운데서 그렇게 인간의 고뇌와 슬픔을 아로새긴 부처님(등신불)이 한 분쯤 있는 것도 무방한 일일 듯했다.

그러나 이야기를 다 마치고 난 원혜대사는 이제 다시 나에게 그런 것을 묻지는 않았다.

"자네 바른손 식지를 들어 보게."

했다.

이것은 지금까지 그가 이야기해 오던 금불각이나 등신불이나 만적의 소신 공양과는 아무런 상관도 없는 엉뚱한 이야기가 아닐 수 없다.

나는 달포 전에 남경 교외에서 진기수 씨에게 혈서를 바치느라고 내 입으로 살을 물어 뗀 나의 식지를 쳐들었다.

그러나 원혜대사는 가만히 그것을 바라보고 있을 뿐 더 말이 없다. 왜 그 손가락을 들어 보이라고 했는지, 이 손가락과 만적의 소신 공양과 무슨 관계가 있다는 겐지, 이제 그만 손을 내리어도 좋다는 겐지 뒷말이 없는 것이다.

"……."

"……."

　태허루에서 정오를 아뢰는 큰 북소리가 목어(木魚)와 함께 어우러져 으르렁거리며 들려 왔다.

까치소리

단골 서점에서 신간을 뒤적이다 《나의 생명을 물려 다오》하는 얄팍한 책자에 눈길이 멎었다. '살인자의 수기'라는 부제가 붙어 있었다.

생명을 물려준다, 이것이 무슨 뜻일까, 나는 무심코 그 책자를 집어 들어 첫장을 펼쳐 보았다. '책머리에'라는 서문에 해당하는 글을 몇 줄 읽다가 '나도 어릴 때는 위대한 작가를 꿈 꾸었지만 전쟁은 나에게 살인자라는 낙인을 찍어 주었다'라고 말에 왠지 가슴이 뭉클해짐을 느꼈다. 비슷한 말은 전에도 물론 얼마든지 여러 번 들어 왔던 터이다. 그런데도 이날 나는 왜 그 말에 유독 그렇게 가슴이 뭉클해졌는지 그것은 나도 잘 모를 일이다. 위대한 작가를 꿈 꾸었다는 말에 느닷없는 공감을 발견했기 때문일까.

나는 그 책을 사 왔다. 그리하여 그날 밤, 그야말로 단숨에 독파를 한 셈이다. 그만큼 나에게는 감동적이며, 생각게 하는 바가 많았다. 특히 그 문장에 있어, 자기 말마따나 위대한 작가를 꿈 꾸던 사람의 솜씨라서 그런지 문학적으로 빛나는 데가 많은 것도 사실이었다.

나는 다음에 그 수기 내용을 소개하려 하거니와 될 수 있는 대로 그의 문학적 표현을 살리기 위하여 본문을 그대로 많이 옮기는 쪽으로 주력했음을 일러 둔다. 특히 내가 재미있다고 생각한 소위 그의 문학적 표현으로서, 그의 본고장인 동시 사건의 무대가 된 마을의 전경을 이야기한 첫 머리를 그대로 옮겨 보면 다음과 같다.

——마을 한복판에 우물이 있고, 우물 앞뒤엔 늙은 회나무 두 그루가 거인 같은 두 팔을 치켜든 채 마주보고 서 있었다. 몇 아름씩이나 될지 모르는 굵고 울퉁불퉁한 밑동은 동굴처럼 속이 뚫린 채 항용 천 년으로 헤아려지는 까마득한 세월을 새까만 침묵으로 하나 가득 메우고 있었다.

밑동이에 견주어 가지와 잎새는 쓸쓸했다. 둘로 벌어진 큰 가지의 하나는 중동이가 부러진 채, 그 부러진 언저리엔 새로 돋은 곁가지가 떨기를 이루었으나 그것도 죽죽 위로 벋어 오른 것이 아니라 아래로 한두 대가 잎을 달고 드리워진 것이 고작이었다.

둘 중에서 부러지지 않은 높은 가지는 거인의 어깨 위에 나부끼는 깃발과도 같이 무수한 잔가지와 잎새들을 하늘 높이 펼쳤는데, 까치들은 여기만 둥지를 치고 있었다.

앞나무에 둘, 뒷나무에 하나, 까치 둥지는 셋이 쳐져 있었으나 까치들이 모두 몇 마리나 그 속에서 살고 있는지는 아무도 똑똑히 몰랐다. 언제부터 둥지를 치기 시작했는지도 역시 안다는 사람은 없었다. 나무와 함께 대체로 어느 까마득한 옛날부터 내려오는 것이거니 믿고 있을 뿐이었다.

……아침 까치가 울면 손님이 오고, 저녁 까치가 울면 초상이 나고 ……한다는 것도, 언제부터 전해 오는 말인지 누구 하나 알 턱이 없었다. 그래서 그런지, 아침 까치가 유난히 까작거린 날엔 손님이 잦고, 저녁 까치가 꺼적거리면 초상이 잘 나는 것이라고, 그들은 은근히 믿고 있는 편이기도 했다.

그런대로 까치는 아침 저녁 울고 또 다른 때도 울었다.

까치가 울 때마다 기침을 터뜨리는 어머니는 아주 흑흑 하며 몇 번이나 까무러치다시피 하다 겨우 숨을 돌이키며 으레 봉수(奉守)야 하고, 나의 이름을 부르곤 했다. 그것도 그냥 이름을 부르는 것이 아니라 반드시 '죽여 다오'를 붙였다.

……쿨룩 쿨룩 쿨룩 쿨룩, 쿨룩 쿨룩 쿨룩 쿨룩, 쿨룩 쿨룩, 쿨룩 쿨룩 쿨룩……. 이렇게 쿨룩은 연달아 네 번, 네 번, 두 번, 한 번, 한 번, 여섯 번, 그리고 또다시 세 번이고 네 번이고 두 번이고 여섯 번이고 종잡을 수 없이 얼마든지 짓이기듯 겹쳐지고 되풀이되곤 했다. 그 사이에 물론, 오오, 아이구, 끙, 하는 따위 신음소리와 외침소리를 간혹 섞기도 하지만 얼마든지 '쿨룩'이 계속되다가는 아주 까무러치는 고비를 몇 차례나 겪고서야 겨우 아이구 봉수야 한다거나, 날 죽여 다오를 터뜨릴 수 있는 것이다.

어머니의 기침병(천만)은 내가 군대에 가기 1년 남짓 전부터 시작되었으니까 이때는 이미 3년도 넘은 고질이었던 것이다.

내 누이동생 옥란(玉蘭)의 말을 들으면, 내가 군대에 들어간 바로 그 이튿날부터 어머니는 나를 기다리기 시작했다는 것이다. 마침 아침 까치가 까작까작 울자, 어머니는 갑자기 옥란을 보고,

"옥란아, 네 오빠가 올라는가 부다."

하더라는 것이다.

"엄마도, 엊그제 군대 간 오빠가 어떻게 벌써 와요?"

하니까,

"그렇지만 까치가 울잖았냐?"

하더라는 것이다.

이렇게 처음엔 아침 까치가 올 때마다 얘가 혹시 돌아오지 않나 하고 야릇한 신경을 쓰던 어머니는 그렇게 한 반 년쯤 지난 뒤부터, 그것(야릇한 신경을 쓰는 일)이 기침으로 번져지기 시작했다는 것이다.

'반 년쯤 지난 뒤부터'라고 했지만, 그 시기는 물론 확실치 않다. 옥란의 말을 들으면 그전에도 몇 번이나 그런 일이 있었다고 한다. 몇 달이

지나도록 편지도 한 장 없는 채, 아침 까치는 곧장 울고 하니까, 그럴 때마다 어머니의 눈길엔 야릇한 광채가 어리곤 하더니, 그것이 차츰 기침으로 번져지기 시작하더라는 것이다. 첨에는 가끔 그러더니 날이 갈수록 점점 더 심해져서, 한 일 년 남짓 되니까, 거의 예외 없이 회나무에서 까치가 까작까작 하기만 하면 방 안에서는 쿨룩쿨룩이 터뜨려지게 마련이었다는 것이다(처음은 아침 까치소리에 시작되었으나 나중은 때의 아랑곳이 없어졌다).

그러나 이런 것은 누구나 이해할 수도 있는 일이라고 나는 생각한다. 아들을 몹시 기다리는 병(천만)든 어머니가 아침 까치가 울 때마다 손님 아닌 아들이 온다는 기대를 걸어 보다간 실망이 거듭되자, 기침을 터뜨리고(그렇지 않아도 자칫하면 터뜨리게 마련인), 그것이 차츰 습관성으로 발전하게 되었다는 것은 얼마든지 있을 수도 있는 얘길 테니까 말이다.

그렇게 해서 터뜨린 질기고 모진 기침 끝에 아들의 이름을 부르고 또 '날 죽여 다오'를 덧붙였대서 그 또한 이해하기 힘든 일도 아니었다. 어머니는 전에도, 그렇게 까무러칠 듯이 짓이겨지는 모진 기침 끝엔 '오오, 하느님!' '사람 살려 주!' 따위를 부르짖는 일이 있었던 것이다. '오오 하느님!' '사람 살려 주!'가 '아이구 봉수야!' '날 죽여 다오'로 바꿔졌을 뿐인 것이다. 살려 달란 말과 죽여 달란 말은 정반대라고 하겠지만 어머니의 경우엔 그렇지도 않았다. 오히려 비슷한 말이라고 보는 편이 가까울 것이다. '죽여 다오'는 '살려 다오'보다 좀더 고통이 절망적으로 발전되었음을 나타내는 것이 아닐까, 나는 그렇게 생각했다.

따라서 나는 군대에서 돌아와 처음 얼마 동안은 어머니의 입에서 이 말을 들을 때마다 견딜 수 없는 설움과 울분을 누를 길 없어 나도 모르게 사지를 부르르 떨곤 했었다.

'아아, 오죽이나 숨이 답답하고 괴로우면 저러랴. 얼마나 지겹게 아들이 보고 싶고 외로웠으면 저러랴.'

나는 그럴 때마다 어머니가 측은하고 불쌍해서 그냥 목을 놓고 울고만 싶었던 것이다.

그러면서도 나에게는 어머니를 치료해 드리거나 위로해 드릴 수 있는 어떠한 힘도 재간도 없었다. 그럴수록 어머니가 겪는 무서운 고통은 오로지 나의 책임이거니 하는 생각만 절실했을 뿐이다.

그리고, 이러한 나의 심경도 누구에게나 대체로 이해될 수 있으리라고 믿는다.

그런데 다른 사람은 고사하고 나 자신마저 잘 이해할 수 없는 일이 이에 곁들여 생긴 것이다. 그것을 한마디로 말하면 나의 심경의 변화라고나 할까……. 나는 어느덧 그러한 어머니를 죽여 주고 싶은 충동 같은 것을 느끼기 시작한 것이다. 어머니가 '아이구, 봉수야, 날 죽여 다오' 하고 부르짖는 것은, '오오, 하느님! 사람 살려 주' 하던 것의 역표현(逆表現)이라기보다도 진한 표현 같은 것에 지나지 않는다는 것은 위에서도 말한 대로다. 그럼에도 불구하고 나는 왜 그러한 어머니에게 죽여 주고 싶은 충동을 느끼게 되었을까.

그것도 어쩌다 한 번 그런 일이 있었다는 얘기가 아니다. 처음 한 번 그런 일이 있고 나서는 그뒤부터 줄곧 그렇게 돼 버린 것이 쿨룩 쿨룩 쿨룩을 터뜨리는 것이요, 그와 동시 나의 눈에는 야릇한 광채가 어리기 시작하는 것이다(옥란의 말을 빌면, 옛날 어머니가 까치소리와 함께 기침을 터뜨리려고 할 때, 그녀의 두 눈에 비치던 것과도 같은 그 야릇한 광채라는 것이다). 어머니가 목에 걸린 가래를 떼지 못하여 쿨룩 쿨룩 쿨룩을 수없이 거듭하다 아주 까무러치다시피 될 때마다 나는 그녀의 꺼풀뿐인 듯한 목을 눌러 주고 싶은 충동에 몸이 부르르 떨리곤 했다.

그것은 처음 며칠 동안이 가장 강렬했었던 것같이 기억된다. 더 정확하게 말할 수 있다면, 내가 그것을 경험하기 시작한 지 사흘째 되던 날에서 이삼 일간이었다고 믿어진다. 나는 그 무서운 충동을 누르지 못하여, 사흘째 되던 날은 마침 곁에 있던 물사발을 들어 방바닥에 메어쳤고, 나흘째 되던 날은 껙껙거리며 꼬꾸라지는 어머니를 향해 막 덤벼들려는 순간

밖에 있던 옥란이가 낌새를 채고 뛰어와 내 머리 위에 엎어짐으로써 중지되었고, 닷새째 되던 날은, 마침 설거지를 하는 체하고 방문 앞에 대기하고 있던 옥란이 까치소리를 듣자 이내 방으로 뛰어 들어왔기 때문에 나는 겨우 단념을 했던 것이다. 그런데도 역시 어머니의 까무러치는 꼴을 보는 순간, 나는 갑자기 이성을 잃은 듯, 나와 어머니의 사이를 가로막다시피 하고 있는 옥란을 힘껏 떠밀어서 어머니 위에다 넘어뜨리고는 발길로 방문을 냅다 지르며 밖으로 뛰쳐나갔던 것이다.

그 며칠 동안이 가장 고비였던 모양으로, 그뒤부터는 어머니의 기침이 터뜨려지는 것을 보기만 하면, 나는 그녀의 '봉수야, 날 죽여 다오'를 기다리지 않고 미리(그때는 대개 옥란이 이미 나와 어머니 사이를 가로막듯 하고 나타나 있게 마련이기도 했지만) 방문을 박차고 밖으로 나와 버릴 수 있었다.

이렇게 내가 미리 자리를 피할 수만 있다면 다행이나 그렇지 못할 경우도 얼마든지 생각할 수 있었다. 여기서 먼저 우리 집 구조를 한마디 소개하자면, 부끄러운 얘기지만, 세 평 남짓되는(그러니까 꽤 넓은 편이긴 한) 방 하나에 부엌과 헛간이 양쪽으로 각각 붙어 있을 뿐이었다. 따라서 우리 세 식구는 자고 먹고 하는 일에 방 하나를 같이 써야 하게 되어 있었다. 그러므로 전날 술을 좀 과하게 마셨다거나 몸이 개운치 못하다거나 할 때에도 내가 과연 그렇게 까치소리를 신호로 얼른 자리를 뜰 수 있게 될진 아무도 장담할 수 없는 일이었다.

여기다 또 한 가지 해괴한 일은 어머니의 기침이 멎어짐과 동시 나의 흥분이 갈앉으며 나는 어느덧 조금 전에 내가 겪은 그 무서운 충동에 대하여 나 자신이 반신반의를 일으킨다는 사실이다. 나는 왜 그러한 충동에 사로잡히게 되었던가, 그것은 정말이었을까, 어쩌면 나의 환각이나 정신착란 같은 것이 아닐까, 적어도 나에겐 이러한 의문이 치미는 것이다.

그런대로 까치소리와 어머니의 기침은 하루도 쉬는 날이 없었고, 그럴 때마다 나는 대개 방문을 차고 나오는 데 성공하고 있었다.

그러나 방문을 박차고 나온다고 해서 나의 흥분이 감쪽같이 사라져 버리느냐 하면 그렇지는 물론 않았다. 방문 밖에서 어머니의 까무러치는 소리를 듣는 것이 방 안에서 직접 보는 것보다도 더 견딜 수 없이 사지가 부르르 떨릴 때도 있었다. 다만 방 안에서처럼 눈앞에 어머니가 있는 것은 아니니까 당장 목을 누르려고 달려들 걱정만이 덜어질 뿐이었다. 그 대신 검둥이(우리 집 개 이름)를 까닭 없이 걷어찬다거나 울타리에 붙여 세워 둔 바지랑대를 분질러 놓는 일이 가끔 생겼다.

어저께는 동네 안 주막에서 술을 마시다가 까치소리가 울려 오자 술잔을 떨어뜨려 깨었다. 그때 마침 술도 얼근히 돌아 있었고, 상대자에 대한 불쾌감도 곁들여 있긴 했지만 의식적으로 술잔을 깨뜨릴 생각은 전혀 없었고, 또 그렇게 해서 좋을 계제도 결코 아니었던 것이다. 그런데 마침 까작 까작 하는 저녁 까치소리가 들려 오자 갑자기 피가 머리로 확 올라오며 사지가 부르르 떨리더니 손에 잡고 있던 잔을(술이 담긴 채) 철꺽 떨어뜨려 버린 것이다. 아니 떨어뜨렸다기보다 메어쳤다고 하는 편이 옳을지 모른다. 그렇지 않고서야 마루 위에 떨어진 하얀 사기잔이 아무리 막걸리를 하나 가득 담고 있었다고 할망정 그렇게 가운데가 짝 갈라질 수 있겠느냐 말이다.

지금까지 나는 나 자신의 일에 대하여 '나 자신도 잘 모르겠다'고 몇 번이나 되풀이했지만 이것은 결코 발뺌이나 책임 회피를 위한 전제가 아니다. 그래서 나는 우선 나 자신이 어떻게 해서 어머니의 기침에 말려들게 되었는지 그 전후 경위를 있는 그대로 적어 보려고 한다.

여기서 미리 고백하거니와 나는 한 번도 어머니를 미워한 적은 없었다. 그렇다고 집에 돌아온 뒤 날이 갈수록 어머니가 더 측은해지고 견딜 수 없이 불쌍해졌다는 것도 아니다. 다만 '봉수야, 날 죽여 다오'가 처음 생각했던 것처럼 그냥 고통을 못 이겨 울부짖는 넋두리만은 아니라고 차츰 깨닫게 되었던 것은 사실이다. 그것은,

"내가 죽고 없어야 옥란이도 시집을 가고 너도 색시를 데려오지."
하는 어머니의 (가끔 토해 놓는) 넋두리가 어쩌면 아주 언턱거리 없는 하소연만은 아니라고 생각되기 시작했을 때부터. 옥란의 말을 들으면 (내가 군에 가고 없을 때) 위뜸의 장생원 댁에서 옥란을 며느리로 달라는 것을 옥란이 자신이 내세운 '오빠가 군에서 돌아올 때까지는'이라는 이유로 거절 아닌 거절을 한 셈이지만, 누구 하나 돌볼 이도 없는 병든 어머니를 혼자 두고 어떻게 시집 갈 생각인들 낼 수 있었겠냐는 것이 그녀의 실토였다. 뿐만 아니라, 정순이가 나(봉수)를 기다리지 않고 상호(相浩)와 결혼을 해 버린 것도 아무리 기다려 봐야 너한테 돌아올 거라고는 주야로 기침만 쿨룩거리고 누워 있는 천만쟁이(어머니) 하나뿐이라는 그의 꼬임수에 넘어갔기 때문이라는 것이다. 상호는 내가 이미 전사를 했다면서, 그 증거로 전사 통지서라는 것까지(가짜로 꾸며서) 정순에게 내어 보이며 결혼을 강요했다는 것이다.

이것이 사실이라면 정순이는 상호의 꼬임수에 넘어간 것이 아니라, 바로 속임수에 넘어간 것이 된다. 다시 말하자면 '주야로 기침만 쿨룩거리고 누워 있는 천만쟁이'보다도 나의 전사 통지서 때문이라는 편이 옳을 테니까 말이다. 그러니까 정순이를 놓친 원인이 반드시 어머니에게 있는 것은 아니라는 말이 된다.

따라서 나도 어머니의 넋두리를 곧이곧대로 듣는 것은 아니다. 그러나 나의 그 '알 수 없는' 야릇한 흥분에 정순이와, 그리고 상호가 전혀 관련되지 않는다고 할 수도 없다.

하여간 나는 여기서 그 경위를 처음부터 얘기할 차례가 된 것 같다.

내가 군에서(명예 제대를 하고) 돌아왔을 때――그렇다, 나는 내가 첨으로 집에 돌아왔을 때부터 얘기하는 것이 순서일 것 같다. 그러니까 내가 우리 동네에 들어서면서부터의 이야기가 된다. 그렇다, 내가 우리 동네 어귀에 들어섰을 때 제일 먼저 내 눈에 비친 것은 저 두 그루의 늙은 회나무였다. 저 늙은 회나무를 바라보자 비로소 나는 내가 고향에 돌아왔다는 실감이 들었던 것이다. 저 볼 모양도 없는 시꺼먼 늙은 두 그루의 회나무, 그것이 왜 그렇게도 그리웠을까. 그것이 어머니와 옥란이와 정순이들에 대한 기억을 곁들이고 있었기 때문이었을까. 아니 그것이 고향이 가진 모든 것을 상징하고 있었기 때문일까. 오오, 늙은 회나무여, 내 마을이여, 우리 어머니와 옥란이와 그리고 정순이도 잘 있느냐……. 나는 회나무를 바라보며 느닷없는 감회에 잠긴 채 시인 같은 영탄을 맘속으로 외치며 동네 가운데로 들어섰던 것이다.

나는 지금 '어머니와 옥란이와 그리고 정순이'라고 했지만 사실은 정순이와 어머니와 옥란이라고 차례를 바꾸고 싶은 것이 나의 솔직한 심정이었을지도 모른다. 왜 그러냐 하면, 내가 그렇게 살아서 고향으로 돌아올 수 있는 것은 오로지 정순이에 대한 그리움 하나 때문이라고 해도 좋았기 때문이었다. 이렇게 말하면 나는 돌아가신 아버지와 병들어 누워 있는 어머니에 대한 불효자요, 가련한 누이동생에 대한 배신자같이도 들릴지 모르지만, 나로 하여금 그 마련된 죽음에서 탈출케 한 것은 정순이라는 사실을 나는 의심할 수 없는 것이다.

그러나, 그 '마련된 죽음'과 거기서의 '탈출' 이야기는 다음으로 미루자.

하여간 나는, 나를 구세주와도 같이 기다리고 있는 어머니와 누이동생들 앞에 나타났다.

내가 동네 복판의 회나무 밑의 우물가로 돌아왔을 때, 우물 앞에서 보리쌀을 씻고 있던 옥란이가 먼저 나를 발견하고, 처음 한참 동안은 정신나간 사람처럼 멀거니 나를 바라보고 있더니 다음 순간 그녀는 부끄럼도 잊은 듯한 큰 소리로 '오빠'를 부르며 달려와 내 품에 얼굴을 묻으며 흐느껴 울었던 것이다. 일 년 반 동안에 완전히 처녀가 된, 그리고 놀랄 만큼 아름다워진 그녀를 나는 거의 무감각한 사람처럼 물끄러미 내려다보고 서 있었다. 어쩌면 이다지도 깨끗한 처녀가 거지꼴이 완연한 초라한 군복 차림의 나를 조그마한 거리낌도 꾸밈도 없이 마구 쏟아지는 눈물로써 이렇게 반겨 준단 말인가. 동기! 아, 그렇다. 그녀는 나의 누이동생이었던 것이다. 나는 그때만큼 옥란의 행복을 빌어 주고 싶은 강렬한 충동을 느껴 본 일은 일찍이 없었다.

나는 옥란을 따라 집 안에 들어섰다. 휑뎅그렁하게 비어 있는 뜰! 처음부터 무슨 곡식가마라도 포개져 있으리라고 예상했던 것은 아니지만, 나는 이때같이 우리 집의 가난에 오한을 느껴 본 적도 없었다.

"엄마, 오빠야!"

옥란은 자랑스럽게 방문을 열었다.

어머니는 놀란 듯이 자리에서 상체를 일으켰다. 주름살과 꺼풀뿐인 얼굴은 두 눈만 살아 있는 듯, 야릇한 광채를 내며 나를 쏘아보았다. 그러나 기침이 터뜨려질 것을 저어하는 듯, 입은 반쯤 열린 채 말도 없이 한쪽 손을 가슴에 갖다 대고 있었다.

"어머니!"

나는 군대 백(카키빛의)을 방구석에 밀쳐 둔 채, 무릎을 꿇고 절을 했다.

그 동안 어떻게 지냈냐든가, 기침병이 좀 어떠냐든가, 하는 따위 인사말도 나는 물어 보고 싶지 않았던 것이다. 눈에 번히 보이지 않느냐 말이다. 병과 가난과 고독과 절망에 지질린 몰골이.

"구, 군대선 어땠냐? 배는 많이 고, 곯잖았냐?"

어머니는 가래가 걸려서 그르렁거리는 목소리로 띄엄띄엄 이렇게 물었다.

그러나 나는 그녀의 묻는 말엔 아무런 대꾸도 없이 성이 난 듯한 뚱한 얼굴로 맞은편 바람벽만 멀거니 건너다보고 있었다.

'나는 어머니에게 무엇을 가지고 돌아왔단 말이냐. 어머니가 낳아서 길러 준 온전한 육신을 그대로 가지고 왔단 말이냐. 그녀의 병을 치료할 만한 돈이라도 품에 넣고 왔단 말이냐. 하다 못해 옥란이를 잠깐 기쁘게 해 줄 만한 무색 고무신이나마 한 켤레 넣고 왔단 말인가. 그녀들은 모르는 것이다. 내가 그녀들을 위해서 돌아오지 않았다는 것을. 내가 정순이를 위해서, 아니 정순이와 나의 사랑을 위해서, 군대를 속이고, 국가를 배신하고, 나의 목숨을 소매치기해서 돌아왔다는 것을 그녀들이 알 리 없는 것이다.'

"엄마, 또 기침 날라, 자리에 누우세요."

옥란이는 어머니의 상반신을 안다시피 하여 자리에 눕혔다.

"오빠도 오느라고 고단할 텐데 잠깐 누워요. 내 곧 밥 지어 올게."

옥란은 나를 돌아다보며 이렇게 말할 때도, 방구석에 밀쳐 둔 군대 백엔 굳이 외면을 하는 듯했다. 그것은 역시 너무 지나친 기대를 그 백 속에 걸고 있기 때문일 것이라고 나에게는 헤아려졌다.

나는 백을 끄르기로 했다. 옥란이로 하여금 너무 긴 시간, 거기다 기대를 걸어 두게 하기가 미안했기 때문이었다.

"이건 내가 쓰던 담요와 군복."

나는 백을 열고, 담요와 헌 군복을 끄집어 내었다. 그리고는 내복도 한 벌, 그러자 백은 이내 배가 홀쭉해져 버렸다. 남은 것은 레이션 상자에서 얻어진(남겨 두었던) 초콜릿 두 갑, 껌 두 매듬, 건빵과 통조림이 두세 개씩, 그리고는 병원에서 나올 때, 동료에게서 선사받은 카키빛 장갑(미군용)이 한 켤레였다. 나는 이런 것을 방바닥 위에다 쏟았다.

그러나 백 속에는 아직도 한 가지 남아 있었다. 그것은 옥란에게도 끌러 보이지 않았다. 그 속에 든 것은 여자용 빨강빛 스웨터요, 내가 군색한 여비 중에서 떼내어 손수 산 것은 이것 하나뿐이란 말도 물론 하지 않았다. 뿐만 아니라 나는 방바닥에 쏟아 놓았던 물건 중에서도 초콜릿 한 갑과 껌 한 매듬을 도로 백 속에 집어넣으며,

"이것뿐야, 통조림은 따서 어머니께 드리고 너도 먹어 봐. 그리고 이것 모두 너한테 소용되는 거면 다 가져."

했다.

"……."

옥란은 처음부터 말없이 내 얼굴만 바라보고 있었다. 그것은 나를 원망하는 눈이기보다 무엇에 겁을 집어먹은 듯한 표정이었다.

"아무것도 없지만……. 넌 나를 이해해 주겠지?"

"아냐, 오빠, 난 괜찮지만……."

옥란은 무슨 말을 하려다 말고 끝도 맺지 않은 채 방문을 열고 나가 버렸다.

'역시 토라진 거로구나. 정순이한테만 무언지 굉장히 좋은 걸 가져왔다고 불평이겠지. 그래서 〈난 괜찮지만〉 하고 어머니를 내세우겠지. 〈난 괜찮지만〉 어머니까지 무시하고 정순이만 생각하기나 하는 속이겠지.'

나는 방바닥에 쏟아 놓은 물건들을 어머니 앞으로 밀쳐 두고, 접어진 담요(백에서 끄집어 낸)를 베개하여 허리를 펴고 누웠다. 그녀가 섭섭해 하는 것도 무리가 아니지만, 나로서도 하는 수 없는 일이었다고 체념할 수밖에 없었다.

점심 겸 저녁으로, 해가 설핏할 때 '식사'를 마치자 나는 종이로 싼 것(스웨터)과 초콜릿을 양복 주머니에 넣고 밖으로 나왔다.

"오빠, 잠깐."

부엌에서 설거지를 하고 있던 옥란이 나를 불러세웠다.

"정순 언닌……."

옥란은 이렇게 말을 시작해 놓고는 얼른 뒤를 잇지 못했다.

순간 나는 어떤 불길한 예감이 확 들었다. 그것은 내가 집에 돌아온 지 꽤 여러 시간 되는 동안 그녀의 입에서 한 번도 정순이 얘기가 나오지 않고 있었기 때문인지도 몰랐다.

"……."

"결혼했어."

"뭐? 뭐라고?"

당장 상대자를 집어삼킬 듯한 험악한 표정에, 옥란은 질린 듯 한참 동안 말문이 막힌 채 망설이고 있더니 어차피 맞을 매라고 결심을 했는지,

"숙이 오빠하구……."

드디어 끝을 맺는다.

"뭐? 숙이라구? 상호 말이냐?"

"……."

옥란은 두 눈을 끄게 뜬 채 나의 얼굴을 똑바로 지켜 보며 고개를 한 번 끄덕인다.

"그렇지만 정순이 어떻게……."

나는 무슨 말인지 나 자신도 모르게 이렇게 중얼거리다 입을 닫쳐 버렸다.

옥란이 안타까운 듯이 다시 입을 열었다.

"숙이 오빠가 속였대. 오빠가 죽었다고……."

"뭐, 내가 주, 죽었다고?"

나는 떨리는 목소리로 이렇게 다짐해 물으면서도 일방 아아 그렇지, 그건 어쩌면 정말일 수도 있었다. 이렇게 속으로 자기 자신을 조롱하고 싶은 충동을 느끼기도 했다.

"오빠가 전사를 했다고, 무슨 통지서래나 그런 것까지 갖다 뵈더래나."

옥란도 이미 분을 참지 못하는 목소리였다.

순간, 나는 눈앞이 팽그르르 돌아감을 느꼈다. 그때 만약 상호가 내 앞에 있었다면 나는 틀림없이 당장에 달려들어 그의 목을 졸라 죽였을 것이다. 다음 순간, 나는 어디로 누구를 찾아간다는 의식도 없이 삽짝 쪽으로 부리나케 뛰어나갔다. 그러나 삽짝 앞 좁은 골목에서 큰 골목(회나무가 있는)으로 접어들자 나는 갑자기 발길을 우뚝 멈추고 섰다. 그와 거의 동시, 누가 내 팔을 잡았다. 옥란이었다. 그녀는 나의 뒤를 따라오고 있었던 모양이었다.

"오빠 들어가."

그녀는 내 팔을 가볍게 끌었다.

나는 흡사 넋나간 몸뚱어리뿐인 듯한 나 자신을 그녀에게 맡기다시피
하며 그녀가 끄는 대로 집을 향해 돌아섰다. 돌아서지 않으면 어쩐단 말
인가. 내가 그녀를 뿌리칠 수 있다면 그것은 무슨 이유와 목적에서일까.
그렇다, 나에게는 그녀의 손길을 뿌리칠 수 있는 아무런 이유도 목적도
없었다. 내가 없어진 거와 마찬가지였다. '내'가 있었다면 나는 무엇을
생각하고 무엇을 행동했을까. 그랬을 것이다. 그렇다, '내'가 없었기 때
문에 나를 일단 가련한 옥란이에게 맡길 수밖에 없었던 것이다.

나는 옥란이 시키는 대로 방에 들어와 누웠다. 아랫목 쪽에는 어머니
가, 윗목 쪽에는 내가. 이렇게 우리는 각각 벽을 향해 돌아누워 있었다.
나는 흡사 잠이나 청하는 사람처럼 눈까지 감고 있었지만 물론 잠 같은
것이 올 리 만무했다.

해가 지고, 어스름이 짙어지고, 바람이 좀 불기 시작했다. 설거지를 마
친 옥란이 물을 두어 번 길어 왔고⋯⋯. 나는 눈을 감고 벽을 향해 누운
채 이런 것을 모두 알고 있었다.

저녁 까치가 까작까작 울어 왔다. 어머니가 자리에서 몸을 일으키며 기
침을 터뜨리기 시작했다. 나는 물론 그때만 해도 까치소리는 까치소리대
로 회나무 위에서 나고, 어머니의 기침은 기침대로 방 안에서 터뜨려졌을
뿐이요, 때를 같이(전후) 한대서 양자 사이에 무슨 관련이 있다고는 전
혀 상상도 할 수 없었던 것이다.

나는 어머니의 그 길고도 모진 기침이 끝날 때까지 그냥 벽을 향해 누
운 채, "오오, 하느님!" "봉수야, 날 죽여 다오" 하는 소리까지 다 들
은 뒤에야 자리에서 몸을 일으켰다. 그러나 어머니의 등을 쓸어 준다거나
위로의 말 한 마디를 건네 보지도 못한 채 그냥 방문을 밀고 밖으로 나왔
다.

밖은 완전히 어두워져 있었다. 집 앞의 가죽나무 위엔 별까지 파랗게
돋아나 있었다.

내가 막 삽짝 밖을 나왔을 때였다. 담장 앞에서 다른 동무와 무엇을 소

곤거리고 있던 옥란이 또 나를 불러세웠다.

"오빠 어딜 가?"

"……."

나는 그냥 고개만 위로 꺼떡 젖혀 보였다.

그러자 옥란은 내 속을 알아채었는지 어쩐지,

"얘가 영숙야."

하고 자기 앞에 서 있는 처녀를 턱으로 가리켰다.

'영숙이가 누구더라?'

하는 생각이 내 머릿속을 잠깐 스쳐 갔을 뿐, 나는 거의 아무런 관심도 없이 그냥 발길을 돌리려 했다. 그러나 이와 거의 같은 순간에, 영숙이 나를 향해 몸을 돌리며 머리를 푹 수그려 공손하게 절을 하지 않는가. 날 씬한 허리에 갸름한 얼굴에, 옥란이보다 두어 살 아래일 듯한 소녀였다.

'쟤가 누구더라?'

나는 또 한 번 이런 생각을 하며, 역시 입은 열지도 않은 채 그냥 발길을 돌리려 하는데,

"오빤 아직 면에서 안 돌아왔어요."

하는 소녀의 목소리였다.

순간, 나는 이 소녀가 바로 상호의 누이동생이란 것을 깨달았다. 내가 군에 갈 때만 해도 나를 몹시 따르던 달걀같이 매끈하고 갸름하게 생긴 영숙이. 지금은 고등학교 이삼 학년쯤 다니겠지, 나는 이런 생각을 하며 소녀를 한참 바라보고 섰다가 역시 그냥 발길을 돌리고 말았다.

"오빠, 영숙이한테 얘기해 줄 것 없어?"

'그렇다, 달걀같이 뽀얗고 갸름하게 생긴 소녀, 그녀는 정순이나 옥란 이를 그때부터 언니 언니 하고 지냈지만, 그보다도 나를 덮어놓고 따르 던, 상호네 식구답지 않던 애, 그리고 지금도 내가 군에서 돌아왔단 말을 듣고 기쁨을 못 이겨 찾아왔겠지만, 그러나 나는 무슨 말을 그녀에게 할 수 있단 말인가?'

나는 그냥 돌아서 버리려다,

"오빠 들옴 나 좀 만나잔다고 전해 주겠어?"

겨우 이렇게 인사 땜을 했다.

"그렇잖아도 올 거예요."

영숙의 목소리는 조용하고 맑았다.

나는 '부엉뜸'으로 발길을 돌렸다. 옥란의 말을 의심하는 것은 아니지만 정순이 친정 사람들의 얘기를 직접 한 번 들어 보고자 했던 것이다.

정순이네 친정 사람들이라고 하면 물론 그 어머니와 오빠다(아버지는 일찍이 죽고 없었다). 그리고 오빠래야 정순이와는 나이 차이가 많아서 거의 아버지같이 보였다.

나와 정순이는 약혼한 사이와 같이 되어 있었지만(우리 고장에서는 약혼식이란 것이 거의 없이 바로 결혼식을 가지기로 되어 있었다), 나는 그를 형님이라고 부르지 않고 언제나 윤이 아버지라고만 불렀다.

윤이 아버지는 이날도 나를 반갑게 맞아 주었으나 면구해서 그런지 정순이 말은 입밖에 내비치지도 않은 채 전쟁 이야기만 느닷없이 물어 대었다.

나는 통 내키지 않는 얘기를 한두 마디씩 마지못해 대꾸하며 그가 따라 주는 막걸리를 두 잔째 들이켜고 나서,

"근데 정순이는 어떻게 된 겁니까?"

이렇게 딱 잘라 물었다.

"그러니까 말일세."

그는 밑도끝도 없는 말을 대답이랍시고 이렇게 한마디 던져 놓고는,

"자 술이나 들게."

내 잔에다 다시 막걸리를 따라 주었다.

"자네도 알다시피 내야 어디 술을 좋아하는가? 이런 거 한두 잔이면 고작이지. 그런 걸 자네 대접한다고 이게 벌써 몇 잔째야? 자 어서 들게, 자넨 멀쩡한데 나 먼저 취하면 되겠나?"

'정순이 일이 어떻게 된 거냐고 묻는데 웬 술 이야기가 이렇게 길단 말인가?'

나는 또 한 번 같은 말을 되풀이해 물으려다 간신히 참고 그 대신 그가 따라 놓은 술잔을 들어 한숨에 내었다.

"자네야 동네가 다 아는 수재 아닌가? 지금이라도 서울만 가면 일등대학에 돈 한푼 내지 않고 공부시켜 주는 거 뭐라더라? 장학상이던가? 그거 돼서 집에다 도루 돈 부쳐 보내 가며 공부할 거 아닌가? 머리 좋고 인물 좋겠다, 군수 하나쯤야 떼논 당상이지. 대통령이 부럽겠나 장관이 부럽겠나. 그까진 시골 처녀 하나가 문제가? 자네 같은 사람한테 딸 안 주고 누구 주겠나. 웅? 우리 정순이 같은 게 문제가? 그보다 몇 곱절 으리으리한 서울 처녀들이 자네한테 시집 오고 싶어서 목을 매달 건데…… 그렇잖나? 내 말이 틀렸는가?"

나는 그의 느닷없이 지루하기만한 말을 더 듣고 있을 수가 없어,

"그런데 정순이는 어떻게 된 겁니까?"

먼저와 같은 질문을 다시 한 번 되풀이할 수밖에 없었다.

"정순이는 상호한테 갔지, 갔어. 상호 같은 자야 정순이한테나 어울리지. 그렇잖나? 자네는 다르지. 자네야 그때부터 이 고을에선 어떤 처녀든지 골라잡을 만치, 머리 좋고, 인물 좋고, 행실 착하고…… 유명한 사람이 아닌가?"

"그게 아니잖아요?"

나는 상반신을 부르르 떨며 겨우 이렇게 항의를 했다.

내 목소리가 여느때와 다른 것을 깨달았는지 그도 이번엔 말을 그치고, 나의 얼굴을 잠깐 바라보고 있더니 다시 말을 이었다.

"사실은 자네가 전사를 했다기에 그렇게 된 걸세. 지나간 일 가지고 자꾸 말하믄 무슨 소용 있겠는가. 참게, 자네가 이렇게 살아 올 줄 알았더면야…… 다 팔자라고 생각하게."

"그렇지만 정순이가 그렇게 쉽사리 속아넘어가진 않았을 텐데……"

"여부가 있나. 정순이야 끝까지 버텼지만 상호가 재주껏 했겠지. 나도 권했고…… 헐 수 있나? 하루바삐 잊어버리는 편이 차라리 날 줄 알았지. 저도 그렇게 알구 간 거고……."

"알겠습니다."

나는 곧 자리에서 일어나 버렸다.

윤이 아버지는 깜짝 놀란 듯이 따라 일어나며,

"이사람아, 그러지 말고 좀 앉게. 천천히 술이라도 들며 얘기라도 더 나누다 가세."

나는 그의 간곡한 만류도 듣지 않고 그대로 돌아오고 말았다.

상호는 출장을 핑계로, 내가 돌아온 지 일 주일이 되도록 나타나지 않았다. 직접 그의 집으로 찾아가면 출장을 가서 돌아오지 않았다는 것이나, 주막에 나가 알아보니, 면(사무소)에서는 만난 사람이 있다는 것이었다. 그렇다고 내가 직접 면(사무소)으로 찾아가서 그의 출장 여부를 알아보기도 난처한 점이 많았다.

그러자 그가 출장을 간 것이 아니라 면에는 출근을 하되 자기 집으로 돌아오질 않고 읍내에 있는 그의 고모집에 묵고 있으면서 어쩌다 밤중에나 몰래 (집엘) 다녀가곤 한다는 소문이 들려 왔다. 그 무렵 나는 그를 만나기 위하여 동구에 있는 주막에 늘 나가 있었기 때문에 여러 가지 정보를 들을 수 있었던 것이다.

하루는 내가 주막 앞에 앉아 장기를 두고 있는데 저쪽에서 상호가 자전거를 타고 오는 것이 보였다(그것도 당장 그렇게 알아본 것이 아니고, 술꾼하나가 저게 상호 아닌가 하고 귀띔을 해 줘서 돌아다보니 바로 그였던 것이다).

나는 장기를 놓고 길 가운데 나가 섰다. 그가 혹시 모른 체하고 자전거를 달려 주막 앞을 지나쳐 버리지나 않을까 해서였다. 나는 길 가운데 버텨 선 채 잠자코 손을 들었다.

그도 이날은 각오를 했는지 순순히 자전거에서 내리며,

"아, 이거 누구야? 봉수 아닌가?"

자못 반가운 듯이 큰 소리로 내 손까지 덥석 잡았다.

'나야, 봉수야.'

나는 그러나 입밖에 내어 대답하진 않았다.

"언제 왔어?"

'정말로 출장을 갔다 지금 돌아오는 길인가?'

이것도 물론 입밖에 내어 물은 것은 아니다.

"하여간 반갑네. 자, 들어가지, 들어가 막걸리나 한 잔 같이 드세."

그는 자전거를 세우고 술청으로 올라서자 주인(주모)을 보고 술상을 부탁했다.

나는 그의 대접을 받고 싶진 않았지만 그런 건 아무려나 중요한 문제가 아니라고 생각하고 일단 그가 하는 대로 내버려두고 보기로 했다.

주막에 있던 사람들이 모두 우리에게 시선을 쏟았다. 그것은 그들이 우리의 관계를 알고 있기 때문인 듯했다. 따라서 나는 될 수 있는 대로 나 자신을 달래며, 흥분하지 않으리라 결심했다.

"자 들게, 이렇게 보니 무어라고 할 말이 없네."

상호는 나에게 술을 권하며 이렇게 말을 건넸다.

'할 말이 없네'——이 말을 나는 어떻게 들어야 할까. 이것은 미안하단 말일까. 그렇지 않으면 뭐라고 말할 수도 없이 반갑단 뜻일까. 물론 반가울 리야 없겠지만, 옛 친구니까 반가운 체할 수도 있을 것이다.

나는 그가 권하는 대로 잠자코 술잔을 들었다. 물론 맘속으로 좀 꺼림칙하긴 했으나 그것과는 전혀 별문제란 생각에서 일단 술을 들 수밖에 없었던 것이다.

얼마나 고생을 했는가, 주로 어느 전선에서 싸웠는가, 중공군의 인해전술이란 실지로 어떤 것인가, 이북군의 사기는 어떤가, 식사 같은 건 들리는 말같이 비참하지 않던가, 미군들의 전의(戰意)는 어느 정도인가, 그들은 결국 우리를 포기하지 않을 것인가……. 그의 질문은 쉴 새 없이 계속되었으나, 나는 그저, 글쎄, 아냐, 잘 모르겠어, 잊어버렸어, 그저 그렇지, 따위로 응수를 했을 뿐이다. 나는 그가 돈을 쓰고 징병을 기피했다고 이미 듣고 있었기 때문에 그와 더불어 전쟁 얘기를 하기는 더구나 싫었던 것이다.

그러는 중에서도 술잔은 부지런히 비워 냈다. 나도 그 동안 군에서 워낙 험하게 지냈기 때문에 막걸리쯤은 여간 먹어야 낭패를 볼 정도로 취할 것 같지 않았지만, 상호도 면에 다니면서 제 말마따나 는 게 술뿐인지, 막걸리엔 꽤 익숙해 보였다.

"그 동안 주소만 알았대두 위문편지라도 보냈을 겐데, 참 미안하게 됐어."

'그렇다, 주소를 몰랐다는 것은 정말일 것이다. 내가 소속된 부대는 한군데 오래 주둔해 있지 않고 늘 이동했으니까 말이다. 그러나 위문편지가 문제란 말이냐.'

나는 이런 말을 혼자 속으로 삭이며 또 잔을 내었다.

내가 속으로 무엇을 생각하고 있는지를 전혀 알 리 없는 그는 다시 말을 계속했다.

"영숙이가 말야, 자네 기억하지, 우리 영숙이 말야, 정말 그게 벌써 고 3(高校三年)이야. 자네한테 위문편질 보내겠다고 나더러 주술 가르쳐 달라지 뭐야. 헌데 나도 모르니까 옥란이한테 가서 물어 오라고 했더니 옥란이 언니도 모른다더라고 여간 안타까워하지 않데."

'그렇지, 영숙인 물론 너보다 나은 아이다. 그러나 영숙이가 무슨 관계냐 말이다. 영숙이보다 몇 곱절 관계가 깊은 정순이 문제는 덮어놓고 왜 영숙이는 끄집어 내냐 말이다.'

나는 또 술잔을 내면서, 이제 이쯤 됐으니, 내 쪽에서 말을 끌어 낼 수밖에 없다고 생각했다.

"정순이 말일세. 어떻게 된 건지 간단히 말해 줄 수 없겠는가?"

나는 두 눈을 크게 뜨고 그를 정면으로 바라보며, 그러나 한껏 부드러운 목소리로 이렇게 입을 떼었다.

상호는 들고 있던 술잔을 상 위에 도로 놓으며 고개를 푹 수그렸다. 그리고는 짧게 한숨을 한 번 짓고 나더니,

"여러 말 할 게 있는가. 내가 죽일 놈이지. 용서하게."

뜻밖에도 순순히 나왔다. 이럴 때야말로 술이 참 좋은 음식이란 생각이 들었다. 그와 나는 한동네에 같이 자랐으며, 국민학교에서 고등학교까지 동창이었기 때문에 우리는 서로 상대자의 성격이나 사람됨을 잘 알고 있는 편이다. 그는 나보다 가정적으로 훨씬 유여했지만 워낙 공부가 싫어서 고등학교를 간신히 마치자 면서기가 되었고, 나는 그와 반대로 줄곧 우등에다 장학금으로 대학까지 갈 수 있게 되어 있었지만 내가 그에게 친구로서의 신의를 잃은 일은 없었고, 또 그가 여간 잘못했을 때라도 솔직하게 용서를 빌면 언제나 양보를 해 주곤 했던 것이다. 이러한 과거의 우정과 나의 성격을 알고 있는 그는 정순이 문제도 이렇게 해서 용서를 빌면 내가 전과 같이 양해를 할 것이라고 딴은 믿고 있는 겐지 몰랐다. 그러나 이것만은 문제가 달랐다.

"자네가 그렇게 나오니 나도 더 여러 말을 하지 않겠네. 그러나 이것은 자네의 처사를 승인한다거나 양해를 한다는 뜻이 아닐세. 그건 그렇다 하고, 나도 내 태도를 결정하기 위해서 자네하고 상의할 일이 있어 그러네."

"……?"

그는 내 말뜻을 잘 이해할 수 없다는 듯이 고개를 들어 내 얼굴을 유심히 바라보았다.

나는 다시 말을 이었다.

"간단히 말할게. 정순이를 한 번 만나봐야 되겠어. 이에 대해서 자네의 협력을 구하는 걸세."

나는 말을 마치자 불이 뿜어지는 듯한 두 눈으로 상호를 쏘아보았다.

그는 역시 나의 말뜻을 잘 알아듣지 못하는 사람처럼 멍하니 마주 바라보고 있다가 시선을 아래로 떨어뜨려 버렸다.

"……."

"대답해 주게."

내가 단호한 어조로 답변을 요구했다.

그는 겁에 질린 사람처럼 나의 눈치를 살펴 가며 천천히 고개를 들더니,

"안 된다면?"

떨리는 목소리로 물었다.

"그것은 자네 상상에 맡기겠네. 어차피 결말은 자네 자신이 보게 될 것이니까. 다만 자네를 위해서 말해 주고 싶은 것은 자네같이 안온한 일생을 보내려는 사람이라면 극단적인 행동은 피하는 것이 좋을 걸세."

"자넨 나를 협박하는 셈인가?"

상호는 갑자기 반격할 자세를 취해 보는 모양이었다.

"……."

나는 눈썹 하나 움직이지 않고 그를 한참 동안 묵묵히 바라보고 있었다. 그리하여 먼저보다도 더 부드럽고 더 낮은 목소리로 다시 입을 열기 시작했다.

"나는 지금 자네에게 어떤 형식으로든지 보복을 한다거나, 어떤 유감이나 감정 같은 것을 품어 본다거나 그런 것은 단연코 없네. 이 점은 나를 믿어 주어도 좋아."

"그렇다면?"

"내가 정순이를 한 번 만나보겠다는 것은 자네에게 대한 복수라든가 원한이라든가 그런 것과는 아무런 상관도 없는 문젤세. 아까도 말하지 않았던가, '그건 그렇다 하고'라고. 과거지사는 과거지사대로 불문에 붙이겠다는 뜻일세."

"그렇다면 꼭 정순이를 만나봐야 할 이유도 없지 않은가."

"내가 과거지사를 불문에 붙이겠다는 것은 자네와 정순이의 관계에 대해서 하는 말일세. 나와 정순이의 관계나 내 자신의 과거를 모조리 불문에 붙이겠다는 뜻이 아닐세. 나는 정순이와 맺은 언약이 있기 때문에 정순이가 살아 있는 한 정순이를 만나봐야 할 의무가 있는 거야."

"그 동안에 결혼을 해서 남의 아내가 되고, 애기 어머니가 돼 있어도 말인가?"

"물론이지. 남의 아내가 돼 있든지 남의 노예가 돼 있든지, 내가 없는 동안, 내가 모르는 사이에 생긴 일은 불문에 붙인다는 뜻일세."

여기서 상호는 자기대로 무엇을 이해하겠다는 듯이 고개를 두어 번 주억거리고 나더니,

"자넨 너무 현실을 무시하잖아?"

이렇게 물었으나 그것은 시비조라기보다 오히려 어떤 애원 같은 것이 서려 있었다.

"현실? 그렇지, 자넨 아직, 전장엘 다녀오지 않았기 때문에 그런 말을 하고 있는 거야. 자, 보게, 이게 현실인가 아닌가."

나는 그의 앞에 나의 바른손을 내밀었다. 식지(食指)와 장지가 뭉턱 잘라지고 없는 보기 흉한 검붉은 손이었다.

"자네는 내가 군에 가기 전의 내 손을 기억하고 있겠지. 지금 이 손은 현실인가 꿈인가?"

"참 그렇군. 아까부터 손을 다쳤구나 생각하고 있었지만, 손가락이 둘이나 달아났군. 그래서야 어디?"

"자넨 손가락 얘길 하고 있군. 나는 현실 얘기를 하는 거야. 손가락 두 개가 어떻단 말인가? 이까짓 손가락 몇 개쯤이야 아무런들 어떤가? 현실이 문제지. 그렇잖은가? 그렇다, 정순이가 이미 결혼을 한 줄 알았다면 나는 이 손을 들고 돌아오진 않았을 거야. 자넨 역시 내가 손가락을 얘기하는 줄 알고 있겠지? 그나 그게 아니라네. 잘못 살아 돌아온 내 목숨을 얘기하고 있는 걸세. 이제 나는 내 목숨을 처리할 현실이 없다네. 그래서

정순이를 만나야겠다는 걸세. 이왕 이 보기 흉한 손을 들고 돌아온 이상, 정순이를 만나지 않아서는 안 되네. 빨리 대답을 해 주게."

"정 그렇다면 하루만 여유를 주게. 자네도 알다시피 나 혼자 결정할 문제도 아니겠고, 우선 당사자의 의사도 들어 봐야 하겠지만, 또 부모님들이 뭐라고 할지, 시하에 있는 몸으로서는 부모님들의 의견을 전적으로 무시할 수도 없는 문제겠고, 그렇잖은가?"

나는 상호의 대답하는 내용이나 태도가 여간 아니꼽지 않았지만 지그시 참았다. 그를 상대로 하여 싸울 시기는 아니라고 헤아려졌기 때문이었다.

"내일 이 시간까지 알려 주게, 정순이를 만날 수 있는 시간과 장소를 ……."

나는 씹어 뱉듯이 일러 주고 자리에서 일어났다.

이튿날 저녁때 영숙이가 쪽지를 가지고 왔다.

작일(昨日)은 여러 가지로 군에게 실례되는 점이 많았다고 보네. 연(然)이나 군의 하해 같은 마음으로 두루 용서해 주리라 신(信)하며 금야(今夜)에는 소찬이나마 제의 집에서 군을 초대하니 만사 제폐하고 필히 왕림해 주시기 복망하노라.

죽마고우 상호 서

내가 상호의 쪽지를 읽는 동안 툇마루에 걸터앉아 있던 영숙이 발딱 일어나며,

"오빠가 꼭 모시고 오랬어요."

새하얀 얼굴에 미소를 짓는다.

"미안하지만 좀 기다려 줘."

나는 영숙에게 이렇게 말한 뒤 옥란을 불러서 종이와 연필을 내어오라고 했다.

　　자네의 초대에 응할 수 없음을 유감으로 생각하네. 어저께 말한 대로 정순이를 만날 수 있는 시간과 장소를 내일 오전중으로 다시 연락해 주게. 만약 정순이가 원한다면, 그때 영숙이를 동반해도 무방하네.

봉수

　　내가 주는 쪽지를 받자 영숙은 공손스레 머리를 숙여 절을 하고 돌아갔다.

　　이튿날 저녁때에야 영숙이 다시 쪽지를 가지고 왔다. 오빠는 오전중으로 전하라고 일러두고 갔지만, 자기가 학교에서 돌아온 시간이 늦기 때문에 이렇게 되었노라고, 영숙이 정말인지 꾸며 댄 말인지 먼저 이렇게 변명을 늘어놓았다. 쪽지엔 역시 상호의 필치로 다음과 같이 적혀 있었다.

　　군의 회신은 잘 보았네. 연이나 정숙이 일간 친정에 근친 갈 기회가 도래(到來)하여 영숙이를 동반코 왕복케 할 계획이니 그리 양해하고, 그 시기는 다시 가매(家妹) 영숙이를 시켜 통지할 것이니 그리 아시게.

상호 서

　　이틀 뒤가 일요일이었다.

　　영숙이 와서 언니가 친정엘 가는데 자기도 동반하게 되었노라고 옥란을 보고 넌지시 일러 주는 것이었다. 나는 그녀가 왜 나에게 직접 말하지 않고 옥란을 통해 간접적으로 알리는지를 곧 이해할 수 있었기 때문에 더 묻지 않기로 했다. 그 대신 나는 옥란에게 그녀들이 떠나는 것을 보아서 나에게 알려 주도록 부탁해 두고 오래간만에 이발소로 가서 귀밑까지 덮은 머리를 쳐냈다.

　　면도를 마친 뒤 옥란의 연락을 받고 내가 '부엉뜸'으로 갔을 때는 점심 때도 훨씬 지난 뒤였다.

내가 뜰에 들어서자, 장독대 앞에서 작약꽃을 만지고 있던 영숙이 나를 먼저 발견하고 알은 체를 하더니 곧 일어나 아랫방으로 들어가 버렸다. 정순이 그 방에 있음을 알리는 모양이었다.

이윽고 방문이 열리더니 정순이, 아, 그 어느 꿈결에서 보던 설운 연꽃 같은 얼굴을 내밀었다. 순간, 나는 그녀가 무슨 옷을 입고, 얼굴의 어디가 어떻다는 것을 전혀 의식할 수 없었다. 다만 저것이 정순이다, 저것이 아, 설운 연꽃 같은 그것이다, 하는 섬광 같은 것이 가슴을 때리며, 전신의 피가 끓어오름을 느낄 뿐이었다. 나는 그 집 식구들에 대한 인사나 예의 같은 것도 잊어버린 채 정순이가 있는 방문 앞으로 걸어갔다. 그리하여 나는 방문 앞에 한참 동안 발이 얼어붙기라도 한 것같이 우두커니 서 있었다.

정순은 곧 자리에서 일어났으나, 고개를 아래로 드리운 채 입을 열려고 하지 않았다. 영숙도 정순이를 따라 몸을 일으키긴 했으나, 요 며칠 동안 나에게 보여 주던 그 친절과 미소도 가뭇없이, 이때만은 새침한 침묵에 잠겨 있을 뿐이었다.

나는 그녀들에게서 '들어오세요'를 기다릴 수 없다고 알자, 스스로 신발을 벗고 방으로 들어갔다.

내가 방에 들어가도, 그리하여 스스로 자리에 앉은 뒤에도, 그녀들은 더 깊이 얼굴을 수그린 채 그냥 서 있었다.

그러나 나는 실상, 그녀들이 서 있건 말건 그런 것보다는, 내 자신 갑자기 복받쳐오르는 울음을 누르노라고 어깨를 들먹이며 고개를 아래로 곧장 수그리기에 여념이 없을 정도였다. 내가 간신히 고개를 들었을 때엔 그녀들도 어느덧 자리에 앉은 뒤였다.

'이것은 분명히 꿈이 아니다. 나는 정순이를 보았다. 아니, 지금도 정순이는 바로 내 눈앞에 앉아 있지 않은가. 그렇다. 정순이다. 정순이다. 나는 이제 후회하지 않아도 된다.'

이러한 울부짖음이 내 마음속을 지나가자 나는 비로소 이성(理性)을

돌이킨 듯했다. 나는 다시 고개를 들었다. 그리하여 정순의 얼굴을 비로소 정면으로 바라보았다. 정순은 물론 고개를 수그리고 있었지만, 나는 그녀의 이마를 바라보는 것이라도 좋았다.

"정순이!"

내 목소리는 굵게 떨리어 나왔다.

"이것이 마지막이 될진 모르지만, 이 자리에서만이라도 옛날대로 부르겠어. 용서해 줘요. 영숙이도."

내가 이까지 말했을 때 나는 또 먼저와 같은 울음의 덩어리가 가슴에서 목구멍으로 치솟아오름을 깨달았다. 나는 그것을 참노라고 이를 힘껏 악물었다. 울음의 덩어리는 목구멍을 몹시 훑으며 뜨거운 눈물이 되어 주르르 흘러 내렸다. 소리를 내어 흐느껴지는 울음보다는 그것이 차라리 나았다. 나는 손수건을 내어 천천히 눈물을 훔친 뒤 다시 입을 열기 시작했다.

"내가 괴로운 것만치 정순이도 괴로울 거야. 내 이 못난 눈물을 보는 일이 말야. 그러나 내가 정순이를 만나려고 한 것은 이 추한 눈물을 보이려고 한 것이 아니야. 이건 없는 것으로 봐 줘. 곧 거둬질 거야."

나는 담배를 꺼내어 불을 붙였다. 연기를 두어 모금이나 천천히 들이켜고 나서 다시 말을 시작했다.

"하긴 이 자리에 앉아 생각하니 내가 전선에서 생각했던 거와는 다르군. 이럴 줄 알았다면 이렇게 하지 않아도 좋았을 것을. 될 수 있는 대로 정순이를, 그리고 영숙이도 그렇겠지만, 너무 오래 괴롭히지 않기 위해서 내 얘기를 간단히 할게."

나는 이렇게 허두를 뗀 다음 내 바른손을 그녀들 앞에 내놓았다.

"이것 봐요. 이게 내 손이야. 식지와 장지가 떨어져 나가고 없잖아. 덕택으로 나는 제대가 돼 돌아온 거야. 이런 손을 갖고는 총을 쏠 수 없으니까. 그런데 말야. 이게 뭐 대단한 부상이라고 자랑하는 게 아냐. 팔다리를 송두리째 잃은 사람도 있고, 눈, 코, 귀 같은 것을 잃은 놈들도 얼마든지 있는데 이까진 거야 문제도 아니지. 아주 생명을 잃은 사람들은 또 별도로 하더라도. 그런데 내가 지금 와서 뼈아프게 후회하는 것은 역시 이 병신 된 손 때문이야. 이건 실상 적에게 맞은 것이 아니고 나 자신이 조작한 부상이야, 살려고. 목숨만이라도 남겨 가지려고. 아아, 정순이, 요렇게 해서 지금 여기까지 달고 온 내 목숨이야."

나는 얘기를 하는 동안에 나 자신도 걷잡을 수 없는 흥분에 사로잡힘을 깨달았다. 나는 다시 담배에 불을 붙인 뒤 한참 동안 고개를 수그리고 있었다.

정순이와 영숙이도 먼저보다 훨씬 대담하게 고개를 들어 내 얼굴을 바라보곤 했다.

나는 연기를 불고 나서 다시 이야기를 계속했다.

"내가 소속된 부대는 ○○사단 ○○연대 수색중대야. 수색중대! 정순이는 이 말이 무엇인지를 모를 거야. 그 무렵의 전투사단의 수색대라고 하면 거의 결사대란 거와 다름이 없을 정도야. 한번 나가면 절반 이상이 죽고 돌아오는 것이 보통이었어. 어떤 때는 전멸, 어떤 때는 두셋이 살아서 돌아오는 일도 흔히 있었어. 그러자니까 원칙적으로는 교대를 시켜 줘야 하는 거지. 그런데 워낙 전투가 격렬하고 경험자가 부족하고 하니까 교대가 잘 안 되거든. 그 가운데서도 내가 특히 그랬어. 머리가 좋고 경험이 풍부하다나. 나중은 불사신(不死身)이란 별명까지 붙이더군. 같이 나갔던 동료들이 거의 다 죽어 쓰러졌을 때도 나는 번번이 살아 왔으니까. 얘기가 너무 길군……. 나는 생각했어. 정순이를 두고는 죽을 수 없는 목숨이라고. 내가 번번이 죽지 않고 살아 돌아온 것도 정순이 때문이라고. 거기서 나는 결심을 했던 거야. 사람의 힘과 운이란 아무래도 한도가 있는 이상, 기적도 한두 번이지 결국은 죽고 말 것이 뻔한 노릇 아닌가. 위에서는 교대를 시켜 주지 않으니까, 결국 죽을 때까진 죽을 수밖에 없는 일을 몇 번이든지 되풀이해야 하는 나 자신의 위치랄까 운명이랄까 그런 걸 깨달은 거야. 거기서 나는 결심을 했어. 정순이를 두고 죽을 수

없다고. 나는 내가 꼭 죽기로 마련되어 있는 운명을 내 손으로 헤쳐나가
야 한다고……. 이런 건 부질없는 얘기지만, 정순이, 나는 결코 죽음 그
자체가 두렵지는 않았어. 더구나 생사를 같이하던 전우가 곁에서 픽픽 쓰
러지는 꼴을 헤아릴 수도 없이 경험한 내가 그토록 비겁할 수는 없었던
거야. 국가 민족이니, 정의 인도니 하는 건 집어치고라도, 우선 분함과
고통을 견딜 수 없어서라도 얼마든지 죽고 싶었어. 죽었어야 했어. 정순
이가 아니더라면 물론 그랬을 거야."

나는 잠깐 이야기를 쉬었다.

정순이는 아까부터 벽에 이마를 댄 채 마구 흐느끼고 있었고, 영숙이도
손수건으로 두 눈을 가린 채 밖으로 달아나 버렸던 것이다.

"그런데 어떤가. 돌아와 보니 정순이는 결혼을 했군. 나는 지금 정순
이를 원망하려는 건 아냐. 상호의 속임수에 넘어갔다는 것도 듣고 있어."

"아녜요. 제가 바보예요. 제가 죽일 년이에요."

정순이는 높은 소리로 이렇게 외치며 또다시 흑흑 느껴 울었다.

"그런데 지금부터가 문제야. 나는 어떻게 하느냐 하는 문제야. 내 목
숨을 말야. 나는 이렇게 해서 스스로 훔쳐 낸, 그렇지 소매치기 같은 거
지. 그렇게 해서 훔쳐 낸 내 목숨이 이제 아무짝에도 쓸데가 없이 됐거
든. 내가 이 목숨을 가지고 이대로 산다면 나는 하늘과 땅 사이에 용서받
을 수 없는, 국가 민족에 대한 죄인인 것은 말할 것도 없지만 그 불쌍한,
그 거룩한, 그 수많은 전우들, 죽어넘어진 놈들에 대해서, 내가 어떻게
산단 말인가. 배신자란 남에게서 미움을 받기 때문에 못 사는 것이 아니
라, 자기 자신이 외로워서 못 사는 거야. 정순이가 없는 고향인 줄 알았
더라면 나는 열 번이라도 거기서 죽고 말았어야 하는 거야. 전우들과 함
께, 그들이 쓰러지듯 나도 그렇게 쓰러졌어야 했던 거야. 그것도 조금도
괴롭거나 두려운 일이 아니었어. 오히려 편하고 부러웠을 정도야. 이 더
럽게 훔쳐 낸 치사스런 이 목숨을 나는 어떻게 해야 한단 말인가?"

"저를 차라리 죽여 주세요. 괴로워서 더 못 듣겠어요."

　정순이는 소리가 나게 이마를 벽에 곧장 짓찧으며 사지를 부르르 떨고 있었다.
　"정순이 들어 봐요. 나는 상호에게도 말했어. 내가 없는 동안 상호와 정순이 사이에 생긴 일은 없었던 거와 같이 보겠다고. 정순이가 세상에서 없어진 것이 아니라면, 정순이가 나와 같이 있을 수만 있다면, 그 동안에 있는 일은 없음으로 돌리겠어⋯⋯. 정순이! 상호에게서 나와 주어. 그리구 나하고 같이 있어. 우리는 결혼하는 거야. 이 동네에서 살기가 거북하다면 어디로 가도 좋아. 어머니도 옥란이도 버리고 가겠어. 전우를 버리고 온 것처럼."
　"그렇지만 그 집에서 저를 놓아 주겠어요?"
　정순이는 나직한 목소리로 혼잣말같이 속삭였다.
　"내가 스스로 목숨을 훔쳐서 돌아온 거나 마찬가지. 결심하면 돼. 그밖엔 길이 없어. 그렇지 않으면 내 목숨을 돌려 줘야 해. 이건 내 게 아니야. 정순이와 같이 있기 위해서만 얻어진 목숨이야. 그렇지 않으면 세상에도 무서운 반역자의 더럽고 치사스런 목숨인걸. 잠시도 달고 있을 수 없는 추악한 장물이야. 어디다 어떻게 갖다 팽개쳐야 좋을지 모르는 추악한 장물이야. 정말이야, 두고 보면 알걸."
　"무서워요."
　정순이는 아래턱을 달달달 떨고 있었다.
　"무서울 게 뭐야? 정순이 첨부터 상호를 사랑해서 결혼을 했다거나, 지금이라도 사랑하고 있다면 별도야. 그렇지 않다면 내 목숨에 빚을 주고 두 사람의 행복을 찾아나서는 거니까, 어디까지나 정당한 일이지 잘못이 아니잖아? 알겠지? 응? 대답을 해 줘."
　"⋯⋯."
　정순이 대답 대신 고개를 한 번 끄덕해 보였다.
　이때 영숙이 방문을 열었다.
　"언니, 저기⋯⋯."

　문 밖에는 정순이 올케(윤이 어머니)가 진지상을 들고 서 있었다.
　"국수를 좀 만들었어. 맛은 없지만……. 그리고 아가씬 안에서 우리하고 같이 할까?"
　그녀는 국수상을 방 안에 디밀어 놓으며 이렇게 말했다.
　정순이는 국수상을 다시 들어, 내 앞에 옮겨 놓으며,
　"천천히 드세요. 그리구 그 일은 제가 알아 하겠어요."
　이렇게 속삭이고 나서 밖으로 나갔다. 나는 국수상엔 손도 대지 않은 채 담배 한 가치를 피워 물자 밖으로 나와 버렸다.

　정순이한테서는 연락이 오지 않았다.
　아기 낳고 살던 여자가 집을 버리고 나오려면 어려운 일이 한두 가지일 리 없다고는 나도 짐작할 수 있었지만 끝없이 날만 보내고 있을 수도 없는 노릇이었다.

　　여러 가지 어려운 점이 많다는 것은 나도 안다. 남편이나 시부모 이외에 아기도 걸리고 친정도 걸리겠지만 죽느냐 사느냐 한 가지만 생각해야 한다. 내가 그랬듯이 말이다. 한시바삐 결행 바란다.

　나는 이렇게 쪽지에 써서 옥란에게 주었다.
　"이거 네가 정순이 언니한테 남 안 보게 전할 수 있거든 전해 다오……. 역시 영숙이한테 부탁할 순 없겠지?"
　"요즘은 우물에도 잘 안 나오니 어려울 거야. 영숙인 오빠를 너무 좋아하지만 아무럼 저의 친오빠만이야 하겠어?"
　옥란은 쪽지를 접어 옷 속에 감추며 혼잣말같이 중얼거렸다.
　그러나 옥란도 좀체 정순이를 직접 만날 기회가 없는 모양이었다. 그런대로 영숙이와는 자주 왕래가 있어 보였다.
　"영숙이한테 무슨 들은 말 없어?"

"걔도 요즘은 세상이 비관이래."

"왜?"

"그날 정순이 언니하고 셋이서 만났잖아? 자기는 누구 편이 돼야할지 모르겠대. 그리구 슬프기만 하대."

"자기하고 관계없는 일이니까 모르면 되잖아?"

"그렇지도 않은 모양야. 책도 많이 읽었어. 오빠 한 번 만나 주겠어? 오빠가 잘 부탁하면 걘 무슨 말이라도 들을지 몰라……."

"……."

나는 대답을 하지 않았다.

옥란에게 쪽지를 맡긴 지도 닷새나 지난 뒤였다. 막 저녁을 먹고 났을 때 영숙이 정순의 편지를 가지고 왔다.

저의 계획을 집안에서 눈치채어 버렸습니다. 저는 지금 꼼짝도 할 수 없는 몸이 되었습니다. 저는 영원히 봉수 씨를 배반할 마음은 아닙니다. 다시 맹세합니다. 언제든지 봉수 씨가 기다려 주신다면 저는 반드시 그 일을 실행할 날이 있을 줄 믿습니다. 그러나 지금은 간도 쓸개도 없는 썩은 고깃덩어리 같은 년이라고 생각해 주십시오. 죽지 못해 살고 있는 불쌍한 목숨이올시다. 부디 용서해 주시고 너무 조급히 기다리지 말아 주시기 바랍니다.

정순이 올림

나는 편지를 두 번이나 되풀이해 읽었다. 내용이 복잡하다거나 이해하기 힘든 말이 들어 있었기 때문이 아니었다. 무언지 정순이의 운명 같은 것이 거기서 느껴졌기 때문이었다.

'정순이는 이런 여자였어. 참되고 총명하고 다정하고 신의있는. 그러나 강철같이 굳센 여자는 아니었어. 순한 데가 있었지. 환경에 순응하는. 물론 지금도 그녀가 나에게 거짓말을 하거나 자기 자신을 속이고 있는 것

은 아니야. 그러나 환경에 순응하고 있는 거야. 그녀를 결정하는 것은 그
녀 자신의 의지이기보다 그녀를 에워싼 그녀의 환경이겠지.'

나는 편지를 구겨서 바지주머니에 쑤셔 넣은 뒤 영숙을 불렀다.

"숙이 나한테 전한 편지 누구 거지?"

"언니 거예요."

영숙은 얼굴을 붉히며 대답했다.

"무슨 내용인지도 알지?"

"……."

영숙은 갑자기 얼굴이 홍당무같이 새빨개지며 대답을 하지 않았다.

"난 영숙일 옥란이같이 믿고 있어. 알면 안다고 대답해 줘, 알지?"

"……."

영숙이 이번에는 고개를 끄덕여 보였다.

"내가 없더라도 옥란이하고 잘 지내 줘."

나는 무슨 뜻인지 나 자신도 잘 모를 이런 말을 마지막으로 남기곤 밖
으로 훌쩍 나와 버렸다.

나는 어디로든지 가 버릴 생각이었던지도 모른다. 그야말로 어디로든
지 꺼져 버리고 싶었던 건지도 모른다. 하여간 나는 방에서 그냥 자빠져
누워 있을 수는 없었던 것이다. 나는 막연히 정순이를 기다리고 있는 것
보다는, 아니 막연히 정순이를 원망하고 있는 것보다는 차라리 나 자신이
세상에서 꺼져 버리는 편이 낫다고 생각했는지도 몰랐다.

나는 집 뒤를 돌아나갔다. 우리 집 뒤부터는 보리밭들이었다. 보리밭은
아스라이 보이는 산기슭까지 넓은 해면같이 출렁이고 있었다. 지금 한창
피어오르는 보리 이삭에서는 향긋한 보리 냄새까지 풍겨 오는 듯했다.

내가 보리밭 사잇길을 거의 실신한 사람처럼 터덕터덕 걷고 있을 때,
문득 뒤에서 사람의 발소리 같은 것이 들려 왔다. 그러나 나는 그런 것을
뒤돌아볼 만한 관심도 기력도 잃고 있었다. 나는 그냥 걷고 있었다. 그렇
게 걷는 대로 걷다가 아무 데나 쓰러져 버렸으면 하고 있었는지도 모른

다.

검푸른 보리밭 위로 어스름이 덮여 왔다.

그 어스름 속으로 비둘기 멘지 다른 새 멘지 분간할 수도 없는 새까만 돌멩이 같은 것들이 날아가고 있었다.

문득 나는 내가 어쩌면 꿈속에서 걸어가고 있는 겐지도 모른다는 생각이 들었다. 나는 발을 멈추고 섰다. 그리하여 아까 날아가던 새까만 돌멩이 같은 것들이 사라진 쪽을 멍하니 바라보고 있었다. 그때다.

"오빠!"

거의 들릴 듯 말듯 한 잠긴 목소리였다. 영숙이었다.

나는 영숙의 얼굴을 넋 나간 사람처럼 어느 때까지나 멍청히 바라보고 있었다.

'너도 슬프다는 거냐? 나하고 슬픔을 나누자는 거냐?'

나는 혼자 속으로 영숙에게 이렇게 묻고 있었다.

영숙도 물론 꼼짝하지 않고 있었다.

'오빠 제발 죽지 마세요. 제가 사랑해 드릴게요. 오빠를 위해서 오빠의 도움이 될 수 있다면 무슨 짓이라도 하겠어요.'

영숙의 굳게 다문 입 속에선 이런 말이 감돌고 있는 듯했다.

다음 순간 영숙은 내 품에 안겨 있었다. 그보다도 내가 먼저 영숙의 손목을 잡아 끌었다고 하는 편이 순서일 것이다. 그러자 영숙이 내 가슴에 몸을 던지다시피 하여 안겨 왔던 것이다.

그러나 거기서 내가 영숙에게 갑자기 왜 다른 충동을 느끼기 시작했는지 그것은 나 자신도 해명할 길이 없다. 아니 그보다도 갑자기 야수가 돼 버린 나에게 영숙이 왜 자기 자신을 지키기 위해서 마지막 반항을 하지 않았는지 이 역시 해명할 길이 없는 것이다.

하여간 나는, 다음 순간 영숙을 안고 보리밭 속으로 들어갔다. 그리하여 그녀의 간단한 옷을 벗기고 그 새하얀, 천사 같은 몸뚱이를 마음껏 욕보이기 시작했던 것이다. 영숙은 어떤 절망적인 공포에 짓눌려서인지, 그렇지 않으면 일종의 야릇한 체념 같은 것에 자신을 내던지고 있었기 때문인지 간혹 들릴 듯 말듯 한 가는 신음소리를 내었을 뿐 나의 거친 터치에도 거의 그대로 내맡기다시피 하고 있었다.

그녀는 그때 이미 실신 상태에 빠져 있었는지도 몰랐다. 아니 그보다도, 역시 자기의 모든 것을, 생명을, 내가 그렇게 원통하다고 울어 대던 것의 대가로 치러 주는 것이라고 생각하고 있었는지도 모른다.

이때 까치가 울었던 것이다. 까작 까작 까작 까작 하는, 어머니가 가장 모진 기침을 터뜨리게 마련인 그 저녁 까치소리였던 것이다. 그리고 이와 동시 나의 팔다리와 가슴속과 머리끝까지 새로운 전류(電流) 같은 것이 흘러들기 시작했던 것이다.

까작 까작 까작 까작, 그것은 그대로 나의 가슴속에서 울려 오는 소리였다. 나는 실신한 것같이 누워 있는 영숙이를 안아 일으키기라도 하려는 듯 천천히 그녀의 가슴 위에 손을 얹었다. 그리하여 다음 순간 내 손은 그녀의 가느다란 목을 누르고 있었던 것이다.

을 화

무녀의 집

을화가 당우물(서낭당 우물)까지 가서 물을 길어 왔을 때에도, 월희
(月姬)는 그냥 곤히 잠든 채였다. 당우물이라고 하면 그녀의 집에서 한
마장이나 좋이 되는, 동네 앞 당나무 곁의, 예부터 내려오는 큰 우물이
다.

을화는 아침마다 남 먼저 이 당우물에 가서, 자그만 동이에 물을 채우
고 나면, 거기서 아예 세수까지 마치고 돌아오는 것이다.

그녀가 이렇게 매일 아침, 왕복 두 마장 거리도 넘는 당우물을 찾는 것
은, 이 우물이 워낙 깊어 물맛도 유별나게 좋으려니와, 그보다도, 이웃
의, 남의 집 안에 있는 우물은 이른 아침부터, 그것도 주인 먼저 가서 물
을 길을 수 없을 뿐 아니라, 더군다나 거기서 세수까지 한다는 것은 도저
히 용인될 수 없는 일이기도 했기 때문이었다.

을화는 이고 온 물동이를 부뚜막 위에 고이 내려놓은 뒤, 정결하게 닦
아 두었던 까만 소반 위에, 지금 갓 길어 온 물 한 주발을 조심스레 떠서

엎자 두 손으로 받쳐들고 방으로 들어갔다.

　지금 을화가 살고 있는 이 뱃집(신당집이라고도 함)은 제일 동쪽이 큰 마루방이요, 가운데가 온돌방, 그리고 맨 서쪽이 넓은 부엌이었다.

　을화는 이 집에 들어올 때부터, 맨 동쪽의 넓은 마루방에다 신단(神壇)을 꾸미고, 신단 위의 정면 벽엔 그녀의 수호신인 선왕성모(仙王聖母)의 여신상(女神像)을 모시고, 신단 위엔 명도(明圖)거울을 위시한 신물(神物) 일체를 봉안(奉安)해 두었던 것이다. 그뒤에도 그녀는 여러 가지 무신도(巫神圖)를 구하는 대로 네 벽에 삥 돌아 가며 붙이고, 그 밖에, 그녀가 굿을 할 때 쓰는 온갖 금구(金甌＝巫樂器) 무구(巫具) 그리고 각종 무의(巫衣) 따위를 모두 제자리에 맞도록 안치해 두었다.

　그러나 매일 아침 드리는 제의(祭儀)나 수시로 올리는 축수를 번번이 신단방까지 찾기가 힘들어, 그녀들 모녀가 거처하는 온돌방 안구석에다 작은 신단을 또 한 자리 더 모시게 되었던 것이다. 여기서도 그녀의 몸주(수호신)인 선왕성모 여신상은 모시지 않을 수 없었고, 신물로서는 명도 거울을 신단 위에 봉안해 두고 있었다.

　을화가 정화수를 소반 위에 받쳐들고 방으로 들어올 때까지도, 월희(月姬)는 아직 밤중같이 곤히 잠들어 있었다. 그녀의 새하얀 얼굴의, 콧잔등의 볼 위에는 파리 떼가 까맣게 붙어 있었으나, 그런 것도 아랑곳없을 만큼 그녀는 아직 단잠에 빠져 있기만 했다.

　그러나 그러한 월희가 을화의 눈에는 비치지도 않는 듯, 꼭 빈방에서처럼, 그녀는 그녀의 명도(明圖)거울이 모셔져 있는 신단(神壇) 위에 정화수를 옮겨 놓자 천천히 일어나 손을 비비며 빌기 시작했다.

　"선왕마님 선왕마님, 복 주시고 요 주시고, 화 쫓아 주시는 선왕마님 큰마님, 오늘도 저희 에미 딸의 실낱 같은 이 목숨을 꽉 잡아 주오시고 지켜 주옵소서, 선왕마님 큰마님, 지난 밤 꿈에 이년을 찾아왔던 큰 뿔 돋친 몽달귀가 어디서 난 몽달권지, 어이해 온 몽달권지, 이 집 근방을 빙빙 돌고 떠나지 않사오니, 이 집엘랑 아예 발도 듸례 놓지 못하도록,

선왕마님 큰마님께서 에헴 큰 소리로 내쫓아 주옵소서, 선왕마님 선왕마
님 큰마님께 비나이다. 큰 뿔 돋친 몽달귀가 이 집엘랑 얼씬도 못하도록,
우리 에미 딸한텔랑 범접도 못하도록 십 리 밖에 물러서게, 백 리 밖에
물러서게 내어쫓아 주옵소서, 내어쫓아 주옵소서."

　끈적끈적 묻어날 것 같은, 잠긴 듯한 목소리였다. 그녀는 비비던 두 손
을 이마 위로 쳐들자, 늘씬하고 후리후리한 허리를 꺾어 세 번이나 절을
했다. 절을 시작할 때마다 쳐드는 두 손의, 길쭉길쭉한 열 개의 손가락
사이사이로 굵은 두 눈의 검은 광채가 명도거울을 향해 번쩍이곤 하였다.

　그저도 월희는 쌔근쌔근 고른 숨소리를 내며 단잠이 든 채였다. 그러한
월희가 을화는 조금도 싫지 않은 듯, 그 푸르스름한 얼굴에 은근한 미소
까지 머금은 채, 치맛자락으로 그녀의 얼굴에 붙은 파리 떼만 휙 날려 주
고는 그대로 나가 버렸다. 실컷 자고 나서, 제물로 깨어 일어날 때까지,
을화는 딸의 잠을 깨우는 법이 없었다.

　부엌으로 나온 을화는 그녀들 두 모녀의 아침상을 보았다. 상을 본대
야, 언제나 꼭같은, 김치 한 보시기에 간장 반 종지를 놓는 일에 지나지
않았다. 거기다 밥 세 그릇과 냉수 두 그릇을 놓으면 그것이 모두였다.

　을화가 아침밥을 푸고 있을 때, 월희도 자리에서 일어났다. 그녀가 하
루 한 번씩 정해 놓고 방에서 나와, 신발에 발을 담고, 뜰까지 내려오는
것은, 아침 세수를 할 때뿐이다. 그녀는 세수를 하기 전에, 언제나, 뜰에
하나 가득 찬 잡풀을 헤치다시피 하며 뒷간엘 잠깐 다녀온다.

　을화는 그 동안에 월희의 세수물을 옹배기에 담아 내어놓는다. 월희는
어미가 준비해 준 옹배기의 물로 간단히 세수를 마치면, 그것을 잡풀 위
에 아무렇게나 버린 뒤, 이내 방으로 들어가 버린다. 그녀들 어미 딸은
자고 일어나 첨으로 얼굴을 대할 때에도 서로 인사란 것이 없다.

　을화가 아침상을 들고 방으로 들어왔을 때, 월희는 방 한가운데 앉아
자기의 조그만 손거울을 들여다보고 있었다. 그녀가 온종일 하는 일이라
고는, 그림을 그리는 것 이외엔, 자기의 손거울을 들여다보는 짓쯤이었

다.

올화는 밥상을 들고 선 채, 딸에게 비켜 앉으란 말도 없이, 취한 듯한 눈으로, 딸의 얼굴만 내려다보고 있었다. 그녀의 얼굴에서, 이렇게도 꿈 속 같은 황홀한 미소가 번져 나는 일은, 딸의 얼굴을 바라볼 때뿐이었다. 그렇게도 그녀의 눈에는, 월희의 얼굴이, 목이, 어깨와 허리와 다리가, 그리고 몸매 전체가, 더할 나위 없이, 아름답고 어여쁘게만 보였다. 그것 은 그냥 아름답고 어여쁠 뿐 아니라, 신비하고 거룩하게까지 느껴졌다.

월희가 거울을 놓고, 몸을 옆으로 돌리자, 올화는 비로소 제 정신을 돌 이킨 듯 밥상을 방 가운데 놓았다. 그리고는 맨 먼저 담았던 밥그릇을 신 주단 위에 옮겨 놓았다.

올화가 아침(끼니)을 신단에 모시는 일은 지극히 간단했다. 밥그릇 하 나를 아까의 물그릇 곁에 옮겨 놓으면 그것으로 끝났다. 정화수를 모실 때처럼 손을 비비거나 절을 하거나, 사설을 늘어놓는 일이 결코 없었다.

"오늘 아침밥 참 맛있을 끼다."

올화는 월희를 보고 말했다. 사실 오늘 아침밥이라야 여느때보다 다를 것이 하나도 없었다. 같은 물, 같은 쌀, 같은 땔감에, 같은 솜씨의 아침 밥이 아닌가.

그런데도 올화는 곧잘 이런 말을 하곤 했다. 자기 나름대로의 느낌인 지, 그도 아니고, 단지 상대자의 식욕을 돋우어 주기 위한 목적으로선지 알 수 없었다.

그 어느 쪽인지를 알아내기라도 하려는 듯이, 월희는 그 파란 달 조각 같은 얼굴로 그러한 어미를 말끄러미 바라보는 것이다. 그러나 역시 아무 런 표정도 없는 채, 두 눈을 천천히 자기의 밥그릇 위로 떨구고는, 천천 히 숟가락을 집어 든다. 그리하여 밥 서너 숟가락을 물에 말면, 그것을 조금씩 떠서 입으로 가져간다. 반찬이라고는 간장을 숟가락 끝으로 조금 씩 찍어서 입에 넣을 뿐, 김치를 집는 일도 두세 번에 그쳤다.

월희보다는 올화의 식성이 나은 편이었다. 그녀는 자기 밥을 반 넘어 물에 말면, 그것을 숟가락껏 떠서 입에 넣고, 반찬도 간장보다 김치를 주로 먹었다. 그러니까 김치는 주로 을화의 몫, 간장은 거의 월희의 차지쯤 되는 꼴이었다.

월희가 숟가락을 놓자, 을화는 월희의 물그릇(밥 말았던)을 가리키며,

"물도 마셔라."

했다.

그 파란 달 조각 같은 얼굴을 어미에게 주고 있는 월희는, 어미가 시키는 대로 잠자코 물그릇을 들어 서너 모금 꼴깍꼴깍 시원스레 마셨다.

그러자 을화도 숟가락을 놓고, 자기의 물그릇을 들어 훌쩍 마셔 버렸다.

이것으로 그녀들의 아침 식사는 끝났다. 그러나 을화는 여느때처럼 얼른 빈 상을 들고 일어나려 하지 않았다.

무슨 얘기가 또 남았나 하는 듯, 월희가 그 파란 달 조각을 에미에게 돌리자, 을화는,

"내 지낸 밤 꿈에 어떤 몽달귀를 봤대이."

불쑥 이렇게 말했다.

그리고는 다시, 두 손의, 그 긴 손가락들을 있는 대로 쭉쭉 편 채, 자기의 머리 위에 얹어 보이며,

"이렇게 큰 뿔 돋친 몽달귀가 자꾸 우리 집에 들올락 하더라."

설명을 덧붙였다.

그러나 월희의 얼굴에는 조금도 놀라거나 두려워하는 빛이 없었다. 그녀는 평소부터 무엇에 놀라거나 두려워하는 일이 좀체 없는 편이기도 했다.

"알겠제 내 단지야."

을화는 손으로 딸의 궁둥이를 툭툭 쳤다. 그녀는 월희를 보통 달희라고 불렀지만, 때로는 '따님' 또는 '단지'라고도 했다. 단지는 보물단지 귀염단지 하는 따위를 가리키는 듯했다.

"엿장수나 방물장수도 몽달귀 끼고 들온다 알겠제?"

"……."

월희는 고개를 끄덕였다.

을화는 아침상을 치우면 곧장 집을 나간다. 그리고는 으레 저녁때야 돌아오곤 한다. 매일 그렇게 어디로 가는 건지, 월희는 그것을 알 리도 없었고, 알려고 하지도 않았다.

다만 푸닥거리(작은굿)나 오구(큰굿)가 있을 때만, 그 준비를 하느라고, 한두 차례 들락날락하는 정도였다. 그러나 그녀는 굿청탁을 기다리기 위하여 집에 붙어 있는 일은 본디 없었다. 을화 무당이라고 하면 원근 동네에서 모르는 이 없을 만큼 이름이 널리 나 있었기 때문에, 큰굿(오구)은 열흘이나 보름 전에 이미 청탁이 들어왔고, 푸닥거리는 날마다 있다시피 했지만 거의 보수랄 것이 없는만큼 그녀로서는 일종의 의무같이 알고 나가는 데 지나지 않았다.

그러나 워낙 정평 높은(영검으로) 을화의 푸닥거리라, 사오십 리 밖에서까지 청이 들어올 때도 많았다. 을화는 이러한 먼 동네의 푸닥거리라도, 청을 받으면 꾀를 부려서 거절을 하는 일은 없었다. 그렇다고 보수를 따로 바라는 것도 아니요, 쌀이면 쌀, 잡곡이면 잡곡, 주는 대로 받아들고 두말없이 돌아오곤 했다.

"그러다간 늬 신발값도 안 되겠다."

누가 이렇게 걱정해 주면, 신발값이 문제가 아니라는 듯, 을화는,

"내 다리 아프다고 남의 죽는 목숨 안 살릴까?"

이렇게 대답하곤 했다.

사실 사오십 리 시골 길을 걸어서 갔다왔다해야 하는 고생을 금품으로 헤아린다면, 그들로부터 보통 받는 사례의 열 곱절도 부족할지 몰랐다.

이렇게 을화가 보수를 염두에 두지 않는 것처럼 상대방들도 그것을 특히 고맙다고 알기보다는 오히려 자기들의 당연한 권리 같은 것으로 생각하고 있는 편이었다. 그것은, 옛날, 추수 무렵에 벼쭉정이 따위를 한두

되씩 그녀의 걸립 자루에 부어 준 일이 있었기 때문인지도 모른다.

그러나 근년의 을화는 걸립 자루를 메고 마을을 도는 일도 전혀 없었던 것이다.

"아무렴, 쌀 몇 톨이면 우리 에미 딸 묵고 남는 판인데, 걸립 자루 없다고 우리 식구 목구멍에 거미줄 칠랑가?"

이것이 을화의 생활태도였다.

굿이 없는 날은, 거의 온종일을, 을화는 단골 술집에서 남자들과 어울려 술을 마시며 놀았다.

을화가 이렇게 친구와 술을 따라 대부분의 시간을 밖에서 보내는 반면, 월희는 그림과 손거울을 가지고 모든 날을 방 안에서 배겼다.

그날도 월희가 연꽃을 다 그리고 나서 손거울을 가지고 노는데,

"따님 따님 내 따님, 단지 단지 내 단지."

을화의 끈적끈적 묻어날 듯한, 잠긴 듯한 목소리가 들려 왔다.

월희가 방문을 열었을 때, 을화는 기쁨을 못 이기는 듯,

"달 속에 얘기씨요, 별 속에 꽃이시요, 단지 단지 내 단지요."

하며 긴 팔을 쳐들어 춤을 덩실덩실 추었다.

월희는 가만히 툇마루로 어미의 왼쪽 손에 들려 있는 수건에 싸인 것에만 눈길을 돌렸다. 수건을 끄르지 않더라도, 그 속에 싸인 것이 과일이란 것을 그녀는 잘 알고 있었다. 을화가 술을 좋아하듯, 월희가 과일을 좋아한다는 것은 그녀들 자신이 잘 알고 있었고, 따라서 과일이 나는 한철 동안, 을화는 날마다 능금이나 복숭아 따위를 몇 알씩 수건에 싸들고 들어올 것을 잊지 않았다.

월희가 손을 내밀자, 을화는 춤을 멈추고, 수건에 싸인 것을 월희의 손에 건네 주었다.

해가 서쪽 산마루를 막 넘어간 저녁때였다.

"몽달귀 안 왔던?"

을화가 월희를 보고 물었다.

"……."

월희는 가볍게 고개를 저었다.

"엿장수, 방물장수 끼고 온 몽달귀도 없던가?"

"……."

월희는 역시 가볍게 고개를 돌렸다.

"이웃집 각시도, 분내미(紛南)도……?"

"아, 아, 아무도."

월희는 어눌한 발음으로 이렇게 대답했다.

아무도 오지 않았다고 듣자, 올화는 그때에야 마음이 놓이는 듯,

"그럼 그렇지, 몸주마님께 그렇게 신신당부했는데, 제놈의 몽달귀가 감히 어디라고 범접을 했을라꼬."

했다.

해가 졌으니까, 그날의 액땜은 그것으로 끝난 거라고 믿는 올화였다.

그녀는 방으로 들어오자 푸닥거리 나갈 옷차림을 하고 있었다.

두 하나님

청년이 마차에서 내렸을 때, 길 위에는, 뿌연 안개 같은 것이 깔려 있었다. 해 진 뒤의, 먼 놀 그림자인지, 달 그림자인지 분간할 수 없었다.

청년은 다 낡은 검정 가죽 가방을 왼쪽 팔에 끼자, 바른손으로, 머리에 쓴 회색 캡을 다시 한 번 매만지고 나서, 이번에는 상체를 돌려 하늘을 한참 바라보았다. 여느때보다도 많은 별들이 제각기 얼굴을 내밀며, 오래간만에 돌아오는 그를 반겨 주는 듯했고, 초아흐렛달은 얇은 흰 구름에 싸인 채 서쪽으로 기울고 있었다.

한길에서 골목으로 빠져 나오니 논들이었다. 갑자기 개구리 소리가 와 글거렸다. 개구리 소리는 온 들판을 뒤덮은 듯했다.

청년은 개구리 소리를 들으며, 들길을 걸었다. 읍내에서 그의 살던 집

이 있는 백곡동네까지는 북쪽으로 이십여 리나 더 가야 했다.

청년은 어릴 때 다니던 기억을 더듬으며 이내 소로길을 찾아 내는 데 성공할 수 있었다. 그러나 어차피 오늘 밤 안에는 집까지 당도할 수 있다고 짐작했기 때문에 걸음을 서두르려 하지는 않았다.

청년이 북천(알천)을 건너, 큰 숲머리에 접어들었을 때, 거기 옛날 보던 늪개울이 나왔다. 다른 어느 곳보다도 개구리가 제일 많이 들끓는 늪개울이었다. 청년은 걸음을 멈춘 채, 지금도 옛날과 다름없이 극성스레 와글거리는 개구리 소리에 귀를 맡긴 채 개울을 한동안 들여다보고 있었다. 달은 이미 진 뒤였기 때문에, 검은 개울 속에는 별들만 하나 가득 담겨 있었다. 그것이 와글거리는 개구리 소리에 의하여 곧장 뿜어 내지고 있는 듯했다.

이렇게 와글거리는 개구리 소리에서 자꾸자꾸 뿜어 내어지는 듯한, 별무더기들을 들여다보며, 쉬엄쉬엄 걷는 길이라, 청년이 잣실(백골마을) 앞까지 당도했을 때는 밤도 이슥해 있었다. 이제 집에 다 왔으니 밤중 아니라 새벽녘인들 어떠랴 하고, 청년이 옛집을 찾았을 때, 청년은, 별안간, 무엇이 잘못되어 있는 듯한 예감이 들었다. 그것은 당장, 옛날에 없었던 삽짝이 달려 있기 때문인지도 몰랐다. 그리고, 집의 서까래와 툇마루 같은 데도 희끄무레하게 손질이 되어 있다고 느꼈다. 이런 것이, 십년 가야 집에 손질 하나 할 줄 모르던 그의 어머니의 짓이라고는 믿어지지 않았던 것이다.

그러나 옛날의 그 집임엔 틀림없었기 때문에, 청년은 일단 삽짝을 흔들어 보았다. 삽짝은 안으로 걸려 있었다. 두 번 세 번 흔들어도 안에서는 아무런 기척도 없었다.

할 수 없이 소리를 질렀다.

"어무이요."

청년은 고향말씨로 목청껏 불렀으나 안에서는 역시 아무런 반응도 없었다. 두 번이나 연거푸 불렀으나 마찬가지였다.

　이번에는 먼저보다 훨씬 더 세차게 삽짝을 흔들었다. 세 번 네 번 힘껏 흔들어 대었다. 그러자 안에서,

　"누고?"

하는 소리가 들렸다. 남자 목소리였다.

　"술이요, 영술이."

　청년은 높은 소리로 대꾸했다.

　안에서는 또 한 번 무어라고 중얼중얼하는 소리가 나더니 방문이 벌컥 열리며,

　"누구라꼬?"

　아까의 남자 목소리가 물었다. 물론 모르는 남자의 그것이었다.

　"술이요, 영술이."

　"술이라께?"

　"본래 이 집에 살던 영술이요."

　"그러먼 저 무당네 말인가?"

　'무당네'란 말이 청년의 귀에는 거슬렸지만, 마을 사람들이 옛날부터 저희들끼린 항용 그렇게 불렀었기 때문에 따로 나무랄 수도 없고, 또 그러할 계제도 아니므로,

　"그러십더."

하고 응대해 주었다.

　"그러면 무당 아들인가 뵈?"

　사내가 혼잣말같이 또 이렇게 물었다.

　'무당아들'이란 말이 청년에게는 여간 듣기 거북하지 않았지만 참기로 하고, 역시 먼저와 같이,

　"그러십더."

했다.

　"그러면 이 밤중에 안됐구나. 무당네는 하마(벌써) 옛날에 이사를 갔는 거로."

"어디메 동네로요?"

"저 성밖 근방이락 하더라."

"동네 이름이 뭔데요?"

"성밭이락 하더나?"

사내도 동네 이름은 잘 모르고 있었다.

사내에게 더 물어 봐야 소용없는 일이라고, 청년은 생각했다.

"주무시는데 깨워서 미안합니다."

청년은 서울 말씨로 이렇게 인사를 닦았다.

"내사 괜찮다마는, 밤중에 갈 데도 없을 낀데 어짜노?"

사내도 인사랍시고 혼잣말같이 묻는 말이었다.

청년은 삽짝 앞에 돌아선 채, 하늘의 별을 한참 바라보고 있다가, 동사(洞舍)를 찾기로 했다. 밤에는 동사(동네 집회소)가 언제나 비어 있던, 어릴 때의 기억이 금방 되살아났던 것이다.

옛집에서 동네 안골목으로 한참 들어오면 연자방아가 있고, 연자방앗간에서 왼쪽으로 돌아, 호박덩굴로 덮여 있는 야트막한 담장을 끼고 들어가노라면 언제나 쉬파리 왕파리 떼가 왕왕거리는 동사 뒷간이 있고, 뒷간 곁이 동소임(동하인)의 집이요, 그 위의, 축대 위에 좀 덩그렇게 지어진 집이 동청(洞廳)이었다.

십 년 만에 돌아와도, 동네 안의, 골목과 연자방아와, 호박덩굴 덮인 얕은 담장과, 쉬파리 떼 들끓던 동사 뒷간과, 그 곁의 동소임 집과, 그 위의 동사(동청)와 그런 것이 조금도 변함없이 옛날 그대로인 것이, 일면 안심도 되었지만, 또다른 한쪽으로는 무언지 쓸쓸한 생각도 들었다.

청년은 동사 안으로 들어가자, 축대 위로 올라가 섬돌 위에 신발을 벗어 놓고, 동사 넓은 대청으로 올라갔다.

청년은 마루(대청)에다 웃옷과 양말을 벗어 놓고, 우물가로 나와 세수까지 하고 올라와 자리에 누웠지만, 아래채의 동소임한테서는 아무런 기척도 들리지 않았다.

'모든 것이 옛날 그대로군.'

청년은 혼자 속으로 중얼거리며, 금방 자기 볼에 날아와 앉은 모기를 손바닥으로 때렸다.

이튿날 청년이 그의 어머니의 이사 간 집을 찾아 내게 된 것은 저녁 햇살이 설핏할 무렵이었다.

을화 무당이라고 하면 온 고을에서 모르는 이가 별로 없을 만큼 이름난, 그의 어머니의 집을 찾는 데, 거의 하루가 걸린 것은, 청년이 될 수 있는 대로, '을화'와 '무당'이란 말을 피하려고 한 데 많은 원인이 있었지만, 동네 이름이, 전날 밤, 옛집의 사내에게서 들은 그 '성밭동네'를 위시하여, 성외리니, 서부리니 하고 종잡을 수 없이 여러 가지인 데도 원인이 있었다.

이 서부리, 성외리 하는 동네는 읍내 동네의 하나로 되어 있긴 했지만, 읍외(邑外)의 어느 농촌과도 크게 다를 것이 없었다. 그것은 온 동네가 거의 농가였기 때문만도 아니었다.

그보다도, 어쩌면, 이 동네와 성내(城內) 동네들과의 사이에, 허물어지긴 했어도 옛성이 뚜렷하게 남아 있었기 때문인지도 몰랐다. 얼른 보면 긴 돌무더기 같은 옛성이, 이 고도(古都)의 서쪽과 북쪽엔 그냥 남아 있었던 것이다.

성뿐이 아니라, 성의 외곽(外廓)인 개천(開川)까지 엄연히 성을 따라 에워져 있었던 것이다. 그리하여 성내에서 이 동네로 내왕하는 길은, 남문거리——남문터의 거리——에서 개천을 끼고 밖으로 돌며 서쪽으로 빠져, 동네의 동남 어귀로 통하는 길과, 서문거리를 지나, 개천을 가로지른 긴 돌다리(몇 개의 긴 돌로 다리를 놓은)를 건너, 동네의 동북 어귀로 들어오는 두 길이 있었다.

이 동네의 이름이, 성밖동네, 서문밖동네, 성외리, 성서리, 서부리, 성건리, 심지어는 성밭동네라고까지, 사람에 따라, 형편에 따라 종잡을 수 없이 여러 가지로 불리워진 까닭의 하나는, 이와 같이, 그 위치의 특수한 성질에도 있었다.

청년이 물어 찾아온 길은 남문거리 쪽이었다. 따라서 동네 앞길로 들어온 셈이었다.

이 성외리는 동남쪽에만 큰 기와집이 서너 군데나 들어서 있었기 때문에, 서문거리 쪽에서보다, 남문거리 쪽으로 돌아와 앞길에서 바라보면, 굉장한 부자동네만 같았다.

그러나 동네 앞 축대 위에 서 있는 큰 당나무――옛날에는 이 당나무 곁에 이 동네의 앞당산인 서낭당이 있었다――밑을 돌아 동네 안으로 빠지는 골목을 들어서면 그 일대는 전부가 초가였다. 거기다 모두가 농가들이었기 때문에, 집집마다 뜰 구석엔 풀과 짚을 썩이는 두엄더미가 조그만 오두막만큼씩 쌓여져 있고, 바로 그 곁에는 뒷간들이 크게 파여진 채 시커먼 아가리들을 벌리고 있어서, 지리고 구리고 퀴퀴한 냄새는 집 안이고 골목이고 할 것 없이 온 동네를 뒤덮어 있었다.

이 지리고 퀴퀴한 냄새는 동네 안 골목에서 서쪽으로 갈수록 더 코를 찔렀다. 동네안 큰 골목은 동네 한가운데를 남북으로 뚫어, 동네를 동과 서로 쪼개어 놓은 것같이 되어 있었는데, 기와집은 대개 동쪽에 들어 있었고, 초가도 큰 집채는 서쪽에 드물었다. 같은 서쪽 부분에서도, 서쪽 변두리로 더 나갈수록 곧장 집채는 작고, 두엄더미는 커서, 오줌 똥 냄새, 풀 썩은 냄새, 소마구간 쳐낸 지푸라기에 푸성귀 떡잎 뜨는 냄새들은 그만큼 더 극성일밖에 없었다.

청년이 찾는, 그의 어머니 을화 무당의 집은 큰 골목 서쪽에 있는 유일한 기와집이었다. 그러나 아무도 기와집이라고 부르지는 않았다. 옛날엔 할미집이라 불렸고, 지금은 무당집으로 통했다. 그것은 '기와집'보다 '할미'나 '무당'이 더 유명했기 때문만도 아니었다. 명색이 기와집이라고는 하지만 그것은 너무나 허물어져 가는, 낡고, 퇴폐하고, 어둡고, 쓸쓸한 도깨비굴 같은 집이었다. 얼마나 오랜 기와들인지, 기왓장에는 퍼렇게 이끼가 덮여 있고, 기왓골마다엔 흙과 먼지와 풀과 이끼가 덮인 채 그 위엔 퍼런 기와버섯이 삐죽삐죽 돋아나 있었다.

지붕뿐 아니라, 서까래와 기둥과 벽도 모두 그렇게 때와 그을음을 거멓게 입고 있었다.

그러나 청년이 놀란 것은, 집 안에 들어와서 그러한 꼴을 자세히 살펴본 뒤가 아니었다. 골목에서 그것을 바라보는 순간, 직각적으로 가슴이 철렁 내려앉았다. 동네 한구석에 있으면서도 전혀 사람이 사는 집같이 느껴지지 않았기 때문이었다. 우선 집을 에워싸고 있는 앙상한 돌각담이 어느 집과도 달랐다. 그것은 흡사 이 고장의 옛성을 옮겨 놓은 듯한, 긴 돌무더기만으로, 집을 뺑 둘러싸고 있었다. 돌무더기로 에워진 담장(돌담)인만큼 삽짝이나 대문은 일찍이 달렸던 흔적도 보이지 않았다. 동쪽 귀퉁이 한 군데가 트여진 채, 양쪽 어귀에 거무스름한 큰 돌(작은 바위) 두 개가 놓여 있었다. 그러니까 그 돌 두 개가 대문(출입구) 구실을 하는 셈이었다.

그러나 굳이 그 돌 두 개 사이를 통과해야만 출입이 되는 것도 아닌 듯했다. 돌담(돌각담)은 군데군데 무너진 채 돌무더기를 이루고 있었고, 그 돌무더기 위로는, 동넷집 개들이나 고양이들만이 넘나든 것 같지 않은, 어딘지 사람 발자취로 닳아진 듯한 흔적이 나 있었다(청년도 처음엔 그러한 돌무더기를 그냥 넘어가려다가, 고쳐 생각하고, 앞으로 돌아 그 거무스름한 두 개의 돌 사이를 통과했던 것이다).

돌담 안에 들어선 청년은 주춤 걸음을 멈추고 섰다. 뜰에 하나 가득 찬 풀덤불이 앞을 가로막았다. 그것은 누가 심어서 가꾼 옥수수나 호박 따위가 아닌, 제멋대로 나서 자란 잡초 수풀더미였던 것이다. 우선 청년의 눈을 가로막는 키 큰 풀은, 답싸리에다 돌강냉이 돌수수 따위가 섞여 있었고, 거기다 명아주 늘쟁이 바랭이 개머루 여뀌 망아지풀 들이 엉기인 채 뜰을 하나 가득 덮고 있었다. 청년은 소년 시절을 외롭게 지내면서 산골짜기나 들끝을 자주 헤매었기 때문에, 잡풀에도 많이 친했던 편이지만, 이렇게 수풀을 이룬 듯한 무성한 잡풀밭은 일찍이 어디서고 본 적도 없었다.

청년은 동쪽 돌각담 밑으로 좁다랗게 나 있는 공지를 돌아 집 앞으로 다가갔다.

처마 앞으로 다가서자, 방문 양쪽 앞벽에 붙어 있는 그림이 나타나기 시작했다. 조금 멀리서 봤을 때까지는, 온 집이 그냥 그을음에 결은 듯 거무충충하기만 했었는데, 가까이 다가서자, 전면 벽의 채색 그림이 그을음을 헤치며 드러나기 시작했던 것이다. 왼쪽(방문에서) 벽의 그림은, 휘황찬란한 관복 같은 것을 입고, 수염을 늘어뜨린 남자상인데, 한쪽 옆에다 한문글자로 천왕신주(天王神主) 태주(胎主)라 씌어 있고, 바른쪽 벽의 그림은, 천왕신주의 홍색 관복 대신 녹색 관복 같은 것을 입은 여상(女像)으로, 역시 한문글자로 선왕신모(仙王神母) 명두(冥竇)라 씌어 있었다.

청년으로서는 천왕신주 태주가 무엇인지, 선왕신모 명두가 무엇인지 통 알 수 없는 채, 그저, 무당들이 쓰는 그림이거니 했을 뿐이었다.

청년은 그렇게 그림을 들여다보느라고 처마끝에 한참 동안 어정거리면서, 그 사이에 혹시나 누가 방문을 열고 내다봐 주지나 않을까 하고, 마음속으로 은근히 기다려 보는 것이기도 했지만 빈집같이, 방 안에서는 아무런 인기척도 나지 않았다.

청년은 툇마루 앞에 바싹 다가서며,

"여보세요."

하고, 처음엔 서울 말씨로 사람을 찾아보았다.

안에서는 역시 아무런 기척도 나지 않았다.

"여보세요."

두 번째도 마찬가지였다.

"보이소, 계십니꺼?"

이번에는 이 고장 말씨로 불러 보았다. 그러나 역시 마찬가지였다.

"보이소."

이번에는 툇마루를 손으로 약간 치며 불러 보았지만 대답이 없기로는 마찬가지였다.

툇마루는 얼마나 여러 날 걸레질을 하지 않았는지, 흙과 먼지와 때가 거멓게 덮여 있었다.

툇마루에 잠깐 걸터앉으려다 말고, 청년은 큰 소리로,

"보이소, 안 계십니꺼?"

이렇게 외치다시피 하며, 동시에 손으로 방문을 두드렸다.

그러자 그때서야 비로소 방문이 방긋이 열리기 시작했다. 그와 동시, 그 방긋이 열린 틈으로 내다보는 새하얀, 조그만 얼굴이 청년의 눈에 비치었다. 순간, 청년은 직감적으로 월희라고 생각을 했다.

'그렇지만 월희가 어쩌면 저렇게 희고 조그만 거울 같은 얼굴이 되었을까.'

청년은 맘속으로 이렇게 생각하며, 얼굴에는 굳이 미소를 지으려고 애를 썼지만, 그러나 그때 이미 방문은 도로 닫겨 버린 뒤였다.

"보이소, 문 좀 열어 주소, 아아."

청년은 오래간만에 고향 사투리를 써 보며, 부드러운 목소리로 부탁했으나 안에서는 전혀 응할 기척이 없었다.

청년은 그녀의 이름을 불러서, 자기가 영술이란 것을 밝힐까 하다가 말았다. 십 년이 지난 옛날의 이름을, 지금 갑자기 털어놓는다고 해서, 그녀가 얼른 믿어 줄 것 같지도 않았고, 또, 기억이나마 하고 있을지가 의문이었다.

영술은 그의 어머니가 돌아오기를 기다릴 수밖에 없었다.

그러나 그 동안이나마 궁둥이를 붙이고 앉아 쉴 만한 곳이 없었다. 툇마루 위에는 시꺼멓게 흙과 먼지가 덮여 있고, 뜰에는 하나 가득 잡풀이 엉켜 있을 뿐 아니라, 수채가 막힌 탓인지, 땅바닥에 물기가 괴서 퍼렇게 물이끼가 긴 채 고약한 흙냄새만 코를 쏘고 있었다.

이왕이면 집이라도 한 바퀴 돌아다녀 볼밖에 없다고, 모퉁이께로 돌아

가 보니, 거기서도 뒤꼍까지 앞뜰의 그것과 같은 검푸른 잡풀이 꽉 차 있
었다. 헤치고 들어가 보려고 해도, 그 속에 얼마나 많은 독사나 독충들이
들끓고 있을지 몰라 발을 들여놓을 수가 없었다. 그런대로 잡풀 앞에 바
짝 다가서서 고개를 젖히고 쳐다보니, 집 동쪽 바깥벽에도 그림이 그려져
있었다. 앞벽의 것은, 장지 같은 두꺼운 종이에 그려서 붙인 것이었으나,
모퉁이의 것은 벽에다 직접 그린 벽화였다. 그림의 내용은 절 중문 안벽
같은 데 흔히 그려져 있는 사천왕상(四天王像) 따위 비슷했으나, 그림 위
에 희미하게 보이는 글자는, 무슨 천신(天神)이니 산신(山神)이니 신장
(神將)이니 하는 것으로 되어 있었다. 그러나 그림이고 글자고, 워낙 오
래 되어, 물감이 바래고, 때와 그을음이 끼고, 게다가 벽토(壁土)가 군
데군데 헐고 해서 아주 먼 데서 바라보는 것같이 희미한 윤곽밖에는 짐작
할 수 없었다.

그런대로 그림은 본디 아주 익숙했던 솜씨 같아서, 무언지 신비한 이야
기를 안겨 주는 듯한 야릇한 힘을 담고 있었다. 영술이 절에 있을 때의
경험에 의하면, 이런 따위 벽화는, 앞면을 제외한 삼면(좌우·후)에 연
작(連作)으로 그려지는 것이 통례였으므로, 이 집의 뒷벽에도 같은 솜씨
의 그림이 으레 그려져 있으리라고는 짐작되었지만, 잡풀을 헤치고 들어
갈 수가 없어 그냥 돌아서고 말았다.

바로 그때였다.

앞뜰 잡풀 속에서,

"허, 저것이 누군고? 허, 저것이 누굴꼬?"

하는, 잠긴 듯한 여인의 목소리가 들려 왔다.

영술이 그쪽으로 고개를 돌렸다. 을화였다.

여인은 춤을 추듯, 팔을 쳐들어 영술을 가리키며,

"허, 그게 누군가? 허, 그게 누구기에, 도둑같이 귀신같이 남의 집에
들와 있냐?"

노래조로 호통을 쳤다.

영술은 희고 단정한 얼굴에 미소만 띠며 여인을 마주 바라보았다. 얼른 무어라고 대답해야 좋을지 몰라서였다.

여인은 검고 광채가 가득 괸 두 눈으로 영술을 노려보며,

"이 집은 도둑도 귀신도 범접하지 못하는 선왕마님 지키시는 따님네 집이다. 지나던 나그네걸랑 걸어서 고이 나가고, 눈먼 도둑이걸랑 기어서 물러나가고, 길 잘못 든 귀신이걸랑 수챗구멍으로 바삐 빠져 나가거라."

위협하듯 달래듯 이렇게 명령했다.

"오마니, 저는 귀신도 도둑도 아니올시다."

"그렇다면 지나던 나그넨가?"

"오마니 저는 나그네도 아니올시다."

영술의 얼굴에는 어여쁜 미소가 번지고 있었고, 그의 목소리는 잔잔하고 부드러웠다.

"무어라꼬? 오마니가 누군고? 나그네도 아니라면 누구란 말인고?"

"오마니 저는 영술이올시다. 오마니의 아들이올시다."

"무어라꼬? 내가 오마니라꼬?"

그녀는 오마니란 타처 말을 처음 듣는다. 그러나 본디 말 조화에 몹시 민감했기 때문에, 그것이 어머니와 같은 뜻이란 것을 이내 느끼고 있었다.

"네에 그렇습니다. 저의 오마니올시다. 저는 오마니의 아들 영술이올시다."

"뭐, 영술이라꼬? 아들이라꼬?"

그녀는 아직도 이 낯선 청년이 자기의 아들 영술이란 것을 반신반의하고 있었다.

"네에 오마니, 저는 십 년 전에 오마니가 기림사에 데려다 주신 그 영술이올시다. 영술이가 돌아왔습니다."

"기림사?"

여인의 두 눈에 새로운 검은 광채가 어리었다. 그녀에게 영술이란 이름

보다 기림사(祇林寺)란 절 이름이 더 실감나는 모양이었다. 기림사라면 세상에서 제일 거룩하고 아름다운 선경(仙境)이며, 그녀 자신도 언젠가는 그곳으로 돌아가리라고 은근히 믿고 있는 것이다. 그와 동시, 십 년 전의, 열한 살 난 어린 영술의 손목을 잡고 이 절의 아는 스님을 찾아갔던 일이 머릿속에 뚜렷이 되살아나기 시작했다.

"기림사라꼬?"

"예에, 오마니, 기림사였습니다. 저를 처음 데려다 주신 절입니다."

"아, 그러면 늬가 영술이가?"

이렇게 다시 묻는 그녀의 목소리는 갑자기 딴사람의 그것같이 달라져 있었다. 조금 전의 노래를 부르듯 하던, 누구를 호령하고 위협하듯 하던 그 목소리 대신 부드럽고 잔잔한 여느 여인의 그것이 되어 있었다. 그와 동시 얼굴에도 어딘지 새로운 핏기가 살아나는 듯했다.

"오마니."

영술은 지금까지 줄곧 옆에 끼고 있던 그 자그만 가죽 가방까지 땅에 떨어뜨린 채 여인의 가슴으로 와락 달려들었다.

"아, 내 아들, 술이, 늬가 술이가?"

여인은 그 긴 두 팔을 벌려 아들을 얼싸안았다.

"영술아, 영술아, 늬가 이거 웬일고?"

여인은 아들을 품에 꽉 안은 채 두 눈에서는 눈물이 흘러 내리기 시작했다.

신이 내리지 않은 채, 맑은 정신으로 그녀가 사람을 안고 눈물을 흘린 일은, 이것이 처음이었다.

아직도 그녀의 얼굴이 눈물에 젖어 있을 때, 월희가 맨발로 방문을 열고 나왔다. 그리하여, 어미와 아들의 엉켜 있는 것을 본 그녀는 너무나 놀란 나머지 얼굴이 파랗게 질린 채 오들오들 떨고 있었다.

어미의 품에 안겨 있는 사내는, 분명히 아까 월희가 혼자 있을 때, 마루를 두드리고, 방문을 흔들던 그 몽달귀가 아닌가. 도대체 어떻게 된 노

롯이란 말인가. 어미는 어느덧 몽달귀에게 잡아먹힌 것이 아닐까, 그런데
도리어 어머니가 몽달귀를 얼싸안고 있지 않은가. 그 사이에 어머니는 넋
이 빠져 버린 것이나 아닐까, 월희는 바들바들 떨리는 다리로, 조심스레
한두 걸음 다가들었다.

'아, 어미의 얼굴이, 두 눈이, 젖어 있지 않은가, 도대체 어떻게 된 일
인가.'

월희는 놀람과 무서움이 뒤엉킨 얼굴로,

"어머, 모 몽다기?"

하며, 손으로 영술을 가리켜 보였다.

을화는 아직 젖은 얼굴로 천천히 도리질을 해 보였다. 몽달귀가 아님을
가리키는 모양이었다.

그러나 조금도 놀람과 무서움이 가셔지지 않은 채 두 눈을 크게 뜨고
있는 월희에게, 을화는 청년을 가리키며,

"오라바이다."

했다.

"오라버이?"

월희는 새로운 놀람과 의혹이 가득 찬, 어리둥절한 얼굴로 이렇게 되물
었다.

그러나 월희가 두 번씩이나, 그 어눌한 발음으로 말을 건네고 참견을
하는 일도 일찍이 좀체 볼 수 없었던, 유별난 행동이요, 또, 그만큼 그녀
들 어미 딸에게 있어서는 큰 사건이기도 했다.

"오라바이다, 늬가 일곱 살 때, 절에 갔던, 술이 오라버이다."

"수리 오라버이?"

월희가 또 이렇게 되풀이해 묻는 말에, 을화는 잠자코 고개를 끄덕였
고, 영술은 그 희고 단정한 얼굴에 산뜻한 미소를 지으며,

"그렇다, 오라비다, 오마니가 말씀하신 대로, 월희가 일곱 살 때 집을
떠났던 영술이 오라비다."

하고, 친절히 대답했다.

월희는 아직도 무엇이 어떻게 된 영문인지 잘 모르는 듯한 얼떨떨한 두 눈으로, 영술의 얼굴을 뚫어지려고 바라볼 뿐이었다.

"자, 들어가자, 방에 들어가 쉬어라."

을화의 말에, 영술은 아까 땅에 떨어뜨렸던 조그만 가방을 집어 들었다. 닳아서 군데군데 희끄무레하게 벗겨진, 조그만 검정 가죽 가방에, 을화와 월희는 무심코 시선을 쏟았다. 그 속에 무슨 보물이나, 아니면, 신기한 요술 꾸러미 같은 것이라도 들었으려니 하는 기대를 걸어서가 아니고, 오래간만에 꿈같이 나타난 아들이요, 오빠인, 수수께끼 같은 이 미모의 청년이 지닌 것이라고는, 그 가방 하나밖에 아무것도 없었기 때문이다.

영술은 가방을 소중히 집어 올려 왼쪽 옆구리에 끼자, 어머니의 뒤를 따라 앞으로 돌아나갔다. 그네보다 한발 앞에 가던 월희는, 맨발 채, 뜰에서 툇마루로, 툇마루에서 방으로 거침없이 뛰어 들어가 버렸다. 발에 흙이나 먼지가 묻었든지 말든지 별로 아랑곳도 하지 않는 듯한 거동이었다.

'저렇게 옥을 깎아 놓은 듯이, 맑고 깨끗하게 생긴 처녀가 어쩌면 방과 뜰도 구별하지 못하고 맨발로 마구 드나들까.'

영술은 이런 생각을 하며, 섬돌 위에 아무렇게나 벗어 던져져 있는 월희 짚신을 바로 놓아 준 뒤, 자기의 구두끈을 끄르기 시작했다. 그는 목달이 가죽 구두를 신고 있었기 때문에, 벗을 때마다 끈을 끌러야만 했다.

영술은 툇마루로 올라가 방문을 열었을 때, 방 안의 어지럽고 요요한 광경과, 월희의 엉뚱스런 거동은 그를 또 한 번 경악과 당황에 빠지게 했다. 조금 먼저 방으로 뛰어 들어왔을 뿐인 그녀는, 그 사이에, 농문을 열어제쳐 놓고 옷을 갈아입는 중이 아닌가. 먼저 입었던 유록색 치마 저고리 대신 남색 치마 저고리를 농에서 찾아 내어 놓고는, 우선 고쟁이를 벗는 중이었던 것이다.

그는 곧 방문을 도로 닫고 돌아서긴 했으나, 방문을 여는 순간 무심코 바라보게 된 월희의 옥을 깎아 놓은 듯한 그 희고 어여쁜 몸뚱이는 머릿속에서 얼른 사라지지 않았다. 그는 지금까지 교회 관계로 그림 구경도 더러 했지만 저렇게 아름다운 여자의 몸뚱이는 그림에서도 일찍이 본 적이 없었다고 생각했다.

그러나 그는 한시바삐 그러한 생각이 머릿속에서 가셔지기를 원했다. 여자의 알몸뚱이를 생각한다는 것은 그 자체로서 악마의 유혹에 빠져 든 증거라고 보겠는데, 그것도 다른 여자가 아닌 누이동생뻘이 되는 월희의 그것이라고 생각할 때 참으로 미안하고 죄스러운 일이 아닐 수 없었다.

그리하여 그는 그러한 생각을 어서 몰아 내기라도 하려는 듯이, 앞벽에 붙은, 태주(胎主)니 명두(冥痘)니 하는 그 어두운 채색 그림 쪽으로 시선을 돌렸다.

도대체 이러한 그림은 누가 어떻게 그리며, 무슨 목적으로 이 벽에 붙이게 되었을까, 영술이 이런 생각을 하고 있을 때, 그 사이에 남색 치마 저고리로 바꾸어 입은 월희가 방문을 방긋이 열며,

"오라버이."

했다.

영술은 조금 전에, 무심결이긴 했으나 그녀의 벗은 몸을 본 것이 미안해서, 우정 그녀에게는 시선을 보내지 않은 채 방으로 들어왔다.

방 안은 본디 넓은 편이었으나, 북쪽 벽 앞에는 신단이 차려져 있고, 신단 좌우에는 장롱이 놓여져 있었는데, 왼쪽의 큰 농은 아까 월희가 열어제치고 남색 옷을 뒤져 내린 것인만큼 거긴 그녀들의 평상시 옷이 들어 있는 모양이었고, 바른쪽의 작은 농에는 을화의 굿옷과 화관과 부채 따위가 들어 있는 듯했다. 북쪽 벽을 제외한 삼면 벽에는 가지각색 채색 그림이 가득 붙어 있었다. 가운데서도 동쪽 벽에 붙은 제일 큰 그림에는 선왕신모(仙王神母) 선도성모(仙桃聖母)하는 여덟 글자가 씌어져 있는 것으로 보아, 그것이 을화의 수호여신상(守護女神像)인 듯했다.

이밖에도, 방 밖의 앞벽에 붙어 있던 것과 비슷한 무슨 신왕(神王)이니 대왕(大王)이니 하는 따위들과, 그리고 연꽃에 파랑새를 곁들여 그린 그림들이 많았다.

이렇게 귀신인지 사람인지 모를 얼굴의 진한 채색 그림들이 삼면 벽에 가득히 붙어 있는 것은, 을화의 직업이 무당인만큼 무업(巫業)에 관계되는 일이거니 했지만, 그러한 그림들 뒤에 파리 떼가 거멓게 붙어 있는 것을 월희가 전혀 개의치도 않는 듯, 태연한 얼굴인 데는 의아스럽다기보다 스스로 수치스러움을 금할 수 없었다.

그러나 영술은 모든 것을 서서히 고쳐 나가리라 생각했다. 그리고는 눈을 감으며, 혼자 속으로 기도를 드렸다.

'하나님 아버지, 이 못난 자식을 저의 어머니 집으로 인도해 주신 것을 감사드리옵니다. 아버지께서는 이 못난 자식에게 가장 알맞고 가장 훌륭한 일터를 주셨사옵니다. 이 못난 자식이 중도에 물러서거나 낙심하는 일이 없도록 아버지께서는 끝까지 살펴 주옵시고 이끌어 주옵시기 간절히 바라고 원하옵나이다.'

영술이 눈을 감고 마음속으로 기도를 드리고 있는 것을 본 월희는 그가 먼 길에 오느라고 몹시 고단하고 졸리울 것이라고 생각하는지, 농 위에 얹어 두었던, 때가 새까맣게 묻은 베개를 내려 주었다.

영술은 베개를 월희 앞으로 밀어 놓으며,

"아니야, 월희, 난 졸리지 않아."

했다.

을화가 저녁 밥상을 들고 들어왔다.

상 위에는, 밥 세 그릇과, 냉수 세 그릇과, 김치 한 보시기에 간장 반 종지가 차려져 있었다. 아침에 그녀들 어미 딸이 먹을 때보다, 밥 한 그릇, 물 한 그릇, 그리고 수저 한 벌이 더 놓인 것뿐이었다.

"자 시장한데 들어라."

을화는 아들에게 그의 숟가락을 집어서 쥐어 주며 이렇게 말했다.

그러나 영술이 얼른 숟가락으로 밥을 뜨지 않은 채 머뭇거리고 있는 것을 보자, 반찬이 없어 그러는 줄 아는지,

"아까도 말했지? 여기는 절이다, 절에서도 소찬뿐이제?"

했다.

"아니오, 어무이."

영술은 얼굴을 들어 그의 어머니를 잠깐 바라보며,

"김치 한 가지면 충분합니다."

했다.

"그러면 얼른 들어라, 와 그렇게 듸려다보고만 있노?"

을화는 이렇게 말하며 자기도 숟가락을 들었다.

그러나 밥을 뜨려다 말고, 문득 고개를 들어, 또 한 번 아들의 얼굴을 건너다보았을 때, 아들은, 자기의 숟가락을 도로 상 위에 놓은 채, 눈을 감고 앉아 있는 것이 아닌가. 눈만 감고 있는 것이 아니라, 고개도 약간 수그렸고, 입술도 조금씩 달싹거리는 것으로 보아, 마음속으로 무슨 주문을 외고 있는 것이 분명하다고 그녀는 직감했다. 순간 그녀의 얼굴 위로는 그림자 같은 것이 지나갔다. 다음 순간 그 그림자는 노기로 변해졌다.

"늬 불도에서도 밥 묵을 때 주문을 외우나?"

을화는 두 눈에 노기를 담은 채 이렇게 물었다. 그녀는 불교를 불도(佛道)라고 불렀다. 그녀는 아들이 지금까지 절에 있다가 돌아온 줄 알고 있었다.

영술은 머리도 빡빡 깎지 않았으며, 의복도 승려복이 아닌 양복을 입고 있었고, 신발도 구두에다, 머리엔 캡을 쓰고 왔었지만, 을화는 본디 그런 외양엔 아랑곳하지 않는 성미였던 것이다.

천천히 눈을 뜨고 고개를 든 영술은 조용히 그의 어머니를 마주 바라보며, 잔잔한 목소리로,

"어무이 저는 불도가 아니외다."

간단히 대답했다.

"뭐? 불도가 아니라고?"

"오마니, 저는 예수교올시다."

"뭐? 야수교라고?"

을화의 목소리는 먼저보다 더 높고 거칠어졌다.

"네에, 어무이, 저는 처음 어무이가 데려다 주신 기림사에서나, 또 다른 절에서나, 어느 절에서고 불도가 싫어서 예수교로 옮겨 가고 말았습니다."

"불도가 싫다께. 불도보다 더 큰 도가 어덨노?"

"제가 절에서 불도를 배울 때 보니, 마음씨가 착한 스님네들은 낮이나 밤이나 졸고만 있고, 마음씨 착하지 못한 스님들은 장사만 하려고 하고, 하나도 배울 것이 없었습니다. 어느 절에 가도, 스님들은 다 똑같았습니다. 그래서 저는 불교가 싫어졌댔습니다."

이렇게 말하는 영술의 얼굴은 온화했고, 목소리는 잔잔했다. 그의 얼굴에는 조금도 어머니에게 맞서려는 기색이 보이지 않았고, 그보다는 어머니의 양해를 빌기 위하여 호소하고 있는 듯했다.

아들의 온화하고 잔잔한 태도에 을화도 조금 누그러진 어조로,

"그때 늬가 열한 살밖에 안 된 어린 게, 뭐를 알았을라고, 불도가 나쁘니 좋니 하고 부처님한테 죄 지을 소리만 씨부리 쌓노?"

이렇게 꾸짖어 물었다.

"어무이 제가 처음 기림사에 들어갔을 때는 열한 살이지만, 열여섯 살까지 절에서 불도 공부를 했댔습니다."

"열대여섯 살에 불도를 다 닦아 낸다면 이 세상에 도사 안 될 사람 누가 있노? 설령 늬 말대로 불도가 맘에 안 들었닥 하면 와 하필 양눔들이 꾸며 온 야수도를 하노 말이다."

"오마니 야수도가 아니고 예수교올시다."

"……."

을화는 잠자코 불만스러운 눈으로 아들을 지그시 노려보고 있었다.

영술은 어머니의 그러한 눈길에도 별로 개의치 않는 듯한 맑고 잔잔한 목소리로,

"오마이, 예수교는 우리 사람에게도 빛과 생명을 주는 세계적인 종교올시다."

타이르듯이 나왔다.

그러나 을화는 '빛과 생명' '세계적인 종교' 하는 따위 말들을 이해할 수도 없었고, 그러할 필요도 느끼지 않은 채,

"그런 걸 누가 준닥 하더노?"

하고 물었다. '빛과 생명'이란 말을 똑똑히 이해할 수도 없었지만, 기억 하려고도 않았기 때문에 '그런 거'라고 했던 것이다.

영술은 곧 어머니의 묻는 말뜻을 알아듣고 자신있는 어조로,

"하느님께서 주십니다."

했다.

"뭐라꼬? 하느님이라꼬?"

을화는 분개한 목소리로 다시 물었다. 자기들의 전용어(專用語)같이 쓰는 하느님이란 말을, 영술이 예수교에 끌어다 붙이는 것이 더욱 해괴하고 망측했던 것이다.

그러나 영술은 여전히 밝고 온화한 목소리로,

"네에, 어무이 저 하늘에 계신 하느님이올시다. 우리 인간과 천지만물을 만들어 내신 하나님이올시다."

했다. 그의 잔잔하고 평화스러운 목소리에는 신념과 긍지가 차 있는 듯했다.

을화는 그러한 아들이 가소로운 듯 히죽이 웃음까지 띠며,

"그런 건 제석님이니 신령님이니 하는 거다."

하고 일축해 버렸다.

"오마니, 제석님이니 신령님이니 하는 것은 모다 사람들이 만들어 낸 우상의 이름이올시다."

영술의 우상이란 말이 드디어 을화의 분통을 터뜨려 놓았다. 그녀는 '실근 에미'로부터 '우상'이란 말을 더러 들어 왔기 때문에, 그것이 몹시 모욕적인 의미를 품고 있는 것이라고, 짐작하고 있었던 것이다.

"뭐라꼬? 우생이라꼬?"

"……."

영술은 대답을 하지 않았다. 을화의 서슬이 시퍼런 질문에 대답을 한다는 것은 그녀의 분노에 부채질을 하는 결과밖에 될 수 없다고 헤아려졌기 때문이었다.

"늬가 몽달귀로구나."

을화는 무서운 눈으로 영술을 쏘아보며 냉연히 선언했다.

"아니올시다, 저는 오마니의 아들 영술이올시다."

"내 아들 영술이한테 몽달귀가 붙어 왔구나. 늬 속에 몽달귀가 들었다."

이렇게 말하며, 을화는 손에 들고 있던 자기의 숟가락을 물그릇에 걸쳐 놓았다. 몽달귀가 붙은 아들과는 같은 상에 밥을 먹을 수 없다고 생각하는 모양이었다.

이와 동시에, 지금까지 어미와 영술의 서슬진 대화를 가만히 지켜 보고 있던 월희도, 자기의 밥숟가락을 어미가 한 것처럼 물그릇 위에 걸쳐 놓았다.

영술은 자기의 우상이란 말이 조금 지나쳤다는 생각을 하며,

"오마니 진정하십시요, 저는 오마니가 그리워서, 오마니를 섬기고자 집에 돌아왔습니다. 제가 열한 살 때 오마니께서 저의 손목을 잡고 기림사로 데리고 가시면서, 술아, 에미 생각 말고 절에서 스님 말씀 잘 듣고, 불도 열심히 닦아서 훌륭한 도사스님 되어 다오. 이렇게 말씀하셨지요?"

영술의 약간 잠긴 듯한 목소리에 을화는 갑자기 숙연해졌다. 십 년 전의 일이 갑자기 눈앞에 되살아나는 듯했다.

영술은 다시 말을 계속했다.

"그때 오마니께서는, 저더러 또 이렇게 말씀하셨댔습니다. '술아 늬가 잘되거든 에미 찾지 말고 살아라. 무당 아들이라꼬 천대받는 거보다 그게 날 꺼다. 그렇지만 정 고생되거든 이 에미 찾아오너라. 월희하고 우리 서이서 같이 살자. 에미는 늬가 어디 있든지 늬 잘되라고 칠성님 전에 축수 드리마……' 저는 어디로 가든지 오마니의 이 말을 잠시도 잊은 일이 없습니다. 그렇지만 제가 오마니를 찾아온 것은 아닙니다. 저는 그뒤 서양 선교사님을 만나서 많은 은혜와 가르침을 받고, 세상에 있는 어느 왕자나 부자도 부럽지 않게 살아왔습니다. 그렇게 행복하게 살고 있으니까 도리어 오마니가 그리웠습니다. 오마니와 어린 누이에게도 행복을 나눠 드리고 싶은 마음을 누를 수 없었습니다. 그래서 선교사님의 허락을 받고 오마니를 찾아온 것입니다. 오마니 저를 나무라지 말아 주십시요. 저는 오마니께 복종하고, 오마니의 힘이 되어 드리고 싶은 생각뿐이올시다."

영술이 이렇게 말하며 두 손을 을화에게 내밀었을 때, 을화는 아들의 두 손을 덥석 잡으며,

"내 아들아, 늬는 옛날 일을 잘도 기억하는구나. 늬 속에 몽달귀 들어 있지 않는다면, 이 에미는 그보다 더 기쁘고 좋은 일이 세상에 없으련만……."

목이 메인 소리로 말했다.

이로써 모자간에 벌어질 뻔한 격돌은 일단 모면할 수 있었다.

그러나 을화는 부엌으로 돌아와 설거지를 하며 생각해도 아들의 예수교란 것이 해괴하고 망측하고 괘씸하기만 했다.

'그 착하고 어여쁘던 우리 아들이 어쩌면 세상에도 망측한 예수꾼이 됐을꼬. 그것도 이 에미를 못 잊어서, 에미한테 효도를 한다고 돌아온 게 그 꼴이니 쯧쯧.'

을화는 여느때나 마찬가지로 간단히 설거지를 마치자 손을 씻고 방으로 들어왔다.

방 구석에 놓인 등잔에는 희미한 접시불이 켜져 있고, 영술은 바람벽에

등을 기댄 채 눈을 감고 있었다.

"먼데서 오느라꼬 오죽 고단하겠나? 거기 좀 누우라. 우리도 곧 불 끄고 잘란다."

"아닙니다 오마니, 저는 고단하지 않습니다. 그렇……."

"오마니가 뭐꼬? 와(왜) 엄마라꼬 안하고, 그런 나쁜 말을 쓰노?"

언짢은 듯한 목소리로 이렇게 항의했다.

"그것은 나쁜 말이 아니고, 웃녘에서 많이 쓰는 말이기에 부지중 그렇게 나올 때가 있습니다. 그렇지만 어무이께서 엄마라고 부르라 하시면 어무이 명령대로 복종하겠습니다."

"와 나쁜 말이 아니고? 본데 쓰던 말을 베리고(버리고) 타처 말 쓰는 사람은 맘뽀가 덜 좋대이."

"알았습니다 어무이, 그 대신 저는 잘 때, 저쪽 마루방에 가서 자겠습니다."

영술은 신단방(神壇房)을 가리키며 말했다.

"……."

을화는 먼저 고개를 옆으로 저어 보이고 나서, 천천히 입을 열었다.

"안 된다. 거기는 아무나 들어가는 거 앙이다."

딱 잘라 거절을 한 뒤, 자리에서 일어나더니, 농 위에 개켜져 있는 요와 베개를 내려 주었다. 옛날 월희 아버지가 쓰던 침구였다.

'그 아버지는 어디로 갔을까? 죽은 사람의 침구를 설마 나에게 주지는 않을 텐데.'

영술은 혼자 속으로 이렇게 생각하며, 벽에 기대인 채 눈을 감고 기도를 드린 뒤 자리에 누웠다.

이튿날 아침을 치른 뒤, 을화는 영술에게,

"이 집에 있는 거는, 방 안에 거나, 뜰에 거나 뭐든지 손대지 마라, 손대면 큰일난다. 내 정 부자댁에 다녀올게."

자못 엄숙한 어조로 경고를 하고 나서 밖으로 나갔다.

을화가 나간 뒤, 영술은 월희를 보고,

"아버진 어디 가셨지?"

월희 아버지의 행방을 물었다.

"……."

월희는 당황한 듯한 얼굴로 영술을 마주 바라보고만 있었다.

"아버지 말이다. 옛날 잣실 동네에서 같이 살던……."

"저기……."

월희는 손가락으로 동쪽을 가리켜 보였다.

"거기가 어디지?"

"가포."

"감포(甘浦)?"

"……."

월희는 고개를 끄덕였다.

"언제?"

월희는 한참 생각하는 듯하더니 손가락 아홉을 펴 보였다. 아홉 살 때를 가리키는 듯했다.

"안 보고 싶냐?"

"그때 와서."

"언제? 자주 오시니?"

"……."

월희는 고개를 저었다.

"내 나중에 아버지 데려오마."

영술의 말에 월희는 대답을 하지 않았다. 그의 말을 알아듣지 못해서인지 또는 어머니의 뜻을 몰라서인지 알 수 없었다.

저녁때에 을화는 월희에게 줄 자두와 함께, 영술의 반찬감인 듯, 마른 명태 두 마리와 콩나물을 사 들고 들어왔다. 그녀가 이렇게 반찬을 사 들고 들어오는 일이라곤 한 해 잡고도 몇 차례밖에 없는 일이었다.

그러나 그날 오전중에 외출한 영술은 그때 아직 돌아와 있지 않았다.

"늬 오래비 어디 간닥 하더노?"

월희는 그냥 고개를 좌우로 돌려 보였다.

"언제쯤 나가더노?"

"나제."

을화는 월희의 '낮에'라는 대답에 깜짝 놀라며 그녀를 바라보았다. 여느때보다도 분명한 발음을 했기 때문이었다.

"그 작은 가방 끼고 가더나?"

을화에게는 그 '작은 가방'이 왠지 곧장 신경에 걸리는 듯했다.

월희는 말없이 그냥 어미의 얼굴을 건너다보고만 있었다.

그 낡은 가죽 가방은 방 안의 어느 구석에서도 찾아볼 수 없었다.

'역시 가지고 간 거로군. 그 속엔 무슨 요술 보재기가 들었을꼬. 에미에겐 비밀일까. 뭔지 에미한테는 감출락 하는갑다. 그게 모두 야수귀신 때문일끼라. 그 착하고 똑똑하고 인정 많던 우리 술이가, 그 동안 절에서만 배겨났어도 하마 도사중이 됐을 낀데. 그때 내가 절에 데리다 주고 올락 할 때, 에미 떨어지기 싫닥꼬 그렇게도 울았쌌디만……. 아무리나 애비 에미 잘 만났으면 큰사람 됐을 낀데…….'

을화는 생각에 잠긴 채 넋잃은 사람처럼 멍하니 앉아 있었다.

강 신

을화는 그때 아직 열여섯 살밖에 나지 않은 어린 처녀의 몸으로 영술을 낳았었다. 그러니까 상대방은, 남편이 아닌, 이웃집 더벅머리 총각이었다. 그것도 전부터 눈이 맞은 사이라든가, 연애관계에 있었다든가, 하는 것도 아니었다. 울타리 하나를 사이에 두고, 얼마든지 서로 건너다보며, 한집같이 상대방의 형편을 환히 알고 지내는 이웃간이었지만, 그렇다고 더벅머리 쪽에서 그녀에게 눈독을 들였다거나, 따로 만나 수작을 붙였다거나 하는 일이 있었던 것도 물론 아니었다.

그해 마침 더벅머리네 고추장이 달다고 이웃간에 소문이 나서, 을화네도 두 차례나 얻어먹은 일이 있었는데 여기 유독 입맛을 들인 것이 그녀였다. 그녀의 이름은 옥선(玉仙)이었다. 두 번째 얻어 온 더벅머리네 고추장 접시를 이제는 마지막으로 접시째 들어 핥고 있던 옥선이가 그 어미를 보고,

"엄마, 요번에 출이네 일 가거든 고추장 한 번만 더 얻어 오너라."
했다. 출이란, 더벅머리의 이름 성출(性出)을 줄여서 쉽게 부르는 말이었다.

어미는 일에 찌들려 새빨갛게 익어진 얼굴로 옥선이를 가볍게 흘겨보며,

"가시나가 싸잖게 먹성만 밝힐래?"
하고 나무라 주었다.

옥선의 생각에도 남의 고추장을 세 번이나 얻어먹는다는 것은 염치없는 일이라고 짐작이 되었다.

이튿날 옥선은 나물을 뜯으러 산에 갔다가, 점심때나 짐짓해서 나물 바구니를 끼고 돌아오는데, 그쪽 산골짜기 보리밭 둑에 앉아 점심을 먹고 있는 출이와 만났다.

산골짜기에서 마을로 나가려면 그 보리밭 둑을 지나가지 않을 수 없으므로, 출이가 점심 먹는 곁으로 다가가려니까, 그는 반가운 얼굴로,

"선이 아이가? 점심 묵자?"
했다.

"시장할 낀데 늬나 묵어라."
하며, 옥선은 출이가 펴 놓고 있는 도시락 위로 잠깐 시선을 던졌다. 도시락에는 밥이 하나 가득 담겨 있고, 따로 고추장도 한 종지 벌겋게 놓여 있지 않은가. 고추장을 보는 순간 옥선은 침이 꼴깍 삼켜졌지만, 시선을 돌리며, 그 곁을 지나치려는데, 성출이 자리에서 벌떡 일어나 옥선의 나

물 바구니를 잡으며,

"이웃간에 뭐 어떠노? 같이 묵자."

하고, 기어이 자리에 앉히었다.

옥선은 조금 상기된 얼굴에 수줍은 듯한 웃음을 띠며,

"남이 보면 어짜노?"

했다.

"이 골짜기에서 볼 사람도 없지마는, 보면 또 어떠노? 한 이웃간에 점심 같이 묵는데……."

성출은 자기의 수저를 얼른 물에 씻어서 옥선에게 건네 주며 말했다.

"내 때메 그러지 말고 느나 얼른 묵어라."

옥선이 수저를 받아 든 채 인사삼아 하는 말에, 성출은 아랑곳없다는 듯이,

"내 젓가락은 여기 또 있다."

하고는, 곁에 있는 싸리나무를 잘라서 낫으로 대강 다듬더니 이내 젓가락 모양을 만들어 낸다.

이왕 이렇게 된 바에는, 새삼 사양을 늘어놓는 것도 쑥스럽고 해서, 옥선은 성출이 권하는 대로 그의 도시락밥을 떠서 입에 넣고, 또 고추장 종지에도 숟가락을 가져갔다.

옥선이 심히 고집을 세우지 않고, 그의 도시락밥을 같이 먹어 주는 것이, 성출은 아주 흐뭇해서,

"나는 아까 많이 묵었대이."

하며 싸리 젓가락을 먼저 잔디 위에 놓아 버렸다.

옥선이 따라 숟가락을 놓으려는 것을, 성출이,

"늬 참말 그러기가?"

성을 낼 듯이 굴어서, 옥선은 하는 수 없이 도시락과 고추장 종지를 깨끗이 비워 낼 수밖에 없었다.

성출도 인제는 안심했다는 듯이,

"반찬도 없는데 같이 묵어 주어서 고맙대이."

마무리 인사까지 했다.

"늬네는 고추장이 달아서 반찬 걱정은 없을네라."

옥선이 인사말을 받느라고 하는데, 성출은 생각난 듯이,

"우리 고추장 달먼 얼매든지 퍼다 줄게 묵어라이."

했다.

"느거 엄마한테 야단 맞을라꼬?"

"울엄마 없을 때, 울타리 구멍으로 내다 줄게."

이렇게 말하는 성출의 얼굴을 쳐다보는 순간, 옥선의 눈빛이 갑자기 달라졌다. 그것은 무어라고 표현할 수도 없는 무서운 힘으로 성출의 가슴을 때렸다.

성출은 자기도 모르게 옥선의 손목을 잡았다. 그러나 다음 순간, 그 고추장 묻은 입술을 내민 것은 옥선이 쪽이 먼저였는지 몰랐다. 그리하여 둘은 서로의 옷자락을 마주 붙잡은 채, 먼저 아래의, 지금 한창 이삭이 무룩이 오르는 보리밭 고랑으로, 함께 구르기 시작했다.

옥선의 배가 불러 오르자, 그녀네 모녀는 동네를 떴다. 그것은 남이 부끄러워서라기보다 당장 먹고 살 길이 막혀졌기 때문이었다.

본디 옥선이 태어난 마을은 거기서 시오리 가량 떨어져 있는 통칭 역촌(驛村)으로 불리우던 삼거리 동네였다.

옥선의 아버지는 이 역촌 마을의 본토박이인 역졸(驛卒)집 아들로, 명색으로는 농사를 짓고 있었지만 농사일보다 노름판을 더 밝히는 놈팡이였는데, 옥선이 세 살 때, 노름을 놀다가 칼을 맞아 죽었다.

옥선 엄마는 남편이 끔찍한 죽임을 당하자 그 동네에 정을 붙이고 살수 없어, 오두막과 다랑이를 헐값으로 팔아 치운 뒤, 이 밤나뭇골 동네의 지금 집으로 옮겨 앉고 말았다. 이 동네도 흔히 있는 농촌의 하나에 지나지 않았지만, 개중에는 반촌과 혼인길을 튀운 집도 있어, 스스로 허물없는 양민촌으로 자처하고 있던 터이라, 역촌 사람하고도 끔찍한 딱지까지

붙었던 사내의 유족을 반가이 맞아들일 리 없었다. 그러나 어린 딸애 하나 끼고 들어온 아낙네요, 사람됨도 수수해 뵈서, 특별히 배척을 하거나 괴롬을 끼치려고도 않았다.

그러는 동안에 동네 사람들의 동정이 아낙네에게 쏠렸다. 두고 보니 말수도 없지만 먹을 것도 전혀 없는, 이 가엾은 아낙을 돕는 길은 불러다 일을 시키는 수밖에 없어, 이 집 저 집에서 일손이 모자랄 때마다 불러 댄 것이, 나중은 온 동네 머슴같이 되고 말았다.

이렇게 십여 년 지내는 동안, 그녀는 끝내 말수 없고, 일솜씨 좋고, 사람 무던한 연인으로 인정을 받게 되었지만 그렇다고 아무도 그녀를 자기들과 대등하게 생각하는 사람도 없었다. 그러는 판에, 이번에는 옥선이 또 딴전을 벌여 놓았으니 결국은 자기네와 근본이 다른 탓이라고, 모두가 외면을 하게끔 되었다.

남들의 외면을 당하더라도, 가진 것만 있으면, 자기 거 자기 끓여 먹고 살겠는데, 본디 전장도 가산도 따로 없던 처지에서 품길까지 막히니 그러다간 에미 딸 고스란히 입안에 거미줄 칠 판이 되었다. 거기다 관계자인 성출네까지 덮쳐서, 제발 자기네 좀 살려 주는 셈치고 동네를 떠달라고 애걸복걸에, 하다못해 이사 비용쯤은 걱정 말랬다가, 나중엔 옮겨 앉을 집까지 마련해 주겠다고 나왔다.

그 성출네가 마련해 준 집이란 것이, 옛날 옥선이네가 살던 역촌 동네의 삼거리 길갓집 한 채였다.

옥선이네가 생각해도, 이 밤나뭇골에 눌러 살기는 글렀고, 이왕 뜰 판이면 몸 담을 집이라도 마련된 데로 흐를밖에 없어, 성출네가 마련해 준 역촌 동네의 삼거리 집으로 옮겨 왔다. 옥선이 어미한테야 원과 한이 사무친 고장이지만 십여 년 흐르는 동안에 인심도 세상도 다 바뀐 뒤라 옛날 일 되새길 계제도 아니었지만, 그 대신 품길 열 수 없기로는 생판 낯선 도방이나 다를 바 없었다.

이런 판국에 아는 사람이라고 와서 권하는 것이 술장사요, 옥선이 배

되어 가는 꼴하며, 자신이 생각해도 다른 뾰죽한 수가 없을 것 같아, 술청을 차린 것이, 본디가 삼거리 길가라 이럭저럭 두 모녀 먹고 살 만큼은 손님이 꾀었다.

에미 딸이 이제 먹을 걱정은 없겠다고, 한 시름 놓았을 때, 옥선이 애기를 순산했다. 사내애였다. 보는 사람마다 관옥 같다고들 야단이었다.

처음 그렇게도 슬픔이요, 낙담이던 것이, 뜻밖에도 큰 기쁨이요 행복이 되어, 옥선 어미에게 돌아왔다. 옥선 어미는 애기를 들여다볼 때마다, 어디서 솟아나며, 무엇 때문인지도 모르는, 사랑과, 기쁨과, 행복으로 가슴이 뛰곤 했다.

어미보다 옥선이는 정작 덤덤한 편이었다. 어미처럼 그렇게 하늘에서 복덩어리가 떨어진 것같이 느껴지지는 않는 듯했다. 그러면서도 전날의 바람기는 가셔진 듯, 열일곱이란 어린 나이에 비해서는 놀랄 만큼 으젓한 에미 노릇을 했다.

"애기 이름을 뭐라고 할꼬?"

어미가 옥선이를 보고, 어느 날, 불쑥 이렇게 물었다. 옥선이는 생각할 겨를도 없이, 이내,

"영술이."

했다. 그녀는 이미 애기의 이름까지 생각해 두었던 모양이었다. 이때 어미는 혼자 속으로,

'가시나가 겉으로는 덤덤한 체하면서도, 속으로는 제 새끼라고 어지간히 귀여운가 부다. 그러기에 어느 새 이름까지 다 지어 놓고 있었제.'
했다.

그러면서도 왜 하필 영술이란 이름인가 하는 데까지 어미의 생각은 미치지 못했다. 만약, 영술이 성출이란 이름과 비슷한 소리라는 데까지 어미의 생각이 미칠 수 있었던들, 그녀가 얼마나 지금도 그 더벅머리를 잊지 못하고 있는가를 헤아릴 수 있었을 것이다.

어미는 옛날 밤나무마을에서 자기가 온 동네 머슴처럼 남의 일을 하고

돌아다녀도, 옥선이를 남의 집에 내돌리지 않았던 것처럼, 지금도 결코, 딸을 술청에 앉히려고 하지 않았다. 비록 가시나 몸으로 아비없는 자식을 낳기는 했지만, 한 술청에서 에미 딸이 같은 술단지를 안고 앉을 수는 없다는 것이 그녀의 굳은 결심이었다.

어미의 결심에 따라, 옥선은 고두밥(술밥)을 쪄내고, 김치를 담고, 빨래를 다니고, 온갖 허드렛일을 다 거들고 해도 술청엔 비치지 않았다.

이것이 인근 동네에까지 좋은 소문을 퍼뜨려, 옥선이 애비없는 딸로 자라난 데다 가시나 몸으로 아이까지 낳긴 했지만, 그건 모두 팔자 소관이요, 심성만은 어미만큼 무던하다고 했다가, 그 이상이라고 했다가, 나중은 나무랄 데 없다고까지 되었다.

그러고 보니, 자연히 혼삿말까지 날 수밖에 없어, 처음엔 아기 못 낳는 집 소실로 말이 있다가 나중은 후실로 중매가 들어왔다.

어미는 처음 소실로 중매가 들어왔을 때는 일언지하에 딱지를 놓았지만, 후실 자리에는 다소 관심이 있는 듯,

"지한테 물어 보이소, 에미 말 듣고 시집 갈 년 따로 있제요."
했다.

중매쟁이에게는 그렇게 말했지만, 본인한테 물어 보는 일쯤 어미인들 못할 거 없었다. 어미가 은근히 권하듯이 묻는 말에, 옥선은, 딱 잘라 싫다는 것이 아니라,

"영술이는 어짜고?"
했다. 영술이 문제만 아니라면 가도 좋다는 뜻이라고 풀이가 되었다.

"벨소리 다 한다. 영술이사 내가 맡지, 내가 우리 영술이 못 보먼 살꺼 같으나?"

어미가 결연히 나오자 옥선은 더 대꾸가 없었다. 이쯤 되면 어미의 처분대로 따르겠다는 속을 보인 셈이다.

혼담이 있는 후실 자리란, 나이 쉰두 살이나 된 안마을 중늙은이로, 장성한 아들이 둘이나 있고 미성한 딸도 하나 있지만 가세는 유족한 편이라

하였다. 좀더 펄펄한 중년남자면 좋으련만, 그렇게 안성맞춤으로 맞는 자리 기다리다간 세월이 없으니까, 마침 들어온 자리나 놓치지 말자고, 어미는 중매쟁이에게 승낙의 뜻을 비치었다.

이렇게 되어, 비록 후실 자리 중늙은이한테나마 시집이라고 간 것이, 그녀의 나이 열아홉 살 때였다. 가정 형편이 그렇고, 신상 내력이 떳떳하지는 못하지만, 그런대로 인물 좋고, 심성 무던하고, 일솜씨 칠칠해서, 남편의 사랑은 물론, 전실 소생 아들 딸들(큰딸은 출가)로부터도 미움을 받지 않았다.

그러나 남편의 사랑이란 것이 좀 지나쳤던지, 쉰두 살 된 중늙은이가 쉰세 살 때부터 기침을 쿨룩거리기 시작했다. 그것이 예사롭지 않은 일이라고는 옥선이도 짐작이 갔기 때문에, 몸에 좋다는 장어다 뜸부기다 자라다 하는 따위를 부지런히 고아 바치고, 잠자리란 것도 모진 마음으로 사양했지만, 그렇게 두 해를 견딘 다음, 끝내 몸져 눕게 되었고, 쉰다섯 되던 해, 그녀의 눈물겨운 간호도 아랑곳없이 드디어 숨을 거두고 말았다.

옥선으로서는 남편의 사랑이란 것을 처음부터 받아들이지 않을 수 없었지만, 그뒤의 음식 공대 근신 간호 따위는 어느 조강지처 못지않게 지성껏 하느라고 했었다. 그렇건만 남편의 사인(死因)이 그녀에게 있었다고, 전실의 딸들은 면대해서 말했고, 딸들 아닌, 집안 사람들이나 이웃 사람들로부터도 같은 뜻의 눈길이 자기에게 쏠림을 모면할 수 없었다.

다만 큰아들(전실의)만은, 영감이 죽을 때, "느거 홋에미 불쌍타, 돌봐 줘라." 한 유언이 있어 그런지,

"남의 가슴에 못 박을 소리 함부로 하지 마라."

하고, 누이들을 나무라곤 했다.

옥선은 식구들 보기도 무안하고, 별로 할 일도 없어, 영감이 죽은 뒤 줄곧 방 안에만 들어앉아 있었다. 앞으로 어디 가 무엇을 하며 어떻게 살아간다든가 하는 따위는 생각조차 해 보지 않은 채였다.

설상가상이란 말이 있거니와, 그렇게 석 달이 지난 그해 이른 겨울, 옥

선에게는 또다른 치명적인 불행이 닥쳤다. 삼거리에서 술장사를 하며 그런대로 먹을 걱정은 없이 살아오던 친정 어머니가, 복어국을 먹고 갑자기 죽어 버린 것이다.

옥선은 주막으로 뛰어나가 죽은 어미의 시체를 안고 뒹굴다가 그대로 기절을 해 버렸다. 이웃 사람들이 입에 뜨거운 물을 퍼넣고 해서 숨을 돌려 주긴 했지만, 그때부터 그녀는 넋잃은 사람처럼 멍청한 얼굴에 눈물만 죽죽 쏟고 있었다.

어미의 초상을 치르자 옥선은 주막 문을 닫아 걸고 방 안에 틀어박힌 채 문밖 출입을 하지 않았다. 죽은 영감네 집에서 큰며느리네가 가끔 다녀가곤 하는 것으로 보아, 끓여 먹을 거리는 거기서 대어주는 모양이라고 사람들은 말했다.

그러는 동안에도, 아는 사람들은 찾아와 주막을 다시 열라고 권했다.

옥선이 주막을 열면 손님은 전보다 더 많이 뀔 거라는 둥, 영감 죽은 후실댁을 누가 끝까지 돌봐줄 거냐고, 제 살길 제가 찾아야지 하는 둥, 모두가 주막을 도로 열라는 권고들이었지만 옥선은 그때마다 고개를 흔들었다.

"산 사람 입에 낯거미줄 칠라고."

또는,

"술에미 자식이란 소리, 우리 영술이한테 물려주기 싫심더."

하는 것이 거절의 이유였다.

이듬해 봄, 옥선은 아무와도 의논을 하지 않고 이사를 가 버렸다. 나중 알아보니, 그 주막을 사려는 사람이 나타났기에, 돈도 뭐도 귀찮다고, 자기네 모자 몸 담을 집이나 한 채 주고 가지라고 했다는 것이었다. 그래서 옮겨 앉게 된 곳이, 거기서 십 리나 더 들어가는 잣실(뱃곡) 집이었다. 이 소문을 듣고 큰아들(죽은 영감의)이 쫓아와 알아보니, 그것은 시가로 삼거릿집의 반 값도 안 된다는 것이다. 이럴 수가 있느냐고 따져 든 결과, 잣실집 바로 앞에 붙은 남새밭을 얹어 주겠다고 나왔다.

그렇다면 더욱 좋다고, 자기네 모자가 남새나 심어 먹고 살기에 꼭 알맞다고 옥선은 다행이라고 했지만, 큰아들은, 시무룩해서, 아무리 그렇기로서니 그럴 수가 있느냐, 죽은 아버지로 보나, 동네사람들로 보나, 내 꼴은 뭐가 되느냐, 너무하다, 섭섭하다, 볼멘소리만 했다.

큰아들이 돌아간 뒤, 옥선은 혼자 속으로, 그래도 뼈대있는 집이 다르다고, 아들을 장하게 생각했다.

큰아들이 돌아간 뒤, 옥선은 영술을 데리고 집 앞의 채마밭(남새)에 나가 상추 심을 준비를 하고 들어왔다. 그날 밤이었다. 영술이 갑자기 열을 몹시 내며 앓기 시작했다. 처음엔 체했거나 감기 몸살이거니 했는데, 이튿날 이웃 사람이 와서 보더니 그것이 아니라고 했다. 뭐냐고 다잡으니 손님(마마) 같다고 했다. 그 말을 듣는 순간 옥선은 갑자기 얼굴이 벌개졌다. 또다른 사람을 데려다 보여도 마찬가지 대답이었다. 옥선의 두 눈에는 눈물이 핑그르 돌았다. 이웃집 아주머니는, 이 병은 부정(不淨)을 잘 타니 초상집 제사집 같은 데 다니지 말고 집 안에서 근신하고 있으라고 일러 주었다.

옥선은 가슴이 두근거려 견딜 수 없었다. 손님이다 마마다 하면, 둘에 하나는 죽거나 곰보딱지가 된다고 듣고 있던 터인만큼, 영술에게 만약의 경우라도 생긴다면 자기 혼자서 세상에 살아남을 수는 없다고 생각되었기 때문이었다.

그때부터 사흘 동안 옥선은 꼼짝도 하지 않고 영술이 앓는 곁에 꼭 붙어 앉아 있었다. 그러다가 문득 어느 날 새벽 하느님전에 가 빌어야 하겠다는 생각이 들었다. 그녀는 그 길로 가만히 집을 빠져 나와 거기서 한 오리나 되는 을홧골 서낭당을 찾아갔다.

서낭당 앞에 온 옥선은 대고 손을 비비고 절을 하며, 우리 영술이 살려 줍소사, 우리 영술이 손님 무사히 치르게 해 줍소사, 하고 빌었다. 그렇게 열세 번인가 절을 하고 났을 때, 갑자기 "빡지한테 가거라" 하는 소리가 들리는 듯했다. 빡지라고 하면 그 동네에 사는 유명한 무당의 이름이었다. 얼굴이 빡빡 얽었다고 해서, 빡지니 빡지무당이니 하고 불렀던 것이다.

'아, 이것은 하느님께서 우리 영술이를 살려 주실라고 가르쳐 주시는 거다.'

옥선은 이렇게 생각하고 그 길로 빡지무당을 찾아갔다. 빡지무당은 옥선의 이야기를 듣자,

"하, 칠성님께서 그 집 아들의 밍(명)줄을 붙잡아 주시는 기라."

했다. 칠성님이 영술의 목숨을 살려 주시려고, 옥선을 자기(빡지)한테 보낸 것이라는 뜻인 듯했다.

빡지무당의 이 말을 듣자 옥선은 비로소 숨이 약간 돌려질 것 같았다.

"나는 여기만 믿을란다."

옥선은 빡지를 두고 '여기'라고 불렀다. 이제 겨우 스물한 살밖에 안 되는 옥선이 자기 어머니 나이보다도 더할 그녀를 두고, 남들처럼 너나 자네로 부를 수가 없었기 때문이었다.

"믿어야지. 믿고말고, 날 안 믿고 누굴 믿을꼬? 열푼(얼른) 집에 가서 조촐한 자리 한 장 찾아 놓고, 메 한 그릇 지어 놓라이."

무당이 시키는 대로 옥선은 집으로 돌아오자 곧 굿상 차릴 준비를 시작했다. 빡지가 시킨 대로, 돗자리 한 장을, 이웃에 가서, 그것도 불쌍한 목숨 하나 살려 달라고 빌어서 겨우 빌려 오긴 했지만, 그래도 명색이 무당을 청해다 짤막한 굿이라도 한자리 벌이려면 하다 못해 명태 한 마리, 실과 한두 접시는 차려야 하겠는데, 죽어가는 아이를 혼자 두고 십 리 길을 넘는 장터로 쫓아갈 수는 없다. 그렇다고 여느 병도 아닌 손님마마라, 서로 왕래하고 참견하는 것도 꺼리는 이웃에 자꾸 매어달린다는 것도 못할 노릇이었다. 하지만 죽는 목숨 두고 염치코치 차리랴 하여, 그래도 제일 후하게 여겨지는 이웃에 가서, 딱한 사정 호소하고, 은혜는 백골 난망이라고 했더니, 그 집에서 하는 말이, 앞동네 오 생원이 장날마다 건물전(乾物廛)을 보러 다니는 사람이니 그 집에 가 보라고 가르쳐 주었다.

　옥선은 고맙다고 인사를 하고, 그 길로 앞 동네 오 생원을 찾아가, 명태 한 마리, 건문어 한 다리, 밤 대추 건시 각 한 줌씩 사 가지고 헐레벌떡 돌아왔다. 그 동안에라도 혹시 잘못 되지나 않았을까 하여 바로 방문을 열고 들어서니, 영술은, 끓는 물에 데인 것 같은, 그렇게도 따가워 뵈는 눈을 열어 어미를 쳐다봤다.

　"술아, 날 알아볼느아? 에미 얼굴 뵈나?"

　"······."

　영술은 대답 대신 눈을 한 번 깜박여 보였다.

　"술아 쪼끔만 참아라이. 곧 너 일어나게 해 주마이."

　옥선은 밖으로 나오자, 아까 물에 담가 두었던 쌀을 건져서 절구통에 넣고 찧기 시작했다. 한 줌이나 되는 쌀을 가지고 남의 집 방앗간을 찾아가기가 미안했기 때문이었다.

　대강 빻아진 쌀가루를 가지고 흰떡이랍시고 한 뭉치 쪄낸 다음, 이번에는 솥을 깨끗이 부시고 메를 짓기 시작했을 때, 옥선은, 그래도 자기 힘으로 할 수 있는 데까지는 했다는 자위에서 겨우 숨을 돌렸다.

　빡지무당이 온 것은 이른 저녁때였다.

　옥선은 곧 자리를 깔고 미리 차려 놓았던 굿상을 내어왔다.

　무당은 굿상을 한 번 흘깃 바라보더니, 한심한 듯이 혀를 끌끌 찼다. 그러나 영술의 얼굴을 한참 들여다보고 나서, 새삼 집 안을 이리저리 둘러 보더니,

　"지성이먼 감천이라고, 하기사 많이 채린다고 귀신 배 부른 건 아니지."

했다.

　빡지는 자리에 앉자, 보자기를 끄르더니 방울과 정중과 부채를 집어 내었다.

　먼저 부채를 확 펴더니 굿상 위에다 두어 번 두르고 나서, 이번에는 영술의 얼굴 위에도 먼저 전물상에서와 같이 천천히 내둘렀다.

영술이 눈을 떠서 무당의 부채를 바라보았다. 그러자 무당은 그 부채로
영술이 시선을 붙잡은 채 천천히 돗자리 위로 물러서더니, 부채 든 팔을
전물상 쪽으로 쭉 뻗치며 입을 열기 시작했다.

손님은 어디서 오신 손님이싱고
대국 강남 대별상 손님이시고
대국 강남 땅에 오곡백곡 다 잘 되고
차조 메조 찰기장 메기장 수수 옥수수
다 잘 되고 길길이 잘 되고,
물외 참외 수박 호박 표주박
줄줄이 열리고 달리고 다 잘 되고
앵도 자도 포도 땡감 머루 다래 으름 배
능금 복숭아 여자(여주) 유자
석류 모개 밤 감 대추 외추(오얏)
가지가지 열리고 달리고 다 잘 되어도,
밥은 귀합니더
우리 조선은 해동 해돋이 금강산 금수강산
쌀은 백옥이라, 씰코 씰어 백옥 고두메
어른도 한 그릇 아이도 한 그릇
여자도 한 그릇 남자도 한 그릇
늙은이도 한 그릇 젊은이도 한 그릇
물 좋고 인심 좋아.
대국 강남 별상손님이
우리 조선으로 건너오실 적에.

여기서 무당은 부채를 놓고 정쟁을 집어 들었다. 사슴 뿔로 놋쇠를 가
볍게 쳐서 맑은 쇳소리를 쟁쟁 내며 다시 계속했다.

손님의 옷은 종이 옷이라.
갓도 종이 갓이요, 신도 종이 신이요,
버선도 종이 버선 두루매기도 종이 두루매기로,
한강 남강 낙동강 청천강 건너오실 적에
여봐라 사공아 뱃사공아 배를 대여라, 해도
사공은 배를 대지 아니하고
내 배는 나무배 아니옵고 흙배요 돌배라
갈앉아서 못 가오, 하니
손님에 화가 머리끝에 돋히어
종이 두루매기 종이 신발에 물우로 달려들어 그냥 강을 건넙니다.
종이 두루매기 종이 신발로 강을 건네도
옷에 물 한 방울 묻지 않고 건네온 손님이
팔도강산 금수강산 금강산 백두산 토암산 선도산 명산대처를 두루 다
니시며
가문마다 인물 접견 다니시며
옥동자 귀동자 왕자 공자 공주 공녀
남녀노소 모두 표적을 내실 적에
분으로 닦은 듯이 연지로 찍은 듯이
얼굴에 터를 찍어 내지마는
정성이 지극한 가문에는
붉은 책을 들고 붉은 점을 주시는데
정성이 지극치 못한 가문에는
검은 책을 들고 검은 점을 주시는데
이 댁에는 뒷물 깨끗이 맑혀 주시라고
손님 공대 정성껏 하는 겁니더
하루 이틀 동에 가고 사흘 나흘

남에 가고 닷새 엿새 서에 가고
이레 여드레 북에 가고
아흐레 열홀에 돌아가실 돌손님
이 댁 정성 만단진수로 웅감하시고
무오생 옥동자 영술이
뒷물 깨끗이 맑혀 주시요
강남 대별상 손님
산 좋고 물 존 데로 돌아가실 적에
이 댁 정성 고두메 만반진수로
받아 자시고
뒷물 맑혀 주시고
황천 해원신(解冤神)으로 돌아가이소.

무당은 정중을 몇 차례 쟁쟁 울리고 나서, 다시 부채를 집어 영술의 시선을 붙잡은 뒤, 그것을 굿상 위에 둘러서 문 밖으로 모시고 나갔다.
굿을 끝낸 뒤 빡지무당은 부채와 정중을 다시 보자기에 싸면서,
"인제 낼부터 깨끗해질 끼요. 집의 정성 봐서 내 노상 뒤 봐 줄 끼니, 급한 일 닥치면 찾아오라이."
했다.
무당은 옥선으로부터 별로 사례를 받은 것도 아닌데 왠지 이렇게 호의를 베풀었다.
무당의 말대로, 영술은 그날 밤부터 당장 숨결이 편해졌고, 이튿날은 두 눈에 맑은 기운이 돌기 시작했다.
이렇게 열홀이 지나자 영술은 아주 회복이 되어 일어났다.
그러나 영술이 회복되기 시작했을 무렵부터 이번에는 옥선이 아들 대신 자리에 눕고 말았다. 머리가 깨어지는 것같이 아프고, 입맛이 떨어지고, 잠자리가 어지럽고, 가슴이 답답해서 견딜 수 없었다. 사람들은, 그녀가

아들의 마마 때문에 너무 놀랐기 때문이라느니, 그 동안 너무 끼니를 거르고, 잠을 못 잤기 때문이라느니 하여, 보신을 하고 푹 쉬면 풀릴 것이라 했다.

이 소문을 듣고, 안마을——옥선이 시집 갔던——집에서는, 쌀 한 가마니와, 약값조로 돈 스물다섯 냥을 가지고 큰아들이 찾아와 위문을 하고 갔다.

그 돈으로 옥선은 몸에 좋다는 음식이고 약이고 이것저것 다 써 보았지만 아무런 효험도 없는 채, 얼굴빛은 누렇게 뜨고, 두 눈은 휑하게 패여 들어가기만 했다. 처음엔 눈만 붙이면 죽은 어머니가 자꾸 나타나 손짓을 한다고 했다. 그래서 죽은 에미가 데려가려나 부다고들 했는데, 달포 지나니, 어머니 대신, 바짝 마르고 머리고 하얗게 센 노파가 나타나서, 산으로 들로 냇가로 수풀 속으로 줄곧 그녀를 끌고 다닌다고 했다. 그것이 명색 눈을 붙이고 잠을 자는 동안 계속되기 때문에, 눈을 뜨면 골치가 깨어지는 것같이 아프고, 전신이 저리고 쑤시고 피가 바짝바짝 말라드는 것 같기만 했다.

그런 가운데서도 옥선은, 어린 영술이 굶고 누운 꼴을 볼 수 없어, 수건으로 머리를 질끈 동여맨 채 부엌으로 나가면 겨우 밥 한 그릇씩을 지어 내곤 했다.

그렇게 서너 달이나 계속되었을 때였다. 옥선은, 전날 영술이 마마 앓을 때의 일을 생각해 내고 서낭당으로 찾아가 빌기로 했다.

"서낭마님 서낭마님, 이년은 밤마다 야릇한 꿈을 꾸어서 살 수가 없습니다. 꿈속에 늘 그 무서운 할머이가 나타나 이년을 못살게 굽니다. 서낭마님 서낭마님, 제발 이 할머이를 저한테서 쫓아 주옵소서. 이 불쌍한 년은 그 할머이가 곧장 나타나면 죽십니다. 이년 죽는 건 괜찮지만 우리 불쌍한 영술이를 혼자 두고 이년은 죽을 수가 없습니다. 서낭마님 서낭마님 이 불쌍한 년의 소원을 들어 줍소서."

이렇게 사흘을 빌고 난 그날 밤이었다. 그 동안 늘 보이던 그 바짝 마른 노파가 나타나서 여느때와 같이 산으로 들로 그녀를 끌고 다니더니, 문득 어떤 목적지에나 당도한 것처럼 걸음을 멈추고 서며,

"저기가 장승배기다."

하고, 손을 들어 가리켰다.

옥선이 무슨 영문인지 몰라 멍하고 있으려니까, 노파는 다시,

"장승 밑이다."

하고는 사라졌다.

노파가 사라지자 옥선은 절로 눈이 띄었지만, 골은 깨어질 듯이 아프고 전신은 식은땀에 후줄근히 젖은 채였다.

이상한 일도 있다고 생각은 했지만 어떻게 해야 할지 엄두가 나지 않아 그냥 잠자코 그날을 넘겼는데, 그날 밤 노파는 또 나타나, 어저께와 꼭같이 "저기가 장승배기다." "장승 밑이다." 하는 것이었다. 사흘째도 노파는 또 나타나 같은 말을 했으나, 이번에는 성을 몹시 낸 얼굴이었다.

옥선이 만약 이번에도 그대로 죽치고 드러누워 있다간 반드시 살아나지 못할 것 같은 생각이 들었다.

옥선은 하는 수 없이, 세수를 대강 하고 나서, 이웃집을 찾아가 장승배기가 어디냐고 물어 보았더니, 경주 읍내 근처에 있는 뜸(작은 동네) 이름이라 하였다. 경주 읍내 근처라면 이십 리 길이나 넘어 되었지만 길을 나서 보니, 누워 앓을 때 그 어지럽고 아프던 푼수하고는 뜻밖으로 걸음이 가벼운 편이라고 스스로 느껴졌다.

장승배기 뜸까지 찾아와 보니, 장승이 서 있는 곳은 인가에서 두어 마장이나 떨어져 있었다. 본디 큰 바위로, 장승 둘을 만들어 양쪽 길가에 세웠던 것인데 하나는 머리가 떨어져 나간 채 반 동강만이 서 있었다.

노파는 그냥 "장승 밑이다."라고만 했고, 어느 장승이라고는 밝히지 않았지만, 옥선은 덮어놓고, 서쪽에 선, 머리없는 장승 밑을 파기로 했다.

옥선은 보자기에 싸 가지고 갔던 조그만 나물칼을 끄집어 내어 장승 밑

가장자리를 조금씩 파 들어갔다. 땅이 너무 여물게 굳어져 있거나, 돌멩이들이 엉켜 있으면, 인가에 가서 호미를 빌리리라 생각하고 왔었는데 의외로 땅은 그다지 굳은 편이 아니었을 뿐 아니라, 서북쪽 가장자리를 두어 뼘 깊이나 팠을 때, 까만 헝겊조각이 보였다. 조금 더 파고 보니, 까만 헝겊 조각으로 보인 것은 까만 보자기 귀였다. 까만 보자기로 무엇을 싸서 묻어 둔 것에 틀림없었다.

그때부터 옥선은 온 팔에 쥐가 난 듯이 저리고 뻣뻣해 왔지만, 이왕 이까지 와서 파기 시작한 것을 그대로 일어날 순 없는 일이라, 이를 악물고 끝까지 보자기에 싸인 것을 파내고 말았다.

까만 보자기는 흙 속에서 팍 삭은 채 들어 내려고 손을 대자 바삭바삭 부서져 나갔다. 그런대로 보자기째 들어 내긴 했으나, 워낙 삭아서 고를 찾아 끄르거나 할 건덕지도 없이 해지고 미어진 것을 그냥 걷어 내자 사방 한 뼘 가량 되는, 네모난, 푸른 돌함(函)이 나왔다.

석함의 뚜껑은 본디 풀을 묻혀 닫았던 건지 잘 열리지 않았다. 칼끝으로 몇 번이나 긁어 내고 겨우 뚜껑을 열어 보니, 그 안에는 다시 흰 종이로 싼 것이 들어 있었다. 옥선은 떨리는 손으로 그 종이를 헤쳐 보니, 그 속에는 동그란 청동거울 하나와, 옥가락지 한 쌍과 방울 하나가 들어 있었다. 그것을 보는 동안, 옥선은 사뭇 가슴이 두근거리고, 머리가 어지럽고, 두 팔이 저려 들어, 당장 땅이 꺼지거나, 산이 무너지거나, 무슨 괴변이 일어날 것만 같았지만, 이제는 무어든지 닥치는 대로 당할 수밖에 없다는 체념을 하고, 거울을 집어올려 자기의 얼굴을 비쳐 보았다. 오래 닦지 않아 때가 끼고 녹이 슨 탓이기도 하겠지만, 거울에 비친 얼굴은 그녀 자신이 아니었다. 두 눈이 뻐끔하고, 광대뼈가 폭 솟고, 머리가 새집 같이 헝클어진, 어떤 늙은 아낙이었다.

야릇한 일도 있다고, 옥선은 거울을 뒤집어 보았다. 거울 뒤는, 윗부분에 선도산 그림과 해 달이 새겨져 있고, 그 아래는, 한가운데에 조금 큰 글자로, '일월대명두(日月大明斗)'라 새겨지고, 그 양쪽에는 그보다 조금 작은 글자로, '선도성모(仙桃聖母)' '대왕마님(大王媽任)'이라고 모두 한 문글자로 새겨져 있었다. 물론 이러한 한문글자들을 그때 그녀가 해독할 수는 없었고, 뿐만 아니라 그것이 무슨 뜻인지도 전혀 알지 못했다. 그뒤에까지도, 그녀는, 다만 '선도성모'란 말이, 선도산(仙桃山)을 상징하는 여성을 가리키는 뜻이란 것을 얻어들었을 뿐, '일월대명두'니, '대왕마님'이니 하는 글자들이 무슨 뜻인지, 그때는 전혀 알 수 없었지만, 나중까지도 똑똑히 가르쳐 주는 사람을 만날 수 없었다.

옥선은 그것들을 도로 종이에 싸서 함 속에 넣고 뚜껑을 닫은 뒤, 자기가 가져왔던 보자기에 나물칼과 함께 쌌다. 그리고는 아까 땅에서 나온 까만 보자기의 미어지고 부스러진 조각들은 함께 본디의 구덩이에 넣고 파내었던 흙으로 덮었다.

옥선이 집에 돌아왔을 때는 땅거미가 진 지도 한 시간 좋이 지난 뒤였다.

영술은 어두운 방구석에서 혼자 쓰러져 자고 있었다.

옥선은 돌함을 농 구석에 감춘 뒤 부엌으로 나가 저녁을 지었다. 온종일 굶은 그녀 자신도 시장했지만, 영술을 굶겨 재울 수 없었기 때문이었다.

그날 밤 옥선은 저녁을 마치자 그릇을 치우기도 바쁘게 곧 방바닥에 쓰러져 잠이 들었다. 그러나 잠이 든 지 한 시간쯤 되자, 그녀는 갑자기 헛소리를 크게 지르며 잠결에서 일어났다. 그렇게 헛소리를 지르며 잠결에서 일어나기를 몇 번이나 거듭했는지 몰랐다.

이튿날도 역시 잠결에 헛소리를 지르며 놀라 일어나기를 수없이 되풀이했다.

옥선은 그날 새벽 또 전날의 그 서낭당으로 갔다.

"서낭마님 서낭마님, 이년은 장승배기에 가서 거울을 가져온 날 밤부터 잠결에 헛소리를 지르고 놀라 일어나기를 수없이 되풀이합니더. 이렇게 잠을 못 자고 밤마다 헛소리를 지르고 일어나서는 살 수 없으니 거울을 갖다 버려도 되겠입니꺼, 그렇지 않으면 이년은 살 수가 없입니더. 이 년은 죽어도 섧지 않지만 우리 불쌍한 영술이를 혼자 두고는 죽을 수 없 습니다. 서낭마님 서낭마님 이 불쌍한 년을 제발 살려 줍소서."

이렇게 외며 무수히 절을 했다. 이번에도 열두 번인가를 그렇게 했을 때, "빡지한테 가거라." 하는 소리가 들렸다.

옥선은 그 길로 빡지무당을 찾아가서 그 동안의 경위를 모조리 이야기 했다.

옥선의 이야기를 다 듣고 난 빡지는 고개를 끄덕이며,

"나도 웬일인지 집에하고 나하고 인연이 있을 꺼 같더라."

했다.

옥선은 전부터 빡지라는 무당이 그 동네 살고 있다는 것은 들었지만 평 소에 그녀의 이야기를 자주 듣거나 혼자 속으로나마 그녀에 대하여 생각 해 본 적도 없었는데, 이렇게 두 번이나, "빡지한테 가거라." 하는 서낭 마님의 분부를 듣고 보니, 아닌게아니라, 그녀의 말대로 무슨 전생의 연 분 같은 거라도 있는 일이 아닌가 생각되었다. .

"암만해도 그런 거 같소. 날 좀 살려 주소."

옥선은 빡지 앞에 바짝 다가앉으며 머리를 아래로 푹 떨어뜨렸다.

빡지는 서슴찮고 옥선의 등에 손을 얹으며,

"신딸 얻게 됐다."

했다.

옥선은 신딸이란 말을 처음 듣지만, 딸이란 뜻으로 무당이 쓰는 말이려 니 했다. 그와 동시 옥선의 수그린 얼굴에서는 눈물이 흘러 내렸다. 죽은 어머니는 그녀를 술어미도 안 시키려고 했는데 이제 와서 무당의 딸이 되 는가 하는 서글픈 생각과 아울러, 앞으로는 빡지를 의지하고 살아갈 수 있으리라는 안도감이 같은 순간에 겹쳐 들기 때문이었다.

빡지는 자기의 저고리 소매끝으로 옥선의 눈물을 씻어 주며,

"일어나거라, 가 보자."

했다.

말씨도 옥선이 공대말을 쓰는 반면, 빡지는 낮춤말을 태연히 썼다.

그녀들은 자리에서 일어나 옥선의 집으로 갔다.

옥선은 영술이더러 남새밭에 나가 상추를 좀 뜯으라고 시켜 내어보낸 뒤, 농문을 열고 그 석함을 끄집어 내었다.

함석 뚜껑을 열고, 그 안에 거울과 옥가락지와 방울을 구경하고 난 빡지는,

"옛 만신이 신딸 찾아왔구나, 큰무당 되것다이."

했다.

이렇게 되면 내림굿을 가져야 하는데, 빡지가, 굿날을 받으니 그 달 보름으로 나왔다. 보름날이면 사흘 뒤였다.

옥선은 안마을 큰아들네한테나 죽은 어머니에게 죄송한 생각이 들었지만, 그렇다고 미리 양해를 받아야 할 성질도 아니고 해서, 굿 차릴 돈 마련을 할 데가 없었다. 빡지에게 통정을 하고,

"신어무이가 모두 알아서 차려 주소. 나중 은공할게요."

했더니, 빡지는 이내,

"사정이 그렇다면 하는 수 없지 어짜노. 딸 하나 낳아서 키우는 데는 돈 안 드나?"

쾌히 승낙을 했다.

장소는 비용 관계도 있고 해서 옥선이 살고 있는 집으로 했다. 굿상은 먼젓번 영술이 손님 때와 같이 노구미(노구메)로 차렸지만, 몽두리(무당옷) 한 벌은 지어야 했기 때문에 빡지로서는 큰 힘을 쓴 것이다.

돗자리를 깔고, 전물상을 차려 놓고, 전물상 곁의 조그만 소반 위에는 앞으로 옥선이 입을 몽두리가 잘 개켜진 채 얹혀 있었다. 빡지는 빈 장고를 안고 전물상 앞에 앉고, 옥선은 아래 위 소부 차림으로 몽두리상 앞에 꿇앉은 채 주당살 가림으로 들어갔는데, 미리 남새밭으로 내어쫓아 놓았던 영술이,

"엄마."

하고 들어왔다.

다섯 살 먹은 어린애한테 복잡한 사정 이야기해야 소용없고, 주당살 가릴 동안이나 남새밭으로 내쫓아 놓았던 것이, 장고 소리가 덩덩거리는 걸 듣자 그냥 집 안으로 뛰어들었던 것이다.

옥선이 고개를 돌려보고 손짓으로 어서 나가라는 시늉을 했으나 소용이 없고, 빡지가 장고채를 들어 또한 밖으로 나가라는 듯이 내저었으나 역시 아랑곳없었다. 그렇다고 굿을 쉬고 아이를 내어쫓을 수도 없는 노릇이라, 영술이 에미 곁에 쪼그리고 앉아 있는 채 주당살 가림을 끝내었다.

주당살 가림이 끝나자 동네 여인들과 아이들이 집 안으로 와 몰려들어 굿자리를 에워쌌다. 옥선은 모든 것을 체념하고 각오한 뒤이지만 동네 여인들이 몰려들자 얼굴이 새빨개졌다.

"아직 귀신이 덜 들렸는가베. 귀신 든 사람은 남 부끄런 줄도 모른다던데……."

하는 소리까지 그녀의 귀에 들렸다.

빡지는 습관이 들어서 그런지 동네 사람들이 몰려들자 더 신이 나는 듯, 옥선의 본과 생년월일을 외어 대었다.

옥선은 혼자 속으로,

'정말 나는 귀신이 덜 들렸는지도 몰라.'

이런 생각을 하고 있는데 갑자기 빡지의 흥분된 듯한 높은 소리가,

"선왕마님."

하고, 그녀의 귓전을 때렸다. 놀라 귀를 기울이자, 빡지는 다시 계속하고 있었다.

"예, 예, 선도산 할머니, 선도산 성모할머니, 선도산 대왕마님 할머니, 모두가 선왕마님이올시더. 예, 예, 선왕마님이 선도산에서 두 번이나 올홧골 당나무(신수) 아래로 내려오셨습니더. 그래 갖고 우리 옥선이를 이 빡지한테 보내 주셨습니더. 예, 예, 선왕마님으로 알아모실랍니더."

빡지는 이렇게 선도산(仙桃山)의 여신령으로 보이는 선도산할머니, 즉 선왕마님과 더불어 공수를 나누면서, 일방, 손을 뻗쳐 소반 위의 몽두리를 집어 옥선에게 던지며 곧 입으라는 시늉을 했다.

옥선은 본디 아래 위로 흰 치마 저고리를 입고 있었기 때문에, 그 위에 그대로 노랑 두루마기를 입고, 두루마기 위에 남색 쾌자를 걸쳤다.

그것을 본 동네 사람들은 일제히 와아 소리를 질렀다. 그렇게도 무당옷을 입은 옥선의 몸맵시는 아름다웠고 얼굴은 어여뻤다. 여기저기서 선녀 같다느니 기생 같다느니 하고 수군거리는 소리가 들렸다.

몽두리를 입고 난 옥선이 빡지가 시키는 대로 굿상을 향해 두 번 절하고 나자 이번에는 빡지가 그녀의 두루마기 소매를 잡으며,

"딸 하나 잘 두었네. 신딸 하나 잘 두었네. 선도산 선왕마님 길이길이 돌봐 주고 밀어 주고 살펴 주고 키워 주실락 하네."

춤을 덩실덩실 추기 시작했다.

구경꾼들도 이제는 모두 흡족한 듯이 입을 벌리고 웃었다. 옥선이 제대로 혼자서 활개를 벌리고 나불거린 것은 아니지만 빡지가 한쪽 팔을 붙잡고 덩실덩실 춤을 추는 바람에 옥선도 이에 맞춰 살랑살랑 몸짓을 했고, 그때마다 쾌잣자락이 예쁘게 나부꼈던 것이다.

그날 밤 빡지는 옥선의 집에서 그녀와 더불어 함께 잤다.

달빛 아래

본디 옥선의 집은 방 둘에 부엌이 달린 삼간 초옥이었다. 그러나 식구라야 어린 영술이와 단 둘뿐이었으므로, 작은 방은 거처로 쓰지 않고, 쌀 독과 잡곡 단지와 허드레 옷가지들을 아무렇게나 던져 두는 고방 구실을 하고 있었다.

그런데 내림굿을 받고 나면 신당(神堂)을 차려야 한다고 빡지가 말해서, 처음엔 자기들 모자가 거처하는 큰방 안목을 생각했으나, 철없는 영

술이 무슨 저지레를 할지 모른다 하여, 끝내 작은방을 치우기로 했다. 그
렇다고 처음부터 격식을 갖출 수는 없어, 그냥 작은 소반에 돌함을 그대
로 차려 놓고, 무색 천으로 포장을 쳐 두었을 뿐이었다. 그러니까 무당으
로서의 그녀의 몸주(수호신)는 빡지가 내림굿에서 공수(供授)로 내림받
은 선왕마님, 즉 선도산 할머니로 불리운 선도산 여신령(女神靈)이었다.

이렇게 무당이 된 뒤에도 옥선은 얼마 동안 빡지의 시중꾼으로 노 빡지
곁에 붙어 지내다시피 해야만 했다. 그것은 굿을 배우기 위해서만이 아니
었다. 무언지 몸주 선왕마님(선도산 할머니)과 그녀 사이에 빡지가 다리
를 놓아 주어야 할 것만 같이 느껴졌기 때문이었다.

옥선이 빡지를 신어머니로 모실 뿐 아니라, 노 손발같이 곁에서 시종을
들고 해서인지, 빡지는 옥선에게 자기가 줄 수 있는 것은 아무것도 감추
지도 아끼지도 않는 듯했다.

"나는 을화 얻고 나서 얼마나 맘이 편하고 흐뭇한지 모를따."

빡지는 옥선의 앞에서나 그녀가 없는 데서나 늘 이렇게 말했다. 그녀는
옥선을 가리켜 꼭 을화라고만 불렀다. 그것은 선도산 할머니가 옥선을 처
음 만난 곳이 을홧골(서낭당)이기 때문이라 하였다.

이렇게 빡지가 을화를 끼고 다니는 동안 빡지의 굿은 열리는 곳마다 영
험을 내고 성황을 이루었다. 그럴 때마다 빡지는 그 빡빡 얽은 새까만 얼
굴을 사람들 앞에 내밀며,

"우리 딸 고은 얼굴이 내 이 빡빡골이를 갚아 주는 기라. 모두 신령님
짓이지."
했다.

본디 을화는 옥선이 적부터 먹고 사는 일엔 그다지 맘을 쓰지 않는 편
이었다. '산 사람 입에 낯거미줄 치랴' 했던 것이 그녀의 타고난 성미인
듯했다. 그래서인지 빡지의 굿이 자꾸 더 팔려서 생기는 것도 많아졌지만
을화는 자기의 보수란 것을 전혀 바라지 않고, 빡지가 주는 대로 쌀이면
쌀, 잡곡이면 잡곡을 가지고 와서 두 식구의 끼니를 이어가는 것으로써

만족하고 있었다.

　그런만큼 어쩌다가 빡지 대신 자기 혼자서 작은 굿이나 푸닥거리를 나갔다가 그쪽에서 돈을 쥐어 주거나 곡식을 따로 주어도 그것을 고스란히 빡지에게 갖다 바쳤다. 빡지도 본디 돈을 밝히거나 인색한 편은 아니었지만, 을화가 혼자서 벌어들이는 천량을 그녀에게 돌려 준다거나 하지 않고 그대로 받아 넣기만 하곤 했다.

　그러는 동안에 이상하게도, 을화의 굿이 무서운 영험을 낸다는 소문이 나기 시작했다. 그것은 처음 그 동네에 아홉 살 먹은 사내애——독자(獨者)——하나가 웬 까닭인지 자고 나서 갑자기 한쪽 다리를 못 쓰게 되어, 잘 일어나지도 못하고, 일으켜 세워도 걸음을 잘 못 옮기는 채, 아무리 약을 먹고 침을 맞고 해도 효험이 없던 것을 을화가 간단한 굿(푸닥거리)으로 감쪽같이 고쳐 내었다는 데서 시작되었다. 다음엔 이웃 마을의 늙은이 하나가 또한 이름 모를 병으로 죽게 된 것을 그렇게 짤막한 푸닥거리로 깨끗이 병을 물리쳐 내었다는 소문이었다.

　이 말을 들은 빡지는 담담한 어조로,

　"이제 우리 딸이 선왕마님을 제대로 모시게 된 기라."

했다.

　이렇게 되니 빡지보다도 을화의 굿을 원하는 사람들이 늘게 되었다. 그러나 을화는 빡지의 허락없이 굿을 받지 않았다.

　그러니 사람들은 을화의 굿을 받고 싶어도 빡지한테 가서 청하지 않을 수 없었다. 한 번은 빡지가 을화를 보고,

　"야, 늬도 언제까지나 나한테 업혀만 다니겄나? 늬 앞으로 나는 굿은 나한테 미루지 말고 댕겨라. 어차피 선왕마님이 봐 주실 꺼 아이가?"

했다.

　을화는 자기의 굿이 지금까지 빠짐없이 성과를 올렸다고 하지만, 자기가 알기에도 춤은 아직 많이 서툴었고, 노래나 사설은 절반밖에 엮어 대

지 못했다. 그 대신 선왕마님을 자꾸 부르며 절을 많이 하는 편이어서, 굿과 치성의 반 섞임쯤 되어 있었다.

그런대로 굿을 자주 맡아 나가려면 금구(징 꽹과리 장고 제금 따위)를 담당할 박수(화랑이)가 있어야 하는데 그것이 쉬울 리 없었다. 지금까지는 빡지네 작은박수가 그녀를 도와 주어 왔지만, 그것도, 마침 그쪽에 굿이 없거나, 큰박수(빡지의 남편)가 혼자 나가도 되는 작은굿이 있을 때뿐이었다.

그런데 한 번은 안강(安康)에 큰굿이 있어, 을화도 물론 빡지네 식구들과 함께 길을 떠나게 되었다. 금구와 몽두리 따위는 모두 지게에 얹어서 작은박수 성 도령이 지고, 그 뒤에 을화가 따르고, 을화 뒤에 빡지와 큰박수가 태극선을 휘저으며 따라가고 있었다.

"성 도령. 무거우먼 내가 하나 안고 갈끼요?"

을화가 물었다.

"괜찮심더. 지고 가는 게 낫지요."

성 도령이 대답했다.

지극히 간단하며 사무적인 대화이긴 했지만, 그것으로 그네들은 서로의 호의를 주고받는 것이기도 했다.

그날 밤 조상굿 망재청(亡者請)굿을 마치고 시무굿(使者굿)을 시작하려다가 갑자기 빡지 몸에 쥐가 나서 일어서지 못하게 되었다. 남의 큰굿을 벌여 놓고 절반도 못 가 이꼴이니 피차가 큰 낭패였다. 모두가 당황해서 수군거리고 웅얼거리고 야단인데 빡지가 을화를 불렀다.

"이건 필시 선왕마님이 늬를 찾는 거다. 내 대신 나가거라."

했다.

"어무이 걱정 마이소. 지가 서툴지만 마님이 뒤에 안 있는기요?"

을화가 선선히 응낙했다.

을화도 웬 까닭인지 시무굿 열왕굿은 사설을 잘 외고 있었고, 오구굿(베리데기)엔 꽤 자신도 있었지만 지금까지 좀처럼 그 기회가 오지 않았던 것이다.

을화가 빡지의 부채를 펴들고 전물상 앞에 나타나자 사람들의 얼굴엔 갑자기 희색이 만면해졌다. 우선 굿이 중둥이 나지 않게 되었다는 안도감도 있었겠지만, 이제 겨우 스무 살 남짓밖에 되지 않아 뵈는, 날씬한 몸매에 꽃 같은 얼굴의 새 무당이 신명에 찬 거동으로 부채를 펴들고 나서는 것을 보았을 때, 우선 어여쁘고, 귀엽고, 장하다는 생각에, 기쁨을 금할 수 없었던 것이다.

"저 채새(차사) 거동 보소.

지옥에 들어가 소인은 못 잡아 왔습니다."

을화의 잠긴 듯한 정겨운 목소리는 삽시에 청중을 삼켜 버린 듯했다. 그것은 듣는 사람들의 피부에 스며드는 듯한, 야릇한 힘을 가진 목소리였다.

그리하여 그녀가,

오른쪽을 돌아보니
부모형제 많다마는
그 누기가 내 대신 갈꼬
왼쪽을 돌아보니
처자권속 많다마는
그 누기가 내 대신 갈꼬
발질맡을 돌아보니
일가친척 많다마는
그 누기가 나를 찾나.

하고 더없이 빠른 말씨로 외어 젖히자, 구경꾼들은 너무도 신기하고 놀라운지 일시에 와아 하고 웃음을 터뜨렸다.

이렇게 시무굿과 열왕굿에서 실컷 웃고 난 을화는 오구굿에 가서 만장을 눈물에 담그었다.

　눈물을 닦고 난 구경꾼들은,

　"저런 무당은 생전 첨이다."

　또는,

　"무당인지 선녀지 모를따."

하고들, 찬사를 아끼지 않았다.

　이날 밤의 을화는 큰무당으로 이름난 빡지에서도 일찍이 보지 못했던 큰 성과를 올렸다. 그 콩을 볶듯 한 빠른 말씨에도, 그 한 마디 한 마디를 똑똑히 들을 수 있는 특이한 발음과, 그 묻어날 듯한 특이한 목소리는 구경꾼들의 감탄을 사고도 남을 만했다.

　특히 을화의 굿이 구경꾼들의 감동을 산 또 하나 이유는 빠른 말씨와 느린 말씨를 대목에 따라 효과적으로 섞어 쓰는 데도 있었다. 재미나고 익살스러운 대목엔 빠른 말씨를 쓰고, 슬프고 감격적인 대목엔 느린 말씨를 쓰는 재능을 그녀는 천부적으로 타고난 듯했다.

　굿을 마쳤을 때는 첫닭이 울고 난 뒤였는데, 빡지는 상기 몸이 풀리지 않아, 영감(큰박수)과 함께 머물러 쉬기로 하고, 을화는 집에 애기가 혼자라서 성 도령(작은박수)을 붙여 돌려보내기로 했다.

　둘이 동구를 지나 냇가로 나오자 열이레 달은 한결 더 밝았다. 을화는 본디 달밤이면 공연히 발광이 나서 돌아다니던 성미라, 지금도 달빛에 그만 피로마저 확 가져지는 듯했다.

　얕고 잔잔한 시냇물을 건너, 모래펄을 지나, 숲머리를 돌 때, 을화는 성 도령에게 쉬어 가자고 했다. 성 도령은 잠자코 그녀가 하자는 대로 지게를 숲머리에 세웠다.

　을화는 모래 위에 궁둥이를 붙이고 앉은 채,

　"나는 처자 때부터 달만 보먼 자꾸 미칠 꺼 같데이요."

했다.

　을화의 말에 성 도령도 달을 쳐다보며, 낮은 목소리로,

"달이사 안 좋닥할 사람 있는기요?"

하고, 맞장구를 쳤다.

"아까도 냇가에 나왔을 때 달이 하도 밝으니 고만 피로가 싹 풀려 버리는 기라요."

이렇게 말하며 을화는 쭉 뻗치고 앉은 자기의 다리를 두 주먹으로 가볍게 두드렸다.

"참 오늘 큰 고생했읍디더, 생천 첨으로 그 어려운 큰굿을 다 해냈으니……."

하고, 그녀 곁으로 다가앉은 성 도령은,

"내가 좀 두들겨 줄끼요?"

하며, 넓적한 손으로 그녀의 정강마루를 주무르기 시작했다.

"어떤기요, 좀 풀리는기요?"

"참 시원하네요."

을화의 대답에 성 도령은 힘이 났다. 그는 그녀의 정강마루를 만지기 시작했을 때, 그녀의 노염을 사지는 않을까 은근히 켕기는 속이었던 것이다. 그는 정강마루에서 아래로만 만지던 것을, 이번에는 위로도 올라갔다.

넓적다리에서 조금씩 더 위로 올라가자, 을화는 신음하는 소리로,

"아이고, 아이고……."

했다.

이 소리에 더욱 신이 난 성 도령은, 넓적다리에서도 더 위로, 더 깊게 손을 넣었다.

"아이고, 안 되겠읍니대이."

전신을 비비 틀며 가볍게 울먹이듯 한 소리로 그녀가 이렇게 말하자 성 도령은 그녀의 양쪽 겨드랑이 밑으로 손을 옮겼다.

몸을 비비 꼬던 을화는 자기 손으로 옷고름을 풀어 저고리 섶을 젖히고 새하얀 젖가슴을 드러내 놓으며 떨리는 소리로,

"그마 안 되겠임더."
했다.
그와 동시, 성 도령은 그녀의 탐스러운 젖통 위에 양쪽 손을 얹으며,
"아이고, 이래 가 될는기요?"
했고, 뒤이어 그녀는 역시 떨리는 듯한 한숨 섞인 낮은 소리로,
"그마 어떤기요?"
했다.
성 도령은 두 손으로 젖통을 움켜쥔 채 뒤를 한 번 돌아다보았다. 아무
리 인기척이라고 있을 리 없는 밤중——그것도 새벽녘 가까운——이라
고 하지만 달이 낮같이 환해서 아무래도 마음이 덜 놓이는 모양이었다.
그러나 그것을, 을화는 성 도령이 공연히 켕기어서 슬그머니 물러나려
고 그러는 줄 지레 겁을 먹고, 그의 한쪽 소매를 꽉 움켜잡았다.
성 도령은 턱으로 숲 안쪽을 가리키며,
"숲 안에 더 보드란 모래밭이 있는데……."
했다. 숲속의 더 아늑한 데를 원하는 말투였다. 둘은 서로 붙잡은 채 숲
속으로 들어갔다.

을화무

을화의 시무굿 오구굿의 소문은 그날 밤 모여들었던 구경꾼들의 입을
타고 온 고을에 퍼졌다.
이 소문이 경주 읍내, 서문 밖의 정 부자네 집에도 전해져 들어왔다.
정 부자네, 맏며느리의 친정이 안강이었는데, 그 친정 어머니가 이 소문
을 딸에게 옮겼던 것이다.
본디 정 부자네는 세칭 삼대(三代)째 삼천 석지기라고 일컫는 유서있
는 부자였는데, 이 댁 마누라——정 부자의 어머니——가 굿을 좋아하
여, 사람이 앓거나 죽거나 했을 때는 물론, 평상시에도 초하루 보름마다

소위 축원굿이라 하여, 단골 무당을 정해 놓고 불러 들였던 것이다.

그런데 얼마 전부터 큰손주——맏며느리의 큰아들——가 병이 나서 누웠는데, 단골 무당이 푸닥거리를 해도 시원치 않아, 어디 좀더 영검있는 새 무당이 없을까 하던 차이라, 사돈댁이 전한 울화 이야기를 듣자 곧 좀 불러올 수 없겠느냐고 나왔다.

며느리는 시어머니의 분부를 받자 이내 안강으로 달렸다. 친정 어머니에게 그 뜻을 전했더니, 친정 어머니도 그 마누라의 부탁이라면야 하고, 그 자리에서 딸을 앞세우고, 잣실(백골)로 향했다.

울화의 집을 찾는 것까지는 어렵지 않았으나, 울화가 얼른 승낙을 하지 않았다. 처음엔 남의 단골을 젖히고 들기가 꺼림칙한지,

"거기도 다니던 신자가 있다는데……."

하고, 어정쩡해하다가, 안강 마누라가,

"목숨이 소중하지, 단골이야 정하기에 달린 거 아닌가베."

하고, 간곡히 나오자, 이번에는 빡지를 끌어 대었다.

"저는 우리 신어무이 끄는 대로 따라갑니더."

"하지만 정 부자댁 마누라가 자네를 꼭 보작하는데 어쩔 께고."

"암만해도 저는 우리 신어무이 허락없이 거기까지는 못 가겠임더."

끝까지 버티었다.

하는 수 없이 안강 마누라와 안강댁(정 부잣집 며느리)이 빡지를 찾아 가 사정을 했다.

빡지는 혼자 속으로, 정 부자댁 마누라가, 자기를 통해, 울화를 대동하고 오도록 당부하지 않은 것을 섭섭하게 생각했지만, 이것도 선왕마님의 뜻인가 부다고 체념을 하고, 작은박수(성 도령)를 부르더니, 징 장고를 지워 울화에게 보냈다.

얼굴빛은 석연치 않았지만, 이왕 딱지를 놓을 처지가 못 된다면, 최소한 굿을 할 수 있도록 작은박수에 곁들여 금구 일부를 보내 주지 않을 수 없었던 것이다.

거기에 안강 마누라와 안강댁은 작은박수와 함께 다시 을화를 찾아갔다.

을화도 빡지가 작은박수에 금구까지 보내 줬으니 그 위에 다른 말을 더 붙일 여지가 없으므로 곧 옷을 갈아입고 마누라들을 따라 나섰다.

안강역에서 마차를 타고 경주에 닿으니 저녁때였다.

정 부자댁에서는 며느리가 새 무당을 데리고 올 것으로 내다보고, 미리다 준비를 해 두었으므로, 물에 담가 두었던 쌀을 빻아서 떡을 찌는 동안, 한머리 전물상을 차리고 해서, 떡을 쪄내자 이내 굿을 시작할 수 있었던 것이다.

굿이라고 하지만 오구가 아닌 작은굿이었으므로 열한시경에 끝이 났다.

작은박수와 함께 금구를 챙기고 있는 을화를 보고,

"어떻더노? 우리 손주 일어나것나?"

주인 마누라가 물었다.

"방에 들어가 보이소."

을화의 대답이었다.

"뭐, 뭐라꼬? 나더러 들어가라꼬?"

마누라는 을화의 말을 잘 못 알아듣는 모양이었다.

을화는 약간 웃는 얼굴로,

"예, 방에 들어가 보이소."

또 같은 대답을 했다.

그때에야 을화의 말뜻을 알아들은 듯, 마누라는 두말 않고 손주방으로 쫓아갔다.

손주는 자리에서 일어나 앉아 있었다.

"인석아 어떻노? 좀 어떻노?"

마누라의 묻는 말에 손주는 또렷한 목소리로,

"할메, 나 묵을 꺼 줘요."

했다.

갑자기 희색이 만면해진 마누라는,

"오냐, 오냐, 주고말고 주고말고. 야아, 에미야, 인석이 멕일 죽 쑤락 해라."

이렇게 한머리 분부를 내리기도 바쁘게 다시 을화에게로 쫓아 나오며,

"나 좀 보자, 이리 좀 들오너라."

했다.

마누라는 을화를 안사랑으로 불러들이더니, 대뜸,

"오늘 밤 우리 집에서 자거라."

했다.

"안 됩니더. 집에 다섯 살 묵은 애기가 혼자 있임더."

"그래? 그러면 안 되겠구나."

하더니, 조금 있다가, 다시,

"내 자네하고 조용히 의논할 게 있는데 어짤꼬?"

"지금 이 자리에서 하시먼 안 되겠입니꺼?"

"오냐, 좋다, 그라자."

하더니, 다시 말을 돌려,

"참 우리 손주 일어나 앉았다."

했다.

을화는 별로 놀라거나 신기해하지도 않은 채,

"첨에는 쪼금씩 멕이이소."

했다.

"그렇다마다."

마누라는 간단히 대답하고 나서, 을화의 손목을 잡아 자기 앞에 다가앉히며,

"내 우리 며느리한테 자네 형편 다 들었다. 내 자네 금구 부채 몽두리 한 벌 다 지어 주고, 먹고 살 천량 다 대 줄게, 초하루 보름으로 우리 집

축원굿 해 주고, 푸닥거리 맡아 주고, 그밖에 큰굿 때는 내 또 따로 대접
안하리? 어때? 약조하게."
했다.
    을화는 난처한 듯이 잠간 머뭇거리더니,
    "지한테는 너무 과합니더마는, 그래도 그런 거 지 맘대로 못합니더."
    "자네 신어머이 있다는 말 들었다. 그러면 신어머이만 좋닥하면 약조
하제?"
    "예에."
    "그라고 이건 우선 오늘 밤 수고한 값이다."
    마누라는 퍼런 지폐 한 장을 그녀의 손에 쥐어 주었다. 십 원짜리였다.
지금까지, 무당 둘, 박수 둘 네 사람이 매달린 채 밤새워 하는 오구에서
도, 십 원 나오면 후한 대접이라고 알아 왔던 그녀로서는 너무나 놀라운
큰돈이 아닐 수 없었다.
    "웬걸 이렇게 많이 주십니꺼?"
    "넣어 두게. 앞으로 내 섭섭찮게 할 꺼이 날 믿고 지내자이."
    마누라의 당부였다.
    을화와 성 도령이 정 부자댁을 떠났을 때는 자정 가까이 되어 있었다.
일월 초나흘의 칠흑같이 어두운 길을 둘은 묵묵히 걸었다.
    나원당——동네 이름——을 지나, 야트막한 언덕길을 돌아갈 때, 성
도령이 먼저 쉬어 가자고 했다. 그리고는 이내 그녀의 손목을 잡고 끌었
다. 을화는 기꺼이 응했을 뿐 아니라 앞장서서 언덕 아래로 내려갔다.
    이튿날 을화는 빡지를 찾아가 마누라에게서 받은 십 원짜리 지폐를 내
어놓았다.
    빡지는 기꺼이 받으며,
    "내 딸 장하다."
했다. 그리고는 다시,
    "성 도령은 늬가 아쉽거든 언제든지 말해라."

했다.

빡지가 '아쉽거든'이라고 하는 것은, 물론, 을화의 굿을 돕는 박수로서의 성 도령을 가리키지만 또 다른 뜻도 곁들이고 하는 말인 듯했다.

"어무이 고맙심더."

을화는 벌겋게 상기된 얼굴로 빡지에게 머리를 숙이고 돌아왔다.

을화가 빡지에게 내놓은 퍼런 지폐 한 장은 이밖에도 많은 효과를 내었다. 사흘 뒤 안강 마누라가 사돈댁의 부탁을 받고 그녀를 찾아왔을 때도, 심히 까다롭게 나오지 않고 을화를 보내는 일에 응한 것 역시 이 십 원짜리의 공덕이 컸던 것이다.

그해 이른 겨울부터 을화의 배가 눈에 띄게 부르고, 그것이 또한 작은 박수 성 도령의 애기라고 마을 사람들은 다 짐작하고 있었지만, 아무도 별로 해괴하게 생각하는 사람이 없었다.

이듬해 사월 그믐께 을화는 딸을 낳았고, 그보다 두어 달 전부터 성 도령은 이미 을화의 집으로 옮겨 와 살고 있었다.

빡지는 성 도령을 을화의 집으로 보낼 때,

"자네는 내가 아들삼아, 머슴삼아, 평생 동안이라도 데리고 있을라꼬 했는데 내 신딸이 자네한테는 다시 없는 각시깜이라, 아무도 이 일을 막을 수 없다고 생각했다. 이미 그까지 나갔으니 가서 한테서 지내도록 해라마는, 여기 있을 때나 똑같이 생각하고, 자네가 할 일은 내가 찾기 전에 와서 해야 된다."

이렇게 말하고 새 옷 한 벌과 돈 십오 원을 내주었다.

빡지가 그에게 '자네가 할 일'이라고 한 것은 주로 종이꽃 따위로 보신개를 만드는 일과 그림을 그리고 징을 다루는 일 따위였다. 그는 처음 빡지네 머슴으로 들어왔지만, 머슴 일보다는 박수를 돕는 일에 능했고, 특히 손으로 무엇을 만들고 그리는 일에 뛰어났던 것이다.

그의 이름은 방돌이요, 그의 아버지는 환쟁이로, 한 달 잡고 스무이레는 객지로 떠돌아 다니며 남의 그림을 그려 주고 밥이나 얻어먹고 지내다가 겨우 노자라도 낫게 생기면 집에 돌아와 며칠씩 머물다간 또 휘딱 사라지곤 했던 것이다. 그러던 것이 방돌의 나이 열일곱 살 때 행방불명이 된 채 아주 돌아오지 않고 말았다.

방돌이도 처음엔 제 아버지를 따라 그림을 그렸는데, 혼자 된 그의 어머니가 아버지 팔자 닮는다고 기쓰고 말려서, 그림을 집어치운 뒤, 어머니와 함께 농사를 짓고 지내다가, 그의 나이 스무 살 때 어머니마저 세상을 뜨자, 남의 집 머슴살이로 들어가 이태째 되던 어느 날, 빡지 굿 구경을 하던 중 문득, 징 치고 장고 치고, 종이꽃 만들고 그림 그리고 하는 화랑이(박수)가 부러워져서 빡지네 머슴으로 자리를 옮겼었다는 것이다.

그는 본디 마음씨가 고운 편이어서 자기의 친딸애를 귀여워한 것은 물론, 영술이를 돌봐 주는 일에도 소홀하지 않았다. 영술이 아홉 살 때는, 글을 배우겠다고 떼를 쓰자 보다 못한 방돌이 그의 손목을 잡고 서당으로 찾아가 얼마나 애걸을 했는지 모른다. 그러나 무당의 아들이라 하여 끝내 받아들여지지 않게 되자, 방돌이 천자책을 빌려다 자기 손으로 절반 가량 베껴서 그것을 영술에게 가르쳤다.

그러나 영술의 글재주는 비범했고, 방돌의 실력은 본디 천자문 한 권도 채 떼지 못했던 터이라, 이내 바닥이 나고 말았다. 방돌은 이것을 보다 못해,

"절에서는 반상 차별이 없으니까 술이를 절에 데려다 가르치면 어떨까?"

하고, 을화에게 의논했다.

을화도 몹시 기뻐하며, 영술이 손목을 잡고, 기림사(祇林寺)로 떠났다. 그 절에 그녀의 아는 스님이 계시다는 것이었다.

영술을 절에 보내고 난 뒤의 이삼 년 동안 이 을화의 일생에 있어 가장 행복한 시기였는지 몰랐다. 남편의 사랑은 살림에서, 굿에서, 잠자리에서 빈틈없이 극진했고, 굿은 날마다 인기와, 상찬이 치솟았고, 월희는 옥으로 깎은 듯, 달의 혼을 빚은 듯, 맑고 어여쁘게 자라났고, 보고 만나는

것이 모두가 기쁘고 즐거운 일들뿐인 듯했다.

이렇게 기쁘고 즐거운 나날 가운데서도, 을화는 무언지 불안과 두려움으로 부들부들 떨 때가 가끔 있었다. 그것은 주로 잠자리를 진탕으로 즐기고 났을 때 빚어지는 일이었는데, 그렇게 잠자리에 너무 심히 젖어드는 것을 선왕마님께서 처음엔 외면을 하시다가 요즘 와서는 차츰 노여워하시는 것 같다고, 그녀는 부들부들 떨며 남편에게 호소하곤 하였다.

그러던 어느 날, 월희가 까닭없이 음식을 못 먹고 그 대신 냉수만으로 요를 때우기 시작하더니, 한 보름 뒤에는, 혀가 목구멍 쪽으로 좀 당겨 들어가는 듯하면서 말을 잘 못하게 되어 버렸다.

이것을 을화는, 선왕마님께서 드디어 벌을 내리신 거라고 했다. 그리고는 굿이 없는 날 밤은 을홧골 서낭당이나, 때로는 그보다 더 깊은 산 속으로 들어가 치성을 드리곤 하였다.

이 무렵부터 을화의 말씨나 거동에 차츰 변화가 일기 시작했다. 전에는 굿을 시작하여, 주당살이 끝나고, 정중이나 방울 소리가 나야 신이 내리던 것이, 이 무렵부터는 언제 어디서고 신이 들린 채 굿을 할 때나 거의 같은 상태가 계속되었다.

어느 달이 밝은 밤이었다. 밤새도록 산골짜기에서 냇물가로 쏘다니다 돌아온 을화는, 남편에게 월희를 가리키며, 공수를 전하듯,

"우리 달희(월희)는 달나라 월궁 속에 사시는 옥황상제님의 일곱째 공주님이올시더. 상제님께서는 일곱 공주님을 두셨는데 우리 달희가 맨 막내공주님이시랍니다. 상제님의 일곱 공주님은 제석대왕(帝釋大王)님의 일곱 왕자님과 배혼을 하시는데, 첫째 왕자님은 첫째 공주님과 배혼하시고, 둘째 왕자님은 둘째 공주님과 배혼하시고, 셋째 왕자님은 셋째 공주님과 배혼하시고, 이렇게 가서, 우리 일곱째 공주님은 일곱째 왕자님과 배혼하실 차렌데, 일곱째 왕자님은 본디 바람기가 있어, 자기 차례를 기다리지 못하고, 여섯째 공주님을 가로채어 버렸임더. 여기서 서로 짝을 잃은 여섯째 왕자님과 일곱째 공주님은 대왕님과 상제님께 배혼을 줍소사

고 호소하여, 왕자님은 용궁으로 내려가 용왕님의 셋째 공주님과 배혼하
시고, 일곱째 공주님은 우리 인간 세상으로 내려오시게 됐입니다. 먼 타
국에서 오신 손님이 우리 나라 말을 잘 못하는 거와 같은 이치올시다."

을화는 월희의 혀가 잘 놀지 않고 말을 잘 못하게 된 사연을 이렇게 엮
어 대었다. 자기도 처음에는, 자기가 잠자리를 너무 삼가지 않은 죄과로
마님께서 벌을 내리신 거라고 떨었었는데, 나중 그렇지 않은 연유를 알게
되었노라고, 남편에게만 살짝 일러 주었다.

월희는 혀를 잘 못 놀리게 되면서부터 그림 공부를 시작했다. 그녀의
아버지인 방돌의 말에 의하면 그녀의 화재는 전생에 타고난 것이라고 하
였다.

월희 자신은 말을 잘 못하게 된 데 대하여 별로 답답해하거나 안타까워
하는 빛도 없었다. 본디 밖에 나가 놀지 않는 그녀로서는 말 할 일이 별
로 없는 편이기도 했다. 을화의 말대로 달나라에서 내려온 넋이 되어 그
런지 사람에 싸이기를 꺼려하는 성미인 듯했다.

월희의 나이 아홉 살 나던 해였다.

정 부자댁 마누라가 을화더러 읍내로 이사를 들오라고 전했다. 을화도
자기의 굿이 거의 읍내를 중심하고 그 남쪽에만 있었기 때문에——읍내
에서 북쪽은 빡지에게 양보하기 위하여 그녀 자신이 응하지 않았다——
번번이 이십여 리 길을 왕복한다는 것이 힘겨운 일이라 은근히 그것을 원
하고 있던 차에 마침 그러한 적당한 집이 나왔던 것이다.

본디 옛날부터 무슨 신당(神堂)으로 쓰던 집인데, 그뒤 어느 도사(道
士)가 떠난 뒤에는, 그 도사의 동재(同齋) 빨래를 맡아 하던 홀어미가
혼자 남아 살았다.

그런데 이 홀어미가 얼마 지나자, 자기는 본래 그 도사의 수제자로 도
술을 이어받았노라 하고, 점을 치기 시작했는데, 세상에서는 그 홀어미를
가리켜, 신당할미, 명도할미, 태주할미 하는 따위 이름으로 불렀다는 것
이다.

점이 잘 맞고 영검이 있어, 정 부자댁 마나님도 가끔 불러 보았는데, 그뒤 괴이한 사건이 터져, 먼곳으로 추방이 되다시피 되었다는 것이다. 그리고 그 괴이한 사건이란 을화 자신도 잘 알고 있는 터였다.

그렇다고 그 집에는 아무나 들어가 살 수도 없고, 아주 비워 둘 수도 없으니, 제발 들어와 살아 달라는 것이었다.

을화무의 발전

성밖 동네로 이사를 온 뒤부터 을화와 방돌의 사이에 금이 가기 시작했다.

첫째, 을화는 그 집의 모든 것이 마음에 들고 흡족했지만, 방돌에게 있어서는 무언지 으스스하고 꺼림칙해서 마음이 잡히지 않았다. 집뿐 아니라, 동네 사람들의 태도도 그랬다. 동네 사람들의 야릇한 미소, 또는 무심한 표정 따위가 을화에게는 호의적인 것으로 느껴졌고, 방돌에게는 그것이 경멸과 외면으로 받아들여졌다.

둘의 상반된 감정은 이런 따위 막연한 것에만 그치지도 않았다. 우선 방돌은, 집 안 청소를 깨끗이 하고, 뜰에 가득 찬 잡풀들도 뽑아 내고, 군데군데 조금씩 허물어진 돌담도 새로 쌓고, 하자는 쪽이요, 을화는 방 안의 먼지만 닦아 내고, 그 이외에는 어디고 일체 손을 대어서는 큰일난다는 것이었다. 더군다나 뜰의 풀을 뽑거나 베는 일은 그녀 자신의 머리를 뽑거나 깎으려는 것과 꼭같다고까지 나왔다. 본디 을화는 인정이 많고 수월한 편이었지만 신령과 관계되는 일에는 너무나 과격하고 극단적이었기 때문에, 마음씨가 보드랍고 다툼질을 못하는 방돌로서는 두말없이 그녀의 주장에 따를밖에 없었다.

그러나 차츰 방돌로서도 따를 수 없는 일이 가끔 터져나기 시작했다. 그것은 처음 을화가 술을 마시는 일로써 시작되었는데, 그것이 급속도로 발전하면서 부작용을 수반하게 되었던 것이다.

을화가 자주 다니는 술집은 '모과집' 또는 '성밑집'이라고 불리우는 보잘것없는 조그만 주막이었다. '모과집'이라고 하는 것은 안주인의 얼굴이 모과같이 생겼다고 하여 붙은 이름이었고, '성밑집'이라고 하는 것은 그 위치가 '긴 돌무더기' 같은 옛성 바로 아래 있다고 해서 '성밑집'이라고 불렸다. 을화는 이 집 주인 모과네를 성님이라고 불렀고, 모과네는 을화를 동숭――동생――이라 불렀는데, 처음 어떠한 사연과 계기로 맺어졌는지 알 수 없으나, 둘의 사이는 친형제 이상으로 가깝다는 것이 주위 사람들의 정평이었다.

본디 이 모과집이 누룩과 물을 어디서 구해다 쓰는지 그 술맛이 그냥 배맛이라 하여, 그 외지고 쓸쓸한 돌무더기에 에워싸인 초라한 주막까지 술을 좋아하는 술꾼들의 발길이 끊이지 않았다. 더구나 을화는 모과네와 성님아 동숭아 하면서, 굿이 없을 때는 언제나 이 주막에서 살다시피 하였다.

이 주막을 찾는 단골 술꾼들이라면, 왠지 약간 지체 얕은 사람들이 많았고, 가운데는 박수(화랑이)들도 더러 끼여 있었는데, 그들은 이미 을화의 이름을 알고 있었던만큼 여간 반가이 대해 주지 않았다.

가운데서도 설화랑(薛花郞)이라고 부르는, 나이 마흔 남짓된 박수가 있었는데, 처음부터 을화에게 호의를 보이기 시작했다. 처음엔 술을 몇 차례 샀고, 그러는 동안에 을화의 형편을 알게 되자, 자기가 박수 일을 돕겠다고 제의해 왔다. 어느 무당이나 남편이 으레 박수지만, 큰굿에서는 박수가 한 사람만으로 부족하기 때문에, 다른 집 박수와 서로 품앗이를 해 주는 것이 통례로 되어 있었다. 그런데 방돌은 종이꽃을 만들고 그림을 그리고 하는 따위 일엔 뛰어났지만, 징 꽹과리 장고 북 제금 정중 따위 금구를 다루는 일엔 아직 서툰 편이었다. 그래 성화랑(방돌)이 자기네(설화랑) 굿에 보신개(종이꽃의)와 징 꽹과리를 맡아 주면, 자기는 이쪽 굿에 장고 제금 따위를 담당해 주겠다는 제안이었다.

을화는 물론 찬성이었다. 방돌도, 박수들끼리 품앗이를 다닌다는 것은 필요한 줄 알지만, 그러나 을화가 술집에서 만난 자기의 술친구를 남편의 품앗이 상대로 끌어들이는 처사에 꺼림칙함을 느꼈다.

그렇게 얼마를 지나는 동안 방돌은, 을화와 설화랑의 관계가 보통이 아 닌 것을 알게 되었다. 성밑집에 가끔 들르는 그 동네 놈팡이로서 꺽다 리라는 노름꾼이 있었는데, 이 꺽다리가 퍼뜨린 소문에 의하면, 을화와 설화랑이 정을 통한 지는 이미 오래여서, 주막에서는 그 관계가 거의 공 공연히 인정되고 있었다는 것이다. 그러던 차에, 설화랑이 굿을 나가고 없을 때, 을화에게 뜻을 두고 지내던 또 다른 놈팡이(소장수)와 정을 통 하게 되었는데, 이것이 두 번 세 번 거듭되는 사이에, 설화랑이 알게 되 어 대판 싸움이 벌어졌다는 것이다.

방돌이 이 소문을 듣고 을화에게 추궁을 했더니, 을화는 조금도 숨기거 나 거짓말을 하지 않고, 순순히 자백을 했으며, 앞으로는 조심할 터이니 제발 참아 달라고 빌었다.

"내가 본디 행실궂은 년은 아닌데 술바람에 미쳤던가 베요. 그렇지만 집에서 달희 아베한테 섭섭하게 한 일은 없임더."

이것이 을화의 변명이었다. 그녀 자신의 말대로, 을화는 잠자리에서고, 음식 공대에서고, 방돌에게 섭소한 일은 거의 찾아볼 수 없었던 것이다.

그러나 을화는 그렇게 약속한 뒤에도, 술을 끊지 못했을 뿐 아니라, 모 과집에도 그냥 나다녔고, 모과집의 두 남자와의 관계도 청산을 못한 채 질질 끌려나가고 있었다. 다만 모과네가 두 남자의 사이에 들어, 서로 부 딪치지 않도록 적당히 조종을 한다는 소문이었다.

그러던 어느 날 방돌이 갑자기 여행을 떠나고 말았다. 사전에 의논이 없었던 것으로 보아 심상한 여행이 아닌 듯했다. 한 이레 뒤에 집으로 돌 아온 방돌은 을화를 보고, 단도직입적으로,

"나는 동해변에 나가 가게나 볼란다. 월희는 내가 데리고 갔으면 싶은 데 임자 생각은 어떻노?"

이렇게 나왔다.

그때도 을화는 술이 얼근해 있었는데, 이 말을 듣자 두 손으로 방돌의 소매를 잡으며, 목멘 소리로 가락까지 붙여서,

너무합더 너무합더
우리 대주 너무합더
안 됩니더 안 됩니더
우리 달희 안 됩니더
우리 달휘 죽심니더
날 떠나면 죽심니더.

이렇게 대답하고 나서, 팔을 벌려 방돌을 얼싸안으려 했다.

방돌은 을화가 월희를 내어놓지 못할 것을 알았다. 그는 조용히 을화의 포옹을 물리치고 자리에서 일어났다. 그리하여 그는 조용히 방에서 나간 채 돌아오지 않았다.

방돌이 동해변——감포(甘浦) 근방——에서, 어포 문어 미역 다시마 따위 건물 가게를 본다는 소문은, 그뒤 달포 만에 을화에게도 들렸다.

을화는 이따금 남편을 찾아가겠노라고 별렀지만 정작 길을 떠나지는 못했다. 그 대신, 방돌이 쪽에서 한 철에 한 번쯤, 미역귀 다시마 따위를 가지고 월희를 찾아보곤 했다.

을화는 을화대로, 방돌이 집을 나간 뒤에도, 그를 남편이라고 누구 앞에서나 내세우곤 했다. 설화랑 소장수 앞에서는 더욱 그랬다.

교회를 찾다

영술은 어머니의 심정이나 신앙이 예수교와는 너무나 먼 거리란 것을 깨달았다. 그녀로 하여금 예수교를 이해하고 이에 돌아오게 하는 일이 얼마나 험하고 가파른 길이 될지 헤아리기조차 어렵다고 생각했다. 그것은

그녀가 본디의 그 순해빠졌던 어머니가 아니고, 지금은 아주 무당귀신에 젖어 버린 딴사람으로 변해졌기 때문이었다. 그 인정 많고 순하던 어머니가 지금은 성이 많고, 과격하고, 고집이 센 여인으로 바뀐 것이다.

먼젓번에만 해도 영술이, 그의 어머니의 '신령님'을 가리켜 우상이라고 말하자, 어머니는 당장에 얼굴빛 획 달라지며, 그를 몽달귀니 잡귀니 하고 달려들지 않았던가. 그때 만약 영술이 조금만 대항을 했던들, 어머니는 그의 얼굴에 이내 물그릇을 끼얹었을지도 모른다. 옛날의 어머니는, 아무리 남이 자기를 욕하고 핍박했어도 갑자기 성을 콱 내고 날카로운 말씨로 상대자를 공격할 수 있는 위인이 아니었던 것이다. 무당이 된 십여 년 동안에 어머니는 아주 딴사람이 된 것이라고 그는 한숨을 내쉬었다. 적어도 그가 가슴속에 하나 가득 품고 온 예수교의 복음이란 그의 부푼 꿈을 삼기에는 너무나 깡마른 돌자갈밭이요, 뜨거운 불볕이었다.

그가 평양에서 떠나올 때는, 물론 어머니와 누이동생이 그립고 보고 싶은 마음도 간절했지만, 그보다도 기독교의 복음을 그녀들에게 전함으로써 자기가 누리게 된 끔찍한 행복을 그녀들과도 함께 나누겠다는 것이 더 간절한 소망이라면 소망이요, 목적이라면 목적이기도 했었다. 그는 그것이 그다지 힘들지 않게 이루어질 줄 믿었고, 그것이 이루어지면, 거기서 다시 나아가, 이 고장의 보다 더 많은 사람들에게 이 복음을 전하고, 교회를 일으키고, 미신을 타파하고, 사귀를 물리치고 어두운 골짜기에서 헤매는 사람들을 광명의 전당으로 이끌어 내려는 것이, 고향을 찾게 된 그의 구경 목적이요, 꿈이기도 했던 것이다.

그러나 이러한 그의 꿈과 목적을 달성시킬 길은 너무나 멀었다. 어머니는 이미 그렇다 하더라도, 어려서 그렇게도 그를 따르던 그 천사같이 착하고 어여쁘던 월희마저, 이제는 어머니의 무당귀신에 완전히 사로잡힌 채, 도리어 오빠를 경계하는 눈빛이요, 숫제 말도 잘 알아듣지 못하는 꼴이니 한심한 노릇이라 하지 않을 수 없었다(그는 물론 월희의 혀가 잘 돌아가지 않는 것도 사귀가 들린 탓이라고 믿고 있었다).

그렇다고 영술은 단념을 하고 돌아설 생각은 조금도 없었다. 그렇게 완강한 미신일수록 기어이 깨뜨리고 그녀들을 마귀(魔鬼)의 질곡에서 건져 내어야 하리라고, 그는 속으로 굳게 다짐했다.

그에게 이러한 용기와 의지를 들어 부어 주는 것은 물론 예수교에 대한 신앙이었다. 그는 이러한 그의 결심이 기도로써 이루어질 것이라고 굳게 믿고 있었다. 이것은 그가 평양을 떠날 때부터 가슴속에 단단히 간직하고 온, 아무것에고 꿀릴 데 없는 최상의 힘이요 무기였던 것이다.

그러나 당장의 문제는 기도 드릴 장소가 쉽지 않은 점이었다. 온갖 마귀(魔鬼)들의 초상과 부적(符籍) 따위가 벽마다 붙어 있고, 신단이 차려져 있는 집 안에서 기도를 드린다는 것도 아예 마뜩찮은 일인데다, 그의 어머니가 이것을 예사롭게 보아넘길 리 만무하고, 반드시 몽달귀니 잡귀니 하여 야단법석을 떨 것이다.

그렇다고 뜰을 이용할 수도 없는 노릇이었다. 바깥 벽에도 삥 돌아가며 온갖 귀신들의 화상이 다 붙어 있고, 마당과 뒤꼍에는 시커먼 잡풀들이 엉켜 있으니 그 속을 헤치고 들어갈 수도 없는 노릇이었다.

영술은 이튿날, 이 고장의 교회를 찾기로 했다. 우선 그가 힘을 빌릴 곳은 교회밖에 없다고 헤아려졌던 것이다.

이 고장에서는 교회를 보통 회당이라고 불렀는데, 그것은 함석지붕의, 창고 같은 나지막한 집이었다. 마당 앞에는 수양버들이 서 있고, 수양버들 곁에는 집 높이보다 곱절 가량 되어 뵈는 종각이 세워져 있었다.

종각 건너편이 우물인 모양으로 서른 살쯤 나 뵈는 아주머니가 물동이를 이고 교회 뒤꼍에서 나오더니 우물가로 가고 있었다.

영술은 그 아주머니를 따라 우물가로 다가갔다.

"아주머니, 저 물 좀 마실 수 있을는지요?"

영술이는 공손스런 말씨로 물었다.

아주머니는 영술을 돌아보더니 당황한 어조로,

"어쩔꼬? 그릇이 없는데."

하더니, 다시,

"그마 두레박으로 마실랍니꺼?"

하고 되물었다.

영술이 미소를 지으며, 경주 말씨로,

"아무래도 좋심더."

하자, 아주머니는 두레박으로 물을 길어올리더니, 윗물을 조금 쏟아 내고 나서 두레박째 영술에게 내밀며,

"여깄심더."

한다.

영술은 두레박을 두 손으로 받아, 그 언저리에 입을 대고 물을 마셨다. 남은 물을 수채에 버리고 빈 두레박을 다시 아주머니에게 건네고 있을 때, 회당(교회) 뒤꼍에서 마흔 살 가량의, 바짝 마른 조그만 사나이 하나가 이쪽을 향해 걸어왔다. 사내는 누르스름한, 다 낡은 양복바지 위에 희끄무레한 한복 저고리를 입고 그 위에 진회색 조끼를 받쳐 입은 채 머리에는 절은 보릿짚 모자를 쓰고 있었다.

"어디서 왔입니꺼?"

사내는 다가오자 이내 영술에게 이렇게 물었다.

"예, 여기가 본디 고향인데 그 동안 평양에 가 있었습니다. 아저씨는 회당에 계십니까?"

영술은 사내에게 머리를 약간 수그려 보인 뒤 이렇게 물었다. 그가 사내에게 회당에 계시느냐고 물은 것은, 교회에 나오시는 분이냐는 뜻과 교회의 일을 보시는 분이냐는, 두 가지 뜻을 겹쳐서 묻는 속이었다. 그가 지금까지 다녀 본 경험에 의하면, 어느 교회에서나, 교회의 청소도 하고, 종도 치고 하는 아저씨가 한 분씩 교회 뒤꼍에 살고 있기 마련인만큼 지금 이 아저씨도 그런 사람이거니 해서 묻는 말이었다.

"예, 회당 일을 봄더. 바로 이 안에 안 삽니꺼."

아저씨는 회당 뒤를 가리키며 대답했다. 봅니다, 합니다, 할 것을, 봄

더, 함더, 하는 것은 이 고장의 사투리란 것을 영술은 알고 있었다. 그리고 보면 이 아저씨는 이 고장 토박이라고 영술은 짐작했다. 김 집사(金執事)라 했다.

"저도 본디 여기가 고향이지만 그 동안 쭉 객지에서 살았습니다. 평양서는 현달선(핸더슨)이라는 미국 선교사 밑에서 사랑을 받고 있었습니다."

영술은 이 김 집사의 협조를 받기 위하여, 자진해서 자기 소개를 했다. 그리고는 자기의 용건을 간단히 이야기했다.

사내는 거의 감격적인 목소리로, 영술이 언제든지 회당에 나와 기도를 드려도 좋을 뿐 아니라, 회당의 책임자인 양 조사(楊助士)에게도 잘 이야기해 두겠다고 하였다.

"신자 수는 얼마나 됩니까?"

"똑똑히는 모르지만 백 명도 더 될 낌더. 주일날은 회당 안이 거의 차니까요."

김 집사는 이렇게 말하며 회당 앞으로 가서 문을 열어 보였다.

회당 안은 야트막한 판자로 가운데를 세로 막아 방을 둘로 갈라 놓았는데, 동쪽이 여방, 서쪽이 남방이라 하였다. 한쪽 방이 각각 열일여덟 평 가량씩 되어 보였다.

평양이나 서울서 영술이 구경한 큰 교회에 견준다면, 너무나 좁고 보잘 것없는 시설이었지만 그런대로 이 고장에까지 이렇게 복음의 전당이 그 막을 올렸다는 사실만 해도 여간 놀랍고 다행한 일이 아니라고 그는 생각했다.

"열심있는 이들은 주일이나 예배날이 아니라도 무시로 여기 와서 기도를 드리고 안 갑니꺼."

김 집사는 영술을 격려하듯 이렇게 말했다.

이밖에도 김 집사는 회당과 신자들의 현황에 대하여 생각나는 대로 이것저것 이야기해 주었다. 가운데서도 박 주사라는 이에 대한 이야기는, 영술에게 있어 여간 고무적이 아니었다. 그것은 그가 이 교회의 설립자요, 유일한 장로어른이라든가, 교회 일을 자기집 살림 돌보듯 한다든가, 성내에 들을 때마다 꼭꼭 교회에 들러 한바퀴 돌아다보고 간다든가 하는 따위보다도, 기독교에 투신한 동기가 미신을 타파하기 위해서였다고 하더라는 이야기에 마음이 끌렸기 때문이었다.

"본디 뭘 하던 분인데요?"

"본디 말임니꺼. 저 밤들(栗原) 양반 아임니꺼. 천석꾼이지요. 나라가 이 꼴이 되니 양반 부끄럽닥 하면서 자기 손으로 상투 잘라 버리고 읍내로 들온 기라요."

"그 어른 꼭 찾아뵙고 싶은데요."

"암요. 그래야지요. 매일같이 회당에 들럼니더. 주일날은 말할 것도 없고요……."

영술은 김 집사에게 머리를 수그려 감사의 뜻을 표한 뒤, 교회 안으로 들어갔다. 교회 안은, 방바닥이 마루였고, 가운데의 판자막이 위로 드문드문 남포등이 달려 있었다. 그때는 낮이었으므로 물론 남포등엔 불이 켜져 있지 않았으나, 방 안이 그다지 어둡다고 느껴지지는 않았다. 동서 양쪽 벽으로 각각 두 군데씩 유리창이 나 있기 때문인 듯했다.

영술은 교회 안을 한바퀴 천천히 돌아다본 뒤, 마루 한가운데 와서 꿇어앉자 가만히 눈을 감았다. 이렇게 시작된 기도는 약 두 시간 뒤에야 끝이 났다.

기도를 드리고 난 영술은 다시 품에서 조그만 성경책을 끄집어 내어, 요한복음을 읽기 시작했다. 그가 성경책을 스무 페이지 가량 읽고 났을 때는 점심때도 훨씬 지나 있었다. 그러나 웬 까닭인지 조금도 시장기가 들지 않았다.

그는 교회에서 나오자 뒤꼍으로 돌아가 김 집사를 찾았다.

"집사님, 여기 물수건 좀 없습니까?"

영술의 목소리에 방문을 열고 나온 김 집사는 그를 보자 대뜸,

"젊은양반 참 용함니대이."

했다. 장하다는 뜻이었다.

"어디요. 부끄럽심더."

영술도 익숙한 이 고장 말씨로 대답했다. 자기도 모르게 사투리가 이렇게 척척 나와졌던 것이다. '아니오'라는 뜻을 '어디요'라고 하는 것은 자기도 그 순간까지 까맣게 잊어버리고 있었던 것이다.

"물수건은 뭐 할락 함니꺼?"

"유리창을 좀 닦을락 함니더."

"마아 나아 두소. 낼이면 내가 다 닦을 낌더."

"아임니더. 이쪽 남방 껴만 지가 닦을람더."

영술이 사정하다시피 말하자 김 집사는 못 이긴 듯이 행주를 내주었다.

영술은 웬 까닭인지 고맙고도 기꺼운 마음으로, 유리창을 다 닦은 뒤, 그 물수건을 자기 손으로 깨끗이 빨아서 돌려 주고 돌아왔다.

이튿날도 영술은 빈 회당 안에서 역시 기도를 드리고 나서, 이번에는 여방 유리창을 닦았다.

사흘째도 영술은 혼자서 기도를 드린 뒤, 이번에는 마당을 쓸려고 빗자루를 빌리러 김 집사를 찾았다. 그때 마침 김 집사는 어떤, 키가 좀 크고, 새카만 콧수염을 여덟팔자(八字)로 기르고, 흰 모시 두루마기를 입은 위엄있어 뵈는 남자와 무슨 얘기를 하고 있었다. 영술을 보자, 김 집사가,

"젊은양반 이리 오소."

손짓을 했다.

영술이 그들 곁으로 다가가자,

"이 어른이 바로 박 주사 박 장로님 아임니꺼."

흰 두루마기를 가리켰다.

영술이 흰 두루마기 앞에 허리를 깊이 구부려 절을 했다.

박 장로는 새까만 여덟팔자 수염의 왼쪽 꼬리를 잠간 쓰다듬고 나서,

"평양 있었다고?"

했다.

"예."

"선교사 밑에서?"

"예."

"여기가 고향인가?"

"예."

"성명은?"

"……."

영술은 대답이 막힌 채 얼굴이 새빨개졌다. 그는 사생아였기 때문에 아버지의 성을 타지 못한 채였다. 절에 있을 때는 성자(姓字) 대신 석(釋)으로 통해 왔고, 평양서는 선교사의 성을 따서 현(玄)이라 했지만, 지금 박 주사 앞에서 석이나 현을 붙일 수는 없었던 것이다.

영술은 한동안 머뭇거리다가 겨우 그의 어머니의 성을 붙여서 배영술이라고 대답했다.

"집은?"

"……."

영술은 또 대답이 막혔다. 성밖동네라고 했다가, 무당의 아들이란 것이 들통날까 봐 그것이 두려웠던 것이다.

그는 목구멍 속으로 꺼져 가는 듯한 목소리로,

"성밖입니더."

했다.

"서부리 말인가?"

"예."

"그러면 나하고 한동네로군. 바깥어른의 함자는 뉘씨라고 하는고?"

"안 계십니더."

"돌아가셨나?"

"예."

"저런, 쯧쯧."

하더니, 그는 다시 말을 이어,

"딴 볼일 없으면 나하고 같이 들어가세. 한동네니까."

했다.

이 교회의 주인격인 박 장로님이 처음 보는 젊은이더러 동행을 하자는 제의는 여간한 호의나 친절이 아니었다.

그러나 영술은 얼른 대답을 못했다. 동행하는 동안 자기의 신상에 대해 이것저것 자꾸 물어 온다면 결국은 들통이 나고 말 것이라 헤아려졌기 때문이었다. 그러나 다음 순간, 어차피 그를 찾아뵙고, 그의 도움을 빌려야 할 처지라면 이것이 좋은 기회라는 생각도 들었다. 그래, 모든 것을 실토해 버리자, 무당의 아들이란 것도, 사생아란 것도……. 이렇게 마음을 굳힌 영술은 대답했다.

"예. ……그렇지만 황송해서……."

"천만에. ……우리 교회도 자네같이 젊은 사람들이 일어나야 할 땔세."

박 장로는 무언가 자기 나름대로의, 교회에 대한 어떤 포부를 말하는 듯했다.

동네 어귀에 왔을 때, 박 장로는 걸음을 멈추며 영술을 바라보고,

"자네 집은 어딘고?"

물었다.

영술은 동네 가운데 쪽을 손가락으로 가리키며, 고향 사투리로,

"저쪽입니더."

하고 나서, 이번에는 서울 말씨로,

"저, 장로님께 여쭐 말씀이 있는데 언제쯤 틈이 있겠습니까."

물었다.

"그런가, 언제든지 좋지. 지금이라도 괜찮으면 같이 가세. 저녁이나

같이 들면서 천천히 얘기라도 나누게……."

박 장로는 이렇게 선선히 승낙을 했다.

박 장로댁은 성밖동네의 동쪽 들머리에 있었다. 문패에는 박건식(朴健植)이라 붙어 있었다.

사랑방으로 인도되어 들어간 영술은 박 장로가 아무리 편히 앉으라고 권해도 듣지 않고 그냥 꿇어앉아 있었다.

주인이 자리를 잡고 앉는 것을 보자, 영술은 일어나 큰절을 한 번 하고 나서 다시 먼저와 같이 꿇어앉은 채,

"장로님께 먼저 용서를 빌어야 할 일이 있습니다."

했다.

"무슨 일인고, 얘기해 보게."

박 장로의 승낙을 얻고도, 그는 한동안 머뭇거리고 나서, 겨우,

"저, 저는, 사실은, 저, 저의 어머니가 무당이올시다."

이렇게 입을 열었다.

"무어……, 무당이라꼬?"

"예. 그리고 저는 아직 저의 아버지가 누군지, 어떻게 생겼는지, 본 적도 없습니다."

"엄마가 무당이다, 그렇다면 바로 이 동네 사는 저……?"

"예."

"그러면 저, 바로 그 집이로구나."

박 장로는 몹시 놀라는 얼굴이 되며, 혼잣말같이 중얼거렸다. 그는 얼굴을 들어, 영술을 한참 바라보고 있더니, 무슨 말을 하려다가 마는 눈치였다.

"제가 그 집에 온 것은 나흘 전입니다."

"그렇다면 자넨 그 집 내력을 잘 모르겠군. 어서 얘기나 마저 해 보게."

박 장로는 그 집의 내력에 대하여 무슨 특이한 것을 알고 있는 듯한 말

투였으나, 영술은 당장 그것을 물을 수도 없었다. 그는 박 장로가 시키는 대로, 자기의 과거를 자기가 아는 한도 안에서 솔직히 이야기했다. 그러나 그가 집을 떠난 것이 열한 살 때였고 또, 그때까지 그는 친구를 별로 사귈 수도 없었기 때문에, 자기의 출생이나 열 살 이전의 일에 대해서는 잘 모르고 있는 것이 사실이었다.

"제가 저의 가정 형편을 감추려고 하는 것은 누구를 속이려는 것보다, 사실대로 털어놓으면 아무도 저를 상대해 주지 않을 것 같아서 그것이 두려워 그렇습니다."

영술은 이야기가 끝난 뒤 이렇게 덧붙였다.

"염려 말게. 그런 점으로 보아서도 예수교는 참으로 훌륭한 종교라네. 자네도 알겠지만, 예수는 주로 자네 같은 사람들을 상대했거든."

박 장로는 이렇게 그를 위로하고 나서, 다시,

"나는 자네같이 젊고 현명한 청년을 좋아한다네. 내가 지금까지 맘속으로 기다리고 있던 청년인지도 모르겠어. 자네는⋯⋯."

하고, 말을 맺었다.

이에 용기를 얻은 영술은,

"제가 처음 교회에 갔을 때, 교회 일 보시는 김 집사님이 장로님 이야기를 들려 주시면서, 장로님께서 교회에 나오시게 된 연고가 미신타파라 하시기에 특히 감동을 받고, 장로님께 나와 가르침을 받겠다고 혼자 맘속으로 다짐했댔습니다."

"⋯⋯."

박 장로는 잠자코 고개를 크게 끄덕거리고 나서,

"그럴 걸세. 그 연고란 것이 바로 자네가 살고 있는 그 집 이야기라네."

하며, 먼저보다 광채가 어린 두 눈으로 영술을 건너다보았다.

"저, 저의 집이라고요?"

"그렇다네."

박 장로는 부드러운 목소리로 이렇게 대답하고 나서, 자기가 예수교를 믿게 된 동기를 천천히 이야기해 주었다.

박 장로

박 장로 박건식은, 김 집사가 이야기한 대로, 밤들 박씨(栗原朴氏) 가문에서는 첫째로 손꼽히던 인물이었다. 밤들 박씨라고 하면, 삼대진사(三代進士)에 오대(五代) 천석꾼으로 일컬어지는 향반(鄕班)이요, 토호(土豪)였다. 그러니까 진사는 건식의 할아버지 대까지 삼 대째 내려왔고, 재산은 그의 당대까지 다섯 대를 천석꾼으로 내려왔더라는 것이다.

그가 이렇게 유서깊은 고기(古基)를 버리고, 지금의 서부리로 나온 것은 나라를 잃던 이듬해니까 그의 나이 서른다섯 살 때의 일이다. 그러니까 그의 나이 서른네 살 나던 해, 그는 그 엄청난 비보(悲報)를 듣자,

"나라 잃은 백성이 양반은 어디 있으며, 상투는 무슨 소용이야?"

하며, 손수 자기의 상투를 잘라 사당(祠堂)에 바치고 사흘 동안 통곡을 끊지 않았다.

사흘 뒤, 그는 사당에서 나오자, 다시 그의 아버지 앞에 엎드린 채,

"이 불효 자식을 아버님 곁에서 멀리 떠나게 허락해 줍소서."

하고, 일어나지 않았다.

그의 아버지는 건식이 부모의 허락없이 스스로 상투를 잘랐다고 듣자, 처음엔 분을 참지 못하여 펄펄 뛰었으나, 사흘 동안이나 사당에서 통곡한 뒤 다시 자기 앞에 나와 엎드린 채 멀리 떠나게 해 달라고 사정을 하니, 너무나 기가 막히는지 아무런 말도 없이 담뱃대만 계속 빨고 있었다. 이렇게 아들은 엎드린 채 일어나지 않고, 아비는 말없이 담뱃대만 뻑뻑 빨고, 하기를 나절이 다하도록 끝나지 않으니, 어미가 보다 못해 자식 죽은 꼴 봐야겠느냐고 영감께 호소하여 간신히 얻어 낸 영감의 허락이란 것이, "썩 일어나 물러가라"였다.

'물러'간 아들은 자기방에 가 쓰러진 채 열흘 뒤에야 겨우 자리에서 일어났다. 그것도 그의 어미의 "네 죽으면 우리 집에 살아남을 사람 하나도 없다"는 목메인 호소가 주효한 덕이었다.

자리에서 일어난 아들을 불러 놓고 영감은,

"그래, 네가 내 곁을 떠난닥 하먼 어디로 갈 작정이고?"

따지기 시작했다.

"아버님, 용서해 주시이소. 소자는 차마 눈을 뜨고 하늘의 해 달을 쳐다볼 수도 없임니더."

"나라 잃은 백성이 늬 하나뿐인가? 늬 하나 없어진닥꼬 나라를 되찾나? 어째서 늬는 늬 목숨이 늬 혼자 꺼라고 생각하노? 늬가 어디로 가 뿌리먼 우리는 다 어떻게 살란 말고?"

이렇게 말하는 영감으로서도, 아들이 어디로 간다는 것이 무엇을 뜻하는지는 잘 모르고 있었다.

"……."

아들은 고개를 깊이 떨어뜨린 채 대답이 없었다.

"속 시원히 말이나 해 봐라, 어디로 갈락 하노?"

"아버님 용서해 주시이소. 소자는 머리를 깎고 산으로 들어갈까 하옵니더."

"뭐? 중이 된다꼬?"

"……."

"중이 되는 거는 세상에서 없어지는 거나 같은 기라. 사내자식이 어짜먼 고렇게도 매몰스러우냐? 이 늙은 애비 에미, 불쌍한 처자식 다 내버리고 늬 혼자 중질이나 갈란다 이거가? 에이 천하에 호종 같으니라고."

영감은 소리를 벽력같이 지르자, 자리에 눕고 말았다. 그리하여 그날부터 이번에는 영감이 식음을 끊었다.

마누라가 미음을 차려다 놓고 아무리 빌어도 일어나지 않았다.

"그놈의 중질 가는 꼴 보기 전에 내가 먼저 죽어야지."

이 말을 들은 어미는 아들을 붙잡고 울었다.

"늬가 기어이 아바이 죽는 꼴 봐야 되겠나? 제발 중질 간단 말만 안한다고 해라."

어미가 밤낮으로 매어달려 눈물을 흘리니, 아들도 견디지 못하는 듯 아비 앞에 나아가, 중질 갈 생각을 돌리겠으니 제발 자리에서 일어나 식음을 취하시라고 빌었다.

이듬해 봄이 되자, 아들은 다시 아비 앞에 나와 엎드렸다.

"무슨 일고?"

"아버님, 소자가 읍내로 옮겨가 나라를 되찾는 일을 벌여야 하겠습니더. 제발 허락해 줍소서."

"나라를 되찾겠다꼬?"

"예."

아들의 목소리에는 결연한 의지가 비치고 있었다.

영감은 오래 생각하고 나더니,

"늬가 집을 떠난닥 하는 거는 나로서 참으로 죽기 만치 싫다마는 중질 가는 거카마사 안 낫겠나? 부디 나가 있더라도 집에 자주 오고, 관혼상제야 더 말할 나위도 없지마는, 집안에 대소사(大小事)가 있을 때는 빠지지 말고 다녀가도록 해라."

이렇게 조건부의 허락을 했다.

건식은 집안 일을 아우에게 맡기고 읍내(서부리)에다 새 집을 마련하여 자기에게 딸린 권속만 데리고 나오려 하였다. 그러나 그의 아버지는,

"너의 권솔은 여기 두고 너 혼자 나가든지, 불편하면 소실을 두더라도 권솔까지 옮겨가지는 못한다."

하고 나왔다.

"아버님, 소자가 무슨 호강을 할라고 부모님을 버리고 나가능 기요? 밤들 누구네라고 하먼 아는 사람은 다 아는데, 이 판국에 소실이나 들이고 거들렁거린닥 하먼 남이 뭐락 하겠임니꺼?"

"늬 손으로 밥을 지어 먹고 사는 한이 있닥 해도 에미는 안 된다. 내 눈 감기 전에는 못 내놓는다."

아버지는 끝까지 강경했다.

박건식은 하는 수 없이 옛날부터 자기 집의 일을 보아 오던 김 서방 내외만 데리고 나왔다.

달포 뒤, 그의 어머니가 읍내로 아들을 찾아와서,

"내가 그 동안 늬 어른하고 아모리 궁리를 해 봐도 별 수가 없더라. 하루이틀도 아니고, 어중간한 나이에 남자가 어떻게 혼자 사노? 늬 안사람과 자식들은 늬 대신 밤들을 지켜야 한다. 늬 어른도 그렇고 나도 그렇고 우리는 앞으로 세상을 떠날 사람이고, 박씨 가문은 늬가 주인인데, 늬가 이렇게 나와 있으니 늬 안사람과 자식들은 하늘이 두 쪼각 나도 밤들에서 살아야지 떠나서는 안 된다. 그래서……."

잠간 말을 그치고 아들의 얼굴을 건너다보았다.

아들도 어머니가 무슨 말을 하려고 한다는 것을 대강 짐작하고 있었다.

"어머니, 밤들은 동생이 지킬 껍니더."

"동생한테 맽길 일이 따로 있다. 종가는 종손이 맡아야 된다. 늬가 박씨 가문의 주인이다. 늬 어른이 늬를 읍내로 내보낸 거만 해도 가슴에 응어리가 져 있는데, 늬 안사람하고 자식들은 하늘이 두 쪼각 나도 안 된닥 하더라. 그러니 잔말 말고, 얌전한 사람 하나 들여라. ……마침 뒷실 동네에 참한 사람이 있다고 늬 처삼촌이 와서 귀띔을 해 주길래 가 보았더니, 혼기 놓친 규수락 해도 나이가 스무 살밖에 안 됐고, 사람은 그럴 수가 없더라. 여북해서 늬 처삼촌이 쫓아와서 귀띔을 했겠나?"

"어머니, 지 속을 그렇게 몰라 주십니꺼?"

"오냐, 몰라서 그런 게 아니다. 나라 뺏긴 한을 누가 모르겠나? 하지만 나라 일은 늬 혼자 못하는 거고, 박씨 가문 일은 늬한테 달린 거 아닌가? 부모한테 불효가 되고, 조상 앞에 죄인이 된닥 해도 늬 혼자 돌릴 수 있는 일이락 하면 부모라고 군이 말리겠나?"

어머니의 이 말에는 건식도 무어라고 대꾸할 길이 없었다.

"……."

"늬가 뒷실까지 가기 싫닥 하면 내가 고마 알아서 하마. 나중에는 천하를 잡더라도 우선은 제 발등에 불을 끄고 봐야 될 게 앙이가?"

그런 지 보름쯤 지나, 어머니는 그 스무 살난 노처녀란 사람을 데리고 읍내로 왔다.

건식은 그 일이 도무지 마땅치 않고 떳떳하지 못하다고 생각은 하면서도, 부모님과 날카롭게 부딪칠 수가 없고, 또 은연중에 느껴지는 생리적인 욕구도 있고 해서, 못 이기는 듯이 손님을 맞아들였다.

건식이 새사람을 들인 거라고 인정하자 아버지는 그를 불러 돈 오백 원을 내어주며,

"내가 그 동안 땅을 사려고 모아 두었던 돈에서 먼젓번에 늬가 집을 마련할 때 오백 원을 가져갔고, 이것이 남은 돈이다. 이걸 가지고 늬사 장사를 하든지 나라 일을 하든지 맘대로 하되, 이 이상 전장을 처분해서 쓸 생각은 하지 마라."

한결 누그러진 목소리로 이렇게 말했다.

"아버님, 소자는 결코 유흥이나 방탕을 탐해서 돈을 쓰려는 게 아입니더. 나라 일을 하는데 어떻게 오백 원으로 되겠심니꺼."

"늬 말을 몰라서가 아니다. 늬는 박씨 가문을 지켜야 된다. 집이 있어야 나라도 있다."

건식은 아버지와 맞서 싸울 수가 없으므로, 그날은 그냥 오백 원을 받아 넣고 읍내로 돌아왔다.

그가 읍내로 돌아오자, 그 동안에, 앞마을 최씨댁에서 사람이 다녀갔다고 했다. 앞마을 최씨라고 하면 읍내에서 제일가는 명문으로, 종가 주인인 최감(崔堪) 씨는 일찍부터 그가 우러러 모셔 오던 어른이었다. 곧 앞마을로 달려갔더니, 최감 씨가 서울서 내려왔다는 안혁(安赫)이란 사람을 소개해 주었다. 안혁은 독립군을 모으기 위한 군자금을 마련하러, 이

승만의 밀명을 띠고 내려왔다고 했다. 최감 씨가 먼저 오백 원을 내어놓으며, 박건식에게도 힘 자라는 대로 돕자고 했다. 건식은 최 진사(최감)의 제의를 즉석에서 쾌락하고 삼백 원을 내어놓았다.

　박건식은 그뒤, 수중에 남은 돈 백 원 미만을 노자로 하여 서울까지 올라가 세상 되어 가는 꼴을 대강 살펴보고 내려오자 바로 최감 씨를 찾아갔다. 서울에는 박건식의 친척 되는 사람도 살고 있었지만, 본디 상경할 때 최감이 찾아보라고 당부한 인물도 몇몇 있었던만큼 귀향 즉시 그에게 보고를 드려야 할 형편이었던 것이다.

　대강 보고를 듣고 난 최감은,

　"그래 독립군 관계는 알아보았는가?"

　수염을 쓰다듬으며 이렇게 물었다. 그는 박건식보다 열다섯 살이나 연상인데다, 박건식이 젊을 때부터 알아모시던 어른이요, 또 동향 선배이기도 하여, 박건식에게 반말을 썼다.

　"먼저 다녀간 안혁이란 사람이 독립군 일에 가담하고 있는 것은 사실입니다. 허지만, 지금 우리가 있는 재산 털어서 군자금을 댄다고 당장 나라를 되찾을 수는 없답니다."

　"그걸 누가 모른다나? 그냥 죽치고 있을 수가 없어서 그렇지."

　최감이 나무라듯이 한 마디 불쑥했다.

　"그렇십니다. 그러니까 그 돈을 가지고 학교를 세운다든지, 외국으로 유학생을 보낸다든지 해서, 좀더 멀리 내다보고 일을 시작하는 것이 낫지 않나, 그립디더."

　"……."

　최감은 대답을 하지 않고 한참 동안 머리를 수그린 채 생각하고 나더니, 천천히 얼굴을 들어 낮은 목소리로,

　"옳은 말일세."

했다.

　그러나 그때는 아직 무단정치(武斷政治)가 강행되고 있었으므로, 교육

기관이라 해도, 마음대로 손을 댈 수가 없었고, 거기다, 그만한 기금을 마련하는 것도 결코 쉬운 일이 아니었다. 여기서, 왜군 당국과 접촉하는 일과 부지(敷地)를 마련하는 일은 최감이 맡기로 하고, 교사와 시설을 갖추는 일은 박건식이 책임지기로 했다.

박건식은 밤들로 돌아가 아버지를 찾아뵙고, 이 뜻을 밝힌 뒤, 자기 몫으로 전답 오백 석지기만 처분해 줍시사고 다시 사정을 했다.

"그 돈을 가지고 뭐할락 하노?"

영감은 새삼스레 이렇게 물었다.

"교육사업을 시작할랍니다."

"늬 생각은 짐작하겠다마는 그건 안 된다. 꼭 할락 하거든 내 죽은 뒤에 시작해라. 나도 조상으로부터 물려받은 재산인데 어째 내 맘대로 처분하노?"

"아버님, 나라가 없어졌는데 재산을 가지면 뭐하는 기요?"

"나라가 없어졌닥꼬 조상도 없어진 거는 아니제? 암만 나라가 망했닥해도 조상은 남아 있제? 나는 죽었이먼 죽었지 조상 앞에 죄인이 될 수는 없다."

아버지는 이렇게 잘라 말하고 나서, 건식의 어떠한 말에도 귀를 기울이지 않겠다는 듯이 돌아앉고 말았다. 그러한 아버지와 맞서 다툴 수가 없어 건식은 일단 읍내로 돌아왔다.

그러나 그가 읍내로 나온 지 닷새 만에 밤들로부터 아버지가 병환이라는 기별이 왔다. 건식이 곧 밤들로 달려가 보았더니, 아버지는 그날 건식이 아버지와 다투다가 읍내로 떠난 뒤부터 자리에 누웠는데, 밤잠도 식사도 잘 취하지 못하는 채 기동을 못한다는 것이다. 의원도 여러 군데 불러다 보였으나, 뚜렷한 병명도 알아내지 못한 채 무슨 약을 써도 효험이 없으니, 이것은 필시 건식과의 말다툼에서 심한 충격을 받았기 때문이라 하였다.

"아버님, 소자가 먼저 말씀드린 교육 건은 없었던 걸로 보시고 마음

놓아 주시이소. 그 일은 읍내 최 진사님이 맡아 주시기로 하고, 지는 그저 진사님의 심부름이나 해 드리기로 의논이 됐입니더."

이렇게 얼버무려 두었다. 우선 아버지의 걱정을 덜어 드리기 위해서였다.

그의 아버지는 처음 대답이 없었다. 한참 뒤, 낮은 목소리로,

"늬가 남의 심부름꾼이나 된단 말가?"

나무라듯 물었다. 그의 두 눈에는 광채가 어려 있었다.

"심부름꾼이 되는 게 아입니더. 최 진사님 같은 좋은 어른을 모시고 일을 거들어 드리는 거지요."

"……."

아버지는 말없이 고개를 약간 저어 보이더니 옆으로 돌아누워 버렸다.

그런 지 다시 보름쯤 지난 뒤, 그의 아버지의 병환이 위중하다는 기별을 받고 건식이 다시 밤들로 달려갔을 때, 영감은 아들을 보자 두 눈에 광채를 띠며,

"내가 본디 늬 앞으로 젖혀 두었던 칠백 석지기에서 오백 석은 우리 종중 꺼지 늬 혼자 께 아니다. 그러니 내가 죽더라도, 그 오백 석지기에는 벼 한톨도 손대선 안 된다. 내가 살아서 조상 앞에 죄인이 되기카마 얼른 죽어서 죄인이나 면할란다. 내가 없더라도 부디 내 뜻을 짓밟지 마라."

이렇게 마지막 당부를 남기자, 사흘 만에 아주 숨을 거두고 말았다.

이렇게 아버지가 돌아가신 뒤 건식은 석 달 동안 완전히 두문불출을 했다. 아버지를 돌아가시게 만든 것이 순전히 자기의 죄라고 헤아려졌기 때문이었다.

소상(小祥)을 지낸 뒤 건식은 읍내로 들어가 최 진사를 만나 보았다. 건식의 이야기를 다 듣고 난 최 진사는,

"자네 어른 말씀도 옳으네. 옛날부터 효(孝)를 떠나 충(忠)이 없다고 했지. 그렇지만 자네가 나라를 찾겠다는 생각이 틀렸다는 건 아닐세. 자네가 나라를 찾겠다는 생각은 충효보다 더한 거라고 나는 믿네. 충효도

나라가 있은 뒤의 일이 아닌가. 그렇다고 내가 자네더러 자네 어른의 유언을 거역하라는 건 아닐세. 내 생각을 털어놓고 말하면 그렇다는 거뿐일세. 그뒤의 일은 자네가 복(服)을 벗고 나서 나와 다시 상의하세."

이렇게 자기의 흉중을 털어놓았다.

최 진사의 충고대로, 탈상까지는 모든 공사(公事)에서 일단 손을 떼고, 초하루 보름마다 밤들로 들어가 아버지의 빈소나 충실히 지키려 했다.

이제 탈상도 앞으로 반 년밖에 남지 않았다고 했을 때, 그해 열두 살 난 그의 큰아들이 이름 모를 병으로 자리에 눕게 되었다. 어미(박건식의 처)가 몸이 달아 점을 쳐보니 무슨 집안의 잘못된 귀신이 붙었다고 하더라면서, 읍내로 쫓아와 이 일을 어쨌으면 좋겠냐고 했다.

"병에 의원이 필요하지 점이 무슨 상관인가?"

"의원을 보여도 안 되니까 그렇지요?"

마누라는 이렇게 반문하고 나서,

"바로 이 동네에 용한 태주할미가 있다니까 속시원히 한번 알아보고나 올게요."

했다.

건식은 맘속으로 밑져야 본전이란 생각으로, 심히 말리지 않고 내버려 두었다. 그랬는데 그날 밤 집으로 돌아온 마누라의 이야기가,

"그 태주할미 없어졌대요."

했다.

"어딜 갔는데?"

"모른답니더. 큰일을 저지르고 달아났답니다. 집에는 잡초만 우묵하데요."

"무슨 일을 저질렀는데?"

"끔찍해서……."

마누라는 이렇게 말하며 남편의 얼굴을 말끄러미 쳐다보았다.

태주할미

당집 뱃집 신당집 귀신집 따위로 불리우는, 이 돌담의 묵은 기와집에, 그 태주할미가 살아온 지는 수십 년 전부터의 일이었다.

본디 이 집에는, 언제부터인지 정체 모를 도사(道士) 한 사람이 살고 있었는데, 이 할미가 그 동네 빨래를 맡고 있다가 도사가 어디론지 떠나 버리자 할미가 혼자 남아 살게 되었다. 그뒤 한 반 년쯤 지나서 그 할미가 본디 살던 도사로부터 도술을 이어받았노라, 하고 점을 치기 시작했다. 그러나 도술이 변변치 못한지, 점이 별로 신통치 못하다는 소문이었다. 그런 지 얼마 뒤, 이번에는 난데없이 명도(明圖＝明斗)가 들렸다면서, 도술점(道術點＝六爻占) 대신 명도점을 치는 태주할미로 탈바꿈을 해 버렸다. 그와 동시, 그녀의 명도점은 영검이 대단하여, 원근이 알려질 정도였다. 이렇게 한 너댓 달 지나서, '성밖동네 귀신집 명도점'이라고 하면 부근뿐 아니라 온 고을의 명물이 되어 갈 무렵, 태주할미가 갑자기 자취를 감추고 말았다.

이보다 약 반 년 전에, 황남리(皇南里)에서 어린이의 실종 사건이 있었다. 그때는 마침 봉황대 거리에서 황남리에 걸쳐, 줄다리기가 벌어졌을 무렵이라, 온 고을 사람들이 그 일대에 모여 들끓고 있었는데 네 살잡이 어린이가 집 앞 거리에서 놀다가 행방불명이 되었다는 것이다. 부모 친척들이, 동네를 나눠 맡고 집집마다 들어가 샅샅이 살폈으나 헛일이었다.

그렇게 한 서너 달쯤 지나자 부모들도 거의 단념을 하다시피 하였다. 그런데 그 어린이네 집이 성밖동네 정 부자네와 외가로 척의(戚誼)가 있어, 마침 굿 온 을화에게, 정 부잣집 마누라가 그 일을 물어 보았던 것이다.

을화는 대뜸,

"그런 거는 무당카마 멩도한테 물어 보는 게 낫임니더."

했다.

"와 아이라, 그래서 우리 동네 멩도한테 진작 안 물어 봤나. 그랬더니 선도산 호랑이가 업어 갔을 꺼라고 안 카나."

"……."

을화는 왠지 고개를 좌우로 저었다.

"와 극하노?"

"선도산 호랑이는 큰줄다리기할 때 안 내려옵니더."

을화는 '선도산 호랑이'와 이웃이나 되는 것같이 딱 잘라 말했다. 그러나 마누라는 그 점에 대해서 묻지 않았다. 오히려 당연하다는 듯이,

"그렇닥 하먼 그 멩도할미가 거짓말한 거제?"

이렇게 물었다. 마누라는 태주할미를 꼭 멩도할미라 불렀다.

을화는 이에 대한 대답을 하지 않고,

"그 할매네, 멩도 몇 살잽인데요?"

이렇게 물었다.

"너댓살 된닥 하지, 아마."

"찾는 애긴 몇 살인데요?"

"기호(아이 이름)도 네 살이고."

"그래요? 그러면 목소리가 어떻던 기요?"

"목소리라께?"

"목소리가 닮았던기요?"

"누구하고?"

"멩도 목소리 하고, 그 기호락 하는 애기 목소리 하고 말입더."

"그건 모를따. 그건 와?"

사실 마누라는 태주할미가 내는 명도 소리를 똑똑히 귀담아듣지 못했을 뿐더러, 기호의 목소리는 전혀 기억조차 없었기 때문에, 두 소리가 닮았던 겐지 아닌지 대중할 수가 없었다. 그보다 을화가 왜 그것을 캐어 묻는지 그것이 수상쩍기만 했다.

을화는 이번에도 대답은 없이

"애기 엄마가 잘 들어 보면 알낀데요."

했다.

"접때 나하고 같이 갔는데, 별로 즈거 애 목소리 같다고 안하더라. 그렇지만 그건 와 물어 쌌노?"

"……."

을화는 거북한 듯이, 마누라를 잠간 쳐다보다가 눈을 내리깔아 버렸다.

"뱃집 할미네 멩도가 기호 혼백일까 봐서 그러나?"

"……."

을화는 대답을 하지 않았으나, 어쩌면 그럴는지 모른다는 듯한 표정이었다.

"그건 아닐 꺼다. 와 그런고 하면, 아적까지는 그 애기가 죽었는지 살았는지도 모르잖나? 또 설사 죽었닥 해도 멩도 되는 혼백은 손님(마마)이나 홍진(홍역)에 죽은 애들 꺼라고 안하더나?"

"……."

을화는 무슨 말을 하려다가 그냥 입을 다물어 버리고 말았다. 무언가 짚이는 것이 있지만 내어놓고 말하기를 꺼리는 눈치였다.

그런 지 사흘 뒤, 황남리의 기호 어미가 왔기에, 마누라가 이 이야기를 했다. 그녀는 대뜸,

"어쩌면 그럴 낌더."

했다. 그녀는 다시 말했다.

"우리 기호는 죽었을 낌더."

"죽었닥 해도, 손님이나 홍진에 죽은 혼이 멩도 된다 안 카나?"

"꼭 그렇지도 않답니더. 고 나이 또래는 다 될 수 있답니더. 제 명에 죽은 거 아니먼……."

"자네가 꼭 그렇게 생각하먼 한 번 더 가 보자, 그 멩도할미한테……."

　여기서 두 마누라는 다시 그 뱃집의 태주할미를 찾았다.

　이날 그 태주할미는 정 부잣집 마누라를 보자 처음 반색을 했으나, 뒤따라 기호 어미가 들어오는 것을 보자 조금 찔끔하는 얼굴로,

　"저 댁이 누구더라?"

했다.

　"와 저기 황남리, 그 애기 잃어버린 집 댁내 앙이가?"

　"접대 내가 안카던 기요? 선도산 호랭이가 업어 갔다고."

　태주할미는 대뜸 무언가 못마땅한 얼굴로 퉁명스럽게 말했다. 황남리 댁이 면구스러운지 얼른 무어라고 입을 떼지 못하고 있는 것을 보고, 정 부잣집 마누라가,

　"앙이다. 저 댁내 오늘 자네 찾아온 건, 그새 또 은가락지를 잃어뿌릿지, 그래 그 은가락지가 어딨는고 그것도 알아볼 겸, 호랭이한테 업혀 간 애기 굿이나 해 줄까 해서 자네하고 의논하러 왔다 안카나?"

　이렇게 그 자리에서 적당히 얼버무려 맞추었다.

　평소로 정 부잣집 마누라한테는 많은 신세를 입어 오고, 또 이 마누라를 자기의 보호자로 믿고 있는 터이라, 두말 하지 않고,

　"그래요? 그러면 거기 앉이이소, 은가락지는 어느 날 어디서 잃어뿌릿는 기요?"

　곧 명도 부를 차비를 했다.

　태주할미가 신단을 향해 큰절을 두 번 하고 나더니, 신단 밑에 보자기로 덮어 두었던 점상을 끌어 내었다. 상 위의 접시에는 방울이 하나 얹혀 있었다.

　태주할미는 방울을 들어 짤랑짤랑 소리를 한 번 내고는 도로 접시에 놓더니, 이번에는 눈을 감고 상을 향해 얼굴을 약간 수그린 채, 입속말로 주문 몇 마디를 욌다. 애기엄마는 온 신경을 귀에 기울이다시피 했으나, 황남리, 이씨, 은가락지 하는 몇 마디 말이 띄엄띄엄 들릴 뿐이었다.

　주문을 끝낸 할미는 고개를 들며 휘파람 같은 소리를 획 내었다. 그러

자 신단 위에 걸쳐 두었던, 검은 수건 끝이 가는 바람에 나부끼듯 잘게 하늘거리며, 들릴 듯 말듯 한, 먼 수풀의 작은 새소리 같은 것이 아련히 지지거렸다.

태주할미가 고개를 들어 그 잘게 하늘거리는 검은 수건을 쳐다보았을 때, 지지거림 속에서는, 외바리, 나비함, 하는 소리가 섞여 나는 듯했다.

그 지지거림 소리에만 온 신경을 곤두세우고 있던 황남리댁이 갑자기,

"아이고 기호야."

하고, 목이 터지도록 소리를 지르며 방바닥에 엎어져 버렸다.

먼 수풀의, 병든 작은 새의 지지거림 같은 들릴 듯 말듯 하던 아련한 소리도, 신단 위의 검은 수건의 잔잔한 하늘거림도 함께 그쳐 버렸다.

분노에 찬 듯한 태주할미의, 험악한 광채를 띤 두 눈이 방바닥에 엎어진 황남리댁을 향해 쏟아졌다.

"기호네, 기호네."

정 부잣집 마누라가 황남리집 마누라의 어깨를 흔들었다. 여인은 아직도 정신을 돌이키지 못하고 있었다.

"얼른 나가서 냉수라도 한 그릇 가져오게."

정 부잣집 마누라가 태주할미를 꾸짖듯이 말했다.

"그 마누라 살을 맞은 기라요."

태주할미가 분노에 찬 목소리로 악담을 뱉었다.

"자네 집에서 살을 맞았음 물 한 그릇 못 내올능아? 멩도 보다가 살 맞았음 멩도네 탓이지 누구 탓인고?"

마누라가 호통을 쳤다.

태주할미는 상을 신단 밑으로 밀쳐 놓고, 쓰러진 여인을 흘겨보며 자리에서 일어났다.

"기호네 정신 차려라."

마누라가 다시 한 번 황남리댁의 어깨를 흔들었다.

황남리댁은 아직도 눈을 열지 못하고 있었으나 먼저보다는 약간 숨기가

트인 듯했다.

태주할미가 냉수 한 사발을 방 안에 디미는 것과 동시에, 입에 머금고 있던 냉수를 쓰러진 여인의 얼굴에 확 뿜었다.

여인이 가물가물 눈을 열기 시작했다.

"기호네, 기호네, 정신 차려라."

"아, 아 주 머 이."

여인은 낮은 목소리로 겨우 이렇게 불렀다.

태주할미는 성이 잔뜩 난 듯, 얼굴이 뾰로통한 채, 증오에 찬 눈길로 여인을 흘겨본 뒤 문을 닫고 돌아섰다.

방 안에는 마누라와 여인만이 남았다.

이 방의 주인인 태주할미는 밖에서 무엇을 하는지, 어디로 갔는지, 기다려도 들어오지 않았다.

"얄궂어라, 이 예펜네 어딜 가고 안 오제?"

마누라가 혼잣말같이 중얼거리다가, 황남리댁 쪽으로 돌아다보며,

"기호네 좀 어떠노? 일어나 걸을 만하나?"

물었다.

"아지머이요, 나는 못 가겠읍니데이."

"와? 아직 정신이 덜 드나?"

"아입니더, 이 방에 우리 기호 있임더. 우리 기호 이 방에 있는데 내가 어째 가는 기요?"

"이사람아. 멩도락 하는 게 본래 그런 게 앙이가? 소리만 지지거리고, 그게 그거 같지. 멩도 되는 애들의 나이가 모두 같은 또래니까, 그게 그거 같을밖에……."

"아입니더, 아지머이요. 우리 기호가 틀림없읍니데이. 나는 우리 기호 소리를 들었임니더."

"그렇닥 하면, 먼첫번에 왔을 때는 와 몰랐노? 기호가 틀림없닥 하면 그때도 기호 목소리가 났을 꺼 앙이가?"

"그때는 멩도할미가 멩도를 안 부르고 지 맘대로 씨부린 기라요. 그때는 벽에 걸린 까만 수건도 치워 뿌리고 안 보이데요."

황남리댁 말을 듣고 보니, 정 부잣집 마누라도, 그때는 그 할미가 명도를 부르지 않은 채 선도산 호랑이를 돌려 대었던 것 같은 생각이 들었다.

'그렇지만 지(태주할미)가 날 속일 처지도 아닌데 멩도도 안 부르고 고렇게 지 맘대로 씨부맀일라꼬. 어디 이년의 예펜네 나타나만 봐라, 내 실토를 받고 말 끼다.'

이렇게 잔뜩 벼르고 있었지만, 웬일인지 태주할미는 돌아오지 않았다.

두 마누라는, 네 벽의 검검츠레한 채색 그림에 어스름이 끼일 때까지 기다리다가 그 방에서 나왔다. 이미 날도 저물었고, 또 명도한테서 받은 충격 때문에 아직도 몸이 후들거려, 제대로 걸을 수도 없고 하여, 황남리댁은 그날 밤, 정 부잣집 마누라를 따라가 함께 자고 이튿날 다시 태주할미를 찾기로 했다.

저녁상을 물린 뒤 마누라는 생각난 듯이,

"하기는, 지금 생각하니, 그 예펜네 멩도 들린 게, 기호 없어진 지 한 보름 뒤니까, 어짜면, 기호 혼백이 멩도가 돼서 그 예펜네한테 들렸는지 모르겠다이."

했다.

"틀림없입니더. 우리 기호가 아이먼 그걸 모릅니데이."

황남리댁이 이내 이렇게 받았다.

"그거사 와 그럴라꼬? 멩도락 하는 게 본디 애들 죽은 귀신이 돼서 다른 쇠견은 없어도, 물건 있는 데 가서 보고 조잘대는 건 다 감쪽 같은 긴데……."

"아지머이요, 그게 아입니데이."

"그게 아니라께……?"

"멩도가 가서 보고 있는 대로 조잘대는 건 다 같닥 해도, 우리 기호가 아이먼 못할 소리를 합디데이."

"그게 뭔데?"

"은가락지가 외바리 나비함에 있다꼬 안하던기요? 다른 애 죽은 귀신 같으면 노랑 장롱 노리개함에 있다꼬 할 낍니더."

황남리댁은 이렇게 말하며 마누라의 얼굴을 빤히 쳐다보았다. 마누라가 그래도 잘 알아듣지 못하는 눈치이자 황남리댁은 다시,

"노랑 장롱을 우리 집에서만 외바리락 하고, 또 노리개함을 우리 집에서만 나비함이락 하기 때문에 우리 집 식구들밖에는 그렇게 말할 줄 모릅니더. 나도 전에 멩도 더러 들어 봤지마는, 멩도된 애기가 살았을 때 하던 말밖에는 못하는 기라요."

이렇게 설명을 덧붙였다.

그러자 마누라도 대강 이해가 되는지 고개를 끄덕이고 나서,

"그래, 은가락지가 그, 뭐락 했노? 외바리, 나비함이락 했나, 거기 들어 있는 거는 사실이가?"

이렇게 물었다. 처음 태주할미가, 애기 찾는 점 같으면 먼젓번에 했다는 이유로 안해 주려고 했기 때문에, 생각나는 대로 아무렇게나 말을 돌려 대었던만큼 그것부터 확인을 해 두려는 것이다.

"그럼요, 시집 올 때 가지고 온 대로 나비함에 그대로 안 있는기요?"

"그렇닥 하면 기호가 어디 가서 잘못 될 때, 그 혼백이 그 예펜네한테 와서 들렸는가베."

"……."

황남리댁은 말없이 고개를 약간 옆으로 돌렸다.

"와?"

"아까 우리 기호가 날 부르는 소리 들었임니더. 분명히 엄마락 하는 소리를 들은 거 같은데 그게 하도 불쌍한 소리로 들렸기 때문에 내가 그만 기절을 해 뿌린 기라요."

"불쌍한 소리로 들리다께?"

"그걸 말로 뭐라꼬 할 수가 없네요. 전신에 소름이 쭉 끼치고 가슴이

오그라드는 거 같데요."

"그렇게 없어진 애니까 잘못 죽은 거지. 그러기에 멩도가 된 거 앙이가?"

"……."

황남리댁은 대답을 하지 않았다. 한참 뒤, 황남리댁은 다시,

"그런데 그 멩도할미는 와 갑자기 달아나 뿌리는 기요?"

이렇게 물었다.

"귀신 들린 예펜네들 어디 보통 사람하고 같은가? 행동거지가 본디 미친 것들 같잖던가베?"

여기서 두 마누라의 이야기는 대강 그쳤다.

이튿날 황남리댁은 아침을 대강 들자 이내 태주할미를 찾아갔다. 그러나 할미는 아직도 돌아와 있지 않았다. 혼자 기다리기에는 무서운 집이라 정 부잣집으로 달려와 그 이야기를 했다.

"세상에 얄궂은 일도 있구나."

마누라는 이렇게 말하며 나들이 치마를 걸치고, 황남리댁과 함께 다시 그 뱃집으로 달려갔다. 빈집이기는 마찬가지였다.

마누라는 방문을 열고 방으로 들어가 이리저리 살펴보더니,

"이 예펜네가 도망친 거 앙이가?"

했다.

"도망쳐요?"

황남리댁이 깜짝 놀라며 물었다.

"글쎄, 농 속에 있던 비단 보재기가 없어진 걸 보니, 이거저거 소중한 거만 한 보따리 싸 이고 달아난 거 같구만. 설마 그렇지는 않을 낀데! 내 돈도 쉰 냥이나 꿔 쓰고 있는 거로……."

"아이고 아지머이요, 나는 그 할미 못 만나면 죽겠입니데이."

황남리댁은 이렇게 말하며 방 앞의 신돌 아래 펄썩 주저앉더니 엉엉 울음보를 터뜨렸다.

"내가 이년의 예펜네 대국꺼지 가서라도 잡아올 끼니 안심하고 일어나게."

마누라는 황남리댁의 소매를 잡고 끌었다.

마누라는 사방으로 사람을 보내어 태주할미의 행방을 찾았으나 아무도 아는 이가 없었다.

황남리댁은 또 그녀대로, 마누라가 찾아 내주기만 기다릴 수 없어, 명도와 무당이 있다는 데는 다 찾아가 보았다.

잣실 을화 무당의 이야기는 정 부잣집 마누라를 통해 더러 듣고 있었지만, 이 기회에 직접 가서 물어 보리라 하고, 안강까지 갔다 오는 길에 들렀다.

을화는 황남리댁의 이야기를 대강 듣고 나더니, 고개를 끄덕이며,

"그럴 낍더. 그럴 낍더."

했다.

"자네는 어짜면 첨부터 그렇게 믿었노?"

황남리댁이 물었다.

"선도산 호랭이가 물어 갔닥 하길래 이내 거짓말이라꼬 알았지요. 선도산 호랭이가 큰줄다리기할 때 내려오는 일이 없거든요. 그렇닥 하면, 그 할미가 와 그런 거짓말을 꾸며 댔노, 할 때 잃어버린 애기하고, 그 할미하고 반드시 무슨 연유가 있다, 이렇게 생각이 들데요. 그래서 지가 정 부자댁 마님한테 애기엄마가 멩도 소리를 한번 잘 들어 보면 알 끼라고 그랬지요."

"아이고, 내가 와 진작 자네를 찾아오지 못했던고? 우리 정 부자댁 마누라한테라도 그 얘기를 좀더 자세히 해 줬으면 됐을 꺼로?"

"지는 첨에 호랭이 말을 들었을 때 확 짚이데요. 그 할미가 수상하다꼬……. 그렇지만 정 부자댁 마나님이 그 할미를 믿고 지내는 눈치고, 또 나도 확실한 꼬타리를 붙잡은 거는 없고, 그래서 대강 말해 드리고 말았지요."

"그래, 자네는 어떻게 보는고? 내 자네 은혜 갚을 게 아는 대로 일러 주게. 나는 그 할미 방에서 우리 기호 목소리 듣던 거 생각하면 지금도 미치겠네. 우리 기호가 어쩌다가 그 할미한테 씌웠을꼬?"

황남리댁의 두 눈은 눈물까지 글썽해 있었다. 이렇게 말하는 황남리댁도 물론 홍진이나 마마에 죽은 어린애들의 혼백이 명도로 들린다는 이야기는 듣고 있었지만, 기호의 혼백이 하필 어쩌다 그 할미한테 들렸다는 겐지 생각만 해도 골이 핑 돌 것 같았다.

"멩도 들리고 싶어, 발광하는 예펜네들이 죽은 애기의 새끼손가락 끝을 짤라서 몸에 지니거나 집 안에 모시면 그 애기의 혼백이 멩도로 자기한테 들린다는 이 얘기 안 있는기요?"

"글쎄 그런 일도 있다고 하데마는, 우리 기호는 말짱하게 살고 있었고, 그 할미하고는 알지도 못했다 말일세."

"그러니 끔찍하지요."

을화는 혼잣말같이 낮게 중얼거렸다.

황남리댁은 을화가 무슨 뜻으로 하는 말인지 잘 모르는 채 그녀의 얼굴만 한참 바라보다가,

"날 좀 살려 주게. 그 할미가 밤에는 몰래 지 집에 올 끼지만 나 혼자서는 무서워 기다릴 수가 없네. 나하고 같이 그 방에서 하룻밤만 할미를 기다려 봐 주게."

손목을 잡고 사정을 했다.

"그렇다면 가입시더."

을화는 황남리댁을 따라나섰다.

두 여인은 처음 정 부자댁에 들러 함께 저녁을 먹은 뒤 이댁 마누라를 모시고, 셋이 뱃집으로 갔다. 세 여인은 할미 방에서 기름불을 켜고, 밤이 꽤 깊도록 이야기를 하며 시간을 보냈다. 정 부자댁 마누라가 돌아가자 남은 두 여인은 불을 끄고, 말소리도 끊은 채 무엇인가를 기다리며 누워 있었다. 밤중이면 혹시 할미가 살짝 들어올지 모른다는 막연한 기대에

서였다.

자정이 지나도록 아무런 인기척도 들리지 않았다. 그러자 온종일 끼니도 제대로 못한 채 허둥지둥 돌아다니고 난 황남리댁이 먼저 숨소리를 색색거리며 잠이 들어 버렸다. 그 색색거리는 숨소리를 듣고 있던 을화도 덩달아 눈이 슬슬 감기었다. 그때였다. 어디선지 아이 우는 소리 같은 것이 훌쩍훌쩍 들렸다. 을화는 문득 절에 보낸 영술이 생각을 했다. 영술이는 아니겠지.

"늬가 누고?"

을화가 물었다.

울음소리가 그쳐 버렸다. 그와 동시에 그녀는 또 눈이 스르르 감겨 버렸다. 잠결인지 아닌지 또다시 아까의 그 훌쩍거리는 울음소리가 어렴풋이 들렸다.

"늬가 누고?"

을화는 또다시 물었다.

훌쩍거리던 울음소리는 이불 속에서 색색거리는 아기 소리 같은 것이 되었다.

"늬가 누고?"

세 번째 물었다.

색색거리는 소리는, 엄매야 엄매야 하는 것같이 들렸다. 옳지, 늬가 기호로구나. 늬가 기호가? 엄매야 엄매야 날 데레가라, 색색거리는 소리의 대답이었다. 늬가 어디 있노? 엄매야 나 여기 있다. 정지(부엌) 뒤에, 뒤안에…….

여기서 훌쩍거리는 소리, 색색거리는 소리 모두가 끊어졌다.

……을화가 눈을 떴다. 그러나 지금 금방 들은 그 훌쩍거리는 울음소리를 꿈결에 들은 건지 그냥 눈을 감고 누운 채 들은 건지 스스로 분간할 수가 없었다.

이튿날 아침 일찍이 을화와 황남리댁은 부엌을 열고 뒤꼍으로 나갔다.

뒤꼍에는 잡풀이 가득 엉켜 있었는데 한 군데가 마른풀로 덮여 있었다. 마른풀을 걷어 내고, 호미로 흙을 조금 파헤치자, 거기 붉은 헝겊 조각과 아이의 머리칼이 나타나기 시작했다.

"아, 기호야."

황남리댁이 이렇게 외치더니 그 자리에서 또 기절을 하고 쓰러져 버렸다.

그런 지 보름쯤 지난 뒤였다. 전날의 그 태주할미 같은 여인을 분황사(芬皇寺)에서 보았다는 말이 들렸다. 황남리댁은 이내 분황사로 달려갔다. 스님 한 분의 이야기가, 한 달포 전부터 그런 보살할미 한 분이 나타났다는 것이다. 황남리댁은 사흘 동안 절 근방을 맴돌다가 마침 보살 차림의 그 할미를 절문 앞에서 붙잡았다.

그러나 황남리댁은 그 할미를 붙잡는 순간,

"늬 우리 기호 어쨌노?"

이렇게 한 마디 겨우 묻고는 또 실신을 해 버렸다.

할미가 황남리댁을 뿌리치고 달아나려고 할 때, 마침 길 가던 농부 한 사람이 할미를 붙잡았다.

"어째 된 일인기요?"

"아무 상관도 없는 예펜네요."

"아무 상관도 없는 사람이 와 아짐마를 붙잡고 넘어져요?"

옥신각신하는 사이에 사람들이 모여들어, 결국은 황남리댁과 할미를 함께 정 부잣집까지 데려다 주는 데 이르렀다.

정신을 돌이킨 황남리댁은,

"아지머이요, 이 할미 항복받기 전에 놓치먼 나는 죽심니데이."
했다.

"염려 말게. 어련할까 봐."

마누라는 할미를 빈 고방에 가두었다. 그리고 날마다 한 번씩 고방문을 열어 보며,

"그래도 항복 못할느아?"

물었다.

"마님요. 제발 목숨만 살려 주이소."

그녀들의 문답은 언제나 이 한마디씩으로 끝났다. 마누라는 할미에게 일체 먹을 것을 들여 주지 않았다.

나흘째였다. 할미는 지칠 대로 지쳐 있었다.

"그래도 항복 못할느아?"

"목숨만 살려 주이소."

"자백하면 살려 준다. 그래도 못할느아?"

"……."

"내가 이대로 늬를 내놓으먼 늬는 기호네 식구들한테 찢겨 죽을 끼다. 당장 자백하먼 내가 늬 더러운 목숨만은 그래도 구해 주마."

"마님요."

"어서 자백해."

"이년 죽어 쌈니더."

"어서 얘기해 봐라."

"애기는 지가 데려왔임니더."

"그래서?"

"독 속에 가, 가두어 주, 죽였임니더."

"아이고, 요, 악귀야."

마누라는 분을 이기지 못하여 할미의 머리채를 확 잡아 나꾸었다.

할미는 죽은 듯이 쓰러져 있었다.

"얼른 마저 얘기해라, 목숨이라도 붙여서 나갈락 하거든."

마누라의 호통에 할미는 다시 상체를 일으켰다. 그러나 이야기를 계속하지는 못했다.

"얼른 이야기 못할느아?"

마누라의 호통에 할미는 다시 고개를 들었다.

"그래 네 살이나 먹은 게 독 속에 고이 들어가더나?"

"첨에는 사지를 묶으고, 입에 헝겊을 틀어막아 소리를 못 내게 하고, 방구석에 눕혀 두었임더. 그랬다가 힘이 다 빠지고 늘어진 뒤에 독 속에 집어넣어십니더."

"아이고 요 악물아."

마누라는 이를 뽀드득 갈았다.

할미는 인제 이까지 털어놓은 이상 어차피 마찬가지란 생각인지 그때부터는 순순히 이야기를 털어놓았다.

애기는 독 속에서도 나흘 동안이나 살아 있었다. 할미는 처음 빨강물 한 종지를 독 속에 들여 보내 주었다. 아기는 굶주린 끝이라, 그것이 무엇인지도 분간하지 못하는 채 무턱대고 받아 마시었다.

이틀째는 파랑물을 한 종지 들여 주었다. 아기는 역시 그것을 받아 마시었다.

사흘째는 노랑물 한 종지를, 나흘째는 깜장물 한 종지를 각각 들여 주었는데, 깜장물은 반 종지도 채 못 마신 채 손에서 그것을 떨어뜨려 버렸다. 그러자 할미가 독 뚜껑을 열었을 때 아기는 완전히 숨이 끊어져 있었다.

할미는,

"아가, 아가 날 따라가자."

하는 주문을 외며 가위로 아기의 새끼손가락 끝을 잘랐다. 그것을 깜장 비단에 싸서 고의 속에 찼다. 그리고 시체를 뒤꼍에 묻었다.

──이야기를 듣고 난 마누라는 너무나 끔찍하여 몸이 와들와들 떨렸다. 왜 빨강물 파랑물 노랑물, 그리고 깜장물을 죽어가는 아이에게 먹였느냐든가, 또 왜 하필 새끼손가락 끝을 잘라 가져야 했느냐든가, 하는 따위를 물을 염도 내지 못했다.

"늬 죄는 천벌을 받을 끼다. 내 늬를 끌고 당장 관가로 가야 하겠다마는 전부터 알던 얼굴이고, 또 늬를 살려 보내마꼬 언약했기 땜에 차마 그

렇게는 못할따. 한시바삐 여기서 떠나거라. 늬 같은 악물을 잠시도 내 집
에 두기 싫구나. 먼 동네로 당장 떠나거라. 나한테 빚진 돈도 있것다. 늬
살던 귀신집 아무도 들어가 살 사람도 없지마는 내가 맡는다. 늬는 두 번
다시 이 동네에 비칠 염도 내지 마라."

마누라의 명령이 떨어지자, 지금까지 늘어져 누웠던 할미가 부시시 일
어나 앉았다.

"귀신집이라꼬요? 그렇심더. 그 집에는 귀신밖에 아무도 못 살낌더."

이렇게 한 마디 남기고는 어둠 속으로 비실비실 사라져 버렸다.

굿과 예배

마누라로부터 태주할미의 이야기를 듣고 난 박건식은 땅이 꺼지라고 긴
한숨을 내쉬며,

"내가 와 진작 중이 되지 못했던고?"

하더니, 술상이라도 들여오라고 했다.

평소에 술을 그다지 좋아하지 않는 편이었지만, 그날은 웬일인지, 밤이
늦도록 혼자서 술을 마셨다.

술이 갑신 취한 채 잠이 든 박건식은, 닷새 동안이나 자리에서 일어나
지 못했다.

이레 만에 겨우 나들이옷을 챙겨 입은 박건식은 바로 최 진사를 찾아갔
다. 그리하여 아내로부터 들은 태주할미의 이야기를 대강 털어놓은 뒤,

"우리의 원수는 왜놈들뿐만 아니라고, 생각하자 나는 그만 너무도 정
신이 어지러워 자리에 눕고 말았읍니더."

이렇게 말하고 나서, 그는 앞으로 모든 일을 다 집어치우고 산으로나
들어갈 생각이라고 하였다.

"뭐라꼬, 중질을 가겠다꼬?"

최감이 못마땅한 어조로 물었다.

"예, 저는 그만 모든 일에 맥이 빠져 버렸읍니다. 세상에, 사람이 사람을 죽여도 유만부동이지, 그 어린 걸 꾀어다가 그렇게 죽이다니, 이렇게 악독한 인간들과 피를 나눈 동족이라꼬 생각할 때, 사람의 얼굴을 쳐다보는 것도 무섭고 징그러워서, 외딴 섬이나 깊은 산중으로 들어가 숨고 싶은 생각뿐입니다."

"자네 심경이야 난들 왜 모르겠나? 그렇다고 자네마저 세상을 피해 버리면, 이 세상엔 그런 사람들만 남지 않나? 그럴수록 자네 같은 사람이 세상에 있어야 그런 것들을 일깨워 나갈 꺼 아닌가? 요컨대 무지몽매에서 나온 짓이니까, 그런 사람이 없도록 가르치고 일깨워야지. 자네가 서울 갔다 와서, 독립운동은 우선 계몽운동부터 시작해야 한다고 했을 때, 내가 즉석에서 찬성을 하고, 나도 힘 자라는 대로 도울 터이니 그렇게 하자꼬 한 것도 그게 아닌가? 제발 약자 같은 소릴 말고, 마음을 강철같이 굳게 먹게나."

"……."

"자네가 중이 된다꼬 세상에서 그런 사람이 없어지나 말일세. 자네가 만약 중이 되어 절로 들어간다면, 절에서 그 할미를 다시 만날 낄세. 왜 그런고 하면 그런 할미들이 최후에 의지하는 것도 절이거든. 우선 그 태주할미만 해도, 자기의 죄악이 탄로날 듯하니 절로 도망쳤다고 하잖아? 분황사에서 붙잡아 냈다고 했지? 그런 걸세. 제발 중 될 생각은 말게. 아무리 화가 나더라도 세상에서 버티게나. 정 못 견디겠거든 날 찾아와 같이 술이라도 나누세."

최감의 간곡한 권고를 박건식은 차마 뿌리칠 수 없었다.

그런 지 달포 지난 뒤, 대구에 사는 당숙(堂叔)의 환갑잔치에 다녀온 박건식은 다시 최감을 찾아가,

"대구에 계시는 당숙 회갑연에 갔다가 예수교 이야기를 들었읍니다. 종래의 미신을 타파할라면 예수교가 제일 빠르닥 해서 예수교로 나갈까 합니다."

했다.

최감은 이번에도 역시 떠름한 얼굴로,

"자네와 나는 본래부터 공자님교가 아닌가? 조상때부터 내려오는 가
풍도 그렇고, 또 그것이 원도(原道)란 말일세. 그런데 불교나 예수교로
개종을 한다는 건 좋지 않네. 허나 자네가 미신타파를 목적으로 한다면
불교보다는 예수교가 나을 껠세. 왜 그런고 하면, 불교는 잡신을 배제하
지 않는 반면에 예수교는 잡신을 절대로 배제한다고 듣고 있으니까."

"진사님께서 그만큼 양해를 해 주시니 감사합니다. 저는 예수교로 들
어가 미신타파부터 해 볼까 합니다."

박건식은 이렇게 말하고 최감의 집에서 물러나왔다. 그리고 이것이 최
감과의 작별인사도 되고 말았다. 최감은 그의 개종을 내심 몹시 유감스럽
게 생각하는 터였기 때문이었다.

——이러한 박건식의 내력과 포부를 알게 된 뒤부터 영술은 매일같이
그를 찾았다. 아침 일찍이 집에서 나오면서 먼저 박건식을 찾아가, 자기
가 도울 일이 없느냐고 물어 본 뒤, 교회에 나가 기도를 드렸고, 돌아올
때도 대개는 그렇게 했다. 따라서 그는 박건식의 사랑에서 집사 노릇을
하는 시간이 많았다.

박건식이라고 해서 영술에게 당장 그의 어머니를 미신에서 건져 낼 만
한 지혜나 묘안을 제시해 주는 것도 아니었지만, 그런 사람이 있다는 것
만 해도 여간 마음 든든한 일이 아니었다. 우선 서서히 어머니에게 접근
하며, 어머니를 올바른 길로 이끌어 내기 위한 기회를 엿볼 수 있는 마음
의 여유를 가질 수 있었던 것이다.

이러한 영술에게 또 하나 고무적인 사실이 있다면, 그것은, 그의 이복
누이동생인 월희가 차츰 혀를 제대로 놀릴 수 있게 되어 가는 점이었다.
영술은 본디, 월희의 혀가 굳어져 말을 잘 못하게 된 것도 오직 잡귀가
들린 탓이라고 믿고 있었던만큼 지금 차츰 혀가 제대로 돌아가게 된다면
이것은 그녀에게서 잡귀가 물러가기 시작한 증좌라고 확신했다. 그리고

그것은 물론, 그 동안 매일 드려 온 자기의 기도에, 하느님의 감응이 나타나게 된 결과라고 풀이했다. 따라서 이러한 월희가 하느님의 사랑을 이해하지 못할 리 없으리라고 내다보는 편이기도 했다.

영술은 월희를 가르치고, 그녀로 하여금 회개하게 할 때는 지금이라 생각하고 집으로 돌아왔다. 마침 혼자서 그림을 그리고 있던 월희는 영술이 들어오는 것을 보자 반가운 얼굴로,

"오라바이."

하며 붓을 놓았다.

"월희야, 내 말이 들리나?"

"……."

월희는 미소를 지으며 고개를 끄덕였다.

영술도 따뜻하게 미소를 지어 보이며,

"하느님께서 너를 사랑하시고, 늬 속에 들어 있던 나쁜 귀신을 쫓아내신 거다."

했다.

월희는 어리둥절한 얼굴로,

"하느임이?"

하고 물었다. 그녀가 알아들은 것은 하느님이란 말 한마디뿐인 듯했다.

"저 하늘에 계시는 하느님이시다."

영술은 손가락으로 하늘을 가리켜 보이며 천천히 말했으나 월희는 전혀 알아듣지 못하는 듯 멍청한 얼굴로 영술을 쳐다보고 있을 뿐이었다.

영술은 품에서 성경책을 끄집어 내었다.

"하느님이 우리에게 일러 주시고, 보여 주신 일이 이 책에 들어 있다."

영술은 이렇게 말하며 성경책을 펼쳐 들고 읽기 시작했다.

"마태복음 제 구 장 삼십이 절이다……. 저희가 나갈 때에 귀신 들려 벙어리 된 자를 예수께 데려오니 귀신이 쫓겨나고 벙어리가 말하거늘 무

리가 기이히 여겨 말하기를 이스라엘 가운데서 이런 일을 본 적이 없다고
했다. 무리들 속에 바리새 인들도 있었는데 그들은 말하기를 저가 귀신의
왕을 빙자하여 귀신을 쫓아 낸다 하더라……."

영술은 여기까지 읽자 고개를 들어 월희의 얼굴을 바라보았다. 월희는
그때 마침 방바닥에 기어가는 파리를 바라보고 있었다. 영술은 월희가 잘
이해하지 못하고 있음을 깨닫고 안타까운 듯한 얼굴로 설명을 덧붙였다.

"달희야 잘 들어라. 너같이 귀신 들려 벙어리 된 사람을 예수님이 고
쳐 주셨다. 그것은 곧 너의 이야기다. 나쁜 귀신아 물러가거라, 예수님이
꾸짖으시니 귀신이 물러가고 그 사람은 너처럼 말을 하게 됐다. 알지?"

"……."

월희는 무언지 켕기는 듯한 얼굴로 고개를 좌우로 저었다.

영술은 왠지 히죽 웃어 보이며,

"곧 알게 될 거다."

하고 나서, 다시 성경을 펼쳐 들었다.

"달희야 들어라. 이것은 마태복음 십이 장에 있는 말씀이다. 이것도
역시 귀신 들려 벙어리 된 사람의 이야기다. 너처럼……. 그때에 귀신
들려 눈 멀고 벙어리 된 자를 데리고 왔거늘 예수께서 고쳐 주시매 그
벙어리가 말하며 보게 된지라 무리가 다 놀라 말하기를 이는 다윗의 자손
이 아니냐 하니……."

영술은 신나게 읽어 내려갔으나, 월희는 멍청한 눈으로 영술의 얼굴만
바라보고 있었다.

영술은 성경에서 눈을 떼자 다시 월희를 바라보며,

"어떠냐?"

자랑스러운 얼굴로 물었다.

"……."

월희는 무슨 영문인지 전혀 알 수 없는 듯 잠자코 역시 고개를 옆으로
저었을 뿐이다.

영술은 몸을 젖혀 네 벽에 꽉 붙어 있는 여러 가지 무신도(巫神圖)들을 손가락으로 가리켜 보이며,

"어머니가 온 집 안에 귀신 그림을 꽉 붙여 두었기 때문에 너한테도 귀신이 들어가 그렇게 혀가 굳어졌던 거다. 그렇지만 옛날 예수님께서는 그런 귀신들을 모조리 쫓아 내 주셨기 때문에 그 사람들이 병을 고치고 말을 할 수 있었던 거다. 나도 예수님께 기도드려서 너한테 들린 귀신을 쫓아 내 줍시사 했으니, 너도 나와 함께 예수님을 믿어야 한다. 그러면 너도 귀신들의 괴롭힘을 받지 않고, 말도 잘 할 수 있게 되고, 하느님도 알게 된다."

영술은 정열과 신념을 가지고 열심히 설명했으나, 월희는 먼나라 꿈이나 꾸는 듯한 눈으로 그를 바라보고 있다가,

"예수임이?"

하고 물었다. 그녀는 예수란 말이 무엇인지도 전혀 모르고 있었던 것이다. '하느님'이란 말은 어머니로부터 가끔 들은 적이 있었지만, 예수란 이름은 일찍이 들은 일도 없었고, 또, 영술이 왜 하느님과 예수님이란 말을 가끔 쓰고 있는지도 알지 못한 채였다.

"그렇다. 예수님을 믿는 거다. 하느님은 하늘에 계시기 때문에, 예수님이 하느님을 대신해서 세상에 오신 거다."

영술이 이렇게 말하고 있을 때, 밖에서,

"따님 따님 우리 따님."

하는 소리가 들렸다.

영술은 성경책을 얼른 가슴속에 감춘 뒤, 방문을 열었다.

을화는 이날도 얼근히 취해 있었다.

"따님 따님 내 따님.

술이 술이 내 아들."

을화는 영술과 월희를 보자 이렇게 당장 노랫조로 말을 엮으며 춤을 덩실덩실 추었다.

영술은 그러한 어머니가 몹시도 부끄럽게 생각되었지만 그러한 내색을 보이지 않고 먼저 방으로 들어와 버렸다.

뒤따라 방으로 들어온 을화는 기쁜 소식이나 전하려는 듯이, 정다운 목소리로,

"술아."

하고 불렀다. 그녀는 말을 이었다.

"우리 달희하고 얘기해 봤지? 어떻더노? 그전보다 말을 곧잘 한다고 생각들지 않더나?"

"저도 그렇게 알고 있습니더, 어머니."

"그럴 꺼다. 그게 모두 늬 덕택이다. 늬가 오던 날부터 우리 달희가 좋아하고, 힘을 내는 눈치다. 늬를 몹시 좋아하는 눈치다. 말도 곧 지대로 하게 될 끼다."

을화는 이렇게 영술을 추켜올리려 했다.

영술은 이렇게 말하는 어머니의 저의가 무엇인지를 알아내려고 조심스럽게 그녀의 거동을 살피고 있었다.

을화는 말을 계속했다.

"그것도 그럴밖에 없지. 내가 만날 밖에 나가고 집을 비우니, 그 어린게 혼자서 집을 지키고 안 있나? 다른 가시나들 같으면 벌써 어디로 달아나거나 했지 요렇게 붙어 있기나 했을라꼬. 그러던 참에 오래비가 왔으니 오죽이나 반갑겠나? 눈이 번쩍 띄고, 귀가 번쩍 트이고, 정신이 번쩍 들어, 입이 절로 열릴밖에 없을 께 앙이가?"

을화는 가족과 더불어 이야기하다가도 말이 조금만 길어지면 자기도 모르게 굿거리 사설조가 엮어져 나오곤 했다.

영술은 이러한 어머니가 부끄럽기만 할 뿐 아니라 자신도 모르게 반발심이 일곤 했다. 그는 지금도 어머니가, '눈이 번쩍 띄고, 귀가 번쩍 트이고…….' 했을 때 그냥 들어 줄 수 없어, 자기도 모르게 눈을 내리감으며 기도를 드리기 시작했던 것이다.

"술아."

어머니의 목소리에 영술은 놀라 고개를 들며 눈을 떴다. 어머니가 여느 때처럼 또 자기의 마음속을 꿰뚫어보지나 않았을까 하는 겁먹은 듯한 눈으로 그녀를 가만히 바라보았다.

어머니는 정다운 미소를 띠어 보이며,

"이번에 큰 재(齋)할 때, 늬, 우리 달희 데리고 절구경 갔다 오너라. 어쩌면 나도 같이 갈따마는……."

했다.

월희는 어머니의 말을 알아듣는지 어쩐지, 여느때보다 광채 어린 두 눈으로 영술을 쳐다보고 있었다.

영술은 지금 미리 이를 거절해 두지 않으면 안 될 것 같은 생각이 들어,

"어머니 저는……."

하고, 잠간 머뭇거리다가, 용기를 내어,

"절에 가기가 싫습니다."

했다. 그는 어머니의 비위를 건드리지 않기 위하여 사투리를 썼다.

"와 그카노? 늬 동생 벙어리 고쳐 주는 게 싫어서 그러나?"

"아임니더. 절에는, 스님들이 뵈기 싫어서 그럽니더."

영술은, 자기가 예수를 믿기 때문에 절에 갈 수 없다고 바로 말했다가 또 어머니의 노여움 살까 두려워, 이렇게 말을 돌려 대었던 것이다.

"술아."

을화의 정다운 목소리에 영술은 겨우 마음을 놓고 그녀의 얼굴을 쳐다보았다.

"달덩이 같은 내 아들아, 늬가 야순가 예순가 그거만 안하먼 우리는 참 재미나게 살 수 있다이. 늬 동생 한 번 봐라, 얼마나 예쁘노? 하늘에서 선녀가 내려오먼 저보다 더 곱겠나, 옥속으로 깎아 노먼 저보다 더 맑을능아? 저기다 말만 풀리먼, 늬들 둘보다 더 잘난 사람은 세상에 없을

끼다."

"어머니 걱정 마이소. 달희 곧 말하게 될 겁니더."

"그렇지 않아도 늬가 온 뒤부터 말이 쪼금씩 풀리더라. 늬한테 맽길게 늬가 잘 해 봐라."

을화는 무슨 뜻인지 이렇게 말했다. 예수를 믿는다고 그렇게도 못마땅해하며 경계하는 아들에게 월희를 맡기겠다 하니, 월희의 반벙어리만 고칠 수 있다면 그녀로 하여금 예수를 믿게 해도 좋다는 뜻일까. 영술은 이것이 기회라고 생각하며,

"어머니, 달희를 저한테 맡기시면 지가 책임지고 고쳐 오겠입니더."

했다.

을화는 무엇을 잠간 생각하는 듯하더니,

"어디로 데리고 갈래?"

하고, 물었다.

영술은 어차피 일어날 문제라고 속으로 헤아리며, 딱 잘라,

"교회에 데리고 나가겠습니더."

이렇게 대답했다.

"교회가 어디고? 야수하는 데가?"

"그렇십니더, 어머니. 그 동안 지가 교회에서 매일 기도드려 왔임니더, 우리 월희 혀도 풀리고 귀도 밝아지고, 말도 잘 할 수 있도록 해 줍시사, 하고……. 하느님께 빌어 왔임니더."

영술은 이렇게 말하며 그의 어머니의 반응을 살폈다. 그 동안 월희의 혀가 전보다 훨씬 잘 돌아가게 되었다는 것은 어머니도 인정했으니까, 그것이 영술의 기도 덕택이라고 알게 된다면, 그녀의 예수교에 대한 반감도 완화될 수 있는 일이라고, 영술은 자기 나름대로 풀이를 했던 것이다.

그러나 을화는 생각할 사이도 없이,

"앙이다."

우선 부정을 해 놓고, 다시 말을 잇기 시작했다.

"그거는 늬가 야수교에 치성을 드렸기 때문이 앙이다. 우리 달희는 만날 방구석에 혼자 살다가 사람이라꼬는 늬를 첨으로 만난 거다. 늬가 야수를 하지 말고, 그 동안에 절에나 데리고 댕겼으면, 지금보다 훨씬 더 많이 풀렸을 끼다."

을화는 아들의 어리석음을 비웃듯이 이렇게 말했다.

영술은 맘속으로, 월희의 혀가 잘 돌아가지 않게 된 것은, 그녀가 혼자 방구석에 박혀 앉아 있게 된 뒤의 일이 아니고, 영술이 자신과 그녀의 아버지가 모두 함께 있었을 때라고 신랄하게 반박을 하고 싶었지만, 어머니의 비위를 건드리지 않기 위하여,

"어머니, 그건 월희가 옛날 저하고 같이 있을 때 생긴 일입니더."

부드럽게 항의를 했다.

"그건 늬 말이 맞다."

을화도 순순히 인정을 했다. 그러나 그녀는 계속하여,

"그렇지만 그때와 지금은 다르다. 지금은 같이 놀아 줄 사람만 있으면 나을 때다."

이렇게 자신의 견해가 틀리지 않았음을 밝혔다.

"그렇다면 어머니가 꼭 끼고 다니시면 되겠습니더."

영술의 말에, 을화는 한참 동안 대답이 없다가, 낮은 목소리로,

"술집에 같이 갈 수는 없제?"

이렇게 묻고 나서, 다시,

"굿마당에 같으면 같이 가도 좋지만, 내가 굿을 하느라꼬 돌보지 못할 끼고, 그러다가, 누가 훔쳐 가 버리면 어짜노? 우리 달희 같은 인물은 세상에 둘도 없다이."

했다. 그것이 흡사, 영술이더러 월희를 데리고 굿마당에 와 주었으면 좋겠다는 듯한 말투였다.

"어머니 이렇게 하면 어떻겠습니꺼? 한 번은 굿 구경을 데리고 가고, 한 번은 교회에 데리고 가고, 그래서 어디가 더 맘에 들었나 하고 물어

보기로 하먼……."

"굿하는 구경하고, 야수하는 구경하고, 어느 게 맘에 들더나, 물어 보자꼬?"

을화는 아들의 말에 어떤 도전 같은 것을 느끼며 이렇게 물었다.

"……."

영술은 교회를 굿과 대등한 위치에 두고 말하기가 싫어서 대답을 하지 않았다.

그러자 을화는 아들이 자신을 잃고 물러서는 것이라고 착각을 하는 듯,

"와 대답이 없노? 막상 대어 볼락하니 겁이 나제?"

"아입니더, 어머니."

"아니라꼬? 그러면 좋다. 그렇게 해 봐라. 이달 스무하룻날 정 부자댁에서 큰굿을 한다. 그날 밤에 늬가 우리 달희 데리고 가자. 그라고 나서 그 담에 또 늬 야수하는 데 우리 달희 데리고 가 봐라. 알겠제?"

"……."

"와 대답이 없노? 벌벌 떨리나?"

"아닙니더."

"그렇다면?"

"하룻밤만 더 생각해 보겠입니더."

"하룻밤만 더 생각해 볼란다꼬? 오냐, 늬 맘대로 해라. 그렇지마는 늬, 남자가 너무 밍기적거리면 좋지 않다이. 할 꺼는 그 자리에서 탁 짤라서 하고, 못할 꺼는 못한다꼬 해야지, 낼 보자, 모레 보자 하고 우물쭈물 밍기적거리면 나중 가서 큰일 못하는 거다."

"……."

영술은 대꾸를 하지 않았다. 그는 그의 어머니가 뭐라고 하든지 그런 것에는 아랑곳없이, 이 일은 일단 박 장로와 상의한 뒤에 결정 지으리라고 맘속으로 결심했던 것이다.

이튿날 영술의 이야기를 다 듣고 난 박건식은,

"자네는 자네 누이동생이 말을 잘 못하게 된 것을, 성경에 나오는, 그 귀신 들려 벙어리된 자들과 같은 거라고 확신하는가?"
하고 물었다.

"그렇게 확신합니다. 그애는 어릴 적에 아무런 지장없이 말할 수 있었기 때문에, 목구멍이나 혀가 잘못 생겼다고 볼 수는 없습니다. 거기다가 그애는 철이 들면서부터 무당귀신 속에 짓눌려 있게 되었습니다. 그러던 것이, 제가 돌아와 기도를 드리기 시작한 뒤부터 뚜렷하게 혀가 돌아가기 시작했으니 이는 틀림없이 귀신 들려 벙어리된 자 중의 하나라고 믿습니다."

"그렇다면 자네는, 그애를 교회에 이끌어 내면 틀림없이 말을 하게 될 것이라고 믿는가?"

"예."

"그렇다면 그렇게 해도 좋을 껠세. 웬고하면, 자네는 첨부터 굿과 교회를 대등한 것이라고 생각해 본 일도 없지 않은가? 자네가 본의 아니게 굿 구경을 간다고 해도 그것은 어디까지나 누이동생의 병을 고치기 위해서지 다른 목적은 없지 않은가?"

"예, 그렇습니다. 누이동생의 병을 고치는 것이 물론 첫째 목적이지만 거기서 그치는 것은 아닙니다."

"그밖에 또 무슨 목적이 있는고?"

박건식은 머쓱해서 물었다.

"저의 근본 목적은, 전날 장로님께 말씀드린 대로, 저의 누이동생뿐 아니라, 저의 어머니로 하여금 무당귀신에서 벗어나 예수님을 믿도록 하는 데 있습니다. 그러기 위해서는, 누이동생부터 교회로 이끌어 내어 귀신을 몰아 내고 말문을 열어 주면, 그것으로 인하여 어머니에게도 회개할 기회가 마련될 수 있으리라고 믿기 때문입니다."

"그렇다면 더구나 좋은 생각일세. 주저할 것 조금도 없네."

박건식의 흡족한 얼굴이었다.

베리데기

정 부자댁 오구굿은 그 집 앞마당에서 열리었다.

삼 년 전에 떠난 정만수(鄭萬守＝지금의 정 부자 大植의 아버지)의 혼이 저승으로 건너가지 못하고 이 집 근방에 맴을 돌고 있다는, 여러 점쟁이들의 한결같은 주장이 있었기 때문이었다. 그것은 영감이 죽은 뒤부터 이 집 식구들이 자주 병석에 눕게 될 뿐 아니라, 특히 작은손자 병현(秉炫 ＝대식의 둘째 아들)의 증상으로 미루어 보아 틀림없는 일이라 하였다. 병현은 그해 열두 살이었는데, 까닭 모를 병으로 다리를 절었다가, 눈이 멀었다가, 열이 심히 났다가 하는데 백약이 무효라 하였다.

대개는 을화가 굿을 하면 일단 물러갔다가 얼마 지나면 도로 도지고 한다는 것이다. 그래 마누라가 진작부터 을화에게, 혹시나 영감의 혼이 잘못된 것이 아니겠느냐고 물어 본 적도 있었지만, 을화는 웬일인지,

"글씨요, 그럴 꺼 같기도 합니더마는……."

하고 번번이 흐리멍덩한 대답이었다.

마누라가 다른 점쟁이다 명두다 하고 쫓아가 물어 보았더니 하나같이 모두가 같은 대답이었다——영감의 혼이 범접해 있기 때문이라는 것이었다.

마누라가 이 일을 을화에게 전하자, 을화는 그냥,

"지도 그렇게 생각을 했입니더마는……."

라고만 했다.

마누라도 그 이상 더 따지지는 않았다. 을화는 평소부터 자기는 점치는 무당이 아니라고 자처했을 뿐 아니라, 누구에게도 크고 작고간의 굿을 권하는 일이 일찍이 없었기 때문이었다. 그런데 을화는 그 동안 이 집 마누라의 단골 무당으로, 초하루 보름마다, 성주굿과 칠성굿을 도맡아 왔던만큼, 죽은 영감의 혼이 옛집을 맴돌고 있다면, 그 혼을 저승으로 천도(薦

度)시켜 줄 오구굿은 두말할 여지도 없이 그녀 자신의 차지였던 것이다.
그렇다고 한들, 돈벌이 목적으로 일찍이 굿을 맡은 적이 없다고 자타가
인정하는 처지에서, 더구나 단골 관계의 마누라에게 진작 그 말 못 일러
줄 게 뭐냐고, 황남리댁이 나무라듯 묻자, 을화는,

"그럭하면 몸주마님의 노염을 살 꺼 같애서……."
라고 했다. 전례에 없던 짓을 하면, 그녀의 몸주인 선도산(仙桃山) 여신
령(女神靈)인 선왕마님이 노여워할지 모른다는 것이다.

본디 을화의 오구라면 온 고을이 들썩하는 데다 주인이 이름난 정 부자
요, 게다가 이 집 마누라가 점과 굿이라면 평생사업으로 알다시피 하는
위인인만큼 이 굿이야말로 못 보면 한이라고, 소문이 퍼질 대로 퍼져 나
갔다.

이날 밤 구경꾼들은 초저녁부터 몰려들어, 넓은 마당을 꽉 메우고, 나
중은 근방 골목까지 밀어닥친 데다가 술 떡 묵 엿 따위 음식 장수들까지
끼여들어, 여간해서는 헤집고 다니기조차 힘이 들 판이었다.

영술은, 사람이 이렇게 들끓고, 마침 달 뜰 시간도 멀어서, 자기 얼굴
이 남의 눈에 잘 띄지 않게 된 것을 맘속으로 여간 다행히 생각하지 않았
다.

그러나 월희의 귀가 그리 밝지 않은 데다, 어머니와의 언약도 있고 해
서, 그녀를 전물상 곁에까지 데리고 가야만 했는데, 전물상이 차려진 차
일 아래는 오색 사초롱이 색실을 드리운 듯 무수히 매달려 그는 사뭇 얼
굴을 수그린 채 있었다.

그런대로 영술은 어머니와의 언약을 지켜야 할 의무도 있었지만, 월희
의 얼굴에 나타나는 반응도 살필 생각도 있었기 때문에 그 자리를 박차고
달아나 버릴 수는 없는 노릇이었다. 그밖에 또, 다른 이유가 있었다면,
이 기회에, 굿이니 무당이니 하는 미신의 세계를 좀더 자세히 보아 두는
것이 이를 타파하는 데 참고가 되리라 하는 생각이기도 했다.

그러나 영술의 이러한 부정적이며 비판적인 심정과는 반대로, 월희는,

그 호화롭게 차려진 전물상과 그 위에 드리워진 휘황한 오색 사초롱들을
흥미와 호기심에 찬 눈으로 살피고 있었을 뿐 아니라, 을화가 방울을 울
리며 망자(亡者)를 부르기 시작했을 때부터 어깨까지 꿈틀거리는 듯해
보였다.

　을화도 처음엔 영술과 월희 쪽으로 가끔 시선을 보내곤 했으나 방울 소
리를 내기 시작했을 때부터는 그네들의 존재도 잊은 듯, 그녀 특유의 청
승 가락에 잠겨 들고 말았다.

　돌아오소 돌아오소
　금일 망재, 돌아오소
　아바님하 뱃줄로 돌아오소
　어마님하 젖줄로 돌아오소
　백 년째거나 십 년째거나
　이 궁전으로 돌아오소
　동솥에 자진 밥이
　움 돋거든 오마던가
　살강 밑에 씻긴 밥이
　싹 돋거든 오마던가
　유월장마 궂은 날에
　옷이 젖어 못 오던가
　와병에 인사절이라
　병이 들어 못 오던가
　춘삼월 다시 오면
　꽃도 피고 잎도 피네
　부유 같은 우리 인생
　한번 가면 못 오는가
　애닯다 금일 망재

어서 오소 돌아오소.

을화의 잠긴 듯한 정겨운 목소리는 이내 와글거리던 군중들의 소음을 일시에 삼켜 버린 듯했다. 그녀의 후리후리한 허리에, 늘씬한 두 팔이, 쳐들어졌다 내려뜨려질 때마다 박수(화랑이) 세 사람이 차고 앉은 장고 꽹과리 제팔이(제금)들이 이에 장단을 맞추었고, 구경꾼들의 숨결도 저절로 들어쉬어졌다 내어쉬어지곤 했다.

을화가 망자 부르는 굿을 그쳤을 때, 영술의 곁에 앉아 있던 한 여인이 허리를 반쯤 일으켰다 도로 앉으며,

"저기, 정 부자댁 마누라가 영감님 만날라고 새옷 갈아입고 나와 앉았네."

전물상 저쪽 편을 가리켜 보였다.

"그러고말고, 인저 마지막 아인가베."

곁의 여인이 맞장구를 쳤다.

"영감님도 고만 저승으로 훨훨 갈 일이지 뭐할라꼬 자꾸 곰돌아들꼬?"

"아이고, 그 많은 논밭전지에 그 귀한 아들 딸 손주에, 와 이승 생각 안 날라꼬?"

아까의 여인들이 서로 묻는 말들이었다.

그러자 이번에는 이와 반대쪽에 앉은 아주머니가 그 곁의 할머니를 보고,

"아이고 말도 마소, 이승에 유감 있다꼬 다 떠돌이 혼백 된다면 죽어서 바로 저승 갈 사람 있을는기요?"

했고, 할머니는 아주 낮은 목소리로,

"그러니까 무당 화랭이들이 다 묵고 살지."

이렇게 응수를 했다.

그러자 영술의 바로 뒤에서는, 늙은 남자의 목소리로,

"죽은 정 부자는 마누라가 워낙 귀신을 섬기니까, 한 번 더 받아 묵고 갈라꼬 돌아왔겠지. 인저 을화한테 오구받으면 저승길이 환히 열릴 거니까 시원하게 떠나갈 끼다."

누구에겐지 이렇게 말하고 있었다.

이러한, 구경꾼들의 중얼거리는 소리나 무당이 늘어놓는 사연을 듣고 있자니까, 영술은 기묘한 생각이 들었다. 그것은 사람의 죽음에 대한 새로운 의문이었다. 지금까지의 그는, 사람이 죽으면 그냥 소멸(消滅)로 돌아가는 거라고 막연히 믿어 왔던 것이다. 가운데서 예수를 믿는 자만이, 그 혼의 구원을 받아 하늘나라로 갈 수 있고, 그 이외의 생명들은 육신과 함께 사라지고 마는 것이라고 생각해 왔다. 나쁜 죄를 지으면 지옥으로 간다는 것까지도 사실 그는 꼭 믿지 않았다. 그는 거룩하신 하느님께서 당신을 믿고 원하는 자만을 당신의 나라로 구제해 주는 것은 당연하지만, 그렇지 않은 자라도 벌을 주어서 지옥으로 보낸다는 것은 왠지 믿어지지 않았던 것이다. 따라서 하늘나라로 구원되는 자와, 아주 소멸되는 자와 두 가지가 있을 뿐이라고 막연히 믿고 있었던 것이다.

그러나 지금 여기 모여든 군중들의 생각은 전혀 다른 것이다. 그들은 사람이 죽으면 그 혼이 저승으로 곧장 건너갈 수도 있고 그렇지 못한 경우도 있다고 믿는다. 그들은 하늘나라로 간다거나 극락세계로 간다는 것을 잘 모르기 때문에, 그런 것을 통틀어 저승으로 간다고 생각하는 것이다——곧장 저승으로 건너가면 그것이 제대로 되는 일이요, 그렇지 못한 것은 잘못된 것이라고 믿는다. 그런데 그 잘못된 경우라도, 아주 소멸되는 것이 아니고, 그 혼이 그냥 남아서 이승과 저승 사이, 그 중간에 맴돌며 가다가는 자기의 유가족, 혹은 남에게 범접해 온다고 믿는다. 이렇게 죽은 사람의 혼이 산 사람에게 범접하는 것을 가리켜, '귀신이 붙는다', 혹은 '귀신이 들린다'고 말한다. 이렇게 귀신이 붙으면, 그 사람은 병을 앓게 되고, 그 병은 약으로 고쳐지지 않는다. 여기서, 무당이 굿을 해서 죽은 사람의 혼(귀신)을 산 사람에게서 쫓아 낸다. 오다가다 우연히 잠간 걸린 귀신은 객귀 혹은 잡귀라고 하여 간단한 푸닥거리로 몰아 내면 그만이지만, 살았을 때의 연고로서 붙은 귀신은 푸닥거리로만 다스려지지 않고, 오구로 그 혼백(귀신)을 저승으로 보내 주어야 한다——

영술은 여기 모인 사람들의 이러한 굳은 신념이, 어쩌면 지금까지 자기가 미신이라 하여, 일고의 가치도 없다고 믿어 왔던 것보다는 일리가 있을지 모른다는 생각이 들었다.

'우선 성경에도 귀신 들린 사람의 기록은 얼마든지 나오지 않는가. 그 귀신이란 무엇인가. 그것은 지금 여기서 말하는 귀신과 다를 것이 없지 않는가. 그렇다면 그러한 귀신은, 옛날이나 지금이나, 유태 나라에서나 우리 나라에서나, 언제 어디서고 있다는 이야기가 아닌가. 그렇다면 그러한 귀신을 사람에게서 쫓아 내는 일은 필요한 것이다. 무당이 만약 굿을 해서 귀신을 쫓아 내거나 저승으로 보내 줄 수 있다면, 그 일은 필요하며, 그것만으로도 무당을 비방할 수 없지 않을까.'

여기까지 생각해 오던 영술은 가슴이 흠칫했다. 자기같이 굳은 신앙을 가진 사람도, 수많은 군중 속에 싸여 있으면, 이렇게 그들의 입김과 장단에 휩쓸리게 되는 것일까, 하는 생각이 들었던 것이다.

바로 그때였다. 웅성거리던 군중들의 잠음이 일시에 그치며, 전물상 쪽으로 시선이 쏠리었다. 전물상 앞에는 회색 활옷에 남색 쾌자로 갈아입은 을화가 부채를 들고 서 있었다.

을화는 부채를 확 펴며, 빠른 말씨로,

굶주린 사람에게
배불리 밥 멕여 주고,
헐벗은 사람에게
다사롭게 입혀 주고,
집 없는 나그네께
잠 재워 노자 주고,

부모님께 공경하고
형제간에 우애하고
일가친척간에 화목하고
마음씨는 부처님 가운데토막인
우리 정만수 정 부자님
저승으로 들어간다
에라 길 열어라 길 닦아라.

단숨에 엮어 대었다. 장고와 꽹과리와 제금이 함께 요란을 떨다가, 사설이 멎자 금구 소리도 멎었다.
온 마당을 가득 메운 군중들의 숨소리마저 멎은 듯 고요해졌다. 그 고요를 깨뜨리고, 장고 소리가 두어 번 뚱땅거리자, 이번에는 을화의 잠긴 듯한 정겨운 목소리가 차분히 울려퍼지기 시작했다.
"베리데기 나와 주자."
이 한마디에, 당장 '아' 하고 감탄을 터뜨리는 소리까지 들렸다.
을화는 검은 보석같이 짙게 번쩍이는 두 눈으로 군중들을 한 번 휘 돌아다본 뒤, 바른손이 쳐들어지는 것과 동시에, 그 피부에 묻어날 듯한 끈적끈적한 목소리가 다시 울리기 시작했다.

베리데기 아바니는 오구대왕님이시고
베리데기 어마니는 오구부인이신데
혼인한 지 이태 삼 년이 지나도록 태기가 없읍니다
공이나 드려 보자 영주 방장 찾아간다,
석 달 열흘 백일 불공드리시니
그달부터 태기 있어
석 달 만에 입을 궂혀
유자야 석류야 하늘 천도복성 묵구지라

열 달 순산에 시왕문을 갈라 놓니
딸애기올시더
홍비단에 쌌다고 이름도 홍단이올시더.
그 애기 시 살을 멕여 놓고
명산 찾아 백일불공 또 드리시니
그달부터 태기 있어
열 달 순산에 시왕문을 갈라 놓니
또 딸애기올시더.
백비단에 쌌다고 이름도 백단이요,
그 애기 시 살을 멕여 놓고
백일불공을 또 드리니
그달부터 태기 있어,
석 달 만에 입을 궂혀
아홉 달에 굽을 돌려
열 달 순산에 시왕문을 갈라 놓니
원수야 대수야 또 딸이올시더.

군중들이 와아 하고 웃음을 터뜨렸다.

오구대왕의 딸애기는 셋째가 삼예요, 넷째가 사예요, 이렇게 하여 팔예까지를 낳았다. 오구대왕이 딸애기 하나를 낳을 때마다 을화는 꼭같은 사설과 몸짓을 되풀이했지만, 그때마다 청중들은, 신기하기만한 듯이, 한숨을 짓거나, 와아 하고 웃음을 터뜨리거나 했다.

오구대왕님 말씀 듣소.

영주 방장에 불공 여덟 번 드려서 딸 여덟을 낳았으니 인저 더 정이 없다

요번에 한 번만 더 치성드려 보고 치우자

하탕에 목욕하고 중탕에 세수하고
상탕물 여다가 구중도 정한 쌀로
메지어 놓고 손비비고 절하니
그달부터 태기 있어
석 달 만에 입을 궂히는데
머루야 다래야 살구야 석류야
하늘 천도복성을 마구 딜여 오너라
요번에는 노는 양도 다르고
굵기도 별로 더 굵다
아홉 달에 굽을 돌려
열 달 순산에 시왕문을 갈라 놓니
원수야 대수야 또 딸이올시더
오구부인 돌아눕고
대왕님 말씀 듣고,
요번에도 딸이거든 비딤(비름)밭에 내베리라
대왕님의 영이시니 그 누가 거역할꼬
짓만 붙은 저고리에
말만 붙은 초마 입혀
명주 두더기에 싸다가
비딤밭에 내베리니
하늘에 학이 한 쌍 너울너울 내려온다
한 마리는 한쪽 날개 깔고 한쪽 날개 덮어 애기를 품고
한 마리는 아기 요식 물어다 나른다
비딤밭에 베리디기 이리저리 자라난데
오구대왕께서는 큰병이 났입니더
대왕님의 병은 황달에 흑달이요,
오구마님 병은 한 끼에 소 한 마리 다 먹어도 배 안 차는 아귀병

화태 편작을 다 불러도 백약이 무효라
일관 월관 불러 들어 신수 운수 빼여 본다
처음 빼니 천살(天煞)이요
두 번 빼니 지살(地煞)이요
세 번 빼니 수양산 바윗골 약수 갖다 먹어야 낫는다 그럽디더
수양산 바윗골 약수 가질러 그 누구를 보낼꼬.
딸 여덟을 불러 와서,
큰딸 보고 하는 말이
홍단아 늬가 갈래
홍단이 대뜸 내사 못 갈시더
우째 못 갈노
아들 장개 날 받아 놔서 못 갈시더
둘째딸 보고
백단아 늬가 갈래
나도 못 갈시더
우째 못 갈노
딸 시집 보낼 혼목 받아 놔서 못 갈시더
삼예야 늬가 갈래
나도 못 갈시더
우째 못 갈노
눈 어둔 시부모 조석 지어 바칠락 하이 못 갈시더
사예야 늬나 갈래
나도 못 갈시더
우째 못 갈노
시어른 제샀날 닥쳐와서 못 갈시더
오예야 늬나 갈래
나도 못 갈시더

우째 늬도 못 갈노
순산달이 낼모레라 그래서 못 갈시더.

　이렇게 여덟째까지가 모두 저희 형편을 내세워 약물 구하러 가기를 회
피했다.
　그 하나 하나가, 못 가겠다고 대답할 때마다 군중들은, 아아 하고 탄식
을 짓거나 혀를 끌끌 차거나 하여, 딸들의 불효를 분개하는 얼굴들이었
다.
　군중들의 탄식과 혀 차는 소리가 가라앉자 다시 을화의 청승스러운 목
소리가 조용히 울려퍼지기 시작했다.

　딸 여덟이 지 집으로 다 돌아가자
　대왕님 힘없는 목소리로,
　앞 집에 유모야
　비듬밭에 베리데기 좀 불러 다오
　내 병이 짙어 가니 보고나 죽을란다
　앞 집에 유모가 비듬밭을 찾아가
　베리데기 베리데기 베리데기 세 번 부르니
　온달 같은 새악시가 반달같이 내다보며
　거 누가 나를 찾소
　하늘에 핵(학)이나 한 쌍 나를 찾지 날 찾을 이 또 있는가
　유모가 앞에 나가
　야야 늬는, 아부지가 오구대왕
　어무니가 오구마님
　딸만 아홉 두었는데
　늬가 바로 아홉째라
　대왕마님 영으로 비듬밭에 보냈더니

대왕마님 병이 짙어
늬나 보고 죽을락 한다.
베리데기 거동 보소
아이고 설워 내 신세야
비듬밭에 베리데기
하늘에서 떨어졌나
땅에서 솟아났나
날 낳은 우리 부모
베려서 베리데기
우리 부모 날 찾으니
산이라고 못 갈능아
물이라고 못 갈능아
반달 같은 새악시가
온달같이 뛰 나온다
돌아온 베리데기
뜰 아래 멍석 깔고
삼배 삼삼 구배를 드린다
천하불효 베리데기
부모님을 첨 뵈오니
눈물이 목을 막아
삶을 말씀 없나이다
오구대왕 떨리는 목소리로
야야 이리 오너라
비듬밭에 베린 아기
이렇게도 장성했나
죄를 베린 우리 양주
늬 볼 얼굴 없다마는

모진 병에 죽게 되어
수양산 바윗골에
약물 먹음 산닥 하기
늬 성 여덟을 다 불렀더니
여덟이 여덟 가지 별 탈 대고
지 집으로 다 돌아갔다
인저는 우리 양주
죽을 날 받아 놓고
늬 얼굴 한번 보고
눈 감을라 늬 불렀다
베리데기 거동 보소
온달 같은 그 얼굴을
눈물비로 다 씻으며
아부지 어무니요 내가 갈랍더
아이고 설워 내 신세야
아부지 어머니 못 볼 뻔했구나
흰얼굴에 먹칠하고
행주치마 들쳐 입고
자라병 옆에 끼고
수양산 찾아간다.
동세남북 모르는 새악시가
발가는 대로 찾아간다.
냇물 건너 바위 밑에
빨래하는 저 아낙네
어디루 가면 수양산 바윗골 감니꺼
검은 빨래 희도록 씻어 주면
수양산 가는 길 가르쳐 주지

전통(箭筒) 같은 팔을 걷고
검은 빨래 희도록 다 씻어 주니
저게 가다 다리 놓는 사람한테 물어 봐라
다리 놓는 저 양반님
어디로 가면 수양산 갑니꺼
무쇠다리 아흔아홉 칸
다 놔 주면 가르쳐 주지
무쇠다리 아흔아홉 칸 다 놔 주니
저게 가다 탑 쌓는 양반한테 물어 봐라
탑 쌓는 양반님요
어디로 가면 수양산 갑니꺼
이 탑 열두 칭 다 쌓아 주면 가르쳐 주지
탑 열두 칭 다 쌓아 주니, 저게 가다
수껑(숯) 씻는 사람한테 물어 봐라
수껑 씻는 양반님요
어디루 가면 수양산 갑니꺼
검은 수껑 희도록 씻어 주면 가르쳐 주지
검은 수껑 희도록 다 씻어 주니
저게 가다 대사님한테 물어 봐라
대사님요 대사님요
수양산 바윗골이 어딥니꺼
저게 가다 미럭님한테 물어 봐라
미럭님요 미럭님요
수양산 바윗골이 어딥니꺼
나한테 아들 구 형제 낳아 주먼 가르쳐 준다
한 해 가고 두 해 가고 아홉 해 가서
아들 구 형제 다 나아 주고

미럭님요 미럭님요
인절랑 갈체 (가르쳐) 주소
미럭님 하는 말이
저 건너가 수양산이다마는
소강 대강 만경창파
어째 다 건네갈꼬
베리데기 강물 앞에
두 다리 뻗고 통곡하니
하늘에서 핵 (학)이 한 쌍
너울너울 내려와 베리데기 업어 건네 준다
수양산 바윗골에
무산선녀 셋이 내려와 멱을 감는데
중의 하나 안고 덤불 밑에 숨었다
첫째 선녀 물에서 나오더니
인내도 나고 땀내도 난다
큰선녀 둘은 옷을 입고
하늘로 올라가고
셋째 선녀 옷을 찾아 이리저리 댕기다
베리데기 앞에 나와
중의를 내어주며
이몸도 이몸도 여자올시더
베리데기 말을 듣고
셋째 선녀 반겨 주며 하는 말이
비듬밭에 베리데기
선녀가 분명쿠나
병 세 개를 가져와
피 살릴 물, 살 생길 물, 숨 터질 물

따로따로 세 병을 넣어 준다
선녀에게 하직하고
오던 길 돌아서니
만경창파 거기 있네
두 다리 뻗고 엉엉 우니
용궁에서 거북이 한 마리 내보낸다
거북이 등을 타고
만경창파 건너가서
미럭님요 미럭님요
집으로 갈랍니더
미럭님 말씀 듣소
이왕 늦은 김에 만경창파 보고 가라
만경창파 돌아보니
배가 수천 채 저승에서 돌아온다
저 앞에 짚 덮어 쓴 배는 무슨 밴가
그 배는 이승에 부자가
악하게 타작하는데
가난한 사람이 짚이나 달락 하니
짚 한 단 집어 내던졌다
그 부자 저승 가서
짚 덮어 쓰고 지옥 들어가는 배다
그 뒤에 저 배는 무슨 밴고
그 배는 부모 앞에
눈 희뜩 뻐뜩, 셔(혀) 툭툭 차고
저승 가 눈 빼이고, 혀 빼물고
지옥 들어가는 배다
저기 저 배는 또 무슨 밴고

그 배는 이승의 술장수가
술 묽게 걸러 팔다가
억만지옥 가는 배다
저 배는 또 무슨 밴고
그 배는 이승의 짚신쟁이가
돈 받고 신 팔아도
남에 공덕 많이 했다고
하늘 올라가는 배다
저기 저 배는 또 무슨 밴고
그 배는 이승에 살 적에
배고픈 사람에 밥 많이 주고
옷 없는 사람에 옷 많이 주고
신 벗은 사람에 신 신겨 준 공덕으로
저승에 들어와 노적가리 쌓아 놓고
옷고름에 돈 걸어 놓고
꽃밭에서 서방세계로
인동환생하는 배다
인저는 귀경 다 했으니
집으로 갈랍니더
미럭님 말씀 듣소
아들 구 형제, 다 데리고 가거라
미럭님께 하직하고
아들 구 형제 업고 안고
앞세우고 뒤세우고
어서 가자 바삐 가자
울아베 울오메 황천 갈 길 다 되었다
허둥지둥 돌아오니

오구대왕 오구마님
베리데기 바래다가
한날 한시에 죽어서
행상 두 채 떠나온다
베리데기 말씀 듣소
상두꾼아 상두꾼아
길 아래 내리거라
길 위로 올리거라
울아베 울어메 얼굴이나 다시 보자
이때 베리데기 성(형) 여덟이 몰려와
귀때기 이리 치고 저리 치며
너는 어딜 갔다 인저 오나
우리 여덟은 다 종신했건마는
거머리 논 열닷 마지기 줄락 하더라
개똥밭 열닷 마지기 줄락 하더라
베리데기 대꾸없이
눈물만 이리 닦고 저리 닦고
관을 짚고 통곡한 뒤
천판을 떼고 보니
영감 할마니 황천길로 잠들었네
피 살릴 물 치뿜고 내리뿜고
피 살릴 꽃 치쓸고 내리쓰니
얼굴 화색 돌아오네
살 생길 물 치뿜고 내리뿜고
살 생길 꽃 치쓸고 내리쓰니
살이 불그름히 살아난다
숨 터질 물 치뿜고 내리뿜고

숨 터질 꽃 치쓸고 내리쓰니
영감 할머니 한날 한시에
눈 뜨고 일어나며
잠이 너무 깊었던가
꿈일런가, 생실런가
황천 가는 우리 양주
누가 와서 살렸는고
베리데기 아니면 긔 누가 살릴는고
베리데기 양친을 집으로 모셔간다
영감 할마니 거동 보소
베리데기 아들 구 형제를
앞에도 앉히고 옆에도 앉히고
양쪽 무릎에도 다 앉히고 나서
얼씨구 절씨구 지화자 좋을씨구
요런 경체 세상에 또 어디 있을꼬
베리데기 베리데기 내 베리데기
천하를 다 줄까, 지하를 다 줄까
베리데기 말씀 듣소
천하도 싫고 지하도 소용 없소
베리데기 한 가지 소원이 있다면
배고픈 사람에 밥 많이 주고
옷 없는 사람에 옷 많이 주고
길 가다 노자 떨어진 사람에 노자 주고
이승에 한많은 괴로운 혼백들
저승으로 건너가게 길 닦아 주고
저승길 훤하게 닦아 주고
서방세계 길 열어 주고

인동환생 길 열어 주고
부디 저승 훨훨 가소
오늘 여기 망제님은
원통히 생각 말고 절통히 생각 말고
해원축수 받고 노자 덤뿍 받아서
저승 훨훨 건너가소.

　이때, 박수(화랑이) 세 사람이 한꺼번에 북과 징과 제팔이를 요란스럽게 울리며, '저승 훨훨 건너가소'를 복창했다.
　넓은 마당에 자욱이 앉고 선 사람들은 베리데기가 부모 앞에 나타났을 때부터 눈물을 흘리기 시작하여, 나중에 약물을 구해 오고, 부모를 살리고, 다시 대면하는 대목에 와서는 수건으로 소매로 눈물을 닦지 않는 사람이 없었다.
　영술이 놀란 것은, 그 많은 구경꾼들이 하나도 빠짐없이 감동에 젖어 있는 일보다도, 월희가, 이 모든 것을 잘 알아듣는 듯한, 몹시 흥미로운 얼굴로 지켜 보고 있는 일이었다.
　"너 저런 거 다 들었나?"
　영술이 묻자, 월희는 이내 고개를 끄덕이고 나서,
　"베리데기 그릴란다."
했다.
　그녀가 이렇게 분명한 발음으로 말한 적은, 일찍이 없었던 것이다.
　"베리데기를 어떻게 그릴라고?"
　"눈에 뵈는 것 같은데."
　월희는 이번에도 분명한 소리로 대답했다
　이때 정 부잣집 마누라와 그 아들인 정 부자가 전물상 앞에 나타났다.
　"을화네 수고했대이."
　정 부잣집 마누라가 을화의 어깨를 두드리며 이렇게 인사말을 건넬 때,

그 아들 정대식(鄭大植)이 품에서 시퍼런 십 원짜리 지폐 석 장을 끄집어
내더니, 두 장을 전물상 위에 놓고, 한 장을 박수네 앞에 놓았다. 전물상
위에 놓은 것은 무당에게 주는 사례요, 박수네 앞에 놓은 것은 물론 박수
들에 대한 사례였다. 무당에 대한 사례금 백 냥도 좀체 보기 어려운 큰돈
이었지만, 더구나 박수들에게 따로 사례를 한다는 것은 여간 푸짐한 대접
이 아니었다. 이것을 본 사람들은,

"을화네 부자될따."

고도 했고, 또 어떤 이는,

"백 냥이 아니라 이백 냥을 줘도 아깝잖을따."

고도 했다.

정대식은 나이 서른일곱이라 하였다. 그는 구경꾼들에게도 인사를 하
는 듯 차일 끝에까지 나와 이리저리 살펴보곤 했다. 그러다가 그의 눈길
이 문득 월희에게 이르자 한참 동안 움직이지 않고 있었다.

나들이가 불러온 것

정 부잣집 큰굿이 있은 다음날이 일요일이었다.

을화는 언약대로, 월희를 영술에게 맡겨서 교회로 보냈다. 그것은 한갓
언약을 지키려는 것뿐이었고, 그것으로 월희에게 어떠한 변화가 있으리
라고는 털끝만큼도 믿지 않았다.

영술 자신도, 월희의 훈련되지 못한 청각과 지능 정도로서는, 교회의
여러 가지 예배의식(禮拜儀式)이 좀체 이해되기 어려우리라고 내다보았
다. 다만 믿는 것은, 월희의 영술에 대한 신뢰와 자기의 그녀에 대한 기
도뿐이었다. 그리고 그 결과는 을화가 예상했던 대로, 또 자기가 내다보
았던 대로였다.

그날 저녁때 영술이 월희를 데리고 집으로 돌아오자, 을화는 대뜸,

"우리 달희 야수교 좋닥 하더나?"

이렇게 물었다.

"……."

영술은 얼른 입이 열리지 않았다.

"야수교카마는 굿이 낫닥 하제?"

"어머니."

영술은 을화의 말을 막듯이 어머니를 불렀다.

"착한 내 아들아, 늬가 본 대로 말해라."

"월희가 교회에 간 건 처음이 아입니까?"

"굿도 첨 갔다."

"그렇지만 굿은 집에서도 늘 보는 거나 다름없지 않는기요?"

"그건 늬 말도 옳다. 집에서 구경한 게 도움이 됐을 끼다. 그렇지만
……."

"그리고 또 있습니다, 교회는 남방 여방이 따로 있어서, 나하고 같이
못 앉고 월희만 여방으로 보냈기 때문에 아무것도 가르쳐 주지 못했습니
더."

"우리 달희가 지 혼자 그 낯선 데 있을라 하더나?"

"김 집사 부인이라고 제가 아는 아주머니께 부탁을 드렸지요."

"잘 했다. 그렇지만 돌아오멘서도 얘기 못해 봤나?"

"……."

영술은 또 왠지 얼른 대답을 못했다.

"싫닥 하제?"

"아입니다."

"저를 따라 교회에 다니겠다고 저와 약속했습니더."

"뭐라꼬? 우리 달희가 늬를 따라 야수를 믿는다 했다고?"

"……."

"그거는 거짓말이제? 내가 늬한테 우리 달희를 야수 믿게 꼬시라꼬는
약조하지 않았제?"

"미리 어머니의 허락을 받지 않았던 것은 사실입니다."

"그렇닥 하면 우리 착한 아들이 야수 때문에 거짓말쟁이가 됐부맀나?"

"어머니."

영술은 애걸하는 듯한, 호령하는 듯한 야릇한 목소리로 다시 그의 어머니를 불렀다.

"와, 내 말이 틀렸나?"

"어머니, 저도 월희를 어머니 다음으로는 사랑합니더. 월희가 하루바삐 말을 제대로 하고, 훌륭한 처녀가 돼 주었으면 하고 비는 마음 간절합니더."

"오냐, 늬 맘은 알따마는, 우리 달희를 늬 맘대로 야수교로 끌어들이라꼬는 안한다이."

"어머니 그만해 둡시다."

"그만해 두자꼬?"

을화는 불만스러운 얼굴로 영술을 한참 지켜 보고 있었다. 그러나 영술이 끝내 대답이 없자 그녀도 시선을 돌리고 말았다.

이쯤 되니, 월희를 두고 굿과 교회 구경을 따로 한 번씩 시켜서 그녀의 마음의 향방을 가늠해 보자고 했던 일은, 일단 을화 쪽이 우세했던 것으로 일단락지어졌다.

그러나 월희의 이를 위한 두 차례 나들이는 두 군데서 다 각각 다른 사태를 빚어내게 하였다. 그 하나는, 그날 밤, 굿을 마치고 인사차 군중 앞에 나왔던 정대식의 눈에 월희가 몹시 어여쁘게 비쳤던 일이다. 정대식은 그 이야기를 그의 어머니(정 부잣집 마누라)에게 비쳤는데, 마누라는 즉석에서,

"그러잖아도 가아(그애)가 참 아까워서 어디 존 데 있으면 앉혀 줄락고 하고 있었다. 늬가 그렇게 맘에 들었다면 집에 데레다 잔심부름이나 시키도록 해 볼래?"

은근히 권하는 투로 나왔다.

"어무이 그렇게 해 주이소."

아들의 부탁을 받은 마누라는 그 길로 곧 을화를 찾아보고 그 뜻을 비
쳤다.

을화는 당장에 기쁨이 넘치는 얼굴로,

"정 주사 양반이 우리 달희를 곱게 봐 준닥 하면사 그카마 더 존 일이
또 어딨겠입니꺼?"

하고 나왔다.

사실 무당의 딸이라면 다른 무당의 아들과 결혼하는 길이 고작이요, 그
렇게 짝을 얻지 못하면 임자없는 작은무당으로 나가는 것이 보통이었다.
무배(무당 박수 따위)의 딸로서 기생으로 나가거나, 양반 또는 부자의 소
실이 된다는 것은 하늘의 별따기에 견주어지는 큰 출세이기도 했다.

정 부잣집 마누라도 흐뭇한 얼굴로,

"내 을화네니까 깨놓고 말하지만, 가아(그애) 인물이사 귀한 집에 태
났으면 왕비 간택에라도 내보낼락 할끼다이."

했고, 을화도 덩달아,

"가아 뱄을 때, 내 꿈에 달나라 옥황상제님의 공주를 봤다 안 캅니
꺼?"

자랑질을 못 참았다.

을화는 마누라가 돌아가자 이내 월희를 보고도,

"따님 따님 내 따님

단지 단지 내 단지

귀염단지 보물단지, 늬는 얼마 안 있어, 부잣집 새악시로 들어앉는다
야수당이고 어디고 나댕기지 말고 집 안에 가만 들앉아 몸조심 얼굴 치
장 게을리 마라."

이렇게 일러 주었다.

교회에서 빚어지기 시작한 사건이란, 정작 그녀보다 영술의 일신상에

관한 중대사로 번져졌다.

그날 월희가 교회에 갔을 때, 김 집사 부인은 영술의 부탁을 받고 그녀를 데리고 여방 맨 앞자락 한구석에 가 앉았는데, 교인들의 시선이 한결같이 그녀에게 쏠리곤 했다. 아직 교회가 설립된 지 오래지 않을 때라 새로운 교인이 하나 나타나면, 모두가 고맙고도 반가운 눈길을 그 사람에게 돌리기 마련이었지만, 이날 월희에 대한 그것은 특히 두드러졌다. 처음 보는 교인일 뿐 아니라, 그녀의 옷차림 몸맵시 얼굴 생김새가 여느 누구보다도 너무나 아리따웠기 때문이었다. 그 무렵 여방 교인의 옷차림이라고 하면, 대개가 흰 치마 저고리였지만 젊은 부인이나 처녀들이라고 해도 으레 흰 저고리에, 검정치마가 아니면 연옥색 치마 정도였었는데, 이 낯선 처녀는 아래위로 초록색 치마 저고리를 입었으니 놀랄 만한 일이었다. 게다가 몸맵시는 그대로 수양버들가지요, 얼굴은 옥을 깎아 놓은 듯했으니 신기할밖에 없었다. 나중 김 집사 부인이 영술에게 전한 말에 의하면, 여방 교인들은 그녀를 가리켜, ‘화식 묵고 땅 우에 사는 사람 겉지 않다’ ‘무산선녀 무안해서 달아날네라’ ‘귀신인지 사람인지 모를네라’ ‘꿈인지 생신지 모르겠더라’고들 수군거리고 소동을 피웠다는 것이다.

이러한 소동은 이내 영술을 그녀들의 화제 속에 부상시키게 되었고, 끝내는 그네 남매의 어머니가 을화라는 사실까지 밝혀지는 데 이르렀다.

영술이 비록 기독교 신자요 구습에서 벗어난 청년이라 하지만 무당의 아들로서 남의 이야깃거리에 오르기를 스스로 원할 리 없으므로, 그가 사부(師父)같이 믿고 따르는 박건식 장로 이외에는 그 누구에게도 자기의 신상을 밝히지 않은 채 지내 왔건만, 월희의 한 번 출동은 그에 대한 모든 내력과 근본까지 들춰 내는 결과를 빚고 말았다.

영술은 그것이 비록 바라는 바가 아니고 자랑스러운 일이 아니라 할지라도 사실이 사실인만큼 언젠가는 한번 겪어야 할 아픔이라고 체념을 할 수밖에 없었다. 그러나 사태는 거기서 머물지 않고 또다시 발전하여, 이번에는 그 출생과 입적(入籍)에 관련되는 거취 문제에까지 이르게 되었다.

월희가 교회에 다녀온 열이틀 만이니까 바로 그 다음 주간 금요일 저녁 때였다. 박 장로의 연락을 받고 들렀더니, 박 장로는 여느때보다도 정중한 목소리로,

"갑자기 보자고 한 것은 다름이 아니라……."

하고, 허두를 떼었다.

"좀 뜻밖의 일이고 어떤 의미에서는 자네 일신상에 자못 중대한 문제라 볼 수도 있겠는데……."

하고, 박 장로는 연방 엄숙하고 정중한 어조로 말머리를 엮었다.

영술은 맘속으로, 자기의 신분이 밝혀진만큼 교회 안에 일고 있을지 모르는 자기에 대한 좋지 않은 분위기 따위를 이야기하려는 거라고 혼자 짐작하며,

"장로님 저는 주님의 진노하심 이외에는 아무것도 두렵지 않습니다. 어서 말씀해 주십시요."

했다.

"그런 것보다도, 자네, 저 밤나뭇골에 대해 듣고 있는가?"

"밤나뭇골이라니요? 처음 듣는 말씀이올시다."

영술의 대답에 박 장로는 의아한 얼굴로 한참 그를 바라보다가,

"자네 출생지가 밤나뭇골이란 것도 모르는가?"

"역촌 마을에서 잣실 마을로 옮겨갔다고만 듣고 있습니다."

"그렇지. 정작 출생지는 역촌 마을이지만 그보다 조금 전에는 밤나무 마을에 살았거든. 그러니까 자네 생부는 밤나무 마을 사람이라는 이야길세."

"장로님 저는 처음 듣는 말씀이올시다."

영술은 얼굴이 벌겋게 상기된 채 울먹이듯 한 떨리는 목소리로 대답했다.

"그래?"

　박 장로는 어이없다는 듯한 얼굴로 영술을 한참 바라보고 있다가 다시 말을 이었다.

　"자네 생부는 밤나무 마을 사람이라네. 이성출이라는 사람일세."

　"장로님!"

　"가만히 들어 보게."

　박 장로는 영술의 흥분이 가라앉기를 기다리듯 잠깐 침묵을 지키고 있다가 다시 입을 열기 시작했다.

　"그런데 그댁 고부간이라니까, 그 자네 생부 되는 사람의 모친과 부인이지. 그 고부가 전부터 우리 교회의 신자로 나왔었다네. 나도 요번에 첨 들었지만, 그분들도 자네가 누군지 전혀 모르고 있었겠지. 그런데 지지난 주일날 자네 여동생이 교회에 다녀갔지? 그 일로 인해 자네 내력과 과거 지사가 모두 드러나게 되었다네."

　"장로님 죄송합니다."

　영술은 시뻘겋게 된 얼굴을 아래로 푹 수그리며 울먹이듯이 겨우 이렇게 말했다.

　"아까 자네 말대로 하느님의 진노 살 일이 아닌 이상 염려할 것 없네. 안심하고 내 얘길 마저 들어 보게. 헌데 그 자네 생부와 그 부인 사이에 딸 하나가 있을 뿐, 그것도 출가를 시키고 나니 혈육이라곤 한 점도 없다네. 이번에 마침 자네의 내력을 알게 되자, 두 고부가 집에 가서 그 이야기를 했던 모양일세. 그랬더니 자네 생부 되는 사람이 우리 교회에 나오는 박 집사라고 내 사촌동생일세마는, 이 사람과 평소에 친분이 있었던 모양이라, 이 박 집사와 함께 나를 찾아오지 않았겠나?"

　박 장로는 이야기를 잠깐 쉬고 영술의 얼굴을 한참 지켜 보았다.

　영술은 홍당무같이 붉어진 얼굴을 아래로 푹 수그린 채 움직이지도 않고 있었다.

　박 장로는 다시 이야기를 계속했다.

　"그래 하는 말이, 자기 당대에 자식이 끊어지면 자기 집은 문을 닫게 되고, 자기는 조상 앞에 큰 죄인이 될 판이라, 자네를 기어이 찾아봐야 되겠다네."

영술은 박 장로가 또 말을 그치고 영술의 의중을 살피려는 듯 자기를 지켜 보고 있다고 알았지만, 그냥 고개를 수그린 채 아무런 대답도 없었다.

박 장로는 먼저보다 더 부드러워진 목소리로 다시 입을 열었다.

"그 자네 생부 가문에서는 양자를 세울 만한 사람도 적당치 않은 모양이야. 하기야 자기의 혈육이 분명하다고 확신하고 있는 마당에 자네를 두고 따로 양자 세울 생각이야 할 수 없겠지만······. 그래서 내가 자네와 가까이 지낸다는 것을 내 사촌한테서 전해 듣고, 자네에게 이야기를 잘 해 달라는 걸세. 자네 생부 생각으로는 우선 자네를 만나보고, 자네 의향도 들어 봐야 하겠지만, 자네 생부의 희망 같아서는, 자네를 기어이 자기 호적에 적자로 입적시켜서 자기네 가문을 이어가도록 하고 싶은 거라네."

박 장로는 여기서 대강 저쪽 뜻을 전했다고 보는지 말을 마치자 또 아까와 같이 영술을 지그시 지켜 보고 있었다. 이쯤 되면 영술도 뭐라고 대답이 있으리라고 믿는 모양이었다.

그러나 영술은 새빨갛게 된 얼굴을 그냥 아래로 푹 떨어뜨린 채 역시 움직이지도 않았다.

"자네가 그만하니 오죽 알아서 하겠냐마는, 내 생각으로는, 이 기회에 용단을 내는 것이 좋을 듯하네. 그렇게 되면, 자네 생부도 자네를 따라 교회에 나오게 될 거고······. 그렇잖은가?"

"······."

영술은 잠자코 얼굴을 왼쪽으로 돌렸다. 박 장로에게 눈물을 보이지 않으려는 거동이었으나, 이 조그만 움직임은 지금까지 이를 악물고 참아 오던 울음을 터뜨리고야 말게 하는 계기가 되었다. 옆으로 돌린 그의 양쪽 어깨가 눈에 띄게 들먹거려지며, 그는 몇 차례인지도 모르게 소매로 눈물을 받아 내곤 하였다.

박 장로도 그때에야, 그가 지금까지 고개를 수그린 채 말이 없었던 것은, 복받쳐오르는 울음을 참기 위해서였다는 것을 짐작했다.

흐느낌이 대강 멎자, 영술은 아직도 목구멍에 울음이 꽉 찬 듯한 소리로,

"장로님 죄송합니다."

겨우 이렇게 입을 열었다.

"죄송할 거야 있나? 자네 처지가 되고 보면 당연한 일이지."

박 장로는 무언가 좀더 그를 격려해 주고 싶었지만 이밖에 다른 말을 찾지 못했다.

영술은 영술대로 박 장로가 자기의 대답을 기다리고 있다는 것도 잊은 사람처럼 눈물로 시뻘겋게 된 두 눈으로 그냥 방바닥만 가만히 내려다보고 있을 뿐이었다.

박 장로는 또 자기가 먼저 입을 열 수밖에 없다고 생각했다.

"자네와 나는 같은 교인으로서 뿐만 아니라, 같은 인간으로서, 나는 자네를 내 자제같이 보고 있네. 그러니까 내 말을 조금도 달리 듣지는 말게. 내 지금까지 자네의 성을 모르고 있었던 것도 사실이야. 그런데 인제 자네 성을 알게 됐네. 자네 성은 당연히 이씨라네. 성을 찾게. 자네같이 하느님의 진리 속에 살려는 사람이 세상의 부귀공명을 목적하지는 않겠지만, 그러나 사람이 세상에 나서 자기 성도 못 찾는다는 것은 있을 수 없는 일일세. 자네는 이씨야. 성을 찾게."

박 장로는 영술의 결의를 재촉하는 뜻으로 이렇게 말했다.

"제가 평양서 선교사님께 의지하고 지냈듯이 고장에 와서는 장로님을 의지하고 있는 처지에 잠시인들 장로님의 말씀을 가벼이 여기겠습니까마는 저에게는 어머니가 있습니다. 비록 부끄럽고 천한 무당이라 하지만 저에게는 어머님임에 틀림없습니다. 밤나뭇골 일이 사실이라 하더라도 어머니의 뜻을 들은 연후에 저의 생각을 장로님께 말씀드리고자 합니다."

"하기야 그렇지, 그게 순서지."

박 장로는 낮은 목소리로 이렇게 응수하며 천천히 고개를 끄덕여 보였다.

성을 찾다

영술이 이 일을 을화에게 이야기했더니, 을화는 입술을 비쭉 내민 채, 가만히 듣고 있다가 대뜸,

"밤나뭇골이면 맞다."

간단히 시인을 했다. 그리고는 뒤이어,

"그래서 내가 밤나무 마을에는 굿도 안 댕긴 거다."

이렇게 덧붙였다.

영술이, 그것뿐이냐는 듯이 그의 어머니를 바라보자, 그녀는 다시,

"그때 늬를 배고 그 동네서 쫓겨났던 거 앙이가."

했다.

"쫓겨났다고요?"

"……."

을화는 또, 입술을 비쭉 내민 채 고개를 두어 번 끄덕이고 나서, 천천히 입을 열었다.

"그때 울엄마는, ——늬 외할무이 말이다, 그 동네서 남의 일을 해 주고 겨우 살아갔는데 내가 늬를 배니, 가시나가 애 뱄다고 온 동네가 외면을 하는 기라, 거기다 그 집에서는 나 때문에 장가길 맥힌다고, 제발 떠나가 달라고 사정을 하고, 그래서 할 수 없이 본디 살던 역촌 마을로 나오게 됐닥 하더라."

"장가길 맥힌다는 게 뭡니까?"

"총각이 이웃집 가시나한테 애까지 뱄닥 하먼 누가 딸 줄락 하겠나?"

그러니까 애기 밴 처녀는 결혼 대상으로 생각도 해 보지 않고 하는 말

이었다.

"그뒤엔 말이 없었입니까?"

"그러잖아도 그뒤에, 장가를 들락 하니 자꾸 말썽이 생겨서 두 차례나 혼담이 깨지고 했단다. 그러자니 얼매나 혼침을 묵었는지, 그뒤 우리가 역촌 마을에서 잣실로, 잣실에서 읍내로, 이렇게 옮겨댕기며 살아도, 살았나 죽었나 알아보는 일도 없더라. 그 집에서는 늬가 살았는지 죽었는지 알락고도 안했고, 이날 입때까지 까맣게 없었던 거로 덮어놓고 지내왔다."

을화는 자못 분개한 목소리였다.

"그래, 어무이 생각은 어떠십니까?"

영술의 묻는 말에, 을화는 대답을 하지 않은 채,

"그집 마누라쟁이가 야수를 믿으러 나왔다가 늬를 봤닥 하제? 그 예펜네들 야수 아이먼 늬 꼴 구경도 못했을 끼고, 찾을 생념도 못냈을 꺼 안이가?"

"……."

영술은 별로 대답할 건덕지도 못 된다고 생각되어서 잠자코 있었다. 그러자 을화는 분연히,

"나는 늬가 야수 귀신에 빠진 거만 해도 신령님께 얼굴을 못 들겠는데, 더군다나 그 예펜네들하고 같이 야수 구덩이에 빠질 꺼 생각하니 몸에 소름이 끼친다. 거기다가 우리 달희는 얼매 안 있어 정 부잣집으로 갈 꺼다, 그렇게 되면 나 혼자 어째 산단 말고?"

"달희가 정 부잣집으로 간다고요?"

"음, 정 부잣집 정 주사가 우리 달희를 한 번 보고, 맘에 홀딱 들어 뿌린 기라, 그 집 마누라가 와서 그러더라, 달희를 들어앉힐란다꼬."

"그래 어무이는 좋다고 했입니꺼?"

"그라면 그카마 더 존 자리가 있을 꺼 같으나?"

"…… ."

"우리 달희가 원체 무산선녀로 태어났으니 그렇지, 우리 처지에 그만한 자리 바라볼락 하면, 보통 사람이 왕비 뽑히는 거만 할 끼다."

"그렇지만 어무이, 우리 월희가 그 집 뭐로 간단 말입니꺼?"

"정 주사 새악시로 가지 뭐로 갈노?"

"정 주사한테는 새악시도 있고 자식도 다 있는데 어떻게 또 새악시로 갑니꺼?"

"늬가 야수를 하느라꼬 세상 물정을 하나도 모르는구나, 본디 양반이나 부자는 나이 서른 살 남짓되면 작은집을 둬야 체민이 서는 거락 한다. 정 주사가 원체 얌전하고 또 우리 달희하고 천생연분을 맞출라꼬 지금까지 늦었지."

"어무이, 그렇지만 월희가 불쌍하지 않십니꺼?"

"와? 잘 돼 가는 게 와 불쌍하노?"

"남의 노리개감이 되는 게 왜 불쌍하지 않십니꺼?"

"벨 소리를 다 하는구나. 그 집 새악시가 되는데 와 노리개감이락 하노?"

"처자가 버젓이 있는 정 주사의 작은새악시로 월희를 준닥 하면 월희는 덤이 되는 거 아입니꺼? 잘나든지 못나든지 제 짝을 찾아서 보내 줘야 할 게 아입니꺼?"

"늬가 야수를 한닥 하듸만 참 엉뚱한 소리도 많이 한다. 무산센녀가 천생연분을 찾아가는데, 노리개깜이니, 덤이니 하고 남에 부아긁는 소리만 찾아가머 하는구나. 늬가 아무리 똑똑하닥 해도 사람 사는 이치는 나만치 모를 끼다. 사람이 다 각각 지 분수와 처지가 있는 기라. 비겨 나 같은 거 누가 두째 아닌 셋째라도 데려갈 꺼 같으냐? 우리 달희 아무리 무산센녀락 해도, 농사꾼이 데레다 농사를 같이 짓고 살능아? 장사꾼이 데려다 장사를 시킬능아? 임금님이 데레다 왕비를 삼을능아? 그렇게 철없는 소리 자꾸 할락 하거든 앞으로 야수하는 데도 나가지 마라. 늬같이 똑똑한 내 아들이 그렇게 엉뚱한 소릴 자꾸 씨부리쌓는 거는 아무래도 그 야수귀신이 들려 그런 거다."

이쯤 나오면, 영술도 무어라고 말을 붙일 수가 없었다. 무슨 말을 해 봤자 소용이 없을 뿐 아니라, 도리어 그녀의 노염만 더 살 뿐이라고 헤아 려졌기 때문이었다.

그러나 영술은 월희를 정대식 (정 주사) 의 소실로 보내는 일은 끝까지 막아야 하리라고 결심했다. 그는 박 장로를 찾아가, 을화의 이러한 태도 를 하나도 숨김없이 보고한 뒤, 끝까지 월희를 지킬 결심이란 것도 밝혔 다.

"이군."

박 장로는 이렇게 불렀다. 그는 월희에 대해서는 전혀 언급도 없이,

"자네 어무이도 인정을 했다니까, 밤나무 마을 이성출이라는 사람이 자네 생부임에 틀림없는 사실로 밝혀졌네. 나는 지금까지 자네 성을 몰라 서 얼마나 맘속으로 답답하게 생각했는지 모른다네. 자네가 그 집으로 들 어가든지 안 들어가든지 그 문제는 차치하고라도 나는 앞으로 자네를 이 군이라고 부를 걸세. 그리고 한 가지 더 자네 거취문제에 대해서 내 생각 을 말한다면, 나는 자네가 자네 어무이나 여동생에 대해서 너무 괘념하지 말고 자네 생부한테 들어가기를 권하는 걸세. 음 알겠는가?"

"지가 어떻게 감히 장로님의 말씀을 잠시라도 소홀히 생각하겠습니까. 그렇지만, 장로님, 제가 고향으로 돌아올 때는 한 가지 목적이 있었습니 다. 그것은 저의 불쌍한 어머니와 누이동생에게 주님의 복음을 전하고 저 와 함께 주님 앞에 나아가는 사람들이 되도록 하는 일이었습니다. 저는 그때 선교사님 밑에서 많은 사랑과 가르침을 받으면서 더없이 행복된 나 날을 보내고 있었습니다만 저의 어머니와 누이동생이 어두운 죄악의 골짜 기에서 더러운 귀신의 노예가 되어 있을 것을 생각할 때 잠시도 견딜 수 없으므로 돌아오고 말았습니다. 저의 어머니와 누이동생을 구제하기 위 해서 저는 어떠한 고생이나 어려움이라도 다 참고 견디며 승리의 찬미를 주님께 올릴 때까지 물러서지 않으려고 했습니다. 그리고 이것이 저에게

끝없는 사랑과 은혜를 베풀어 주신 선교사님의 뜻에도 부합되는 길이라고 믿었기 때문에, 그렇게 간청하여 간신히 허락을 받고 돌아왔습니다. 그런데 지가 어떻게 어머니와 누이동생을 저대로 내버려 두고 다른 곳으로 떠날 수 있겠습니까?"

"자네 뜻은 장하고 고맙네마는 자네가 생부한테로 간다고 자네 어무이와 여동생을 버리는 게 아닐세. 밤나무 마을로 옮겨가서도, 얼마든지 이쪽으로 들릴 수 있는 거고, 필요하다면, 여기 있으면서 생부집에 이따금씩 들려도 되지 않는가? 그 점은 얼마든지, 내가 저쪽 자네 생부한테 양해를 받아 놓겠네. 그러니 모처럼 저쪽에서 간절하게 원하고 있을 때 일단 응낙을 하고, 들어가서 대강 인사나 치른 뒤에 자네 형편대로 여기 와 있든지 거기서 다니든지 하면 되지 않는가? 내 생각으로는 자네가 맨날 같이 있으면서 맞서 싸우는 것보다 이따금 와서 슬슬 구슬리는 편이 훨씬 효과적일 것 같으네. 어떤가?"

"……"

영술은 역시 얼른 대답을 하지 못했다. 어차피 어머니의 허락을 받을 수 없기로는 마찬가지라고 생각되었기 때문이었다.

"그것도 어려운가?"

"어머니의 반대를 무릅쓰고 단행해야 되기는 마찬가지기 때문입니다."

"할 수 없지 않는가? 자네가 하느님을 믿게 된 것도 자네 어무이의 허락을 받은 것은 아니잖는가? 일에 따라서는 얼마든지 그럴 수도 있는 걸세. 결심하게."

"장로님 뜻대로 좇겠습니다."

영술은 드디어 마음을 굳혔다.

"고맙네. 그래야지."

박 장로도 흐뭇한 얼굴이 되었다.

그러나 영술은 박 장로의 그러한 인사말을 기다릴 사이도 없이 곧 자리에서 일어났다. 박 장로는 좀 당황한 얼굴로 그의 거동을 지켜 보았다.

영술은 방구석을 향해 몸을 돌린 채 꿇어앉았더니 이내 눈을 감으며 머리를 수그렸다. 기도를 드리는 모양이었다. 그가 왜 이렇게 충격적인 거동으로 기도를 드리는 건지, 박 장로로서는 이해하기조차 어려운 일이었다. 기도를 드리고 난 영술은 다시 박 장로를 향해 꿇어앉은 채,

"장로님 제가 앞으로도 변함없는 굳은 결심으로 저의 목적달성을 위해 나아가도록 계속 돌봐 주시고 주님께 늘 기도드려 주시기 바랍니다."
했다. 그의 목소리는 평소보다 높았으며 얼굴에도 야릇한 흥분의 빛이 감돌고 있었다.

다음 일요일 저녁때, 영술이 오후예배를 보고 나서 뜰로 내려서는데 김 집사 부인이 문 앞에 기다리고 있었던 듯 이내 다가서며 웃는 얼굴로 그의 소매를 가볍게 잡아당겼다. 영술이 그쪽으로 고개를 돌리자 김 집사 부인은 고개를 돌리더니, 거기 서 있는 키가 나지막하고 얼굴에 주름살이 많이 잡힌 낯선 할머니를 손가락으로 가리키며,

"밤나무 마을……."
했다. 밤나무 마을의 할머니라는 뜻인 듯했다. 할머니 곁에는 나이 한 마흔 살 가량의 얼굴이 가무잡잡한 아주머니도 한 사람 서 있었다.

영술이 어떻게 대해야 좋을지 몰라서 떠름한 얼굴로 약간 미소를 짓고 있는데, 그 할머니는 서슴지 않고 그의 소매를 덥석 잡고 쓰다듬으며,

"아이고 참 잘났대이. 내 핏줄이 돼 그런지 첨 봐도 고마 다르대이."
하고, 곁에 서 있는 아주머니 쪽을 돌아다보았다.

아주머니는 그 가무잡잡한 얼굴에 웃음을 지으며,

"어마님이사 그렇고말고요. 다 우리 주님의 은혜 아잉기요?"
이렇게 맞장구를 쳤다. 그러니까 이 할머니가 이성출의 어머요, 아주머니가 그의 마누라인 듯했다.

할머니는 영술의 가슴 앞에 바짝 다가서더니, 그의 얼굴을 빤히 쳐다보며,

"암만 봐도 내 핏줄이다, 핏줄이 어디 갈노? 고마, 가재이, 밤나뭇골

로 나하고 같이 가자이."

연방 소매를 잡고 끌었다.

영술은 씁쓸한 미소를 지으며 할머니에게 소매를 잡힌 채 엉거주춤 서 있다가,

"저도 박 장로님한테서 밤나무 마을 이야기를 들어서 알고 있입니더. 일간에 찾아가 뵐 생각입니더."

했다.

그러자 아주머니가 기쁜 얼굴로 할머니 곁으로 바짝 다가서며, 할머니 손 위에 자기 손을 포개어 얹으며,

"아이고 고마워라, 그라먼사 얼매나 좋을노? 모도가 주님 은혜지."

하고 나서, 다시 할머니를 쳐다보며,

"어마님요, 오늘은 고마 섭섭하지마는 그냥 갑시더, 암만 핏줄이락 해도 첨 보는데 준비를 좀 해야 안 될기요? 낼 음식 좀 장만해 놓고 모레 청합시더."

했다.

할머니는 연방 영술의 얼굴에서 눈을 떼지 않는 채,

"아무람, 아무람, 그렇고말고, 그렇고말고, 잔채를 해야지, 잔채라도 큰 잔채를 해야지, 주님의 은혜고말고, 주님의 은혜가 아니고사 이런 달 떵이 같은 내 손주가 어디서 생겨날노?"

이렇게 곧장 늘어놓다가 나중엔 왠지 혀를 끌끌 차더니 소매로 눈물까지 훔쳤다.

영술도 좀 언짢은 생각이 들어 할머니의 등을 가볍게 쓸어 드리며,

"할머니요, 인저 그만하고 돌아가시이소. 지가 낼이고 모레고 곧 찾아 갈 낍니더."

이렇게 이 고장 말씨로 위로해 드렸다.

생부 집에서

밤나무 마을은 읍내에서 동남으로 십 리 남짓되는 거리에 있었다. 뒤는 산이요, 앞은 들판, 들판 한가운데로 좁다란 개울이 흐르고 있었다.

영술이 박 장로와 함께 그의 생부의 집을 찾았을 때, 그 집에는 이미 박 장로의 사촌동생 되는 박 집사와 그의 생부의 당숙(堂叔)뻘 된다는 노인과, 그리고 일가 아주머니들이 여럿 모여 있었다.

집은 몸채와 아래채로 나뉘어 있었는데, 몸채에는 큰방, 건넌방, 그 사이의 마루, 그리고 맨 서쪽에 부엌이 달려 있었다. 그의 생부와 그 당숙과 그리고 다른 남자 손님들은 큰방에 모여 있었고, 건넌방과 마루에는 아주머니들이 앉아 있었다. 아래채에는 고방과 머슴방과 헛간 겸 마구간이 두엄터를 향해 돌아앉아 있었다.

영술은 박 장로를 따라 그 집 뜰에 들어섰다. 그러자 이내 박 장로의 사촌동생인 박 집사가 기다리고 있다가 뛰어나오며 그들을 큰방으로 인도해 주었다.

박 장로와 생부와는 이미 인사가 있었던만큼, 두 사람이 마루에 올라섰을 때 생부가 방문 밖까지 나와 그들을 맞아 주었다. 그때 그의 생부의 눈길이 박 장로에서 영술에게로 옮겨지는 순간, 영술은 생부의 눈가장자리와 입언저리에 기쁨의 미소가 번지는 것을 놓치지 않고 보았다.

방에 들어온 그들은 주인의 맞은편에 좌정하고 앉았다. 박 장로는 좌중을 한번 돌아다보고 인사를 치르자,

"이 어른이 자네 아버님이시다. 절하고 뵈어라."

생부를 가리키며 영술에게 말했다.

영술이 일어나 정중히 절하고 도로 자리에 꿇어앉자 이번에는 생부 곁에 앉은 노인을 가리키며,

"이번에는 이 어른께……."

했다.

영술이 먼저와 같이 역시 일어나 절을 하고 도로 앉자, 박 장로는,

"자네한테는 재종조부뻘이 되시는 어른이다."

했다. 영술은 '재종조부'가 뭔지 잘 모르는 채 그냥 고개만 수긋하고 있었다.

영술이 대강 인사를 끝내고 났을 때, 지금까지 방문 밖에서 이 광경을 구경하고 있던, 그날 교회에서 보았던 할머니가 방 안으로 들어오며,

"나도 우리 손주한테 절 한 번 받을란다."

하고 문지방 앞에 털썩 앉았다.

방 안에 있던 사람들과 마루에 있던 사람들이 한꺼번에 와아 웃었다.

그러자 주인인 이성출이 일어서며,

"이왕이먼 엄마 여기 앉아 받으이소."

하고, 할머니의 팔을 잡아서 자기 자리에다 모셨다.

절을 받고 난 할머니는,

"시상에 핏줄이 뭔지, 그날 나는 회당에서 우리 손주를 처음 봤더니 고마 눈물이 나더라이."

하며, 소매로 다시 눈시울을 닦고 나서,

"며느라 늬도 들오너라."

하고 마루를 향해 며느리를 불렀다.

그러자 마루에 있는 어느 아주머니의 목소리로,

"그렇고말고, 엄마한테 절해야 되고 말고, 한실댁이 어디 갔노?"

하는 소리가 들렸다.

뜰 아래 있던 한실댁이 마루 위로 올라서며,

"내사 그날 회당에서 안 봤는기요? 절 안 받으면 어떤기요?"

사양을 했다.

그래도 그런 법이 있나, 그래서 되나, 하는 여러 사람의 권에 못 이기는 듯, 얼굴이 가무잡잡한 한실댁이 들어와 할머니 곁에 앉아서 절을 받

왔다. 한실댁은 송구스러운 듯이 당숙 노인을 두어 번이나 돌아다보고 나
서,

"주님의 은혜가 한량 없입대이."

하더니 이내 자리에서 일어나며,

"곧 상을 올리겠입더."

하고 밖으로 나갔다.

영술이 네 차례 절을 하는 동안, 마루에서 이 광경을 들여다보고 있던
아주머니들은, 모두가 감격어린 얼굴로 웃음을 짓거나, 혀를 울리거나,
고개를 끄덕이거나 하다가, 한실댁이 마루로 나오자 모두가,

"한실댁이 한 풀었다."

하며 그녀의 소매나 손을 만져 주곤 하였다.

음식상이 들어오자, 박 집사가 주인과 그의 당숙 노인을 돌아다보며,

"오늘겉이 경사스러운 날, 하느님께 먼저 감사를 드리고 음식을 듭시
더."

하고, 그들의 양해를 구했다.

당숙 노인은 별로 참견하지 않겠다는 듯이 잠자코 있었고, 주인이 박
집사를 건너다보며,

"자네가 알어서 해 달라고 맡기잖던가?"

했다.

박 집사가 박 장로를 돌아다보며,

"형님 기도 인도해 주이소."

했다.

박 장로는 기다리고 있었다는 듯이 이내 눈을 감으며 기도를 시작했다.

"하늘에 계시는 우리 주님 아버지, 오늘 이 댁에 주님의 은혜로, 인간
으로서는 더없는 큰 경사가 베풀어졌나이다. 이 댁의 이성출 씨는 지금까
지 소식조차 모르고 있던 자기의 하나뿐인 귀중한 혈육을 상면했아오며
또한 길이 친자로서 가문을 잇게 되었으니 인간으로서 이보다 더한 기쁨

과 경사가 또 어디 있겠사오며 이것은 오로지 주님의 크신 은혜의 덕분으로 아나이다. 또한 이영술 군으로 말씀하오면, 주님의 사랑하는 양으로 우리 경주교회에서도 없어서는 아니 될 청년이오며, 이 가정에 마른 나무에 꽃이 핀 거나 같은 귀중한 아들로서 이댁 가문을 영원히 이어나갈 중책을 지고 있나이다. 우리 주님 아부지시여, 이 댁에 더욱 많은 축복을 내루어 주시고, 이영술 군이 이 댁 친자로서 부모님께 효도하고 일가친척 친지 이웃과도 내내 화목하게 지내도록 성신의 힘으로 돌봐 주시며, 온 가족이 함께 손을 잡고 주님 앞에 나아가 찬송가를 부르도록 성신이 역사해 주시기 간절히 간절히 비나이다. 우리 주 예수 그리스도의 이름으로 비나이다 아멘.”

박 장로가 기도를 드리는 동안 이성출은 음식상 위에 시선을 멈춘 채 가만히 앉아 있었으나, 그의 당숙 노인은 처음 당질(堂姪＝이성출) 쪽을 두어 번 흘낏흘낏 바라보다가 더 참지 못하겠다는 듯이 담배 쌈지를 걷어 쥐고 자리에서 두 번이나 엉덩이를 일으켰다. 그때마다 그 곁의 박 집사가 노인의 옷자락을 잡아당겨 일어나진 못하고 말았으나, 그 대신 박 집사는, 감은 눈을 몇 번이나 지그시 내리뜨며 그쪽으로 시선을 돌려야만 했다.

기도가 끝나자 한실댁이 이내 감주그릇을 쟁반에 받쳐들고 들어와 당숙 노인에게 드리며,

“당숙어른요, 오늘은 고마 막걸리 대신 감주를 쏠랍니더.”
하고 양해를 구했으나 노인은 무언지 잔뜩 틀어진 듯한 얼굴로, 감주그릇을 받아 자기 앞에 놓았을 뿐, 당질부(堂姪婦) 쪽으로는 거들떠보지도 않았다.

그런대로 상 위에는, 떡과 나물과 과일에다, 돼지고기 닭고기들이 큰 접시에 수북수북이 담겨져 있었고, 생선도 굽고 부치고 한 것이 각각 여러 접시 얹혀 있었다. 일동은 각기 식성에 따라 음식에 손을 대기 시작하자 아무도 별로 남을 위하여 신경을 쓸 필요는 없어졌다.

그러나 한실댁은 아무래도 당숙 노인이 마음에 걸리는지, 닭내장 볶은 것을 조그만 접시에 담아 들고 와서,

"당숙어른요, 이걸 들어 보시이소."

하고 디밀었다.

노인도 그 사이에 비위가 돌아왔는지 당질 며느리를 한참 빤히 쳐다보다 말고 그것을 받아 상 귀퉁이에 놓은 뒤 젓가락을 가져갔다.

한실댁도 인제는 마음이 놓이는지,

"당숙어른요 많이 드시이소이."

하고 상긋 웃으며 돌아섰다.

마루에서는 할머니가 한쪽 손엔 떡을 들고, 한쪽 손엔 닭고기를 집은 채,

"할렐루야 할렐루야……."

하고, 어깨를 들썩거리며 찬송가를 불렀다. 그러나 건넌방과 마루에 가득 찬 아주머니들 가운데는 할머니의 찬송가를 거들 만한 교인이 아무도 없었다. 이것을 본 한실댁은, 쟁반에 감주그릇을 받쳐든 채 마루로 올라서다 말고,

"……그의 흘리신 피로 내 죄 씻었네."

하고 시어머니의 찬송가에 가세를 했다.

그러자 아주머니들이 한꺼번에 와아 하고 웃었다. 평소에 그렇게 얌전하기만 하던 한실댁이 한쪽 손에 감주그릇을 든 채 찬송가를 부르는 것이 우습기도 하려니와, 시어머니의 독창을 거들려는 속셈이 더욱 갸륵하게 보였기 때문인 듯했다.

아주머니들의 흐뭇해하는 웃음에 더욱 힘을 얻은 두 고부는 찬송가를 계속 불렀다.

할렐루야 할렐루야
내가 예수를 믿어

그의 흘리신 피로
내 죄 씻었네.

이렇게 두 고부의 병창이 끝나자 한 아주머니가 감격에 찬 목소리로,

"이렇게 존 귀경이 세상에 또 있을능아?"

했다.

그러나 이에 대한 다른 아주머니들의 호응은, 한실댁의 목소리에 의하여 제지되었다.

한실댁은, 그저도 한쪽 손에 떡을 든 채 어깨를 으쓱거리고 있는 시어머니를 내려다보며(그녀는 아직도 감주그릇을 든 채 그 앞에 서 있었다),

"할렐루아 할렐루야
내 죄 씻었네
내 죄 씻었네."

하고, 아까의 찬송가를 끝만 따서 되풀이해 부르고 있었다.

그러자 앞 집 과수댁이 그 곁의 대추밭할머니를 돌아다보며,

"아주머이요, 지금 한실댁이 노래 부르는 거 들었지요? 예수 믿은 덕으로 아들 찾아 바치고 인저 아들 못 논(낳은) 죄 씻었다고 하지요? 내 죄 씻었네 내 죄 씻었네 안하덩기요?"

하고 물었다.

대추밭할머니는 고개를 끄덕이며,

"그게 참 듣고 보니 그런 뜻인가베."

맞장구를 쳤다.

이 두 아주머니의 대화는 이내 다른 아주머니들에게도 그대로 옮겨져 나갔다.

"한실댁이 아들 못 낳은 죄를 인제 다 씻었다 하제?"

그녀들은 모두 이렇게 중얼거리며 서로 고개를 끄덕였다.

방에서는 이성출이 영술을 보고,

"와 음식이 덜 맞나? 좀 많이 들잖고……?"

이렇게 말을 건넸고, 영술은 조금 당황한 얼굴로,

"아임니더, 많이 듭니더."

하며, 복숭아를 집어들었다. 그는 처음부터 왠지 어머니와 누이동생이 곧장 눈앞에 어른거려 음식을 거의 들 수도 없었던 것이다. 생각 같아서는 음식이 끝나는 대로 박 장로와 함께 돌아가고 싶었으나, 첫날만은 어떤 일이 있어도 생부집에서 자야 한다는 박 장로의 지시가 사전에 있었기 때문에 영술은 굳은 마음으로 참아야만 했다.

영술의 방은 건넌방으로 정해져 있었다. 그날 밤, 할머니는 영술을 보고,

"늬가 좋닥 하면 나는 늬하고 이 방에서 같이 잘란다. 어떠노? 좋을능아? 늬가 싫닥 하면 나는 청에서 혼자 자도 되고, 큰방에 가서 늬 아바이하고 같이 자도 된다. 늬는 어떠노?"

"할무이 졸대로 하이소. 지는 아무래도 좋심더."

"아이고 고마워라. 늬가 싫닥 하면 어쩔꼬 싶었더라이."

할머니는 영술의 볼을 쓰다듬으며 이렇게 말했다.

그날 밤 자리에 누웠을 때, 할머니는 영술의 한쪽 손을 꼭 잡은 채,

"본데 느거(너희) 친엄마네 집은 우리 집과 딱 붙은 동쪽 집이다. 요새는 담을 쳤지마는 그때는 울타리다. 그러니 서로 환히 들여다보고 살았지."

이렇게 이야기를 시작했다.

영술이도 이번 일이 터진 뒤에야, 그의 어머니로부터 대강 들은 이야기가 되었지만, 그런대로 잠자코 듣고 있었다.

할머니는 이야기를 계속했다.

"그때 느거 엄마는 열여섯 살이고, 느거 할매가 서른댓 살밖에 안 된 젊은 과부 몸으로 온 동네에 품을 팔고 살았다. 그런 판에 느거 엄마가 늬를 뱄으니 동네를 떠날 수밖에 없었다. 이렇게 될 줄 알았으면야 내가

어짜든지 느거 엄마를 붙잡아 들여서 혼인을 시켜 줬을 낀데 나중 일을 누가 알아제. 늬가 들으면 오죽 언짢을나마는 그때 형편이 할 수 없더라."

"할머니, 지난 일을 지금 후회하먼 뭐합니꺼?"

"그렇지마는 늬를 보기 미안해서 그런다. 그 뒤에도 나는 늬 생각을 가끔 했다마는 느거 엄마가 무당이 됐닥 해서 고만 찾을 생념도 못했다가 이번에 주님 은혜로 우리가 핏줄을 서로 찾은 거다."

할머니는 이야기를 마치고 한참 있다가 다시 입을 열었다.

"이 집 엄마도 맘이 한정없이 올바르고 착하다. 자식 못 논(낳은) 게 흠이지 나무랄 데 없는 사람이다. 부디 늬 생모나 다름없이 알아라이."

"할머니, 저희는 다 하느님 아버지를 받드는 가족들 아입니까? 낮에 할머니와 어머니가 마루에서 할렐루야를 자꾸 부르실 때, 저는 속으로 눈물이 납디다. 지금까지 저를 낳아서 키우느라고 온갖 고생과 천대를 다 받아 온 저의 생모 어머니보다 여기 어머니와 할머니가 정말 어머니와 할머니 같은 생각까지 들었습니다. 아마 같이 하느님 아버지를 받드는 가족이기 때문이 아닐까 생각합니다. 그렇지만 저는 저의 낳은 어머니를 잠시도 잊을 수 없습니다. 그 어머니가 무당귀신에서 벗어나 우리 주 예수 그리스도를 믿게 된다면, 저의 힘으로 그렇게 해 드릴 수 있다면 저는 저의 목숨하고라도 바꾸겠습니더, 할머니."

영술은 이렇게 말하며, 자기 쪽에서 할머니의 바짝 마른 손을 꽉 잡았다. 그는 어느덧 그렇게도 흥분되어 있었던 것이다.

"오냐, 오냐, 고만 자거라이."

할머니는 그 사이에 잠이 들었다 깨는 듯, 목구멍 속에서 이렇게 대답하고 있었다.

이튿날 영술은 아침을 마치자 곧 읍내로 들어와 박 장로를 먼저 찾아보고 인사를 드린 뒤, 자기 집으로 돌아왔다.

어머니는 이미 외출을 한 뒤였고, 월희가 혼자서 시뻘건 마귀형상의 그림을 그리고 있었다. 그것이 그녀의 유록색 치마 저고리와 묘한 대조를 이루고 있다고 느끼며 잠간 동안 화면을 들여다보다가,

"그게 무슨 그림이고?"

하고 물었다.

"엄마가 굿한다꼬……."

월희는 붓을 놓고 영술을 쳐다보며 이렇게 대답했다. 어머니의 굿에 쓸 그림이라는 뜻이었다.

그러한 월희의 얼굴을 바라보는 순간, 영술은 갑자기 그녀가 한없이 가엾고 불쌍하게 느껴졌다. 그는 목구멍으로 확 치밀어오르는 울음을 참느라고 벽을 향해 돌아선 채 눈을 감고 입술을 깨물었다. 이것은 전혀 예기하지 못했던, 까닭 모를 울분과 설움과 연민이 한데 뭉친 듯한 발작과도 같은 충격적인 감정이었다. 그는 소매로 눈물을 닦은 뒤 품에서 성경책을 끄집어 내었다. 마음을 진정시키기 위해서였다.

그 사이에 붓과 물감 따위를 방구석으로 치우고 난 월희는 영술의 한쪽 팔을 가볍게 건드리며,

"오라바이 울지 마."

했다.

영술은 자기의 거동이 어느덧 그녀에게 울음으로 전달된 데 또 한 번 놀라며,

"월희야 거기 앉거라."

그녀를 붙잡고 자리에 앉았다.

그는 그녀의 손목을 잡은 채,

"월희야, 너 이 오빠 믿어 주겠지?"

하고 물었다.

월희는 그 별덩이 같은 두 눈으로 영술의 얼굴을 바라보며 고개를 끄덕였다.

"너는 이 오빠하고 같이 하느님을 믿어야 한다."

영술의 목소리는 왠지 떨리기까지 하고 있었다. 그는 계속했다.

"나는 늬를 나와 같이 하느님 믿는 청년하고 혼인시킬 생각이다."

영술은 월희가 긴 말을 알아듣지 못할 것으로 보고 이렇게 이야기를 짧게 잘라야만 했다.

"혼인?"

"그렇다 혼인이다. 너도 오빠가 맞춰 주는 신랑하고 혼인해야 한다."

"……."

월희는 왠지 고개를 옆으로 저었다.

그러나 영술이 그녀에게 진정으로 일러 주려는 것은 따로 있었으므로, 이 일에 대하여는 더 말을 붙이지 않기로 했다.

"월희야, 늬는 정 부잣집에 가면 안 된다."

"정 부자지베?"

"그렇다 정 부잣집한테는 마누라도 있고 아들 딸도 있다. 늬가 또 거기 가면 남의 미움을 사고 하느님의 꾸지람을 받는다. 알지?"

"……."

월희는 그의 말뜻을 잘 알아듣지 못하는 듯, 멍청한 얼굴로 그를 말끄러미 쳐다보고만 있었다.

"엄마가 너를 정 부자한테 보낼락 해도 늬는 가지 마라. 못 간다고 해라. 오빠가 너를 지켜 주마. 알겠지?"

"……."

월희는 고개를 끄덕였다. 그것은 영술의 말뜻을 알기 때문이 아니라 그의 간곡한 부탁 그 자체를 그냥 받아들이는 데 지나지 않았다.

영술도 그녀가 자기의 말뜻을 충분히 이해하고 있다고는 보지 않았다. 그러나 정 부자한테 가지 말라는 것만은 잘 알고 있으리라고 믿었다. 그는 그녀의 손목을 잡은 채 기도를 드리기 시작했다.

"불쌍한 자를 구해 주시고, 연약한 자를 도와 주시는 하느님 아버지시여, 이 불쌍하고 가련한 저의 누이동생을 구해 주옵소서. 이 불쌍한 여식은 마귀에 들려, 아직도 말을 제대로 하지 못하는 채, 무서운 귀신에 들린 저의 어머니에 의하여 죄악의 자리로 끌려갈 운명에 놓여 있나이다. 하느님 아버지시여, 저의 어머니와 저의 누이동생이 이 무서운 마귀의 손아귀에서 벗어날 수 있도록 도와 주옵소서. 성신의 불로 마귀를 쫓아 주옵시고 저희가 함께 주님 앞에 나아가 찬송가를 부르도록 성신이 역사하여 주옵소서……."

이때 을화가 방문을 열고 들어왔다. 영술은 조금 전부터 인기척이 나는 것을 한쪽으로 들었지만, 기도를 갑자기 중단할 수가 없어서 곧 끝을 맺으려는 가운데 그녀가 어느덧 들이닥친 것이다.

영술은 얼른 기도를 마치고 얼굴을 들어 어머니를 쳐다보는 일방 손으로는 앞에 놓여졌던 성경책을 얼른 집어 품안에 넣고 있었다. 영술의 이러한 거동을, 분노의 불길이 이글이글 타오르는, 검은 두 눈으로 지그시 지켜 보며 문지방 앞에 가만히 서 있던 을화는, 방 안을 한 바퀴 돌다 보다가 방구석에 치워져 있는 월희의 화구들이 눈에 띄자,

"우리 달희 그림을 못 그리게 헤살 논 것은, 야수 귀신의 짓이가?"

꼬투리를 잡고 물었다. 그녀의 얼굴과 목소리에는 적의와 노기가 가득차 있었다.

"어머니 제가 우리 월희하고 얘기를 하고 싶어서 그림을 쉬라고 했습니다."

영술은 얼굴에 미소를 지으며 부드럽고도 공손한 목소리로 대답했다.

"무슨 이야기를? 그 그림이 늬 비위에 몹시 거슬린다고 했나?"

"아닙니더, 저는 그것이 무슨 그림이냐고 물어 봤을 뿐입니더."

"그러니까 우리 달희가 뭐락 하더노?"

"엄마 굿에 쓸 거라고만 합디더."

영술의 숨김없는 대답에 을화도 약간 분이 풀리는지,

"그건 맞다, 내가 우리 달희한테 부탁한 거다. 야수 귀신을 그려 달라고, 야수 귀신은 붉으니까 뻘겋게 그려 달라고……. 그래서 늬가 보면

비위가 뒤집어졌을 꺼다."

"어머니 저는 그 그림이 좀 흉하다고 보았지만 별로 비위가 뒤집히는 일은 없었습니더."

"착한 내 아들아, 늬도 차츰 야수 귀신을 내베려라."

"어머니, 우리 주 예수님은 귀신이 아니고 하느님의 아들입니다. 하느님의 아들로 세상에 오셨다가 우리 인간들의 죄를 짊어지고 십자가에 못 박혀 돌아가신 성인이올시더. 하느님은 예수님이 흘리신 피로 인해 우리 인간들의 죄를 용서해 주시고, 영혼을 구해 주시고, 하늘나라에서 영원히 살 수 있게 해 주십니다."

영술은 을화의 분이 좀 누그러진다고 보자 또 한 번 이렇게 예수교의 요지를 몇 마디로 알기 쉽게 풀이해 보았다.

을화는 신기한 듯이 귀를 기울이고 있다가, 얼굴에 미소까지 지으며,

"그거 참 재미나구나. 그래서 어리석은 것들이 야수를 한다고 몰려댕기는구나."

"어머니, 어리석어서 그런 것이 아니고 진리이기 때문에 믿는 겁니더."

"진리라께? 늬 들어 봐라. 늬 말대로 야수가 귀신이 아니고 사람이라고 하자. 하느님의 아들이든지 신령님의 아들이든지 세상에 태어났으니 사람 아이가? 사람이니 죽을 꺼 아니가? 죽어서 귀신이 된 거다. 그러니 야수 귀신이라 말이다. 느거가 나팔을 불고 댕기는 기 바로 그 야수 귀신이 들린 거라 말이다."

"어머니."

"오냐, 내 말을 더 들어 봐라. 너는 그 야수 귀신을 믿으면, 영혼을 구해 주고, 하늘나라로 가고, 그런다고 했제? 그렇게 됐으면 좋겠제? 그렇지만 그걸 누가 봤나, 댕겨온 사람이 있나? 그러니까 똑똑히 모르는 거 아이가? 그런데 들어 봐라. 여기 그걸 똑똑히 알아보는 수가 있다. 사람들이 나를 무당이라고 하제? 늬도 에미가 무당이라꼬 설움도 많이 받고

수모도 많이 당했다이. 그렇지만 나는 그걸 똑똑히 안다이. 이거 들어 봐
라, 사람이 죽으면 귀신이 되는 기라. 절에 스님들은 곧장 저승으로 가지
마는, 보통 인간들은 이승과 저승 중간에 있는 귀신 세계로 흔히 가는 기
라. 더군다나 물에 빠져 죽거나, 칼에 맞아 죽거나 목을 매어 죽거나, 홍
진 마마를 하다가 죽거나, 하는 사람들은 귀신 세계에서도 이승 바로 변
두리에서 빙빙 돌고 있는 기라. 병을 앓다가 죽어도 이승에 너무 한이 많
고 유감이 많으면 또 그렇게 되는 기라. 그런 귀신들은 살았을 때 인연을
따라 그 사람한테 붙기도 하고, 그냥 아무나 골이 비고 몸이 허한 사람한
테 붙기도 하는데 그렇게 되면 그 사람은 병이 나서 몸져 눕기도 하고,
정신이 오락가락하기도 하고, 사업을 꽝 메박기도 하고, 집에 불을 내기
도 하고 그러다가 죽는 기라. 그 병은 약으로 못 고치고 신자(神子)가 고
치는데, 사람들은 그 신자를 무당이락 해서 온갖 천대를 다하지마는 그건
모두 어리석은 것들이 신자가 뭔지 몰라서 그런 거고, 신자는 곧 신령님
의 아들이자 딸이라. 늬는 야수를 하느님의 아들이락 했지만, 보통 무당
이락 하는 우리 신자가 신령님의 아들이락 하는 거와 같은 이치다이."

"어머니."

영술은 을화의 말을 가로막고 이렇게 입을 열었다.

"우리 주 예수님과 무당을 혼동하지 마십시오."

그는 몹시 흥분하여 자기도 모르게 서울말씨로 엄중히 항의한 뒤 분연
히 자리에서 일어나려 하였다.

을화는 오히려 조용히 가라앉은 목소리로 응수했다.

"늬조차 에미를 무시하는구나."

"아입니다. 어머니를 무시하는 게 아이고 어머니에게 들어 있는 귀신
을 미워합니다."

"뭐라꼬? 그거는 늬가 느거 야수 귀신이나 하느님 귀신을 무시하는 거
나 같은 기라. 들어 봐라, 늬도 말했제? 귀신 들린 사람들 고쳤다꼬. 바
로 그거다. 귀신 들린 사람을 고치는 거 말이다. 나는 이날 이때까지, 귀

신이 붙어 죽게 된 사람, 살림을 망치게 된 사람을 고쳐 왔다. 오구나 푸 닥거리를 해서 귀신을 그 사람한테서 떨어지게 해 주고, 저승으로 천도시 켜 주는 기라. 늬도 생각해 봐라, 제 명에 못 죽은 불쌍한 귀신들이 얼마 나 억울하고 원통하먼 이승 변두리에 빙빙 돌다가 산 사람한테 달라붙을 노? 내가 오구나 푸닥거리 해서 그런 귀신을 사람한테서 떼어내어 저승으 로 보내 주먼, 사람도 살아나게 되고, 귀신도 제대로 풀려 가는 기라. 죽 어가는 사람을 살리는 거도 좋지마는, 길을 잃고 헤매는 귀신에게 길을 열어 주어서 저승으로 훨훨 건너가게 해 주는 게 얼마나 신기하고 고마운 일일노? 나는 이때까지 얼마나 많은 사람을 살리고, 귀신을 저승으로 보 내 줬는지 다 꼽을 수가 없다. 나는 그럴 때마다 내 눈으로 똑똑히 본다. 귀신이 사람한테서 나와 저승으로 가는 걸 똑똑히 본다이. 다른 사람한테 도 물어 봐라, 내 푸닥거리에서 귀신이 안 떨어진 사람이 있는가, 또 내 오구에서 저승으로 천도 못 시킨 귀신이 있는가꼬. 그런데 이 에미가 무 슨 몹쓸 짓을 했단 말고? 어째서 늬는 이 에미가 그렇게도 비위에 거슬리 노? 나는 느거 야수락 하는 사람을 암만 좋게 봐 줘도, 우리 같은 신자 (神子＝무당을 가리킴)밖에 아이다. 그렇다면 어째서 먼 타국에서 온 옛 날 신자만 제일이고 살아 있는 우리 나라 신자는 외면해야 되노 말이다."

"어머니 우리 주 예수 그리스도님을 더 이상 모독하먼 저는 이 집에서 나가겠습니다."

영술은 분연히 자리를 박차고 일어났다.

을화는 깜짝 놀라 영술의 옷자락을 잡으며,

"술아, 내 아들아, 늬조차 나를 괄씨할래? 어째서 내 말을 그렇게도 알아들어 주지 못하노?"

눈물까지 글썽해 있었다.

"어머니."

영술도 어느덧 목이 꽉 메어 있었다.

"염려 마세요. 저는 결코 어머니와 월희를 배반하지 않을 껍니다."

"오냐 고맙다 내 아들아. 그렇닥 하면 한 가지만 더 물어 보자, 늬 어젯밤에 어디 가 잤노?"

을화는 자리에 앉은 채, 서 있는 영술의 얼굴을 빤히 쳐다보며 물었다.

영술은 이미 작정하고 있었던 듯, 낮고 공손스러운 서울 말씨로,

"밤나무마을 아버지 집에 가 잤습니다."

했다.

"천금 같은 내 아들아, 에미가 말렸는데 와 기어쿠 갔노?"

"어머니 조금도 서운해하지 마이소, 아버지를 아버지락 하는 게 도리가 아니겠입니꺼? 그 대신 영술은 영원히 어머니의 아들이올시더."

영술은 부드러운 고장 말씨로 이렇게 말하고는 천천히 방문을 열고 나가 버렸다.

을화는 자리에 앉은 채 영술이 사라진 방문 쪽을 한참 동안이나 맥없이 바라보고 있다가,

'아이고, 저놈의 야수 귀신 땜에 아까운 내 아들을, 천금 같은 내 아들을……'

혼자 이를 으드득 갈았다.

성경과 칼

영술이 그날 생부집으로 돌아갈 때는, 적어도 한 일 주일 가량은 어머니 앞에 나타나지 않으리라 마음먹었다. 어머니의 하느님에 대한 격렬하고도 모독적인 언사가 못내 노엽기도 했으려니와, 그보다도 어머니로 하여금 그러한 언행을 반성하도록 기회를 드리고 싶어서였다.

그러나 그렇게 여러 날을 생부집에서 뚜렷이 하는 일도 없이 지낼 수는 없었다. 거기서 그는 그 동안 벼르기만 해 오던 감포(동해)의 의부(義父 = 月姬의 生父)를 찾기로 했다.

방돌은 어인 까닭인지 대번에 그를 알아보고,

"이거 영술이 앙이가? 웬일고? 많이도 컸구나."

반가이 맞아 주었다.

그날 밤, 둘은 생선회와 시루떡을 상 위에 차려 놓고 마주 앉은 채 각기 지나간 이야기들을 털어놓았다.

영술이 최근에 생부의 집으로 들어가게 되었다는 이야기를 펼쳐 놓자, 방돌은 이내,

"그거 참 잘 됐구나. 느거 엄마(욱화)는 월희 하나밖에는 누구하고도 같이 못 살끼대이."

하더니, 조금 있다가 다시 말을 이어,

"사람이사 느거 엄마도 인정 많고, 남의 일 잘 봐 주고, 속없이 좋지마는, 귀신이 들려 있기 때문에, 보통 사람하고 다른 기라. 아무리 서로 이해할라 해도 같이 살기는 어려울 끼다."

했다.

이튿날 영술이 떠나올 때, 그는 재 밑까지 바래다 주며 그의 손을 잡고 말했다.

"나도 일간에 갈게. 우리 월희도 볼겸⋯⋯."

감포에서 돌아온 이튿날이 일요일이라 예배를 보러 들어왔다가, 교회에서 박 장로를 만나자 이 일을 대강 보고드리지 않을 수 없었다. 박 장로는 그의 이야기를 듣고 나서 이내 고개를 옆으로 저으며,

"그건 자네답지 못한 처사일세. 자네가 나한테 말한 대로 어떤 일이 있더라도 좌절하지 않고 끝까지 주님의 복음을 전해 볼 결심이라면 상대방이 뭐라고 나오든지 불문에 붙이고 자네가 할 일만 밀고 나가야지, 상대방의 비방에 자극을 받고 감정적인 처사를 한다면 그것은 도리어 상대방의 분개와 도발을 살 뿐이 아닌가?"

나무라듯 말했다.

"장로님의 말씀대로 역시 저의 생각이 부족했던 것 같습니다. 오늘 저녁 예배가 끝나는 대로 어머니께 돌아가 사과말씀을 드리겠습니다."

영술은 솔직히 자기의 잘못을 인정했다.

그날 밤 예배가 끝난 뒤에도 영술은 오랫동안 빈 교회에 혼자 남아 기도를 드렸다. 주님의 끝없는 사랑으로, 제발 어머니의 죄를 용서해 주시고, 그녀로 하여금 하느님을 공경할 줄 아는 여인이 되게 해 줍시사고, 빌었을 때, 그의 두 눈에서는 뜨거운 눈물이 쏟아져 내렸다.

기도를 마친 그는 오래도록 눈물을 닦은 뒤 교회에서 나왔다.

교회 앞 골목은 캄캄 어두웠고, 머리 위에는 무수한 별들이 반짝이고 있었다.

'저 별들이 모두가 주님의 눈이라면 내 맘속을 환히 비쳐 보실 텐데.'

영술은 이런 생각을 하며 그 어두운 골목을 천천히 걷고 있었다.

골목에서 한길로 접어들려 할 때 그는 또 한 번 고개를 젖혔다. 그러자 그 별들은 모두가 월희의 눈이 되어 그를 내려다보는 듯했다.

"오라바이, 어쩌면 나흘 동안이나 집에 안 들어왔어?"

월희의 눈들은 원망스럽게 그를 내려다보며 속삭였다.

'오냐, 달희야 용서해 다오. 박 장로님 말씀대로 역시 오빠의 생각이 좁았던 게다. 앞으로 오빠는 끝까지 너와 어머니를 저버리지 않을 게다.'

영술은 마음속의 월희에게 이렇게 다짐하며 개천을 끼고 돌아나갔다.

그의 집이 있는 골목으로 접어들자 길은 한결 더 어둡고, 별들은 돌담이 무너지듯 그의 이마 위로 와그르르 내려와 앉는 듯했다.

그가 고개를 들었을 때, 그의 발길은 어느덧 돌담 앞에 와 있었고, 뜰에 하나 가득한 잡풀 위로 희미한 불빛이 비치고 있다고 느껴지는 순간, 처마끝에 달려 있는 뿌연 종이등이 눈에 비쳤다.

'또 무슨 치성을 드리나?'

영술은 혼자 속으로 생각했다. 을화는 굿을 나갈 때나, 또는 집에서 무슨 치성을 드리거나 고사를 지낼 때마다 언제나 저렇게 희부연 종이등을 처마끝에 달곤 했던 것이다.

그가 잡풀을 헤치고 섬돌 쪽으로 다가갔을 때, 부엌 쪽에서 무언가 중얼중얼 주문 외는 듯한 소리가 들려 왔다. 섬돌 앞까지 왔을 때는, 그 중 얼대는 소리가 어머니의 목소리로 밝혀졌을 뿐 아니라, 그것이 또 다른 불빛과 함께 부엌에서 새어 나오고 있다고 깨달아졌다.

그는 호기심에 이끌린 채 부엌 앞으로 다가가 그 안을 들여다보았다. 순간, 그는 무어라고 형언할 수도 없는 놀람과 역겨움으로, 가슴이 울컥 치밀어오름을 깨달았다. 부엌 안이 온통 무색종이와 헝겊 따위로 어지럽게 뒤덮여 흡사 서낭당을 옮겨 놓은 듯했다. 양쪽 부뚜막에는 정결한 채유(菜油)로 접시불이 켜져 있었고, 큰솥이 걸려 있는 윗벽에는, 푸르고 누른 옷의 '신장(神將)님'이 긴 창을 꼬나잡은 채, 뻘건 옷 뻘건 얼굴의 도깨비(마귀라고 그린 듯)를 큰 발로 꾹 밟고 있는 그림이 커다랗게 붙어 있었다. 그 위에는, 그녀의 몸주(수호신)로 되어 있는 선도성모대신령(仙桃聖母大神靈)이라 쓰인 조그만 그림이 좌정했고, 그 아래로 신장 그림 좌우 벽에도, 귀신인지 도깨비인지도 모를 수많은 원색 그림들이 어지럽게 붙어 있었다. 오른쪽 부뚜막 윗벽에는 조그만 바라지문이 나 있었는데, 그 바라지 위에는, 전날 월희가 그리던 그 시뻘건 도깨비 형상의 그림이 그대로 붙어 있었다. 벽면뿐 아니라, 들보에서도 수실(繡絲) 같은 수많은 줄을 드리운 채 줄마다에 온갖 그림과 무색종이와 헝겊 따위들을 주렁주렁 달아 놓은 것이, 딴은 천상으로 올라가는 꼴인지, 지하로 내려진다는 뜻인지 종잡을 수도 없었다.

접시불이 켜져 있는 양쪽 부뚜막에는 소반 두 개가 놓여져 있는데, 오른쪽 소반 위에는 멧밥 한 주발, 냉수 한 사발, 소금 한 접시, 그리고 콩나물, 숙주나물, 도라지, 고사리, 호박나물 따위가 각각 조그만 접시로 담아져 놓였고, 왼쪽 소반 위에는 정중 방울 꽹과리들이 가지런히 놓여 있고, 그 곁에는 식칼이 놓여져 있었다.

그 하나하나가 각각 무엇을 뜻하고자 하는 것인지는 똑똑히 알 수 없으나, 며칠 전 그의 어머니가 월희의 붉은 도깨비 형상의 그림을 가리켜 예수 귀신이라고 하던 말과, 지금 그 어지럽게 차려진 분위기 따위로 보아 영술 자신이 신봉하는 예수교를 핍박하고 제거하려는 의도라는 것은 쉽사리 짐작할 수 있었다.

영술은 가슴이 두근거리며 머릿속이 핑그르 도는 듯했다. 노여운 생각 같아서는 당장 문을 열고 뛰어 들어가 그 어지러운 그림과 헝겊과 전물(奠物) 따위를 다 뒤엎어 놓고 싶었지만 그렇게 했다가는 어머니의 얼굴을 다시 볼 수 없게 될 것 같았을 뿐 아니라 어머니로 하여금 회개의 기회를 마련해 드릴 수도 없게 될 것을 생각하고 참아야만 했다.

그렇다고 훌쩍 집에서 뛰쳐나와 버릴 수도 없었다. 박 장로의 "……자네답지 못한 처사일세. ……끝까지 주님의 복음을 전해 볼 결심이라면 상대방이 뭐라고 나오든지 불문에 붙이고 자네가 할 일만 밀고 나가야지." 하던 말이 그의 앞을 가로막았던 것이다.

그가 후들거리는 발길을 막 돌려 놓으려 할 때였다. 지금까지 전물상 앞에 꿇어앉아 두 손을 싹싹 비비며 무슨 주문 같은 것을 외고 있던 어머니가 갑자기 허리를 일으키며 왼쪽 부뚜막에서 방울을 집어 들자 이내 높은 목소리로 외치기 시작했다.

천상이라 천상대신,
지하에는 지하대신,
산에는 산신, 물에는 용신
이리 가도 신령님네
저리 가도 신령님네
머리 검하 우리 인생
나고 죽고 살아가고
모두가 신령님네 그늘이올시더
올해 스물두 살 우리 영술이
금은 같은 이내 자석
관옥 같은 이내 아들

　삼신님이 명 주시고
　칠성님이 수 주시고
　성주님이 복 주시고
　조왕님이 요 주시고
　우리 영술이
　하늘에는 별, 바다에는 진주
　세상 사람이 모두
　애끼고 기리고 우러러봅니더
　우리 영술이
　삼신님이 돌보시고
　칠성님이 도우시고
　조상님이 지키시니
　예수귀신 몰아 낸다.

　사뭇 외치는 목소리로 왼쪽 부뚜막으로 다가가 소반 위에서 식칼을 집어 든 그녀는 정면 벽에 뻘건 도깨비 형상을 몇 차례나 겨누며, 방울을 흔들어 대었다.

　한쪽 손에 칼을 들고
　또 한 손에 불을 들고
　붉은 귀신 몰아 낸다
　멀리멀리 쫓아 버린다
　엇쇠 불귀신아 물러가라
　서역 만 리 굶주리던 불귀신아
　남의 앞길 가로막고
　귀한 자석 베려 주는
　천하 벼락 맞을 몽두리 불귀신아

늬 얼푼 물러가지 못할러냐
늬 아니 물러가고 봐하먼
엄나무 발(簾)에 백말(白馬) 가죽에
꼼짝달싹 못하게 싸고 가두어
무간지옥으로 보낼란다
탄다 훨훨 예수귀신
불귀신이 불에 탄다
타고 나니 이내 자석
신선같이 앉았다가
삼신 찾아오는구나
에미 찾아오는구나.

을화는 칼과 방울을 휘두르며 춤을 추기 시작했다. 그녀의 눈이 맞은편 벽을 흘길 때마다 평소에 잘 드러나지 않던 흰자위가 뒤집어지며 살기가 쏟아지는 듯했다.

영술은 그녀가 분명히 제 정신이 아닌, 딴 사람이 된 것이라고 생각되었다. 두 눈이 허옇게 뒤집힌 것만으로 미루어 보아도 의심할 여지가 없었다.

그는 분한 마음과 두려운 생각으로 이가 덜덜 갈리었다. 섬돌 앞까지 발길을 옮기자 툇마루에 털썩 주저앉았다. 넋 잃은 사람처럼 하늘의 별을 멍하니 바라보고 있다가, 숨결이 조금 진정되자 잡풀 곁으로 걸어갔다. 무턱 잡풀을 헤치고 들어가고 싶은 충동을 간신히 누르고 그 앞에 꿇어앉자 오랫동안 기도를 드렸다. 그는 몇 차례나 '하늘에 계신 아버지 하느님이시여'를 되풀이해 불렀다. 그러자 차츰 마음이 가라앉기 시작했다.

그는 기도가 끝난 뒤에도, 오랫동안 그 거멓게 엉켜 있는 잡풀 앞에 서 있다가 방으로 들어갔다.

그때까지 부엌으로 난 바라지문 곁에 바싹 붙어앉아 어머니의 푸념에

귀를 기울이고 있던 월희는, 영술을 보자 반색을 하며 자리에서 발딱 일어섰다. 그리하여 영술의 가슴에 바짝 다가선 그녀는 그의 두 어깨에 매어달리듯 두 팔을 얹으며,

"오라바이, 와 안 왔노? 나을이나⋯⋯."

자기의 가늘고 새하얀 손가락 넷을 들어 보였다.

"월희야 미안하다."

영술은 이렇게 대답하여 그녀의 두 손을 잡은 채 윗목에 와 앉았다.

월희는 영술의 얼굴을 한참 동안 빤히 쳐다보고 나서,

"오라바이 말해, 와 안 와? 어디서 자노?"

딴은 따지어 묻는 셈이었다.

영술은 적당히 말을 돌려 대기가 싫었지만 복잡한 사연을 털어놓을 수도 없었으므로, 그냥,

"아버지 집에 있었다."

했다.

"어디? 저게?"

월희는 동쪽을 가리키며 물었다. 그녀가 아버지라고 알고 있는 사람은 감포에 가 있는 성방돌뿐이었던 것이다. 그리고 영술도 그가 기림사로 떠날 때까지는 그를 아버지로만 알았던 것이다.

영술은 당황했다. 거기도 한 번 다녀오긴 했지만, 그가 말한 아버지는 밤나무 마을 이성출이었기 때문이었다.

"그 아버지한테도 다녀왔지마는⋯⋯."

영술은 말을 잇지 못하고 말았다.

월희는 영술의 말뜻을 잘 알아듣지 못한 채,

"엄마 후아(화) 냈어."

했다.

"언제부터?"

"⋯⋯."

월희는 손가락 셋을 들어 보였다.

"사흘 전부터?"

"……."

월희는 고개를 끄덕였다. 뒤이어,

"엄마, 밥도 안 먹어, 세 밤이나 저기 굿만 해."

하며 또다시 손가락 셋을 들어 보였다.

그러니까 영술이 두 번째 밤나뭇골로 떠나던 그 다음 다음날부터 사흘 동안이나 거의 밥도 굶은 채 부엌에서 저 짓을 계속하고 있는 거라고, 영술은 짐작했다.

"월희야, 너 동해(감포) 아버지 보고 싶지?"

"음, 이만큼."

월희는 두 팔을 벌려 보였다.

"그 아버지도 너를 보고 싶다고 하더라."

"나도."

"너 그 아버지한테 가거라. 좋지?"

영술은 우선 월희를 어머니에게서 떼내야 한다고 생각했기 때문에 이렇게 물었다.

그러나 월희는 이내 고개부터 옆으로 저어 보이고 나서, 손으로 부엌 쪽을 가리키며,

"엄마 후아 내."

했다.

"엄마한테는 오라버이가 있잖아?"

"오라바이 나을 안 와, 엄만 후아 내."

월희는 어머니를 떠나서는 안 된다고 믿고 있는 모양이었다. 그렇다고 몇 마디 말로써 그녀의 마음을 돌려 놓을 수도 없는 일이었다.

영술은 자리를 고쳐 꿇어앉으며, 월희에게도 그렇게 가르쳐 준 뒤, 품에서 성경을 끄집어 내었다. 그리하여 저녁 기도 때의, 언제나 하는 관례

대로, 아무 데나 펼쳐진 데를 읽기 시작했다.

"예수께서 나가사 습관을 좇아 감람산에 가시매 제자들도 좇았더니 그곳에 이르러 저희에게 이르시되, 시험에 들지 않기를 기도하라 하시고 저희들 떠나 돌 던질 만큼 가서 무릎을 꿇고 기도하여 가라사대 아버지여 만일 아버지의 뜻이어든 이 잔을 내게서 옮기시옵소서, 그러나 내 원대로 마시옵고 아버지의 원대로 되기를 원하나이다 하시니 사자가 하늘로부터 예수께 나타나 힘을 돕더라. 예수께서 힘쓰고 애써 더욱 간절히 기도하시니 땀이 땅에 떨어지는 핏방울같이 되더라……."

여기까지 읽고 난 영술은 성경책을 덮으며,

"하느님께 기도드리자."

했다.

월희는 영술을 따라 이내 고개를 수그리며 눈을 감았다.

"하느님 아버지시여, 이 불쌍한 저희 가족을 구해 주옵소서. 저희 어머니는 무당귀신이 들린 채, 자기의 행하고 있는 일이 얼마나 어리석고 죄 되는 짓인지 모르고 하나이다. 이 불쌍한 저의 어머니와 누이동생을 죄 구덩이에서 구해 주옵소서. 아버지께서 이 어리고 약한 양을 이 죄 구덩이에 보내실 때는 반드시 저들을 구원하라 하심인 줄 믿나이다. 이 어린양에게 아버지의 뜻을 거행할 수 있는 힘과 지혜를 베풀어 주옵소서. 저의 어머니와 누이동생을 이 죄 구덩이에서 구하는 길이라면 물 속이나 불 속이나 어디라도 서슴지 않겠나이다. 불쌍히 여겨 주옵시고……."

여기까지 기도를 드리고 있을 때 방문 여닫는 소리가 들렸다. 을화가 들어오는 것이라고 짐작되었다. 그는 기도의 끄트머리를 마음속으로 올리고, 천천히 눈을 뜨자, 허리를 반쯤 일으키며,

"어머니 지가 돌아왔습니더."

인사를 했다.

을화는 몹시 피곤한 듯, 두 팔을 아래로 축 늘어뜨린 채 영술과 월희를 멍하니 내려다보고 섰다가, 펄썩 주저앉더니, 영술의 손목을 덥석 잡으

며, 한숨을 푹 내쉬었다.

"어머니 저를 용서해 주이소. 그 동안 너무 걱정을 끼쳐 드려서 죄송합니다."

"내 아들아 늬가 와 나를 피할락 하노?"

그녀의 목소리는 여러 날 울고 난 사람의 그것같이 꺽 쉬어 있었다.

"어머니 저는 어디 있든지, 마음은 언제나 어머니한테 있습니다. 저는 영원히 어머니의 아들입니다."

"그랬으면 오죽이나 좋꼬? ……자다가 봐도 밤마다 늬가 없더라. 서럽고 분해서 살 수 없더구나."

"어머니 염려 마이소. 어머니의 영술은 아무 데도 가지 않습니다."

"고맙다 내 아들아."

을화는 눈물을 닦고 일어나자, 윗목에다 그의 잠자리를 보아 주었다.

여느때와 같이, 가운데 그녀가 눕고, 아랫목이 월희의 자리였다. 셋은 같이 자리에 눕자, 또, 거의 같은 시간에 함께 잠이 들었다.

영술은 그날 아침 일찍이 밤나뭇골에서 나와 온종일 교회에서 예배를 보고, 또, 집에 와서도 꽤 오랜 시간을 보냈기 때문에, 그가 자리에 누웠을 때는 몹시 피곤해 있었다. 그래 한 너댓 시간을 아주 깊은 잠에 빠져 있었다.

새벽녘이 되어 방 안에 찬바람이 돌 무렵, 영술은 잠결이면서 어딘지 허전한 느낌이 들었다. 그러한 느낌과 함께 저절로 눈이 띄어졌다. 눈이 띄어지면서, 그 허전함이 가슴께라고 직감적으로 깨달아졌다. 그와 동시, 손이 저절로 가슴께로 갔다. 가슴속에 품었던 성경책이 없어졌다. 그는 벌떡 자리에서 일어났다.

가운데 누워 있던 어머니가 보이지 않았다. 아랫목의 월희는 벽을 향해 돌아누운 채 곤히 자고 있었다.

방 안의 광경이 눈에 비치는 것과 동시에, 부엌 쪽에서, 어저께 밤에 듣던, 그러한 주문 외는 소리가 귀로 들어왔다. 직감적으로 성경책이 없어진 것은 어머니의 소행이라고 헤아려졌다. 순간, 그는 어찌할 바를 모르는 채, 두 주먹이 불끈 쥐어지며, 전신이 부르르 떨리었다. 그와 동시, 부엌에서는 지금까지 중얼중얼하던 주문이, 외치는 소리의 푸념으로 바뀌기 시작했다.

영술은 자기도 모르게 방문을 박차고 뛰어나갔다. 그리하여 신발도 벗은 채 섬돌에서 부엌 앞으로 달려들었다. 그러나 부엌문은 두짝이 다 안에서 장작개비로 받쳐서 열리지 않도록 괴져 있었다.

받쳐진 두짝 문 사이의 꽤 넓은 틈으로는 부엌 안이 환히 들여다보였다. 을화는 어저께 밤에와 같이 왼쪽 손엔 방울, 바른손엔 식칼을 각각 들고 있었다. 그녀는 그가 부엌문을 밀치기 시작했을 때부터 갑자기 더 높은 목소리로 외쳐 대었다.

예수귀신 물러간다
당산에 가 신발 신고
관묘에 가 감발 감고
두 귀에 방울 달고
방울 소리 발 맞춰라
딸랑 딸랑 딸랑 딸랑
재 넘고 개 건너 잘도 간다
인저 가면 언제 볼꼬
발이 아파 못 오겠다
춘삼월에 다시 올나
배가 고파 못 오겠다.

을화는 방울을 짤랑짤랑 울리며, 식칼로 부엌문 쪽을 수없이 치는 시늉을 내었다. 희뜩희뜩 돌아가는 그녀의 두 눈은 어저께 밤보다도 더 허옇게 까뒤집혀 있었다. 그것을 보는 영술의 온몸에서는 소름이 쪽쪽 끼쳐졌으나, 성경책을 그녀에게 맡겨 두고는 잠시도 견딜 수 없었다. 그는 틈으로 손을 넣어 힘껏 흔들다가는 끝내는 발길로 냅다 질렀다. 돌쩍 하나가 빠지며 받침대(장작개비)가 쓰러지자 문 한짝이 옆으로 삐긋이 열렸다.

그는 부엌 안으로 왈칵 뛰어 들어가며,

"어머니 성경책 줘요."

하고, 목청껏 소리를 질렀다.

을화도 덩달아 목청껏 높은 소리로,

엇쇠, 귀신아 물러가라
서역 만 리 빌어먹던 불귀신아
늬 아니 물러가고 봐하면
엄나무 발에 백말 가죽에 싸고 가두어
무쇠 가마로 고을란다.

외쳐 대었다.

그러나 영술의 귀에는 이미 아무것도 들리지 않았다. 그의 성경책이 오른쪽 부뚜막에서 재가 되어 가고 있었기 때문이었다. 책에 불을 붙인 지는 이미 오래인 모양으로, 모서리는 까맣게 타 버렸고, 빨간 불은 가운데서 등으로 옮겨가며 파란 연기를 올리고 있었다.

영술은 우선 성경책의 불을 끄려고 했다. 물그릇은 왼쪽 부뚜막의, 소반 위에 놓여져 있었지만, 두 눈이 허옇게 뒤집힌 을화가 그 앞을 가로막은 채,

"엇쇠, 물러가라 불귀신,
엇쇠 물러가라 예수 귀신."

목청껏 외치며 식칼을 휘휘 내두르고 있었다.

그러나 영술의 눈에는 아무것도 보이지 않았고, 아무것도 두려울 수 없었다. 그는 왼쪽 부뚜막으로 달려들어 물그릇을 집어 들려는 순간 왼쪽

가슴이 뜨끔했다. 그러나 기어이 물그릇을 집어 든 그는, 그것을 불 타는 성경책 위에 뿌리지 못한 채 솥뚜껑 위에 철거덕 놓아 버리고 말았다. 그의 왼쪽 가슴에는 식칼이 꽂힌 채, 옷 위로 시뻘건 피가 번지기 시작했고, 을화는 부뚜막 아래로 쓰러지려는 그의 상체를 얼싸안았다.

종이등불

그날 저녁때였다.

동해의 성방돌이 미역귀와 다시마와 간조기 따위를 보자기에 싸들고 영술과 월희를 보러 을화의 집으로 왔을 때, 영술은 윗목에서 그저도 피를 흘리며 죽은 듯이 누워 있었다. 앞가슴 전체가 온통 시뻘건 핏덩어리였으나 상처가 왼쪽이란 것은 옷 위로 뚫린 칼자국으로 인하여 이내 알아볼 수 있었다.

"영술아 이게 웬일인고? 영술아!"

방돌이 영술의 늘어뜨린 손목을 잡으며 이렇게 불렀을 때, 영술이 천천히 눈을 떴다.

"영술아, 나다, 나. 날 알아볼능아?"

"아부지."

영술의 들릴 듯 말듯 한 낮은 목소리였다.

"그래, 영술아, 늬가 이게 웬일고?"

방돌의 묻는 말엔 대답도 없이, 한참 만에 다시 눈을 연 영술은,

"박 장로, 박 장로 데려다 주이소."

했다.

성방돌은 영술의 숨이 앞으로 길지 못할 것을 깨닫고, 곧 밖으로 뛰쳐나와 박 장로댁을 찾았다.

방돌로부터 영술의 위급함을 들은 박 장로는,

"아니, 어마이가 그 짓을?"

기가 막힌 듯한 얼굴로 물었다.

"어마이가 실성을 한 것 같십니다."

"그렇다면 거기 둘 수도 없군. 자 갑시다."

박 장로와 성방돌은 인부들까지 데리고 달려갔다.

부엌에서 상기도 손을 비비고 있던 을화는 영술이 들것에 얹히어 나가는 것을 보자,

"누고? 웬 사람들이 우리 아들을 훔쳐 가노?"

소리를 지르며 부엌에서 뛰어나왔다.

방돌이 활개를 벌려서 그녀를 막으려 하자, 을화는 방돌을 밀치며,

"이게 어인 일인고? 당신들도 야수 귀신들이가? 나한테 무슨 원수가 져서 우리 아들을 뺏아 가노?"

박 장로 쪽을 향해 이렇게 호통을 쳤다.

박 장로는 발을 구르며,

"에잇, 못된 것. 자식을 아주 죽여 버레야 속이 시원할나?"

마주 소리를 지르자, 을화는 선웃음을 허허 치며,

"아이구 얄구저라, 야수 귀신들은 지 자석을 지가 잡아묵나?"

도리어 예수교 쪽에다 돌려붙였다.

"에잇 천하 요망한 것."

박 장로는 또 한 번 호통을 치고 돌아섰다.

들것은 이미 돌담 밖으로 사라지고 있었다.

을화는 목청이 터지도록 높은 소리로,

"야수 귀신들이 내 아들 잡아간다."

하고, 외치다가 숨이 막힌 듯 잡풀 위에 퍽 쓰러졌다.

이튿날 이른 아침에, 영술이 마지막으로 그녀네 모녀를 찾는다 하여, 방돌이 박 장로 집에서 뛰어왔다.

방돌을 따라 박 장로 집으로 달려간 을화는 방으로 들어서며 외쳤다.

"내 아들아, 영술아 늬가 이게 웬일고?"

　을화의 울먹이는 목소리에 영술은 천천히 눈을 떴다. 어머니를 알아보는 눈빛이었다. 조금 뒤, 그 눈빛은 월희 쪽으로 켜졌다.

　"어머이."

　영술의 몸 속에서 간신히 들려 나오는 소리였다.

　"저는 먼저 하느나라로 감다. 어머이, 워리, 하느나라에서 만나시더."

　간신히 이렇게 말하고는 눈을 감아 버렸다.

　"술아 내 아들아, 늬가 내 먼저 죽는다 말가? 아이다, 늬는 앤 죽는다. 늬가 무진 죄로 죽을노? 늬는 아무 죄 없대이. 늬한테 들어 있는 불귀신만 쫓아 내면 늬는 세상에도 젤 가는 사람이 될끼다이. 불귀신만 떨어지면 네 활개치고, 에미 찾아올 끼다이. 에미가 당장이라도 늬 속에 있는 불귀신을 쫓아 내 줄 꺼이 잠깐만 참아라이."

　을화는 여기까지 말하다가, 갑자기 한쪽 팔을 영술의 얼굴 위로 쭉 내뻗치는 것과 동시에 두 눈이 허옇게 뒤집어지며,

　"알제이 술아."

하고, 목이 찢어지도록 고함을 질렀다.

　곁에 있던 방돌과 이웃 사람들이 을화를 밖으로 끌어 내었다.

　을화는 그들에 의하여 뜰 밖으로 밀려나가면서도,

　"느거는 웬 사람들고? 나하고 무진 원수가 져서 우리 아들 훔쳐 내다가 죽일락 하노?"

　있는 힘을 다하여 뻗대이며 소리를 질렀다.

　을화와 월희가 물러나가자 곁의 방에서 그의 생부 성출과 할머니(밤나뭇골)가 장지문을 열고 들어왔다.

　영술은 눈을 감은 채 거의 죽은 사람처럼 누워 있었다.

　성출은 영술의 핏기없는 한쪽 손목을 잡으며,

　"이것아, 이것아, 내가 무슨 죄고? 이럴 줄 알았으면 차라리 내가 늬를 찾지 말껄."

　흑흑 느껴 울었다.

할머니는 시뻘겋게 뭉개지다시피 된 두 눈 위로 또다시 소매를 가져가며,

"하느님도 야속지, 하느님도 야속지, 이 늙은 나를 두고 어째 늬를 먼저 부르실꼬? 늬 어마이는 어젯밤부터 아무꺼도 안 묵고 엎으러져 기도만 드리고 있대이."

혼잣말같이 하소연을 늘어놓고 있을 때 박 장로가 들어왔다. 그는 이성출 곁에 조용히 앉더니, 눈을 내리감으며 혼자 속으로 한참 동안 기도를 드리고 나서 손으로 콧구멍의 숨기를 가늠해 본 뒤, 낮은 목소리로,

"이군."

불렀다.

"……."

대답이 없으니까, 다시,

"이군."

"……."

"영술이."

이렇게 세 번을 불렀다.

부르는 소리를 들어서인지, 그때에야 마침 의식이 살아나서인지, 영술이 천천히, 가늘게 눈을 뜨기 시작했다.

"이군."

박 장로가 다시 한 번 그를 불렀다.

영술은 좀더 눈을 크게 열더니, 목구멍 속에서 겨우 새어 나오는 듯한 낮은 목소리로,

"바 장노님."

하고 불렀다.

박 장로가 그의 손을 잡으며,

"이군, 날 보게. 여기 자네 아부지 할무이 모두 계시네."

했다.

그러나 영술은 박 장로의 말이 들리는지 어쩐지 도로 눈을 닫아 버렸다.

한참 뒤 다시 눈을 반쯤 뜬 영술은,

"하느레 계신 주니미시여, 이 부쌍한 영호 거두소서. 부쌍한 어무이 구해 주소서."

겨우 이렇게 중얼거리자 이내 숨을 거두고 말았다. 그의 감겨진 두 눈 위에는 눈물이 괴어 있었다.

사흘 뒤, 영술의 시체는 조촐한 교회장으로 공동묘지에 묻히었다.

방돌이 장례를 마치고 돌아올 때는 술이 얼근해 있었다. 평소에 술을 잘 마시지 않는 그였지만 초상이 초상인만큼 술이라도 몇 잔 걸치지 않고는 배길 수 없었던 것이다. 그는 신발째 툇마루에 올라서며 방문을 힘껏 잡아 젖혔다. 그러나 을화는 마침 방 안에 없었고, 월희가 혼자 앉아 울고 있었다.

"엄마 어디 있노?"

그의 목소리는 전례없이 거칠었다.

"빠찌 함매."

월희는 앉은 채 눈물을 닦으며 대답했다.

"빡지 할매가 왔더나?"

"……."

월희는 고개를 끄덕였다.

"빡지 할매하고 같이 나갔나?"

"……."

월희는 고개를 흔들지도 끄덕이지도 않았다.

빡지가 온 것을 보았을 뿐, 같이 나가는 것을 보지 못한 모양이었다.

'그렇지만 빡지가 와 왔을꼬? 많이 늙었을 낀데 어려운 걸음을 했군. 칼부림 난 거 듣고 왔을까? 을화를 데리고 나갔을까?'

그러나 방돌은 을화가 어디로 갔든지, 또 누구하고 같이 나갔든지 그런 것은 아랑곳도 없었다. 있었으면 한바탕 욕이라도 해 주려고 했지만, 없는 것이 차라리 잘 된 건지도 몰랐다.

"월희야, 이리 나와."

"어버이, 와?"

월희는 더 묻지 않고 일어나 툇마루로 나왔다.

방돌은 월희의 손목을 잡고 집을 빠져 나왔다. 돌담 바로 밖에는 나귀 한 마리가 서 있었다.

방돌은 월희를 안아서 나귀 위에 앉히었다. 그러자 담 밑에 쭈그리고 있던 마부가 부시시 일어나 나귀 고삐를 잡았다.

"가자."

"아버이, 어디?"

"여기 있다가는 늬도 늬 오라비꼴 될따, 나한테 가자."

"엄마는?"

월희가 묻는 말에 방돌은 처음 대답을 하지 않았다. 한참 가다가 그녀를 쳐다보며 대답했다.

"엄마도 알 끼다."

그날 밤에도, 을화의 집 처마끝에 달린 종이등에는 전날과 같은 희뿌연 불이 켜져 있었다.

──註

① 명도:멩도 또는 명두라고도 함. 한문글자로는 明圖·明斗·冥途 등으로 씀. 이 말은 보통 두 가지 뜻으로 씌어짐. 하나는 태주라는 뜻으로 씌어지고, 다른 하나는 명도거울의 준말로 씌어지기도 함. 첫째의 태주라는 말은 '태주'項에서 설명되었음. 둘째의 명도거울은, 무당들이 흔히 자기들의 몸주(守護神)의 상징으로 쓰는 청동거울을 가리킴. 이 거울은 앞이 조금 불룩하고, 뒤엔 해·달·별 따위 그림과 함께 '日月大明斗'라는 글자도 새겨져 있음.

명도를 明圖 또는 明斗라고 쓰는 경우는 모두 이 '日月大明斗'와 통하는 것으로, '斗'는 斗星, 즉 북두칠성의 뜻이지만, 여기서 다시 日月星辰이란 뜻으로 발전하여, 밝음을 가리키게 되고, 그 밝음이 거울과 연결이 된 것임. 明鏡이란 뜻으로. 그러니까 이 경우의 명도는 무당이 자기의 신상과 운명을 지켜 주는 수호신의 상징으로서 쓰는 거울의 밝음을 日月에다 견준 데서 지어진 말임에 불과함. 그러나 이것은 일반적으로 쓰는 명도(태주)란 말과 별개라고 볼 것임. 태주와 통하는 의미의 명도를 가리키는 말은 冥途에 가까움. 冥途(저승)와 明圖(明斗)는 소리가 같은 데서 빚어진 혼선인 듯. 경상도 특히 경주 지방에서는 이 명도(冥途)를 '공진이'라고도 함.

② 태주 : 국어사전에는 '마마를 앓다가 죽은 어린 계집아이의 귀신, 다른 여자에게 지피어서 길흉화복을 말하고 온갖 것을 잘 알아맞힌다 함'이라 기록되어 있는데, 이보다, 일반적으로는, 반드시 마마뿐 아니라 홍역이나 기타의 질병 또는 참변으로 죽은 아이들의 귀신이, 대개는 여자들에게 지피어, 여러 가지 점을 치게 하는 일을 가리킴. 그러한 귀신이 여자뿐 아니라 남자 아이에게 지피는 일도 있음.

③ 뱃집 : 추녀가 없이 양쪽에 박공(牌栱)만 붙인 집. 寺院・神堂 따위 건물에 흔히 있음.

④ 仙王神母 : 女神의 일종을 높여서 하는 말.

⑤ 天王神主 : 男神의 일종을 높여서 하는 말.

⑥ 天神 : 신을 높여서 하는 말.

⑦ 神將 : 武神을 높여서 하는 말.

⑧ 神王・大王 : 여기서는 모두 신들을 높여서 하는 말.

⑨ 供授 : 무당이 신이 내려 神語를 발성하는 것을 가리킴. 이때 巫는 인간이 아니라 忘我境에서 신으로 전환하여 신의 의사를 말하게 된다. 지방에 따라서는 공반・공사・공줄이란 용어도 사용된다.(金泰坤 교수)

⑩ 帝釋 : 불교의 帝釋天에서 온 말인데, 巫에서는 가장 숭앙하는 신의 이름. 제석님・제석신・제석대왕 따위로 불림.

⑪ 용하다 : 일반적으로, 묘하게 잘 한다는 뜻으로 쓰지만, 경주 지방에서는 사람이 순하고 참을성이 많은 경우에도 이렇게 말한다.

⑫ 외바리 : 마소(牛馬) 한 필에 실은 짐. 여기는 단짝 장농을 가리킴.

⑬ 나비함 : 나비가 장식으로 새겨진 노리개 함.

⑭ 베리데기 : 바리데기 또는 바리公主라고도 함. 죽은 사람의 혼백을 저승으로 천도시키기 위한 오구(큰굿)의 핵심.

⑮ 신자 : 神子. 무당이 자기를 가리킬 때 쓰는 말.

⑯ 奠物 : 神佛에 기원 또는 제사를 지내기 위한 상 위에 차린 음식물 따위.

김동리의 소설과 토속적 삶 인식

신 동 욱

1. 머리말

金東里(본명 始鍾, 1913～1995)는 경주 출생으로 대구 계성중학 2년을 수료하고 서울 경신고보 3년에 전입했으나 중퇴하고 귀향하였다(1928). 고향에서 4년간 동서양의 고전 읽기에 전념하여 신, 자연, 인간 등 주요한 철학적 과제에 사색하기도 했다.

1934년 시「백로(白鷺)」(朝鮮日報, 1. 1)가 신춘문예에 당선되었다. 이어 1935년 단편「화랑(花郞)의 후예(後裔)」(中央日報, 1. 1)가 역시 신춘문예에 당선되었다. 1936년에 단편「산화(山火)」(東亞日報, 1)가 신춘문예에 당선되어 신인으로서의 확고한 역량을 평가받았다. 이후 상경하여 작품활동에 전념한다.

단편「바위」(新東亞, 1936. 5),「무녀도(巫女圖)」(中央, 1936. 5),「황토기(黃土記)」(文章, 1939. 5.) 등 한국의 토속적 신앙세계를 취재하여 그 안에 숨은 삶의 내재적 모순을 투시하였다.

평론으로는「순수이의(純粹異義)」(文章, 1939. 4),「신세대의 정신」

(文章, 1940. 5) 등을 발표하여 한국적 전통에 깃든 인간주의 사상을 주요하게 보며 정치주의적 문예관을 비판하였다.

광복 당시에는 한국청년문학가협회(1946)를 결성하여 그 회장이 되었고, 1949년에 한국문학가협회를 설립하여 소설분과위원장이 되었다. 1953년에 예술원 회원이 되었으며, 중앙대학교 교수로 지내다 정년퇴직하였다.

1955년에는 단편 「흥남철수(興南撤收)」(現代文學, 1)와 「밀다원시대(蜜茶苑時代)」(現代文學, 4)를 발표하여 6.25 당시의 수난상을 집약하여 현실을 직시하는 작품을 발표한다. 이어 종교적 과제에 천착한 「사반의 십자가(十字架)」(現代文學, 1955. 11~1957. 4)를 발표하여 예수를 통한 인류의 구원 문제와 사반을 중심으로 한 민족주의자들의 독립운동을 주도하는 정신적 갈등을 밀도있게 묘사하였다.

이처럼 보편적 과제와 특수한 역사적 국면의 문제를 나란히 대비하여 삶의 심각성을 일깨우는 소설적 과제들을 천착하였다. 이러한 맥락에서 단편 「등신불(等身佛)」(思想界, 1961. 12)도 매우 심도있는 삶의 문제를 제기한 작품으로 평가된다. 그밖에 「까치소리」(現代文學, 1961. 10), 장편 「을화(乙火)」(文學思想, 1978. 4)가 발표되었다.

작품집으로 『무녀도』(乙酉文化社, 1947), 『황토기』(首善社, 1949), 『귀환장정』(首敎文化社, 1951), 『사반의 십자가』(日新社, 1958), 『등신불』(正音社, 1963), 『까치소리』(一志社, 1973), 『을화』(文學思想社, 1986)와 평론집 『문학과 인간』(白民文化社, 1948) 등 다수가 있다.

2. 토속적 인간상과 인간주의 사상

김동리의 작품경향은 한국적인 삶의 전통과 관계를 맺고 있다. 초기 작품들에서 그러한 특성이 많이 드러나 있으며, 종교적 삶과 세속적 삶의 내재적 모순과 그 초월의 문제에 깊은 관심을 보여 왔다.

단편 「무녀도」에는 객지에서 살다 온 아들 욱이가, 그 어머니인 무녀 모화의 토속적 신앙과는 다른 기독교 신도가 되어 집에 나타난다. 이들 모자는 사사로운 가족간의 정의의 문제보다 근원적인 신앙의 차이에 의한 갈등으로 아들 욱이는 죽게 된다. 그리고 어머니도 마지막 굿에서 스스로 자결하는 것으로 이야기는 마무리되고 있다.

이러한 이야기의 펼침에서 작가는 주제나 인물의 심각성을 나타내는 주요한 관건적 묘사를 통하여 독자들에게 그 미적 의미를 알려 준다. 무당 모화의 묘사에서 가장 특징적인 것은 모든 사물에 영혼이 깃들어 있다고 믿는 아니미즘(Animism)에 빠진 여인으로서 다른 종교나 가치론에는 거의 무지한 것으로 나타나 있다. 말하자면 시대 변이추세에 무지한 외곬수의 사람임을 알 수 있다. 그녀의 집을 다음과 같이 묘사한 것도 그러한 유폐된 삶의 의미와 연결된 관건적 묘사로 보인다.

> …이미 수십 년 혹은 수백 년 전에 벌써 사람의 자취와는 인연이 끊어진 도깨비굴 같기만 했다.
>
> (김동리 창작집, 「등신불」, 正音社, 335면, 1963)

이처럼 모화는 시대의 변화와 무관하게 오직 무녀로서 토속적 신앙세계에 함몰된 인물임을 알려 준다.

아들 욱이가 성경을 읽고 기도하는 행위에 큰 충격을 받은 모화는 아들이 "잡귀"에 들렸다며 그 잡귀를 몰아내는 굿을 하게 된다. 욱이는 잠결에 주문 외우는 소리를 듣고 일어난다. 그리고 늘 지니고 있던 성경이 없어진 것을 알고는 부엌에 나가 주문을 외우는 어머니 모화를 떠밀치고 불에 타고 있는 성경과 차려놓은 상을 쓸어 버린다. 이때 모화는 굿에 쓰는 무구(巫具)인 칼로 잡귀를 쳐내는 춤사위로 욱이의 몸을 찌르게 된다.

이러한 격심한 갈등을 통하여 아들 욱이는 죽고 만다. 여기서 무녀 모화는 잡귀에 걸린 아들을 구하는 주술적 의식을 행한 것이지만 결국은 그 칼로 인하여 병이 든 아들은 죽는다는 매우 비극적인 결말에 도달한다.

물론 읽기에 따라서는 무녀의 주술적 행위는 그것 자체로서의 종교적 제례를 완성시킴과 동시에 스스로 죽음으로써 세속적인 모자간의 갈등이 해결 또는 초월되었다고 볼 수도 있다. 그러나 엄밀한 의미에서는 두 종교의 격심한 대립과 갈등이 빚은 비극이고, 초월이나 해결이 없는 현실적 과제임을 알려 준다.

즉 두 종교의 교리가 상호 용납되지 않고 독자적 가치관의 경직된 교리의 주장에서 빚어진 비극이라 할 것이다. 이러한 주제는 서양 종교에 의하여 재래 종교가 차츰 그 종교적 기능이 약화되고 소멸되어 가는 시대 전체의 추세를 주제로 다룬 것으로 이해할 수 있다.

이러한 맥락에서 「황토기」에 등장하는 억쇠와 득보의 무의미한 힘 겨루기는 독특한 의미를 보이고 있다. 즉 영웅으로서의 엄청난 힘을 가지고 태어났으나, 그 힘을 제대로 쓰지 못하고 여인들을 사이에 두고 분풀이하는 이야기의 흐름을 이루고 있다.

특히 억쇠는 아버지의 유언에 그 힘을 "한 번 크게 쓸 날"(韓國短篇文學全集3, 白水社, 50면, 1958. 1970)이 있을 것이라고 말하여 긴 세월을 기다렸지만, 그런 기회는 오지 않고 오직 개인적 정욕에 얽힌 여자의 문제로 득보와 분풀이로 힘을 겨룬다는 반어적 사태를 맞고 있을 뿐이다.

여기서 작가 김동리는 엄청난 힘을 지닌 두 장사를 설정하여 그 힘이 옳게 쓰일 날을 기대하도록 이야기의 흐름을 조정했으나, 사실은 일제시대라는 막힌 시대 전체의 절망감을 암시하는 이야기의 장치로서 미적기능이 나타나게 한 것이라 이해된다. 말하자면 뜻 깊은 창조적 의미에까지 그 막강한 영웅적 힘이 쓰이지 못하는 곤욕의 시대를 일깨운 수작이라 평가된다.

이 작품에서도 작가는 이야기 전체의 맥락과 주제를 암시하는 관건적 요체를 제시하고 있다.

옛날 등천(騰天)하려던 황룡 한쌍이 때마침 금오산에서 굴러 떨
어지는 바위에 맞아 허리가 상하니라. 그 상한 용의 허리에서 한없
이 피가 흘러내려 부근 일대를 붉게 물들이니 이에서 황토골이 생기
니라.(앞의 책, 41면)

이 밖에도 쌍룡설과 절맥설을 첨가하고 있는데, 모두 용의 온전한 비천
이 좌절된 비극적 내용으로 요약된 전설로 설정되어 있다. 이처럼 이야기
내용 전체에 영향을 끼치는 의미있는 삽화를 도입부에 제시하고 있다. 이
러한 창작의 기법은 「무녀도」, 「황토기」에서만 나타난 것이 아니라, 다
른 작품 「등신불」이나 「까치소리」, 「밀다원시대」 같은 작품에서도 보
인다.

그는 6.25전쟁을 체험하여 현실문제에 주목하게 된다. 김동리는 "문
총구국대"를 조직하고 활동하게 된다. 단편 「홍남철수」는 1950년 10
월에서 11월 사이에 국군과 UN군의 반격에 의해 북한의 대부분의 지역
이 해방되자 각 지역에 문화인들이 문화선전과 계몽의 목적으로 파견 활
동을 했던 당시의 배경을 작품에 취재하고 있다.

작품 「등신불」에는 김동리 문학의 도덕적 실현의 한 높은 경지를 엿볼
수 있다. 이 작품의 화자는 학병에 나가 일제의 눈을 피하여 중국으로 탈
출한 다음 그곳 스님들의 도움을 받아 깊은 산사에서 승려생활로 들어간
다. 여기서 「등신불」을 처음 본 광경의 충격이 다음과 같이 묘사되어 있
다.

허리도 제대로 펴고 앉지 못한, 머리 위에 조그만 향로를 얹은 채
우는 듯한, 웃는 듯한, 찡그린 듯한, 오뇌 비원(悲願)이 서린 듯한
그러면서 무어라고 형언할 수 없는 슬픔이랄까 아픔 같은 것이 보는
사람의 가슴을 꽉 움켜잡는 듯한 일찍이 본 적도 상상한 적도 없는

그러한 어떤 가부좌상이었다.(같은 책, 270면)

　이러한 고뇌에 찬 불상의 충격적인 묘사에서 등신불의 생전의 인간적 고뇌의 내력을 압축하고 그것을 소신공양으로써 목숨을 받쳐 부처님이 되는 결연하면서도 고매한 인간애의 정신을 독자들에게 알려 준다. 세속적인 것으로 말한다면 생모의 잘못된 모성애로 전실 소생을 독살하려 한 어머니를 제도하고, 또 집을 나간 병든 그 형을 제도한다는 큰 비원이 있기도 한 것이지만, 그보다는 자신을 소신공양에 받치는 그 결단력과 실천에서 개인적 고뇌의 승화와 동시에 불법의 완성에 이르는 엄청난 용기에 감복하게 된다.

　그런데, 여기서도 사실은 주인공 만적이 그의 어머니의 사랑, 형제간의 우애라는 세속적 인연의 얼킴에서 빚어진 고뇌를 치른 연후에 비로소 그러한 불법의 완성이 이루어짐을 보여 주고 있다. 즉 애초부터 대보살의 심성을 지니고 이룬 부처가 아니고, 아주 평범한 한 가정의 비극을 겪으면서 차츰 자각에 이르며 그런 연후에 대결단을 통하여 보살도에 드는 그 과정에서 김동리 문학의 인간주의의 구현을 재확인하게 된다.

3. 마무리

　앞에서 본 바와 같이 김동리의 초기 작품에서는 토속적인 신앙생활과 토속적인 삶을 설화를 배경으로, 폐쇄적 고립의 인간과 무의미한 겨룸의 인간을 확인할 수 있었다. 여기서 작가는 시대의 문제와 개인의 운명이라는 문제를 발견해 내고 있다.

　그리고 6.25의 현실을 직시하여, 보통 사람들의 시련과 수난상을 통하여 그 심성에 깃든 깊은 인간애의 정신을 조명하여 김동리의 인간주의 사상을 엿볼 수 있었다.

후기로 오면서 세속적 삶이 빚는 고뇌와 비극적인 국면을 겪으면서 그것을 높은 도덕적 경지로 승화시키면서 초월하는 지혜를 이야기로 펼침을 확인하였다. 또한 그의 응축적인 묘사의 기량은 작품 전체의 주제와 인물의 의미를 용해시키는 관건적 기능을 발휘하도록 조정되고 있음을 확인하였다.

장편 「사반의 십자가」와 「을화」도 김동리가 추구하는 종교적 삶과 현세적 삶의 논리를 찾는 주요업적으로 평가되고 있다. 보편적이고 영원한 기독교 신앙의 주제와 민족의 독립운동에 헌신하는 역사적 인물의 이념적 갈림길을 알려 주었다.

김동리는 우리 문학사에서 한국적인 인간상을 형상화한 대표적인 작가로서 높이 평가받고 있음을 알게 된다.

작가연보

1913   경북 경주에서 5남매 중 3남으로 태어나다.
1920(8세)   경주 제일교회 소속 계남학교 입학.
1926(14세)   대구 계성중학교 입학.
1928(16세)   상경, 서울 경신고등보통학교 3학년 전입학.
1934(22세)   조선일보 신춘현상모집에서 시「백로」입선.
1935(23세)   중앙일보 신춘현상모집에 단편「화랑의 후예」가 입선되어
            등단, 시「거미」,「바람부는 날 하오」등 발표.
1936(24세)   동아일보 신춘현상에 단편「산화(山火)」당선. 단편「무녀
            도」(중앙),「바위」(신동아),「술」(조광),「산제」(중앙)
            발표.
1937(25세)   『시인부락』동인이 됨. 단편「어머니」,「솔거」,「팥
            죽」,「허덜풀네」,「잉여설」,「생일」,「황토기」,「찔레
            꽃」발표.
1938(26세)   단편「가정」, 평론「순수이의」,「신세대의 문학정신」등
            발표.
1940(28세)   단편「하구 앞길」(문장),「완미설」,「소년」,「회계」,
            「다음 항구」등 발표. 일제하 '문인보국회', '국민문학연
            맹' 등 어용문학단체 권고 거절.
1942(30세)   장편「소녀」등이 일제 검열에서 전문 삭제. 이후 8·15
            해방까지 붓을 꺾고 침묵을 지킴. 만주지방 방랑.
1946(34세)   문단의 좌우투쟁에 개입, 민족진영 문학을 옹호. 한국청년
            문학가협회를 결성하고 초대 회장에 피선. 단편「윤회
            설」, 평론「순수문학의 진의」,「조선문학의 지표」발표.
1947(35세)   공산계 계급주의 민족문학론에 대항하여 인간주의 민족문

학론을 제창하고 본격문학이란 말을 처음 사용. 단편「달」,「지연기」,「혈거부족」, 평론「민족문학론」,「본격문학과 제3세계관」등 발표. 경향신문 문화부장 부임.

1948(36세) 제1평론집『문학과 인간』발간. 단편「역마」발표.

1949(37세) 『문예』주간. 기존 문학단체들을 동시 해체하고 한국문학가협회 결성, 소설분과위원장 피선. 서울대, 고려대 강사, 장편「해방」제1부 동아일보에 연재. 단편「형제」,「범정(凡情)」발표. 제2창작집『황토기』발간.

1950(38세) 6·25사변 중 문총구국대 결성, 부대장에 피선. 단편「인간동의(人間動議)」발표.

1951(39세) 피난지 부산에서 단편집『귀환장정』발간.

1952(40세) 『문학개론』발간. 단편「피난기」,「상병(傷兵)」,「살벌한 황혼」발표.

1953(41세) 서라벌예대 문예창작학과 교수. 단편「마리아의 회태(懷胎)」, 시「해바라기」,「젊은 미국의 깃발」등 발표.

1955(43세) 장편「사반의 십자가」(현대문학) 연재. 중편「홍남철수」, 단편「실존무」,「밀다원시대」,「용」,「청자」,「여수」,「원왕생가」,「수로부인」등 발표.

1957(45세) 「사반의 십자가」발간. 시「꽃」외 10여 편 발표.

1958(46세) 『실존무』발간.「사반의 십자가」로 예술원상 수상.

1959(47세) 장편「자유의 역사」연재. 중편「애정의 윤리」, 단편「등신불」등 발표.

1960(48세) 장편「이곳에 던져지다」(한국일보) 연재. 단편「강유기」,「당고개 무당」,「자매」등 발표.

1961(49세) 중편「비 오는 동산」발표.

1962(50세) 단편「두꺼비」,「상혼」, 시 및 시조 수편 발표.

1963(51세) 장편「해풍」연재.『등신불』발간.

1966(54세) 단편 「까치소리」, 「송추에서」, 「윤사월」, 「백설가」, 「어떤 부정」 등 발표.

1967(55세) 「까치소리」로 3·1문화상 수상. 『김동리대표작선집』 (삼성출판사) 발간.

1968(56세) 『월간문학』 창간.

1969(57세) 단편 「눈 내리는 저녁 때」 발표.

1970(58세) 한국문인협회 이사장.

1972(60세) 서라벌예대 학장 취임. 장편 「삼국기」 연재.

1973(61세) 중앙대 예술대 학장 취임. 『한국문학』 창간. 회갑기념으로 창작집 『까치소리』, 수필집 『자연과 인생』, 시집 『바위』 발간.

1978(66세) 장편 「을화」 발표.

1979(67세) 「무녀도」가 연극으로 공연됨.

1980(68세) 단편 「추격자」(문학사상) 발표. 수필집 『명상의 늪에서』 발간.

1981(69세) 예술원 회장으로 선출되다.

1982년(70세) 장편소설 「을화」 일역판 출간.

1983년(71세) 5·16민족문화상 수상. 한국문인협회 이사장 피선, 대한민국 예술원 원로회원 추대. 시집 「패랭이꽃」 간행, 장편소설 「사반의 십자가」 불역판 출간.

1985년(73세) 국정자문위원 위촉, 수필집 「생각이 흐르는 강물」 간행.

1987년(75세) 장편소설 「자유의 역사」 간행.

1988년(76세) 수필집 「사랑의 샘은 곳마다 솟고」 간행.

1989년(77세) 한국문인협회 명예회장 추대.

1990년(78세) 소설가협회 회장 피선. 7월 30일 뇌졸중으로 쓰러짐.

1995년(83세) 6월 17일 지병으로 별세.

베스트셀러 한국문학선 14

무녀도

펴낸날 | 1995년 9월 10일 초판 1쇄
　　　　2012년 4월 25일 초판 16쇄

지은이 | 김동리
펴낸이 | 이태권
펴낸곳 | (주)태일소담
　　　　서울시 성북구 성북동 178-2 (우)136-020
　　　　전화 | 745-8566~7 팩스 | 747-3238
　　　　e-mail | sodam@dreamsodam.co.kr
　　　　등록번호 | 제2-42호.(1979년 11월 14일)
　　　　홈페이지 | www.dreamsodam.co.kr

ISBN 89-7381-184-3 03810

- 책값은 뒤표지에 있습니다.
- 잘못된 책은 구입하신 곳에서 교환해드립니다.